한국 현대시조 작가론 I

한국 현대시조 작가론 Ⅰ

초판 인쇄 2002년 5월 15일 ‖ 초판 발행 2002년 5월 18일 ‖ 지은이 김제현·이지엽 외 ‖ 펴
낸이 지현구 ‖ 펴낸곳 태학사 | 주소 서울시 서초구 서초2동 1357−42 | 전화 (02) 584−1740
(代) | 팩스 (02) 584−1730 | 등록 제22−1455호 | e-mail thaehak4@chollian.net | http://
www.thaehak4.com

ISBN 89-7626-778-8   94800
ISBN 89-7626-777-X   (세트)

한국 현대시조 작가론 I

김제현 · 이지엽 외

태학사

한국 현대시조 작가론을 펴내면서

　　한 시대를 대표하던 장르는 당대가 지나면 사라져가기 마련이다. 신라의 향가가 그렇고 고려의 속요가 그렇다. 한 장르를 이루고 있는 담당층과 세계관과 형식장치가 당대의 모든 요건들에 부합되기 때문이다. 생성과 발전과 소멸의 단계를 밟아 사라져간 역사적 장르의 궤적을 따라가다 보면 그들의 삶과 이념의 무늬들이 느껴질 때가 종종 있다. 어떤 때 그것들은 생생한 실체로서 살아오기도 하고, 화석의 잔해처럼 푸석거려 한 번 큰 숨만 들이쉬어도 그 흔적이 사라져버릴 것 같이 위태롭기도 하다. 아마 국문학 연구자들은 어쩌면 사라져버릴 것만 같은 그 화석의 윤곽들을 잘 쓸어 담고 먼지를 털어 내며 그 실체를 보여주는 역할을 하고 있는 사람들인지 모른다. 때로 거기에 실핏줄 서넛이 살아 온기라도 느끼게 할 수 있다면 그것처럼 광영되고 기쁜 일이 어디 있으랴.

　　시조를 생각함에 우리는 적어도 그렇다. 눈빛만 봐도 통한다고 하지 않았던가.『한국 현대시조 작가론』을 구상하면서 적잖은 세대 차이를 넘어서 대번에 의기투합하게 된 것도 이런 연유에서다. 시조를 위해 애를 쓴다고는 하지만 늘상 채워지지 않는 갈증으로 목말라하면서도 정작 꼭 필요로 되어지는 연구서를 엮어내지 못한 책임을 이 기획을 통해 다소나마 면할 수 있을까.

이 책은 제목에서도 알 수 있듯 현대시조의 대표적 시인들의 시세계를 조명한 책이다. 아울러 현대시조라는 장르가 오늘날에도 그 빛을 이어오고 있는 면면을 사적(史的)으로 체계화하는 데에도 초점을 두었다. 이병기, 이은상, 조운, 김상옥, 이호우, 이영도, 박재삼, 장순하, 송선영, 정완영, 김제현, 이근배, 이상범, 서벌, 박재두, 윤금초, 조오현 등 모두 열일곱 분에 대한 대표 논문들을 모은 이 책은 지금까지 여기저기 흩어져 지리멸렬해 가는 현대시조사를 올바르게 세우는 디딤돌의 역할을 할 수 있으리라 판단된다. 왜냐하면 이들은 훌륭한 시조 작품을 창작해왔을 뿐만 아니라 시조가 곧 인생(人生) 전부였던 삶을 살아온 분들이기 때문이다.

가람 이병기(嘉藍 李秉岐)의 시조작품은 동양적인 자연사상을 바탕으로 한 오도(悟道)와 관조(觀照)의 세계가 전기 작품세계의 본령을 이루고 있는 데 반해 『가람시조집』(1939) 이후의 작품들과 『가람문선』(1966)에 실린 후기 시조들은 주로 휴머니즘을 바탕으로 한 현실인식과 투철한 참여정신을 특징적으로 보여주고 있다. 김윤식의 지적처럼 가람시조 시학과 그 양식은 현대시조 출발의 의미를 지닌다. '양화가 범람하고' 서울의 풍경이야 어떻게 바뀐다 하더라도 그가 날리던 분필가루며 한지에 박힌 묵향으로 하여 그 날개의 의미는 민족문학의 영원한 생명력으로 살아 숨쉬게 되리라 생각한다.

노산 이은상(鷺山 李殷相)은 우리의 근대시조라는 큰 산맥 가운데서 한 빼어난 봉우리를 차지한 시인이다. 그것은 문학의 양이나 질에서 그러하다. 가령 당대의 평필을 휘어 잡고 있었던 양주동(梁柱東)이 이 시기를 대표하는 4대 시조시인을 거론하면서 '육당(六堂)은 박달나무, 위당(爲堂)은 인절미 떡, 가람은 난초에 비견될 정도로 그들이 하나씩 체(體)와 풍(風)을 익혀온 데 반하여 노산은 그 모든 것을 갖추었다'고 평한 것이나 국문학자 도남 조윤제(陶南 趙潤濟)가 '시조인으로 몸을 세우고 거기에 자기의 예술적 생활을 발견하여 전문적으로 시조를 창작하여 왔던 터인데 그만큼 노산은 시조를 배워 다만 그 형식을 양득(諒得)하였을 뿐 아니라 자기를 시조에 던져 넣어서 한 번 자기를 시조로 소화시킨 다음에 다시 자기적 시조를 창작하였다'고 평한 것 등은—설령 전적으로 옳은 견해라 할 수는 없다 하더라도—우리의 근대 시조문학에서 노산이 차지하는 위치가 어떠한 것인가를 단적으로 지적한 예라 할 수 있다.

조운(曹雲)은 1900년 전남 영광에서 태어났다. 조운의 불우한 출생 내력이 그의 시 세계에 깊이를 더했던 것으로 보인다. 그는 대표작 「석류(石榴)」의 밀도 높은 시상의 전개를 통해서 늦가을에 벌어지는 석류와 자신의 마음을 곡진하게 전달하고자 하는 뜻을 함께 아울러서 보여주고자 했다. 「구룡폭포」는 현대에 와서 장형시조가 어떻게 창작되어져야 하는가의 물음에 답하는 하나의 전범을 마련해 주었다.

초정 김상옥(草汀 金相沃)은 음주사종(音主詞從)의 고시조(古時調)의 영향과 3·4의 음수율, 4음보율에서 오는 율성(律性) 때문에 입으로 읽는 시, 흥으로 읽는 시에서 한 단계 뛰어넘어 머리로 읽는 시, 사유(思惟)를 통해서만 접근할 수 있는 시조를 써 나감으로써 현대시조의 새로운 가능성을 보여주었다. 그는 시적 대상을 시어(詩語)로써 나타내지 않으며 흔히 시에서 사용하는 시제(時題)를 통한 손쉬운 제시방법도 취하지 않는다. 그의 시조작품들이 새로운 모색을 통해 성공하고 있는 것은 시(詩)로서의 문학성과 아울러 발생의 모태(母胎)와도 같은 음악성의 조화에서 결실되었기 때문일 것이다.

이호우(爾豪愚)가 등단한 1940년이란 시기는 우리 문학사의 암흑기로써 그의 시작활동은 등단과 함께 중단될 수밖에 없었다. 그러나 1955년 그는 '6·25동란까지의 작품을 대강 추린 70여 편으로 『이호우 시조집』을 발간함으로써, 다양한 직업편력에도 불구하고 꾸준히 창작활동에 정진하였음을 보여주었다. 그 후 언론계에 종사했던 1950년대와 일체의 공직에서 물러난 1960년대에 걸쳐 의욕적인 시작활동을 계속하여 현대시조의 새로운 위상을 제시하여 주었다. 김상옥이 고전적 소재를 고도의 은유와 상징의 기법으로 내면화시킨 데 반해 이호우는 현실의 민감한 문제들을 역사의식을 바탕으로 한 비판정신으로 대결해 나갔던 것이다. 이러한 이호우의 시정신은 문학적 성취여부를 떠나서 시조가 현대시의 영역으로 들어서면 어떻게 그 역사적 기능을 담당할 수 있는가를 보여주었다는 데서 그 의의를 찾을 수 있다

이영도(李永道)에게 시조는 숙명적임을 감지케 한다. 그는 3권의 시조집(『청저집(靑苧集)』(1954), 『석류(石榴)』(1968), 『언약(言約)』(1976))과 4권의 수필집(『춘근집(春芹集)』(1958), 『비둘기 내리는 뜨락』(1966), 『머나먼 사념의 길목』(1971), 『나의 그리움은 오직 푸르고 깊은 것』(1976))을 남겼다. 이영도 문학에서 '그리움'은 이영도 자체의 정서이기도 했다. 남편의 상실 뒤에 "고향도 인연도 잃고" "설한(雪寒)의 저 거리를" "고달픈 나래 겹치고" "하염없이 앉았다"(「어디로 가야 하리」)고 할 만큼 현실의 곤고한 시간도 거쳐왔다. 그러나 그리움의 정서는 이내 회복된다. 바로 이 '그리움'의 정서에 비파강의 물결이 흘러들고 '부엉덤'의 산 기슭이 뻗어든 것이다. 그가 문학을 통해 드러내 보인, 그의 인간적 조신성인 '마감'과 '시작'의 질서 또한 확실한 정신 위에 자리잡았던 것이며, 그것들은 보다 적극적으로 역사정신에도 섭리의 세계에도 이어져 있었다

박재삼(朴在森)은 1953년에서 1955년 사이 『문예(文藝)』와 『현대문학(現代文學)』지에 시조와 자유시가 추천되어 문단에 데뷔한 시인이다. 그는 시조보다는 자유시에 더 많은 관심과 역량을 보여 왔다. 그러나 시조에서 그가 보여준 성과는 작은 것이 아니었다. 그의 서정이 체질적임과 동시에 민족정서와 결부되어 있고, 그 음률적 구성도 의식적이든 무의식적이든 시조(사설시조)와 전통적 음율(호흡)을 바탕으로 하고 있으며, 일상적 언어의 구사와 어법이 민족어(국어가 아님)와 그 어법에 의존해 있기 때문이다.

바로 이러한 점들이 박재삼 시의 특징이자 감동의 비밀이 되고 있다. 사실 쉽게 표현한다는 것은 어렵게 쓰기보다 훨씬 어려운 일이다. 천부적인 솜씨와

많은 노력이 없이는 이렇듯 자연스럽게 완전한 표현법은 얻기 어려울 것이다. 박재삼 시조가 쉽게 전달되면서도 단단하고 감동적인 것은 인식보다는 이해의 비유(상징)에서도 찾을 수 있으며 강렬한 시적 모티브에 의한 농축된 시상과 전통적이고 원형적인 정서가 의식적인 조작이 없이 자연스럽게 유로(流露)되고 있기 때문이다. 일상적인 언어의 구어체 문장 속에 친숙한 소재를 만나게 됨에 따라 친화감을 갖게 하며 종결어미의 변형적·고정적 활용은 감정의 직접적인 노출을 지양하고 품격을 세워 주고 있다. 이러한 지적 조작은 정서의 굴절과 곡해를 유발시킴으로써 감동의 진폭을 더하고 여백의 미학을 창출해 낸 것이다.

사봉 장순하(史峯 張諄河) 시인은 그동안 『백색부(白色賦)』(1966, 일지사), 『묵계(默契)』(1974, 성지사), 『길손』(1993, 동학사), 『백두산 가는 길』(1993, 동학사), 『서울 귀거래』(1997, 책만드는 집), 『후일담』(1997, 책만드는 집)의 6권의 시조집을 내었다. 대개 초기시의 경우는 『백색부』와 『묵계』에서 드러나듯 무색(無色), 순수에의 생명추구와 존재의 깊이를 찾아가는 과정으로서의 '의식'의 잔잔한 울림으로 요약될 수 있다. 이들 시편들이 내면적 길 찾기의 과정이었다면 후기시 『길손』과 『서울 귀거래』는 길 떠나감과 회귀(回歸)로서의 길, 그 소멸과 완성의 길이 그려지고 있다. 생명의 존엄과 깨달음의 표피와 내면을 거쳐 '길'의 존재론적 탐구의 정신을 보여주고 있는 것이다. 아울러 시인이 사명을 갖고 임한 시조 운동의 하나는 국민시조로서의 경시조(輕時調)라 할 수 있는 바, 이는 문단의 두 기류 수구적/현대적, 대중적/예술적 흐름의 양자 변별을 통해 시조의 저변을 확대하고 질적인 확산을 꾀하고자 실천적 모범을 보이고 있으며 그 질문을 진지하게 『백두산 가는 길』과 『후일담』의 경시조집을 통해 던져주고 있다. 이제 우리의 시조단은 장순하 시인이 보여준 실천적 노력과 질문에 대해, 무엇이 과연 바른 방향이며, 어떻게 각성하고 깨어나야 하는가를 자신들에게 진지하게 되묻지 않으면 안 된다.

송선영(宋船影) 시인은 1958년 그의 나이 23세 때 중앙 양대 신문의 신춘문예(한국일보·경향신문)를 통해 당당히 등단한다. 그의 대표작 「휴전선」 「하늘눈」 「화랑소고」 「겨울비망록」 「노지의 불빛」은 각각 다른 시대적 배경을 가지고 있다. 분단현실, 일제강점기, 신라시대, 작가의 소년기, 80년대 광주항쟁이 바로 이것인데 이를 관통하는 문학의식은 한 마디로 들자면 열린 역사의식이라 할 수 있다. 자기성찰과 고독의 극기는 곧 이름 없는 풀꽃들에 대한 애정으로 연결되며, 우리국토에 대한 애정(하늘눈)이나 우리 정신(화랑소고)에 대한 기림은 그가 앞으로 펼쳐 보여줄 또 다른 세계를 유보해둔다 하더라도 오늘날 분단 현실에까지 커다란 자장을 형성해 준다 하겠다. 네 번째 시조집 『활터에서』는 소멸의 시학이라도 불러도 좋을 만큼 떠나감과 사라짐에 대해 얘기하지만 그는 끝까지 긴장의 정신을 놓지 않고 있다. 「귀휴」나 「원촌리의 눈」의 최근 작품에 이르러서는 부드러움과 따뜻함이 배어 나오고 있다. 이 부드러움은 그 동안 시대 현실에 대해 예각화해 온 문제들을 포기하고 있다라기보다 우회적 시각으로 서정성을 격조 높게 갈무리하고 있기 때문이라고 보여진다.

백수 정완영(白水 鄭椀永)의 시에서 강하게 느끼는 것은 동양화의 화폭을 보는 것 같다는 점이고, 그것이 시가 되고 보니 한시론(漢詩論)의 한 중추가 되어 있는 경중정(景中情)이 무언가를 알 듯도 하다는 점이다. 시름을 눈으로 보고, 소리를 베고 눕는 사람. 시름조차 사랑할 수 있는 경지에 이르면 보는 것마다 듣는 것마다 만지는 것마다, 그 모든 삼라만상이 다 비밀을 열고 가슴 속으로 오는 시를 보여 주고 있다. 그래서 이 시인에게서 우리는 다시 한 마디의 비밀을 엿들을 수 있을 듯하다.

김제현(金濟鉉)은 일상의 서정을 노래하지만, 그의 시에서의 일상들은 서정적 감응이나 묘사의 대상에만 그치지 않는다. 그가 바라보는 일상은 항상 '사이의 체계'로 그려지며, 나아가 인간 존재의 의미를 길어내는 메타포의 심연으로 작용한다. 하나는 시형을 구조화하는 방식, 즉 시조시인으로서 그의 창작 원리에 대한 측면이고, 다른 하나는 시적 담론, 즉 서정 주체가 시적 대상을 통해 구현해내는 의미화의 측면이다. 결과적으로 그것은 전통시조와 현대 자유시 사이에 존재한다. 김제현은 그 둘 사이에서 어느 한 쪽에 기울지 않고 두 장르의 장점들을 포괄해내기 위해 노력한다. 현대시조가 전통시조를 모태로 하지만 '현대성'을 외면할 수 없고, 반면에 이 시대 문학으로서의 현대적 양식이어야 하지만 본래의 '시조성'으로부터 벗어나서는 안 되는, 그 양식상의 '사이'의 문제에 누구보다 고민해 왔던 시인으로 보인다.

이근배(李根培)　시조의 한 축이 연가류로 나타난 인간 사랑이라면, 또 하나는 조국의 역사와 현실에 남다른 사랑이다. 사랑하는 사람과의 이별로 나타나는 설움이 외로운 섬의 이미지로 자아를 투영했다면, 조국의 현실은 목 잘린 병에 갇혀 날지 못하는 학의 이미지로 형상화하고 있다. 골동품가에서 만나는 골동품에서 비극적이었던 조국의 역사적 상황을 읽는다. 골동품가를 배회하면서 조국의 역사적 정황을 되새기고, 나아가 오늘의 조국을 생각하는 화자의 고뇌를 엿볼 수 있다. 그의 개인적인 아픔과 고뇌, 기쁨과 슬픔, 황홀한 감각이나 가볍고 무거운 감각들이 그만이 지닌 언어를 쓰면서도 우리를 낯선 이방인으로 밀어내지 않는 것이다.

이상범(李相範)의 시조들에서 우선 다가오는 것은 '아름다운 아픔'이라는 주제다. 그는 "아픈 시가 눈뜨는 곳"(「오두막집」에서)이라고 말하며, 눈물보다 밝은 하늘 빛(「가을 손」)에 대해 말한다. 그의 시는 따로 만들어지지 않는다. 그의 삶 자체 속에서 그가 만나는 것들과 살아가면서 그러한 것들 가운데서 깨어나는 어떤 것이다. 그의 삶은 고뇌와 고통의 파도에 뒤채이며 아득한 죽음으로 가라앉는 것이지만 거기서 다시 솟구치는 아름다움이 있다.

서벌(徐伐) 시조시인의 두 번째 시조시집 『각목집』(금강출판사, 1991)은 시조의 현대성이 잘 드러나 있다. 이 시집에는 전통적인 시조와 현대적인 시조의 모습이 뒤섞여 있는 바, 특히 제1부를 이루는 「본적지의 돌」에서는 생활감각에서 출발한 현대시조의 모습이 잘 드러나 있다. 시인은 삶을 '경영(經營)'이라 했다. 씨를 뿌리고 거두는 것이 '경영'이거니와, 그 경영을 바라보는 시인의 시각에는 현대인의 허망한 삶에 대한 아픈 통찰로 가득 차 있다. 서벌 시인의 시조에는 이러한 시조의 자연스러운 리듬감각과 생활감각이 유지되고 있어, 자연스럽고 편안하다. 마치 품이 넓은 우리의 전통 옷이 주는 여유 같은 것이 그의 시조에는 살아 있다.

박재두(朴在斗) 시인은 지금껏 고향 일대를 벗어나지 않으면서도 훌륭한 작품세계를 일군 향토시인이다. 1965년 『동아일보』 신춘문예를 통해 등단한 그는 함부로 자신을 세상에 드러내지 않을 뿐더러 작품 또한 남발하지 않는 깐깐한 자존을 지닌 시인으로 이해된다. 그가 추구하는 세계는 크게 네 가지로 요약된다. ① 자기관조, ② 안빈낙도, ③ 자연친화, ④ 역사의식이 그것이다. 따라서 그가 추구하고자 하는 시적 내용은 전통적인 주제들과 그 맥을 함께 한다고 볼 수 있다. 다만 그의 경우 ①, ②, ③에 비해 ④에 입각하여 쓴 시가 많은 것은 격동의 시대를 살아오면서 시조가 역사와 현실을 제대로 반영할 수 있는 거울이어야 함을 자각한데 따른 비판정신의 확대 차원으로 받아들여진다. 형식에서 전통적인 율격의 변형이나 산문성이 크게 두드러진 것도 같은 맥락으로 읽힌다.

윤금초(尹今初)의 시 세계는 깊이 있는 사유와 자연스러운 감정을 함께 아우르고 있다. 그 사유의 깊이와 감정의 자연스러움이 시조 형식과 팽팽한 긴장관계를 유지하는 가운데, 시조 형식은 시를 소진될 수 없는 그 무엇으로 만들고 있는 것이다. 바꿔 말해, 그의 시에서 시조 형식은 비시적(非詩的)인 것을 시적인 것으로 위장시키기 위한 손쉬운 방편이 아니다. 시조 형식이 단순히 형식적 장치로서 기능을 하지 않고, 시의 내용과 함께 살아 있는 통제 기제로서 역할을 하고 있는 것이다. 사실 시조 형식에 대한 윤금초의 실험―또는 형식화에 대한 시인의 저항과 극복 과정―을 두드러지게 보여주는 것은 「청맹과니의 노래」다. 평시조, 사설 시조, 엇시조가 얽히고 설키는 가운데, 「청맹과니의 노래」

는 이제까지의 예에서 찾아보기 어려운 새로운 형태의 형식에 대한 저항을 드러낸다. 아울러, 그러한 저항이 대단한 성공을 거둘 수도 있다는 점을 뚜렷하게 보여주고 있다.

조오현(曺五鉉) 스님의 시조집 『산에 사는 날에』에 등장하는 시적 화자는 시인 조오현인 동시에 스님 오현이기도 하다. 「일색변(一色邊)」 연작은 시인/스님이 설정하고 있는 완성된 사내의 경지를 구체적으로, 그러나 매우 넉넉한 부피로 드러낸다. 전체와 부분을 한꺼번에 꿰뚫는 눈〔眼〕이 있으며, 거칠 것 없고 가차없는 자신감이 있고, 가여운 존재에 대한 연민이 있다. 그의 시세계는 크게 네 가지 주제로 정돈할 수 있는데 사내/스님다움의 경지를 노래한 것이 첫 번째 큰 주제이고, 두 번째는 '나'와 '또다른 나'가 치열하게 다투는 현장을 다룬 시편들이다. 세 번째는 수행의 '그늘'을 비판적으로 성찰하는 시편들, 네 번째는 자기 삶을 반성하는 일련의 기록이다. 음과 싸워, 마침내 마음으로부터 자유자재로 일련의 과정을 '대중화'한 것이 저 유명한 「심우도」다. 마음을 소에 빗대, 소를 발견하고 소를 길들여, 마침내는 소로부터 벗어나는 과정을 도주한 범인을 수사, 체포하는 상황으로 재설정해 「무산 심우도(霧山尋牛圖)」를 전개한다.

시대사적으로 조망을 한다고 하였지만 아직 어설픈 구석도 많고 보완해야 할 점도 많다. 혹시나 오로지 시조를 위해 평생을 창작에 몰두해오신 분들의 빛나는 문학적 성과에 누가 되지나 않을까 걱정이 앞서기도 한다. 아울러 우리는 이 책의 후속편이 될 『한국 현대시조 작가론 Ⅱ』를 준비하고 있다. 시기상으로 보아 7, 80년대 주요 시조시인들이 다뤄질 예정이다. 이 책의 미진한 부분들과 아울러 이 점 과제로 남긴다. 널리 이 방면의 연구자들과 독자들의 질정을 구한다.

2001. 11

김제현, 이지엽

차례

가람 시조론 - 이병기론

김제현 ‖ 시인 · 경기대 교수

한 시인의 작품세계를 이해하기 위해서는 그의 전 작품을 평면상에 늘어 놓고 살펴볼 필요가 있다. 그러면 우리는 두 가지 면에서 그 변모양상을 발견 하게 된다. 그 하나는 종래의 시세계가 보다 심화·확대된 모습이며, 다른 하 나는 종래의 시세계와는 완전히 다른 세계로 나아가는 변형된 모습이다.

가람의 시조작품은 후자의 적절한 사례다. 동양적인 자연사상을 바탕으로 한 오도(悟道)와 관조(觀照)의 세계가 전기 작품세계의 본령을 이루고 있는 데 반해 『가람 시조집』(1939) 이후의 작품들과 『가람문선』(1966)에 실린 시조들은 주로 휴머니즘을 바탕으로 한 현실인식과 투철한 참여정신을 특징적으로 보여 주고 있기 때문이다. 그러나 한국적인 서정세계가 전·후기에 걸쳐 두루 노래 되고 있으므로 여기서는 관조적인 세계를 보인 '자연시', 현실에 대한 비판정 신을 보인 '세태시', 생활의 정서를 노래한 '인정시'들로 나누어 살펴보고자 한 다.

1. 자연시와 관조세계

동양사상 가운데 자연을 주로 다룬 사상으로는 노장철학(老莊哲學)을 흔히 꼽는다.

일찍이 노자(老子)는 자연의 섭리를 천도(天道)라고 하고 인간 최고의 선은 천도, 즉 자연의 법칙을 따르는 것이라고 하였다(人法地 地法天 天法道 道法自然. 老子 道德經 二十五章). 그리고 동양인의 생활태도 또한 자연과 조화를 이루고 그에 순응하며 살아왔다. 인공과 인위(人爲)를 배제한 무위자연과 물아일체의 삶을 최고의 이상으로 삼았고, 허정(虛靜)의 세계에 드는 것을 삶의 최고 목표로 삼았다.

그것은 무위(無爲), 무욕(無慾), 무지(無智)를 수기(修己)의 덕목으로 닦음으로써만이 가능한 일이었고, 자연은 인위에 의해 더럽혀질 수 없으며 더럽혀져서도 안 되는 순수무구(純粹無垢)한 상태로 존재해야 함과 동시에 영원한 생명의 원천으로 인식되어 온 것이 동양인의 자연에 대한 전통적인 관념이다.

자연은 무한한 생명력과 신비로운 조화의 힘을 지니고 있다. 따라서 자연의 한 부분 또는 어떠한 변화의 양상까지도 반드시 자연의 생명력과 그 법칙에 연관되어 있다. 자연의 이법이나 자연의 아름다움이 시적 대상이 되고, 시정신에 수용된 것은 오랜 역사를 지니고 있다.

가람 시조는 자연에 대한 태도에 있어서 다른 시인과 차이를 보인다. 종래의 시조들이 먼 거리에서 바라보고 큰 재료(대상)를 사용하여 관념적인 절대 가치를 부여하고 있었다. 이에 비해 가람은 가까운 거리에서 작은 것을 관찰하고 그 본질성을 파악하고 있다는 점에서 주목된다. 물론 중간물을 사상(捨象)해 버린 직관으로써 사물의 본질을 파악하는 관조적인 태도는 유수한 동양의 시들이 특징적으로 보여주고 있는 작시법이기도 하지만 이러한 가람의 관조적 태도는 사물의 본질과 가치를 추구하는 데 만족하지 않고, '나'와 '자연'이 융합된 상태에서 자연의 질서를 찾고 그 오묘한 이치에 도달하고자 하는 구도의 길을 걷고 있다는 점에서 더욱 특징적이라고 할 수 있다.

맑은 시내 따라 그늘 짙은 소나무숲
높은 가지들은 비껴드는 볕을 받아
가는 잎 은바늘처럼 어지러이 반작이다

청(靑)기와 두어 장을 법당(法堂)에 이어 두고
앞뒤 비인 뜰엔 새도 날아 아니 오고
홈으로 나리는 물이 저나 저를 울린다

헝기고 또 헝기어 알알이 닦인 모래
고운 옥(玉)과 같이 갈리고 갈린 바위
그려도 더러일가봐 물이 씻어 흐른다

폭포(瀑布)소리 듣다 귀를 막아도 보다
돌을 베개삼아 모래에 누워도 보고
한 손에 해를 가리고 푸른 허공(虛空) 바라본다

바위 바위 위로 바위를 업고 안고
또는 넓다 좁다 이리저리 도는 골을
시름도 피로(疲勞)도 모르고 물을 밟아 오른다

얼마나 험하다 하리 오르면 오르는 이 길
물소리 끊어지고 흰구름 일어나고
우러러 보이던 봉우리 발 아래로 놓인다

—「계곡(溪谷)」 전문

『가람 시조집』을 펼치면, 맨처음 접하게 되는 작품이 「계곡(溪谷)」이다. 그리고 그의 관조는 여기서부터 시작된다. 지금 시 중의 화자(話者)는 맑은 시냇물을 따라 계곡을 오르고 있다. 그늘 짙은 소나무 숲길을 지나니 문득 청기와 두어 장을 인 법당이 나선다. 이미 사람들의 발길이 끊겨 조용하기만 하다. 법당은 비어 있고 새들마저 날아오지 않는 빈 뜰에는 적막만이 깔려 있다. 아무도 그 고요함에 귀기울이는 이 없고 홈으로 나리는 물이 제 홀로 저를(저나 저를) 울리며 적막을 깨치고 있지만 그 물소리가 적막감을 더해 준다. 법당의 정적, 그 고요함이 인생의 무상함과 쓸쓸함의 정서를 환기시켜 주지만 이러한 깨달음의 행간을 건너 물이 흐른다.

모든 생각, 모든 흔적을 씻고 또 헹구어 옥같이 고운 모래와 바위들을 그래도 더럽혀질까봐 씻어 흐르고 있는 것이다. 이렇듯 순수무구(純粹無垢)한 자연의 세계에 든 시중의 화자는 폭포소리에 귀를 막아도 보며 돌을 베개 삼아 모래 위에 누워 푸른 허공을 바라보기도 한다. 한 손에 해를 가리고 하늘이 아닌 허공만을 바라보던 시중의 화자는 다시 '바위 바위 위로 바위를 업고 안고' 있는 험준한 계곡의 좁은 길을 이리저리 돌며 물을 밟아 오른다. 오르고 오르지만 끝없는 좁은 길이다.

마침내 물소리 그치더니 흰구름 일어나고 멀리 보이던 산봉우리들이 발 아래로 굽어보인다. 산의 정상에 다다른 것이다. 탁트인 시야가 시원스럽게 펼쳐진다. 시중의 화자는 지금까지 이 상쾌한 기쁨을 얻기 위해 그 험한 계곡을 오른 것이다.

그러니까 「계곡」은 이렇듯 한 등반(등산)의 과정과 광경을 한 폭의 풍경화로 그려낸 작품이라고 할 수 있다.

'가는 잎 은바늘처럼 어지러이 반작'이고, '홈으로 나리는 물이 저나 저를 울리'며, '바위 바위 위로 바위를 업고 안고' 있는 것이 계곡의 풍경이며 실상이다. 아무런 가식도 한 구절의 수식도 더하지 않음으로써 계곡의 풍경이 오히려 선명하게 떠오른다. 자연을 찬미하거나 감탄하지 않고 담담하게 대상(사물)을 묘사해 나가는 것이 가람의 표현법이기는 하지만 여기에서도 정서는 배제되고 자기 완성이라든가 성숙의 가치 추구라든가 하는 내면의식도 고려되어 있지 않다. 다만 계곡의 형상과 물상들을 사실적으로 그려내고 있을 뿐이다.

그럼에도 불구하고 우리는 「계곡」의 밑그림에서 자연의 순수무구함과 고요함의 의미를 깨닫게 되고, 허정의 세계를 느끼게 된다. 아무런 욕망도 격정도 없이 산(자연)을 바라보고 섰는 시중 화자의 모습에서 시인의 관조세계와 만나게 된다.

이제 산에 드니 산에 정이 드는구나
오르고 내리는 길 괴로움을 다 모르고
저절로 산인(山人)이 되어 비도 맞아 가노라

이골 저골 물을 건너고 또 건너니
발밑에 우는 폭포 백(百)이요 천(千)이러니
박연(朴淵)을 이르고 보니 하나밖에 없어라

봉머리 일던 구름 바람에 다 날리고
바위에 새긴 글발 메이고 이지러지고
다만, 이 흐르는 물이 궂지 아니하도다

—「박연폭포(朴淵瀑布)」 전문

박연폭포는 예로부터 송도삼절(松都三絶)의 하나로 꼽히는 절경이다. 지금도 천마산록에 들면 계곡마다 물이 넘쳐흐르는 소리가 요란할 것이다. 둘째 수는 그 광경을 생동감 있게 묘사하면서 폭포소리로써 선(仙)과 속(俗)의 두 경계를 가름하고 있다.

시중의 화자는 속과 선이라는 두 경계의 지점에서 발걸음을 옮겨 산속으로 들어간다. 산속에 은거하기 위해서가 아니라 박연폭포의 장관을 보기 위해서다. 그런데 그 오르고 내리는 길은 수기(修己)의 길만큼 괴로운 길이며, 비까지 맞으며 가야 하는 어려움의 길이다. 폭포는 보이지 않고 물소리만 요란하다. 백(百)이요, 천(千)이요, 흘러내리던 폭포가 박연에 이르니 하나밖에 없다. 모든 물줄기가 하나에서 비롯되고 또 하나로 합친다. 그 하나가 자연의 이치며 본상(本像)으로서의 깨달음을 준다.

'봉머리 일던 구름 바람에 다 날리고' '바위에 새긴 글발'도 메이고 이지러져서 산봉우리는 산봉우리대로 바위는 바위대로의 본래 모습으로 돌아가듯이 인생의 어떠한 일도 바람도 결국은 하나의 원상으로 돌아가게 된다는 것이 자연의 섭리라는 깨달음이다.

이제, 시중의 화자는 산(山)과 인(人)이 합치는 경계에 이른다. 선(仙)이다. 「만폭동」에서의 선인이 여기서는 산인이 된 셈이며, 시인은 선인(仙人·神仙)이라는 용어 대신 산인이라는 말을 사용하고 있다. 이는 곧 그의 야인적 풍모를 나타낸 것이다. 이러한 야인성(野人性)이 '자연' 곧 '나'이며, '나' 곧 '자연'이라는 관계를 설정시켜 준다.

따라서 「박연폭포」는 시인과 자연이 동화되어 가고 있는 모습을 보이고 있는 것이며, 산인의 눈에 비친 자연을 아무런 관념의 개입 없이 그려낸 서경적인 작품이라고 할 수 있다. 하나로 파악한 박연과 궂지 않음으로써의 물의 생리를 파악한 것은 직관을 통해서 얻은 시인의 오도(悟道)의 경지라고 할 것이다.

> 그 얼굴 그 모양을 누가 탐탁다 하리
> 앞뒤로 돌보아도 연연한 곳이 없고
> 그 속은 얼음과 같이 차고 담박(澹泊)하도다
>
> 차고 담박함을 누가 귀엽다 하리
> 다만 헌신같이 초개(草芥)에 버렸으니
> 때 묻고 어지러짐이 저의 탓은 아니로다

─「괴석(怪石)」 전문

예사 사람의 감각으로 돌의 모양을 보기는 어렵지 않다. 그러나 가람처럼 섬세한 감각으로 그 체온까지 느끼지는 못할 것이다. 이 작품에서의 화자는 얼음과 같이 찬 돌의 체온과 담백한 질감까지 선(禪)의 경지 이상으로 느끼고 있다. 돌을 자기화한 상태다.

괴석이란 괴이하게 못생긴 돌이다. 그러니 누군들 탐탁하게 생각할 이 없고 연연한 구석이 없으니 버려질 수밖에 없다. 그리고 그렇게 버려진 돌이니 온갖 때가 묻고 이지러질 수밖에 없다. 그러나 그것이 그 돌의 탓이 아니라는 내용이다.

여기서의 돌은 그 못생긴 모양과 차갑고 담백한 속성으로 말미암아 버려진 돌이다. 그리고 이 돌은 특별한 돌이 아니라 흔히 볼 수 있는 돌이기도 하다. 그렇지만 그 돌(들)이 거기에 그렇게 있는 것이 '저(돌)의 탓'이 아니라고 말하고 있다. 사람들 또한 여기에 이렇게 있는 것 역시 '나'의 탓이 아니라는 의미다.

그것은 자연의 본성이며, 어떤 오묘한 이치다. 자연과 나를 구분하지 않는 정신 내용 속에서 돌을 자기화한 상태다. 여기서 우리는 시인의 달관을 엿볼 수 있으며, 자연에 대한 예민한 감각이 아니라 시인의 야인적 기질이 본능적으로 표백해 낸 돌의 의미와 만나게 된다.

봄날 궁궐 안은 고요도 고요하다·
어원(御苑) 넓은 언덕 버들은 푸르르고
소복한 궁인은 홀로 하염없이 거닐어라

썩은 고목 아래 전각(殿閣)은 비어 있고
파란 못물 우에 비오리 한 자웅(雌雄)이
온종일 서로 따르며 한가로이 떠돈다

―「봄·2」 전문

「계곡」「박연폭포」「대성암」「괴석」 등에서 볼 수 있듯이 가람 시조에는 산과 물, 하늘과 구름, 꽃과 돌(바위) 등의 자연물이 주요 소재로 등장하고 있다. 이러한 자연소재들은 그 하나하나가 일깨움의 대상으로서 그 가치를 지니고 있으며 시인의 자연에 대한 관심을 나타내 보여주기도 한다. 그러나 가람의 시조가 자연의 관조에만 머물러 있는 것은 아니다.

「봄·2」는 어느 봄날의 고궁을 사생한 작품이다. 봄은 온갖 생명들이 소생하는 약동하는 계절이다. 그런데 여기서의 봄은 그저 고요하기만 하다.

봄날 넓은 궁궐 뜰을 소복한 궁인이 하염없이 거닐고 있고 빈 전각 아래 못물에는 비오리 한 자웅이 한가로이 떠돌고 있는 그러한 풍경이다. 소복한 궁인과 빈 전각이 고요함을 돕는다.

‘궁궐’ ‘궁인’ ‘전각’ 등의 역사적 소재가 한 왕조를 암시해 주며 ‘소복한’과 ‘빈’의 관형어가 멸망의 의미를 전해 준다. 이렇듯 비쳐지는 궁궐의 풍경에서 우리는 한 왕조의 의미를 생각하게 되며 역사의 의미를 되새기게 된다. 결국 인간의 어떠한 권위도 영화도 영원한 시간 앞에서는 무력할 수밖에 없고 고요 속으로 묻혀 갈 수밖에 없다.

‘소복한 궁인’ ‘썩은 고목’의 어두운 심상과, ‘버들은 푸르르고’ ‘파란 못물’의 밝은 심상이 교차되면서 나타내 보인 의미를 고요함으로 파악하고 있는 시인의 직관에서 그의 현실인식과 역사 관조의 태도를 엿볼 수 있으며, 궁인과 비오리만이 하염없이 거닐고, 한가로이 떠도는 광경은 유유자적한 시인의 정신적 모습에 다름이 아니다.

시인의 자연에 대한 관심은 여러 가지 각도에서 해석되어질 수 있다. 자연의 순수성을 사랑하거나 자연과의 동화를 염원하고 그 영속성을 추구하며 자연의 이치를 깨닫고 생명의 가치를 고양시키기도 한다. 자연의 아름다움에 대한 탄미나 관념적인 표상이 아니라 구체적인 언어로써 맑고 고요한 풍경을 비춰 주는 데 그 특징이 있다고 할 수 있으며, 여기서 가람 특유의 맑은 관조와 고요함에 빠져들게 된다.

2. 난초의 정신과 법열(法悅)

　가람과 난초는 분리해 생각할 수 없고 가람 시조를 논하는 자리가 있을 때마다 난초시는 그의 작품세계를 해명하는 데 중요한 단서를 제공해 준다.

　무애 양주동(无涯 梁柱東)은 "난초는 가람인가"라는 비유로써 가람의 작품세계를 요약한 바 있고, 김윤식의 「가람론」에 이르면 난초의 생리로써 파악한 인생에 대한 오도가 그의 시조의 예도로서 난초의 기품 그 자체가 가람 시조의 격조로 분석·평가되고 있음을 볼 수 있다(『한국문학사 논고』, 법문사, 1973).

　시인의 말을 빌면, "난과는 40여 년 깊은 인연이 있다. 나의 많은 파란과 함께 난도 환난이 많았다."(수필 「梅蘭과 새해」)고 한다. 이로 미루어 볼 때, 시인이 난초와 인연을 맺기 시작한 것은 1910년대 중반부터였고, 난초와 더불어 생활해 오는 동안 그 정신을 발견하고 오도에 이르기 시작한 때는 1930년대 초반부터였음을 짐작하기 어렵지 않다. 그리고 그 햇수는 시인의 시조 창작생활 기간과도 맞먹는다.

　「난초」 시는 4편 7수로 짜여진 연작시조다. 가람의 난초 시조를 논할 때, 「난초·1, 2, 3, 4」 전편을 하나의 작품으로 이해하는 경우와 각각 독립된 작품으로 해석하는 경우가 있다. 여기서는 '연작을 짓자'는 시인의 주장과 권두환의 해석을 참고하여 4편 7수를 한 작품세계로 살펴보고자 한다.

　　　한 손에 책을 들고 조오다 선뜻 깨니
　　　드든 별 비껴 가고 서늘바람 일어 오고
　　　난초는 두어 봉오리 바야흐로 벌어라

　　　　　　　　　　　　　　　　　　　　　　　　－「난초(蘭草)·1」 전문

　「난초(蘭草)·1」은 바야흐로 벌어지는 난초꽃 두어 봉오리의 피어남을 신선하게 노래하고 있다.

난초는 아무때나 피지 않고 대개 사람들이 잠든 사이 '서늘 바람'을 좇아 핀다. 시중의 화자는 책을 들고 졸다 '서늘바람'에 선뜻 잠을 깬다. 어떤 예감이다. 그렇게 기다리던 난초꽃 두어 봉오리가 바야흐로 벌어지고 있는 것이다. 그 비밀스런 광경을 모처럼 대하게 된 희열감에 시중의 화자는 깊은 감명을 받은 상태다.

난초꽃은 햇볕의 에너지와 '서늘바람'을 내적 자양으로 하여 피는 꽃이다. 그의 작품 도처에서 발견할 수 있는 햇볕에 유의하고 바람을 주목할 때 햇볕의 그 따스함은 생명의 에너지로 파악되며 바람은 서늘함으로서 난초의 생리로 이해된다. 따라서 꽃과 햇볕 그리고 바람은 동격의 위치에 놓이고 하나의 생명적 동질성을 지니게 되는 것이다.

> 새로 난 난초 닢을 바람이 휘젓는다
> 깊이 잠이나 들어 모르면 모르려니와
> 눈뜨고 꺾이는 양을 참아 어찌 보리아
>
> 산듯한 아츰 볕이 발틈에 비쳐 들고
> 난초 향긔는 물밀듯 밀어 오다
> 잠신들 이 곁에 두고 참아 어찌 뜨리아
>
> —「난초·2」 전문

「난초·2」는 「난초·1」에 등장하는 '서늘바람', 즉 난초꽃을 피워 올린 그 바람이 돌변하여 난초 잎을 휘젓는 상황에 시적 계기가 마련되어 있다.

첫째 수에는 휘젓는 바람에 꺾일 듯 꺾일 듯한 난초 잎을 대하는 시중 화자의 애처롭고 안타까운 심정이 그려져 있고, 둘째 수에서는 난초가 해맑은 햇살 속에 그 향기를 화자에게 한껏 내뿜어주고 있다. "눈뜨고 꺾이는 양을 참아 어찌 보리아"와의 이심전심이며 잠신들 이 곁을 두고는 차마 떠나지 못하는 마음과의 교감이다. 「난초·3」의 "나도 저를 못 잊거니 저도 나를 따"른다는 것이다.

생명의 향기로 비유되는 난초의 향기가 물밀듯이 밀려옴으로써 시중의 화자는 그 희열감에 격렬한 정조를 일으키지만 부드럽게 다스려진 표현이 오히려 긴 여운을 남긴다.

오날도 온종일 두고 비는 줄줄 나린다
꽃이 지든 난초(蘭草) 다시 한 대 피어나며
고적(孤寂)한 나의 마음을 저기 위로하여라

나도 저를 못 잊거니 저도 나를 따르는지
외로 돌아 앉어 책(冊)을 앞에 놓아 두고
장장(張張)히 넘길 때마다 향을 또한 일어라

―「난초(蘭草)·3」 전문

「난초(蘭草)·3」의 시상은 첫 수 중장 '꽃이 지든 난초(蘭草) 다시 한 대 피어나며'라는 구절로부터 비롯되고 있다.

이 작품의 배경으로 비가 내린다. 온종일 내리는 비가 시중 화자의 외로움을 돕고 있다. 그 외로움은 난꽃을 볼 수 없음에서 온 것이며, 꽃이 지든 난초가 다시 한 대 피어나 고적한 마음을 위로해 준다고 진술하고 있다. 난초꽃이 지면 마냥 섭섭하고 고적하다는 것이다. 이제 난과 시중의 화자는 뗄 수 없는 생명적 관계에 놓인 상태다. 비록 외로 돌아앉아 책장을 넘기지만 난은 향을 인다. 서로가 서로를 못 잊고 따르는 난과의 동화된 상태가 '책'과 '난초'와 '나'가 하나로 융합되어 생명의 향기를 뿜고 있다.

「난초·1」은 개화(開花)를, 「난초·2」는 그 향기를, 「난초·3」은 두 번째의 개화를 노래하고 있다. 시인의 생명의식과 한떨기 꽃을 피우는 난초와의 교감이 시간의 흐름에 따라 지속과 변화의 양상을 보여준다. 그리고 그의 예민한 생명감각이 난초의 생리를 고결한 기품으로 파악하고 있는 것이다.

빼어난 가는 잎새 굳은 듯 보드랍고
가짓빛 굵은 대공 하얀한 꽃이 벌고
이슬은 구슬이 되어 마디마디 달렸다

본대 그 마음은 깨끗함을 즐겨 하여
정한 모래 틈에 뿌리를 서려 두고
미진(微塵)도 가까이 않고 우로(雨露) 받어 사느니라

—「난초(蘭草)·4」 전문

「난초·4」는 정한 모래 틈에 서려 있는 뿌리, 그것도 햇볕에 맨살을 드러낸 뿌리를 들여다보는 순간의 발견(오도)을 노래하고 있다.

첫째 수는 난초의 모습이다. 그 잎새와 하얀 꽃 그리고 줄기에 매달린 이슬이 간명하면서도 영롱하게 그려져 있다. 그 가는 잎새의 굳은 듯 보드라움과 '가짓빛 대공' '하얀 꽃'의 대조가 난초의 모습과 성격을 선명하게 드러내며 이슬이 구슬로 비치는 아름다움을 보여준다. 그것은 난초가 아닌 것으로부터도 난초에로의 조화를 이루어 냄으로써 가능한 일이다.

둘째 수는 의인법을 사용하여 그 탈속하고 고적한 난초의 성품을 노래하고 있다. 최자(崔滋)의 말을 빌면, 첫째 수는 눈을 놀라게 한다는 '경어안(驚於眼)'이요, 둘째 수는 마음을 경건하게 한다는 '경어심(敬於心)'이라고 할 수 있다.

모든 식물들은 흙에 뿌리를 내리고 산다. 그러나 난초는 모래, 그것도 깨끗한 모래 틈에 뿌리를 서려 두고, 미진도 가까이 하지 않고 우로(雨露) 받아 산다. 그것이 난초의 생리며 기품이다. 그리고 그 기품의 발견은 바람 불고 비 오는 날들의 오랜 시간을 거쳐 비로소 깨닫게 된 시인의 인생에 대한 관조며 오도로 풀이되는 것이다.

모든 식물들이 흙 속에 뿌리를 내리고 살듯이 세상 사람들이 진흙탕 속에서 허우적거리며 몸과 마음을 더럽혀 가고 있을 때, 고결한 정신을 꿋꿋이 지켜 가며 살아온 가람을 상기하고, 바람 불고 비가 내리는 「난초시」의 개화 배경을 주목할 때, 난초시의 의미는 보다 구체화될 수 있다. 첫 수의 '이슬'이 둘째 수 종장에 이르러 '우로'로 변용됨으로써 삶의 이미지를 포용하게 되는 점으로 미루어 보더라도 난초의 생리와 기품은 곧 시인의 삶이나 기품과 일치하게 된다.

시인은 난초를 재배한지 30여 년이 되었고 오도를 하고서야 재배할 수 있다고 하였다. 그리고 40여 년의 깊은 인연 속에 많은 환난을 겪어 왔다고도 하였다. 따라서 난초의 생리로써 파악된 그의 오도는 많은 환난을 겪고야 이르른 길임을 알 수 있으며, 조국이 처한 비극적 상황의 비유적 의미를 내포하고 있는 환난 속에 빼어난 난초의 잎새는 곧 시인의 사랑이었고 조국이었음을 알 수 있는 것이다. 권두환의 말과 같이 「난초」 시편들은 "한 시대 한 사회에 머무르지 않고 한 기쁨이나 슬픔에도 꺾이지 않고 모든 시대의 기쁨과 슬픔 속에서 향기를 더해가는 정신으로 살아 있는 것이다"(정한모 · 김재홍 편, 『한국대표시평설』, 문학세계사, 1983, 108면).

이와 같이 난초시의 정신은 후기 작품에 속하는 「풍란」 「도림란」 「청매」 등으로 이어지고 있음을 볼 때 가람 시조의 미학적 본령이 여기에 있음을 알 수 있다.

> 잎이 빳빳하고도 오히려 영롱(玲瓏)하다
> 썩은 향나무껍질에 옥 같은 뿌리를 서려두고
> 청량(淸凉)한 물기를 머금고 바람으로 사노니
>
> 꽃은 하얗고도 여린 자연(紫煙)빛이다
> 높고 조촐한 그 품(品)이며 그 향(香)을
> 숲속에 숨겨 있어도 아는 이는 아노니
>
> —「풍란(風蘭)」 전문

　「풍란」과 「도림란」은 후기 작품에 속하지만 감정이 절제되고 일체의 과장이나 덧붙임이 없다는 점에서 전기의 작풍과 다를 바 없다.

　시인은 "풍란화 밑에서 그 향을 마시며 이 노래를 다시 읊었다"고 일기에 적고 있다. 그만큼 이 시인이 아끼던 난이며 작품 중의 하나임을 알 수 있게 해준다.

　이 난은 제목에서 볼 수 있듯이 풍란이다. 그리고 그 잎새의 빳빳함으로 보아 웅란(雄蘭)임을 알 수 있으며, 웅란은 그 자태도 자태지만 맑고도 매운 향기로 하여 더욱 진귀하게 여겨지고 있는 난이다.

　첫 수는 잎새의 영롱함과 나무껍질 속에 서린 뿌리의 맑고 깨끗함을 표상하고 있고, 둘째 수는 그 정신과 기품을 형상화시키고 있다.

　'영롱한 잎새' '옥같은 뿌리'로 표상되고 있는 난초는 청량한 물기를 머금고 바람으로 산다고 하였다. 그것이 난초의 생리이며 속성이다. 따라서 난초의 속성이 드러내는 '높고 조촐'한 그 품이며 그 향은 숲속에 있어도 아는 이는 다 안다. 결코 요란하지 않고 떠들거나 드러내지도 않는 것이 난초의 속성이며 기품이다. 그러나 아는 이는 다 알며 아무리 숲속에 숨어 있어도 그 가치가 없어지는 것이 아니다. '아는 이는 다 안다'는 인식 방법은 동양 지성의 전통적인 한 인식방법에 다름이 아니지만 난초의 속성이 시인의 기질성으로 나타나며 난초의 기품이 시인의 기품으로 투영되고 있다.

　　　　난의 만여종(萬餘種)이 온 대륙에 펼쳐 있다
　　　　계손맥문동(溪蓀 麥門冬)도 난이라 일컫는데
　　　　봄에 핀 이 일경일화(一莖一花)가 정말 난이었다

　　　　하이얀 줄거리에 비취옥(翡翠玉)같은 그 화관(花冠)
　　　　오늘 새벽에야 바야흐로 벌었다
　　　　으늑히 떠 이는 향에 나는 자못 놀랐다

　　　　　　　　　　　　　　　　　　　　　　　—「도림란(道林蘭)」

　　무명의 풀(사물)에 이름을 붙여 준다는 것은 곧 하나의 생명체를 탄생시키는 일이 된다. 따라서 창조적인 의미를 지니는 것이며 그 방면에 깊은 조예와 지식을 가진 사람만이 가능한 일이다. '도림란(道林蘭)'이란 가람이 작명하여 오늘에 불리워지고 있는 진기한 춘란의 이름이다.

　　진귀(眞貴)한 난은 그만큼 기르기도 어렵다. 그래서 더욱 소중하게 여겨지는 지도 모른다. 시인은 많은 공을 들여 이 난을 길러 왔다. 그리고 그 꽃을 보기 위해 지금 잠을 이루지 못하고 있다. 새벽 무렵에 이르러서야 이윽고 피어오른 '하이얀 줄거리에 비취옥 같은 화관'의 난꽃을 보게 된다. 시인은 그 순간의 감동을 억제하지 못하고 있다. 그 독특한 생김새와 청량한 비취빛 비색의 꽃잎이 일찍이 느껴보지 못한 신기함을 보여주고 있기 때문이다. 그러나 명사(형)의 서술 종결어로 억누르고 있던 시적 감동도 '으늑히 떠이는 향'에는 감탄에 빠질 수밖에 없고, 시중의 화자는 자못 놀래어 그 비향의 아찔한 비경으로 빠져들고 있다. 곧 신비로운 생명의 향기에 도취된 상태에서 발견의 놀라움과 법열을 느끼고 있는 것이다.

봄마다 방긋방긋 구슬보다 영롱(玲瓏)하다
낼모래면 다 필 듯 벗들도 오라 하였다
진실로 너로 하여서 떠날 길도 더뎠다

대체 복(福)이란 건 길고 짜를 뿐이다
요(夭)니 수(壽)니 함도 이걸 일컬음인데
짜르고 긴 그 동안을 우리들은 산다 한다

오늘 아침에야 봉 하나이 벌어졌다
홀로 더불어 두어 잔을 마시고
좀먹은 고서를 내어 상(床)머리에 펼쳤다

—「청매(青梅)·3」 전문

매화는 이른 봄 눈 속에서 핀다. 지금 막 벙그는 꽃봉오리와 마주 앉아 술잔을 기울이고 있는 시중 화자의 모습이 상머리에 떠오른다. 정이월의 차가움과 술잔의 따스함이 결합되어 '나'와 '매화'가 하나로 조화된 일체의 현상을 보여주고 있다. 목숨의 길고 짧음의 의미를 하나의 존재방식과 동일한 가치로 인식하는 생명의식 자연의 본질과 이치로 파악한 시인의 생명감각이 파악해 낸 오도라고 할 수 있다. 시중의 화자는 이미 술에 취한 듯한 몽롱한 상태로 매화향기에 배어들고 있다. 생명의 본질과 자연의 이치를 깨달음으로써 법열을 느끼고 있는 터다.

한편, 이 시인의 매화(梅花) 시편들은 봄을 맞이하고자 하는 희망과 개신(改新)의 의지를 안으로 간직하고 있음도 간과할 수 없다.

풍지(風紙)에 바람 일고 구들은 얼음이다.
조그만 책상(冊床) 하나 무릎 앞에 놓아 두고
그 위엔 한두 숭어리 피어나는 수선화(水仙花)

투술한 전복껍질 발달아 등에 대고
따듯한 볕을 지고 누워 있는 해형수선(蟹形水仙)
서리고 잠들던 잎도 굽이굽이 펴이네

등(燈)에 비친 모양 더우기 연연하다
웃으며 수줍은 듯 고개 숙인 숭이숭이
하이얀 장지문 위에 그리나니 수묵화(水墨畫)를

—「수선화(水仙花)」

「수선화」는 수줍은 듯 고개 숙인 수선화의 모습을 수묵화로 그린 작품이다. 등(燈)에 비추이어 장지문에 비쳐진 수선화의 모습이 아련하고도 연연하다.

시인의 표현과 꽃말을 빌면 '저나 저'를 좋아하여 물에 빠져 죽었던 나르

시스의 영혼으로 황홀한 자아도취 상태에서 '수선화'의 모습을 그려내고 있는 것이다. 그런데 하얀 장지문에 그려진 '수선화'의 수묵화는 서경에 다시 서경을 보태어 중의적인 의미까지 확장시켜 갖추도록 했다.

"풍지에 바람 일고 구들은 얼음이다"는 공간적 배경은 시중의 화자가 처한 현실적 상황임과 동시에 겨울로 상징되는 차가운 현실 속에 자리한 수선화의 존재양상을 암시한다. 수선화는 2월의 차가움 속에서 피는 꽃이다. 따라서 수선화의 생리는 차가움이며 차가운 만큼 강렬한 생명력을 지닌다. 그 생명의 본질이 장지문 위에 빛과 그늘의 의미로 그려지고 있다. 즉, 생명의 차가움과 따뜻함의 의미다(김윤식, 「가람론」).

2월의 차가움 속에서 피어나는 수선화의 강렬한 생명력을 역작용으로 파악한 시인의 확실한 감각으로서의 생명감각이 아니라면 수선화의 본질적 의미는 아무 데서도 찾아볼 수 없다. 따라서 시인이 파악한 생명의 본질은 바로 볕과 그늘, 즉 밝음과 어둠이며 따뜻함과 차가움이다. '등에 비친 수선화의 모양이 더우기 연연'하게 비춰지는 것도 이 때문이다.

> 어두운 깊은 밤을 나는 홀로 앉았노니
> 별은 새초롬히 처마끝에 내려 보고
> 애연한 서향(瑞香)의 향은 흐를 대로 흐른다
>
> 밤은 고요하고 천지도 한맘이다
> 스미는 서향의 향에 몸은 더욱 곤하도다
> 어드런 술을 마시어 이대도록 취하리
>
> ─「서향(瑞香)」

「서향」은 고요한 밤에 스며드는 서향에 흠뻑 취한 상태를 노래하고 있는 작품이다. 가람의 시조에서 서정성이 드러나는 경우는 드물다. 그러나 이 시조는 서정성이 돋보이는 작품이다. 서경의 광경은 전혀 보이지 않는다. 그럼에도 불구하고 정물화같은 고요한 풍경을 느끼게 하며 밤을 배경으로 하여 홀로 앉아 있는 시인의 모습이 떠오른다. 그것은 그의 표현법이 사생법에 익숙해져서 광경 없이도 서경을 드러낼 수 있는 경지에 이르렀기 때문이다.

'애연한 서향의 향 흐를 대로 흐'르는 밤은 하늘과 땅이 따로일 수 없고 천지 간에 '나' 또한 따로일 수 없다. 처마 끝에 바라보이는 별이 별(따스함)과 차가움의 접합 지점이라면 스미는 서향은 하늘과 땅, 그리고 나를 하나로 묶는 융합의 상태를 보여주고 있다. 관조의 서경이 드러나고 있는 것이다.

이와 같은 융합의 의미에서 시인의 도취감을 느낄 수 있으며 생명체로서 감당하기 어려운 현기증을 느끼게 해준다. '몸은 더욱 곤하고' '술은 마시어도 이대도록 취하리'라는 것이다. 이 대목에 이르러 우리는 시인의 관조를 넘어선 침잠의 세계와 만나게 되며, 서경이 그대로 서정으로 탈바꿈했는 데도 그것이 너무나 자연스럽고 은밀하여 눈치 채기 어려울 정도다(정미라, 『근대시조연구』, 185면).

여기서 잠깐 시인의 산문들을 살펴보자.

빵은 육체나 기를 따름이지만 난은 정신을 기르지 않는가

— 수필 「풍란」 부분

내가 난초 재배한지 30여 년에 이걸 달라는 이는 많았으나 주어도 기르는 이 없었다. 이도 또한 오도(悟道)다. 오도를 하고서야 재배한다.

— 수필 「난초」 부분

"芒鞋踏破東頭雲　盡日尋不見春
歸來笑燕梅花醉　春在校頭已十分" (범려(范蠡) 작)

이란 것을 보고 오도까지 하였다는 명시였으나 그런 자연상태에만 맡겨두고 그걸 보고 오도까지 하였다는 그런 것보다도 지금 우리로는 그런 오도보다

도 매화 피기를 촉진하여야겠다. 아닌게 아니라 나는 이미 내 손으로 가꾸어 '春在校頭已十分' 전의 매화를 보았다. 이리하여 나는 나의 오도를 따로 그 매화보다도 먼저 하였다고 하고 싶었다.   −수필 「매화」 부분

> 만수(萬穗)가 다 조락하고 만뢰(萬籟)가 구적(具寂)한 동짓날 긴긴 밤에 홀로 그 백화며 청향을 대할 때 비로소 법열과 오도의 순간을 얻을까 한다.
>   −수필 「매란과 새해」 부분

시인은 난과의 깊은 인연 속에 한 평생을 살아왔다. 환난을 같이 하며 살아오는 동안 시인은 난을 닮아 갔을 것이며, 난 또한 시인을 닮아 갔을 것이다. 난의 생리를 파악하고 기품을 닮아 가는 시인의 정신적 행로, 그 구도의 길에서 만난 난과 매화가 오도의 대상으로 존재하고 있음을 알 수 있다. 그렇다고 하여 난과 매화의 향기만이 법열과 오도의 순간들을 가져다 주는 것은 아니다. 시인의 생명의식과 생명감각은 자연의 이치를 깨닫고 생명의 본질 및 그 가치를 발견하는 오도와 법열의 순간들을 시적 대상(자연의 물상)을 통해 얻어가고 있는 것이다.

따라서 시인의 자연시들이 보이는 관조적인 세계와 난초의 미학은 시인의 생명의식과 깊이 관련되어 있고, 그의 생명감각이 포착한 대상(존재)의 의미가 고요한 서경시로 표상되고 있다고 할 수 있다.

이상과 같이 가람 시조의 자연시편(특히 난초시)들은 세상의 속기(俗氣)를 털어 주며, '정결한 것' '순수한 것' '본디의 것'들과 '고요함'의 의미를 생각케 한다.

3. 민족적 비애와 저항 정신

가람은 누구보다도 한국적인 풍토에 민감한 시인이었다. 따라서 한국적인

리리시즘을 표출한 작품들이 없을 수 없으며, 자연과의 교감을 고도한 정신세계로 끌어올린 감성적인 작품들이 시적 본령을 이루고 있는 것이 사실이다. 그리고 후기 작품들에서 이러한 경향의 시조들을 대하기 어렵지 않다. 그러나 후기 작품의 특징은 역시 시대현실에 대한 부정적 인식에서 비롯된 비판적인 내용의 현실묘사 시에 있다고 할 수 있다.

가람의 시세계에 이와 같은 변화의 전기를 가져다 준 것은 조선어학회 사건이었고, 1년여의 옥중생활은 가람의 정신 및 생활에 커다란 충격과 변화를 안겨다 주었다. 1년여의 옥중생활을 거치는 동안의 참혹한 상황과 비통한 심경을 표출하고 있는 것이 「홍원저조(洪原低調)」다.

묵직한 철책문이 덜그럭 닫치는고나
도몰아 이는 시름 가슴이 메어지고
하룻밤 지내는 동안 적이 수(壽)를 덜었다.

버버리 그저 있고 처녀는 어제 죽다
발도 거지 않고 자리를 옮겨 앉아
우러러 철창(鐵窓)너머로 달을 처음 보았다.

—「홍원저조(洪原低調)·1, 2」

「홍원저조」는 양심과 정의가 마비된 질서 속에서 자유마저 박탈당한 이 민족의 비통함과 한 시대의 비극상을 메시지로 전하고 있는 작품이다.

'묵직한 철책문이 덜그럭 닫치면서'부터 겪게 된 참혹한 옥중생활은 시인만이 겪는 비통함만은 아니었다. 버버리(벙어리)는 스파이라는 죄목으로 잡혀와 매를 맞고, 영생여자중학교 여학생 처녀는 윤감(輪感)으로 죽어야만 했다. 그것이 이 민족이 겪어야만 했던 당시(일제하)의 현실이었다.

시인이 살아온 일제치하, 나라를 잃은 망국민의 슬픔과 고통은 감옥의 안과 밖이 다를 바 없었다.

갊아 두엇던 붓이 거의 다 좀이 먹고
난은 향을 잊고 수선(水仙)도 자취 없고
상(牀)머리 거문고마저 귀가 절로 어둬라

화분(花盆)을 테를 메어 불 담아 곁에 두고
보던 책을 뜯어 문틈과 구녁을 막고
설레는 바람소리나 반겨 자주 듣노라

—「해방전(解放前)—살풍경(殺風景)」

「해방전」은 당대의 지성이 겪어야만 했던 현실적 상황을 사실적으로 그린 작품이다. 고결한 선비정신을 꿋꿋이 지켜 오던 시인도 이 민족의 일원으로서 피지배 민족의 수모와 멍에를 함께 짊어지고 추위와 굶주림 속에 살아갈 수밖에 없었다.

붓과 백묵은 이 시인의 생계를 감당해 온 유일한 생활수단이자 도구였다. 그러한 붓이 쓰임을 잃고 갈무리된 채 좀 먹고 있고, 생명적인 인연으로 한 생을 같이해 오던 난도 향기를 잊은 지 오래다. 수선도 자취 없고 상머리에 놓인 거문고마저 귀가 어두워 들을 수 없다고 진술하고 있다. 모든 것이 제기능을 잃은 상태다.

이렇듯 첫 수는 모든 기능이 마비되고 생명의 가치가 상실된 절망상태를 보여주고 있다. 그러나 현실적인 조건은 여기에 그치게 하고 있는 것만은 아니다. 마침내 '보던 책을 뜯어 문틈과 구녁을' 막게 하고 있는 것이다.

가람이 누구보다도 책을 사랑하고 난초와 더불어 살아 온 시인임을 상기할 때, 생활의 수단이며 민족의 유산으로 소중히 모아 온 책을 뜯어 문틈으로 새어드는 바람을 막고, 그 춥고 암울한 시대를 견뎌 가는 시인의 모습이 떠오른다. 그것은 시인 자신의 모습임과 동시에 같은 시대를 살아가는 이 민족의 모습이 아닐 수 없다. 모든 기능과 역할이 마비되고 금지된 시대, 모든 생명의 가치가 상실된 시대의 생명의 의미는 무엇인가. 그것은 '차마 죽지 못하여 사는 목숨'(「홍원저조」)일 것이다. 시인은 실로 소중한 것을 다 잃었다. 붓과 책을 잃었고 난초와 수선을 잃었다. 농사는 지었지만 공출로 다 빼앗겼고 징병 간 아들마저 잃었다. 오직 남은 것은 귀먹은 거문고뿐이다.

바람소리나 반겨 자주 듣는 행위에서 어떤 기대감과 역설적 의미가 찾아지지만 부제에 밝혀져 있듯이 「해방전」의 상황은 살풍경한 풍경 그대로가 아닐 수 없다. 그 살벌하고 황량한 풍경의 밑그림에서 시인의 자학과 안타까움의 심상이 떠오르며 저항의식을 발견하게 된다. 민족주의의 저항의식이 한 시대의 풍경을 그려내게 했고, 그 실경(實景)으로써 한 시대를 증언해 주고 있는 것이다.

이러한 저항정신은 역사의식을 바탕으로 한 현실인식에서 비롯된 것임은 말할 나위가 없다. 시인이 직접적으로 현실에 투신하여 시대적인 것, 사회적인 것들에 관심을 보이고 현실의 모순에 대응하는 비판적 태도는 선비정신을 꿋꿋이 지켜 온 가람의 양심이었고 시대에 처하는 시인의 사명이기도 하였다.

한국의 현대사는 혼란과 비극으로 점철된 시대였고, 한국전쟁(6·25)은 이민족(異民族)의 통치하에 겪어야만 했던 비통함보다 더한 비극을 안겨다 주었다. 이로 말미암아 조국은 또다시 많은 인명과 재산을 잃게 되고 국토는 초토화되기에 이른 것이다.

소맷속 드는 바람 시원도 하온지고
나를 따라 저 달은 물에 비쳐 보이다가
내 또한 산을 넘으니 산 넘어서 보이더라

벼포기 묶어 센 듯 두렁 너머 우뚝 솟고
콩과 팥은 넝쿨 벗어 길도 밭도 모를세라
해마나 저녁 이슬에 옷을 적셔 드노라

모처럼 집에 드니 낯선 이도 많은지고
술 받고 닭을 잡아 손과 같이 여기오며

이웃집 늙은이들도 수스러이 아더라

뒷동산 깊은 숲에 흐르는 꾀꼬리 소리
하두나 좋을세라 춤을 추고 일어나니
산듯한 아침 햇발이 산을 넘어오더라

선경이 이 아닌가 달리 찾아 무엇하리
대숲속 많은 바람 돌 사이 맑은 시내
홍진에 흐렸던 가슴을 씻어 준 듯하여라

─「고향길에」

벼락보다 무서운 포탄 우박처럼 쏟아지고
옥같은 몸들이 불티 되어 날렸으련마는
저마다 내 고장으로 돌아올 줄 믿나니

벌이 그만두고 짐도 매잘 것 없고
힘찬 주먹을 쥐어 크게 부르짖으며
저마다 내 고장으로 돌아올 줄 믿나니

벼를 가득 누려 쥐도 살지어 보고
헐린 터전에 새로 주추를 놓고
저마다 내 고장으로 돌아올 줄 믿나니

─「내고장」

고향으로 돌아가자 나의 고향으로 돌아가자
암데나 정들면 못살 리 없으련마는
그래도 나의 고향이 아니 가장 그리운가

방과 곳간들이 모두 잿더미 되고

장독대마다 질그릇 쪼각만 남았으나

게다가 움이라도 묻고 다시 살아봅시다

삼베 무명옷 입고 손마다 괭이 잡고

묵은 그 밭을 파고 파고 일구고

그 흙을 새로 걸구어 심고 걷고 합시다

—「고향(故鄕)으로 돌아가자」전문

앞의 세 작품은 모두 고향을 제재로 한 노래들이다. 동일한 대상을 노래하고 있지만 작품마다 전혀 다른 느낌을 전해준다. 「고향길에」가 전쟁 전의 고향풍경을 서경적인 목가풍으로 그린 작품이라면, 「내 고장」과 「고향으로 돌아가자」는 전쟁 후의 황량한 고향풍경을 제시하고 새로운 희망과 기원을 진술하고 있기 때문이다.

여기서의 고향은 환유적 의미를 지닌다. 전쟁을 치르기 전의 평화롭던 고향의 목가적 풍경이 그 후 모든 것이 파괴된 황폐한 풍경으로 바뀌어져 있다. 초토화된 조국의 모습이다.

'포탄이 우박처럼 쏟아지고' '옥같은 몸들이 불티 되어' 날아간 한국전쟁은 그야말로 처참한 일이 아닐 수 없었다. 전화(戰火)는 전선과 후방이 따로 있을 수 없었고 어느 도시나 농촌도 폭격으로부터 안전지대일 수는 없었다. 그리하여 '방과 곳간들이 모두 잿더미되고' '장독대마다 질그릇 조각만' 남게 된 것이다. 모든 것이 파괴되고 황폐화한 고향의 모습은 「해방전」의 살풍경한 심상을 현실적인 현상으로 보여주고 있다.

「내 고장」과 「고향으로 돌아가자」의 시적 의도는 물론 전쟁을 고발하는데 있다. 그러나 시인은 절망하거나 포기하지 않고 '헐린 터전에 새로 주춧돌을 놓고' '깨진 질그릇에 움이라도 묻고 다시 살아 봅시다'라고 경건한 어조로 재건의 의지를 보이고 있다. 전쟁에 대한 분노나 이념적 비판보다는 휴머니즘

정신으로 인간을 감싸안고 있는 것이다. 이러한 휴머니즘 정신은 그의 생명의
식과 민족주의 기치에 깊이 연결되어 있는 것이라 아니 할 수 없다.

> 밤이면 그 밤마다 잠은 자야 하겠고
>
> 낮이면 세때 밥은 먹어야 하겠고
>
> 그리고 또한 때로는 시(詩)도 읊고 싶고나
>
>
> 지난 봄 진달래와 올 봄에 피는 진달래가
>
> 지난 여름 꾀꼬리와 올 여름에 우는 꾀꼬리가
>
> 그 얼마 다를까마는 새롭다고 않는가
>
>
> 태양(太陽)이 그대로라면 지구(地球)는 어떨 건가
>
> 수소탄(水素彈) 원자탄(原子彈)은 아무리 만든다더라도
>
> 냉이꽃 한 잎에겐들 그 목숨을 뉘 넣을까
>
> ―「냉이꽃」 전문

자연은 영원한 침묵 속에서 새로운 생명을 탄생시키고 또 길러 낸다. 그
리고 그 자연의 질서 순응하며 살아가는 것이 동양인의 삶의 지혜요, 동양 지
성이 추구하는 예지였다. 이러한 삶의 태도가 자연을 정복의 대상으로 삼아 온
서양인들의 삶의 태도와 구분되는 점이다.

동양의 지성이 피는 꽃과 새소리를 통해 계절을 헤아리고 오도의 경지를
열어가는 데 그 목적을 두어 왔다면 서양의 지식은 자연의 물질적 요소들을
결합(융합)하여 과학의 산물을 얻어내는 데 목적을 두어 왔다. 그리고 수소폭
탄이나 원자탄으로 상징되는 과학문명의 위력이 어떠함은 이미 잘 알고 있는
터다.

수소탄이나 원자탄이 한국전쟁에 쓰이지는 않았다. 그러나 이미 제2차 세
계대전 중 일본에 투하되어 그 위력을 과시한 바 있다. 20세기 과학문명을 상징

하는 원자탄은 결국 인명을 살상하는 무기로 사용되기에 이른 것이다. 인간이 탐구한 지식들을 모아 개발한 문명이 인명을 살상하는 무기의 개발이었다면 그것은 인류전체뿐만 아니라 모든 생명체를 말살시킬 수 있는 공포의 대상이 아닐 수 없다. 이러한 무기의 개발에 반대하는 것은 비단 시인뿐만은 아니다.

시인은 수소탄과 원자탄이라는 구체적인 무기를 통해 전쟁을 고발하고 문명을 비판하고 있다. 어떠한 과학의 힘도 문명도 냉이꽃으로 표상되고 있는 생명의 가치와 존엄성을 당할 수 없음을 지적하며, 평화로운 삶과 생명의식을 고양시키고 있는 것이다.

반문명적(反文明的)인 것은 아니지만 「촛불」에 나타난 불안감 역시 같은 느낌을 준다. 현대문명과 아울러 전쟁을 부정하고 비판하기에 이른 것은 물론 한국전쟁의 체험에서 비롯된다. 한국전쟁은 그만큼 이 땅의 많은 인명과 재산을 앗아갔고 궁핍과 혼란만을 남겨 놓았다. 궁핍한 시대의 혼란한 사회는 그만큼 가치관을 전도시키고 불합리한 세태로 굴러가게 마련이다.

<blockquote>

지난 가을에는 거둘 것이 있었더냐
어린 밀보리야 어서 잘 자라다오
우리는 지금에 너나 바랄밖에 없다

—「밀보리」

</blockquote>

<blockquote>

눈 눈 싸락눈 함박눈 펑펑 쏟아지는 눈

연일 그 추위에 몹시 볶이던 보리
그 참한 포근한 속의 문득 숨을 눅여 강보에 싸인 어린애마냥 고이 고이 자라노니

눈 눈이 아니라 보리가 쏟아진다고 나는 홀로 춤을 추오

—「보리」 전문

</blockquote>

「밀보리」와 「보리」는 평시조와 사설시조라는 형식상의 차이가 있다. 그러나 전후의 궁핍한 생활상을 노래하고 있다는 점에서는 동일한 주제의 작품이다.

밀과 보리는 잡곡에 속한다. 그러나 해마다 흉년이 들어 먹을 것이 없는 서민들에게는 밀이나 보리와 같은 잡곡도 쌀 이상의 진곡이 아닐 수 없다. 서민들의 주된 양식으로서 생명줄과 다름없는 곡식이기 때문이다. 하지만 그 보리밥도 밀개떡도 마음껏 먹고 살 형편이 아니다. 그것이 전후의 우리 생활상이었으며 오직 바라는 것은 보릿고개를 무사히 넘기는 일이었다. 그래서 시인은 보리싹에서 눈을 뗄 수 없고, 내리는 눈마저도 보리로 보이는 환상 속에서 풍년의 염원을 노래하고 있는 것이다.

그런데 「농인(農人)의 말」은 '해마다 풍년이 들어도 주려 죽게 되었다'고 하고, 「상인(商人)의 말」은 '팔리긴 팔린다 해도 배꼽이 배보다 크다'고 한다.

지루한 고통(苦痛)보다는 차라리 자살(自殺)이 쾌하다
그 전쟁 끝에 강도(强盜)는 자주 나고
해마다 풍년(豊年)은 들어도 주려 죽게 되었다

—「농인(農人)의 말」 전문

이들의 하소연을 통해 우리는 전후(戰後)의 삶이 얼마나 힘들고 어려웠는가를 알 수 있으며 그들(서민)의 삶에 대한 절망과 고통이 다름 아닌 현실적 비리와 모순에서 비롯된 것임을 짐작하기 어렵지 않다.

농인은 '지루한 고통보다는 차라리 자살이 쾌하다'고 진술하고 있다. 이 역설적인 표현에서 그들이 당하고 있는 현실적인 고통과 절망감을 헤아릴 수 있으며 해마다 풍년은 들어도 주려 죽게 되는 원인(遠因)이 전쟁이라는 원인도 있지만 직접적으로 '강도'들에 있음을 종장은 암시해 주고 있다.

여기서의 '강도'는 실제의 도둑일 수도 있고, 정치·권력이 자행하는 수탈적인 행위일 수도 있다. 그리고 이들의 행태가 자행되고 있는 현실 속에서는 아무리 '팔리기는 팔린다 해도 배꼽이 배보다' 더 클 수밖에 없고 주판은 아니

맞을 수밖에 없다. 따라서 상인들의 삶은 적자더미로 쌓일 수밖에 없고 마침내
는 자학과 절망의 늪으로 빠져들지 않을 수 없었던 것이다.

시인은 이렇듯 절망의 늪에 선 농민과 상인의 말을 빌어 이 사회의 모순
과 비리를 고발하고 공론화하고 있다. 가슴을 무겁게 짓누르는 현실적 상황이
비애와 분노의 정서를 전한다.

시인이 인식한 현실적 상황은 이미 사회 정의도, 질서도 무너진 상태다.
그러나 비록 사회가 혼란하고 진공의 상태라고 하더라도 살아야 한다는 것이
삶의 명제일 수밖에 없었다.

그의 집 앞으로는 지나기도 두렵다

겹겹이 둘러 둘러 가시성을 쌓았노니

지금도 안치(安置)를 받을 무슨 죄를 지었을까

홍수 맹수보다 음오(陰惡)한 이 세상에

탱자울은커녕 철옹성(鐵瓮城)인들 믿으리오

갈외고 저히는 도적이 맘속에도 있으니

ー「탱자울」 전문

「탱자울」은 우리의 가슴을 찌르는 비수 같은 이야기다. 사회적인 혼란을
틈타 온갖 수단과 방법을 가리지 않고 일신의 부귀영화를 노리는 무리들에게
비수같은 질책을 가하고 있기 때문이다.

'겹겹이 둘러 가시성'을 쌓는 주체는 밝혀져 있지 않다. 그러나 그들이 정
치권력자이거나 부정 축제자들임을 짐작하기 어렵지 않다. 하지만 여기서 그
들이 누구인가는 그렇게 중요하지 않다. 비밀스럽고 부정한 행위로 말미암아
야기된 불안심리(不安心理)와 죄의식을 감추기 위해 철옹성같이 굳고 단단한
담을 높이 세우고 있다는 사실이 더 중요하기 때문이다.

부정한 행위는 죄의식을 낳으며 불안한 심리상태에서는 외부를 경계하기

마련이다. 더구나 맹수보다 더 흉악한 세상이다. 가시성을 친다고 해서 그 대상으로부터 벗어날 수 있는 것도 아니며 두려움과 불안감이 해소되는 것도 아니다.

시인은 어떠한 시대에도 부정은 안치될 수 없는 죄악이며, 그 죄악으로부터 벗어나는 길은 마음의 도적을 내쫓는 길임을 깨닫게 해주고 있다.

부정과 비리로 착취한 치부의 높이만큼 겹겹이 쌓인 담의 위압감이 한 시대의 불안과 한 사회의 만연한 불신 풍조를 대변해 주고 있다.

가시성·맹수·음오(陰惡)·도적 등 폭언에 가까우리만치 가열해진 언어와 독설에 가까운 풍자, 그리고 역설적인 표현의 알레고리에서 우리는 시인의 비판정신과 만나게 되며, 이렇듯 현실에 대한 부정적 인식에서 비롯된 참여의 정신이 후기 시조의 특징인 저항적 시세계를 이루고 있는 것으로 보인다.

4. 향토성과 생활의 서정

시조는 본질적으로 서정시에 속한다. 가람은 누구보다도 한국의 풍토에 민감한 시인이었고 그의 시조는 민족적 정서를 노래하면서부터 출발하였다. 「오동꽃」, 「어머님 가시는 날」, 「고향으로 돌아가자」 등 전통적이며 향토적인 서정세계의 작품들을 보아서도 잘 알 수 있다.

시인은 "문학이 반드시 사실(寫實)이어야 한다는 것은 아니되 비록 그 무엇을 가설적으로 상상한 것이라도 그것이 과연 복받치는 정열의 표현이고 보면 훌륭한 작품이 될 수 있다"(『가람문선』, 469면)고 했고, 그의 자연시편들이 보여주는 관조와 난초의 고고한 정신 및 현실에 대한 치열한 비판정신도 따지고 보면 '복받치는 정열'의 승화요, 그 변용이라 아니 할 수 없다.

이 시인의 생활의 시편들은 대체로 1인칭 독백서술의 형태를 취하고 있고, 「그리운 날」은 그 제목부터가 서정성을 전제로 하고 있다.

종달이 귀가 솔고 하루살이 눈에 드다
진펄밭 웅굿 캐고 뫼를 올라 고사리 꺾고
방안에 오똑이 앉아 글을 외기 싫어라

풀도 없는 강변 쬐는 볕은 따가와라
모래도 놀이삼아 날마다 물에 살고
옷처럼 검은 몽뚱이 빛은 아니 나더니라

콩서리 하여다가 모닥불에 구워먹고
밀방석 한머리 신 삼는 늙은이 졸라
끝없는 옛날이야기 밤을 짧아 하였다

그 겨울 동지 섣달 추위도 모르든지
눈속에 발을 벗고 동무와 달음질치고
볏가리 고드름 따라 이를 서로 겨루다

─「그리운 그날·2」 전문

　　종달이·하루살이·진펄밭·웅굿·고사리·콩서리·모닥불·밀방석·볏
가리·고드름·옛날이야기 등의 향토적인 소재와 낱말들이 전체적인 분위기
를 서정적으로 이끌면서 고향에 대한 그리움의 정서를 환기시켜 준다.

담머리 넘어드는 달빛은 은은하고
한두 개 소리 없이 내려지는 오동꽃을
가려다 발을 멈추고 다시 돌아보노라

─「오동(梧桐)꽃」

　　「오동(梧桐)꽃」에서는 은은한 달빛을 받으며 오동꽃잎이 소리 없이 지고

있다. 보랏빛 오동꽃잎에 유심한 시인의 정서가 한국적 리리시즘을 재현시키고 있다.

> 몸을 담아 두니 마음은 돌과 같다
> 봄이 오고 감도 아랑곳없을러니
> 바람에 날려든 꽃이 뜰 위 가득하구나
>
> 뜰에 심은 나무 길이 남아 자랐도다
> 새로 돋는 잎을 이윽히 바라보다
> 한 손에 백묵을 들고 가슴 아파 하여라

―「백묵(白墨)」 전문

이 시인의 시조에서 추상적인 소재나 관념적인 낱말은 거의 찾아볼 수 없다. 그의 서경적인 시들이 구체적인 소재와 언어로써 그 실경과 사물을 감각화시켜 주고 있지만 이 작품에서는 서경과 서정이 조화로운 표현을 얻고 있다.

백묵은 시인의 유일한 생활수단이다. 시중의 화자는 지금 강의를 하다 멍하니 교정을 바라보고 서 있다. "바람에 날려든 꽃"과 "새로 돋는 잎"이 비극적인 현실과 내일에 대한 예감의 비유적 의미를 지니며 이윽히 바라보고 섰던 시중의 화자는 가슴을 저며오는 아픔을 느끼고 있다. 조국이 처한 현실과 앞날의 걱정에서 온 아픔이다.

> 깊고 깊은 뫼이 숲도 그리 그윽하다
> 반히 트인 곳이 저 아니 광릉(光陵)인가
> 허울한 양마석(羊馬石) 머리 지는 해는 잦았다
>
> 외롭고 쓸쓸하기 영월(寧越)과 어떠하리
> 해마다 봄이 오면 자규(子規)야 울지마는

오르고 눈물을 지을 누대(樓臺) 하나 없도다

—「광릉(光陵)」 전문

　「광릉(光陵)」은 단종(端宗)의 비극적인 삶과 죽음을 제재로 한 작품이다. 시 중의 화자는 지금 깊은 산속의 숲을 헤치며 광릉을 찾아가고 있다. 자규의 울음조차 그친 깊은 산속은 조용하기만 하다. 아무도 찾는 이 없는 이 깊은 산속에 오똑 앉아 있는 광릉의 모습이 외롭고 쓸쓸한 정회를 일으킨다. 비록 복위는 되었으나 생전의 유적지 영월에서의 삶의 모습과 다름없다. 생전과 사후의 모습이 겹치면서 역사의 무상함과 인생의 허무함이 쓸쓸함의 정서를 도우며 '눈물지을 누대 하나 없'음이 외로움의 정서를 진폭시키고 있다.

　이와 같은 애상적 정서와 한국적인 리리시즘이 가람 시세계의 한 흐름으로 면면히 흐르고 있음을 볼 수 있다.

　끝으로 자전적 시조 한 편을 감상하기로 한다.

한몸에 지은 짐이 너무나 무거웠다
그 짐을 다 버리고 이리저리 오고 가매
새로이 두 어깨 밑에 날개 난 듯하고나

쌀값은 높아가며 양화(洋貨)는 범람(汎濫)하고
거리 거리에 자동차 트럭 버스
이것이 서울특별시 새 풍경이로고나

늙어 가면서도 술잔은 놓을 수 없고
늙어 가면서도 분필은 던질 수 없다
분필과 술잔으로나 내 한 생(生)을 보낼까

—「내 한 생(生)」 전문

가람의 시조시학은 섬세하고도 우람한 모습으로 우뚝한 면모를 지닌다. 그러나 이 작품에서 시인은 어느덧 외로움에 싸여 있다. 가람, 그에게 우리는 너무 많은 짐을 지웠고 조국과 한국학의 짐을 짊어지고 시인은 여기까지 왔다.

'후일 반드시 큰 일을 이루리라(他日必期偉業傳)'던 그 뜻이 다 이루어졌는지는 알 수 없지만 그가 이룬 시조시학과 한국학의 업적은 누구도 감당할 수 없는 무게로 자리 잡고 있음을 부인할 수 없을 것이다.

김윤식은 가람의 한 생애를 다음과 같이 평하고 있다.

> 1968년 9월, 하늘은 그가 준 날개를 되돌려 받아갔다. 가람은 그가 하늘로부터 받았던 날개를 되돌려 주어야 했다. 너무나 많은 짐을 지우게 한 것은 가람의 조국 쪽이었다. 가람, 그는 하늘로부터 날개를 부여받았으나 바로 그 날개의 의미 때문에 그의 조국으로부터 너무나 많은 짐을 강요당했다. 더구나 수난 속에 처한 조국이 아니었던가. 그로부터, 가람 그는 날개를 펼 수 없었다. 그러나 광명의 날은 왔다. 가람에게 과도한 짐을 지우게 한 조국은 해방된 것이다. 가람은 이제 날개를 다시 찾으려 한다. 그 조국의 짐을 벗는다는 것은 두 어깨에 날개를 다시 찾는 일이다. 이 날개를 다시 찾으려 했을 때, 하늘은 그 날개를 다시 회수하기에 이른 것이다. 그러므로 우리는 가람에게서 완결의 양식을 보고 동시에 출발의 양식을 보는 것이다
>
> —『한국문학사 논고』, 227면

분명 가람 시조 시학과 그 양식은 현대시조의 출발의 의미를 지닌다. '양화가 범람하고' 서울의 풍경이야 어떻게 바뀐다 하더라도 그가 날리던 분필가루며 한지에 박힌 묵향으로 하여 그 날개의 의미는 민족문학의 영원한 생명력으로 살아 숨쉬게 되리라 생각한다.

노산 이은상 시조론

오세영 ‖ 시인 · 서울대 교수

1.

　　노산 이은상(鷺山 李殷相)은 우리의 근대시조라는 큰 산맥 가운데서 한 빼어난 봉우리를 차지한 시인이다. 그것은 문학의 양이나 질에서 그러하다. 가령 당대의 평필을 휘어 잡고 있었던 양주동(梁柱東)이 이 시기를 대표하는 4대 시조시인을 거론하면서 '육당(六堂)은 박달나무, 위당(爲堂)은 인절미 떡, 가람은 난초에 비견될 정도로 그들이 하나씩 체(體)와 풍(風)을 익혀온 데 반하여 노산은 그 모든 것을 갖추었다'(「제사(題詞)」, 『노산시조선집(鷺山時調選集)』, 남향문화사, 1958)고 평한 것이나 국문학자 도남 조윤제(陶南 趙潤濟)가 '시조인으로 몸을 세우고 거기에 자기의 예술적 생활을 발견하여 전문적으로 시조를 창작하여 왔던 터인데 그만큼 노산은 시조를 배워 다만 그 형식을 양득(諒得)하였을 뿐 아니라 자기를 시조에 던져 넣어서 한 번 자기를 시조로 소화시킨 다음에 다시 자기적 시조를 창작하였다'고 평한 것(「시조의 본질」, 『조선시가의 연구』, 을유문화사, 1948) 등은—설령 전적으로 옳은 견해라 할 수는 없다 하더라도—우리의 근대 시조문학에서 노산이 차지하는 위치가 어떠한 것인가를 단적으로 지적한 예라 할 수 있다.

노산이 문단에 등단한 해는 정확치 않다. 지금까지의 조사 결과 그가 처음으로 인쇄매체에 발표한 작품은 「새벽비」(『연희(延禧)』, 1923년 11월)인데 그 자신의 술회에 의하면 그 이전 그러니까 그의 나이 19세 때인 1922년에 이미 「아버지를 여의고」, 「꿈깬 뒤」 등을 썼다고 한다. 그러나 그는 어인 일인지 그의 처녀작으로 항상 1928년에 발표한 「고개를 수그리니」를 들고 있으니 아마도 1928년 이전의 작품에 대해서는 그 자신도 별로 인정하지 않는 듯 하다. 실제 그의 문학활동을 살펴보면 그가 자유시 창작이나 서구 문학적 감성에서 벗어나 시조 창작과 국학적인 전통에 그 뿌리를 내리기 시작한 것은 1927, 1928년 전후였다(임선묵, 「노산론」, 『시조시학 서설』, 단국대출판부, 1981). 어떻든 이로부터 노산은 타계하기까지 거의 2000여 편에 가까운 작품을 씀으로써 우리 시조시단에 가장 많은 작품을 남긴 시인이 되었다.

그러나 그의 문필 경력을 보면 노산은 다만 시조 창작에만 몰두했던 것은 아니다. 초기에는 자유시와 소설(『섬속의 무덤』(1923), 『여류음악가』) 창작을 시도한 바 있고 많은 수필과 평론들을 썼다. 민족 정신의 원류를 탐구한 역사 논문과 시조문학연구 논문들을 집필하고, 우리 문단에 외국 시인을 소개하는 데도 관심을 기울였다. 그리고 무엇보다도 그는 유려한 필체로 수많은 금석문(金石文)을 지었다. 그 뿐만 아니다. 그의 많은 시조들이 가곡으로 작곡되어 지금까지도 민중의 심금을 울리고 있다는 것은 잘 알려진 사실인데(「사우(思友)」(박태준 작곡), 「가고파」(김동진 작곡), 「옛동산에 올라」·「성불사의 밤」·「고향 생각」·「그리움」·「입다문 꽃봉오리」·「사랑」·「관덕정」·「봄처녀」·「금강에 살으리랏다」(이상 홍난파 작곡), 「봉선화」(김형준 작곡) 등은 그 대표적인 것들이다), 그것은 그의 문학이 우리의 정서와 감성에 얼마나 잘 맞고 있는지를 실증해 준다. 그런 까닭에 우리는 노산을 가리켜 시조시인이라고만 하지 않고 일컬어 문장가라 하는지도 모를 일이다.

　　그의 생애 역시 단순한 문필가로 마감하지는 않았다. 그는 일반 문인이 항용 걸어온 길과는 다르게 사회적으로 많은 활동을 했다. 신문기자, 교사, 교수, 신문사 사장, 출판사 사장, 애국운동가 등이 그것이다. 이는 그가 맡았던 사회 및 문화단체의 수많은 직함들—예컨대 가령 이충무공 기념사업 회장(1955~1961), 민족문화협회 회장(1962~1982), 한국시조시인협회 회장(1966~1976), 한국산악협회 회장(1967~1982), 독립운동사편찬위원회 위원장(1969~), 국정 자문위원(1981~1982), 통일촉진회 최고위원(1981~1982), 한글학회 이사(1966~1982), 예술원 종신회원(1978~) 등이 이를 웅변해준다.

　　그러므로 이은상을 한마디로 이야기하는 것은 어렵다. 그의 문학은 그의 많은 문필활동과 더불어 그의 적극적인 사회활동을 포괄적으로 수용하는데서 이해가 가능하기 때문이다. 작품 해설이라는 단서 밑에 쓰여진 이 글이 부분적일 수밖에 없는 이유가 여기에 있다.

2.

　　형식적인 측면에서 노산의 시조는 그가 소위 '양장시조(兩章時調)'라 부른 바 있는 일종의 실험시형을 제외하곤 전통적인 규범에서 크게 벗어나지 않는다. 오늘의 우리 젊은 시조 시인들이 크게 관심을 갖고 있는 사설시조라든가 엇시조와 같은 산문형의 시조 창작도 거의 없다. 정형률을 고수한 평시조 창작이 대부분이다. 다만 다른 점이 있다면 현대적인 소재를 구어체로 담았다는 점, 주제가 개방적이고 다양해졌다는 점, 평시조가 지닌 엄숙성을 깨뜨려 활달해졌다는 점, 가곡에 맞는 리듬감을 살리고 있다는 점 등일 것이다.

　　　요란한 거리에서도 눈감고 들느라면
　　　당신의 음성을 가려낼 수 있습니다

이 아침 우유빛 구름 너머로 바라보는 어머니.

―「기도는」 부분

　형식은 평시조의 정형성을 지키고 있지만 그 언어나 소재는 모두 현대적이다. 우선 '요란한 거리'라는 상황설정을 예로 들 수 있다. '요란한 거리'란 복작거리는 현대도시를 상징적으로 제시해 주는 단어이기 때문이다. 전통시인 같으면 아마도 무위 자연 그 자체나 그 속에서 유유자적하는 선비의 삶을 대상화했을 것이다. 더구나 종장에 등장하는 '우유빛 구름'이라는 표현에서는 더욱 그러하다. 그것은 첫째 소재적인 차원에서 우유가 한국인의 경우 현대의 산물이요, 둘째 수사법적 차원에서 우리 전통시가에서는 찾아 볼 수 없는 전혀 새로운 비유이기 때문이다. 우유가 개화기 이후 서구로부터 전래되어 왔다는 것, '빛'을 '우유 색'으로 묘사한 이 형용사적 은유 역시 현대적 감성의 표현이라는 것을 굳이 여기서 설명할 필요는 없으리라 생각한다. 이에 그치지 않고 더욱 나아가서 시인은 이와 같은 현대적 소재와 감성을 평이한 오늘의 구어체로 형상화시키고 있다. '당신의 음성을 가려낼 수 있습니다'와 같은 문장이 그것이다. 이를 만일 전통시의 어법으로 표현하자면 아마도 '당신의 음성을 가려낼 수 있나다' 혹은 '～있었노라' 정도가 되었을 것이다.

인간의 역사란 묘표도 없는 옛 무덤
폐허의 남은 지역마저 산불처럼 타고 있다.
어디서 조종소리라도 들려 올 것만 같다.

산도 끝났네 물도 다했네
다만 빈 하늘 빈 바다 빈 마음
시인은 막대 끝으로 새 지도를 그려 본다.

―「새 지도를 그려 본다」 전문

인용시에는 시인의 역사의식이 반영되어 있다. '인간의 역사란 묘표도 없는 옛 무덤'이라고 술회한 이 시의 초장이 말해준다. 이로부터 시작된 이 시의 내용은 시상의 전개에 따라 다음 차례로 현실에 대한 자각('폐허의 남은 지역마저 산불처럼 타고 있다')과 성찰('어디서 남은 지역마저 산불처럼 타고 있다')을 거쳐 둘째 시에 이르면 한 시대의 종말에 대한 인식('산도 끝났네 물도 다했네')과 더불어 자기확립('다만 빈 하늘 빈 바다 빈 마음')을 통한 새로운 미래의 건설('시인은 막대 끝으로 새 지도를 그려 본다')을 다짐하고 있다. 이와 같은 역사의식의 표현은 우리 전통시조에서는 찾아 볼 수 없는 것들이다. 더구나 대부분의 전통시조가 역사를 대면할 때 일반적으로 회고와 영탄에 흐른 것을 감안한다면 노산의 이와 같은 미래 지향적 세계는 분명 그 주제 면에서 새롭고 현대적인 것이라고 말할 수 있다.

노산의 시조는 또한 조선조 시조의 엄숙성이나 경직성을 깨트려 독자에게 보다 개방적이고 친근한 차원으로 확산시키는데 기여하였다.

①

산과 물 어느 것 한 가지도 함부로된 것 아니로구나
저기 저 구름 한 장도 함부로 된 것 아니로구나
그렇다 천지 자연이 함부로 된 것 아니로구나.

②

하느님! 당신의 성경(聖經)을랑 다른 나라로 가져가 주오
하느님! 당신의 성경을랑 다른 나라로 가져가 주오
하느님! 당신의 성경을랑 이 나라엘랑 고쳐다 주오

①은 「천지송(天地頌)」의 종장들을 모아 본 것이요 ②는 「하느님! 당신의 성경을랑」의 종장들을 모아본 것이다. 조선조 평시조들의 상투적인 종결방식과는 전혀 다르게 매우 활달함을 알 수 있다. '어즈버 태평 연월이 꿈이런가 하노라' 혹은 '그려도 하 애도래라 가는 뜻을 일러라'와 같은 조선조 시조의

전형적 종결 어법은 매우 장중하며 근엄하다. 그것은 일반 독자나 서민이 쉬다가 갈 수 없는 궁정 언어의 절조와 탁마된 우아미가 스며 있다. 그러나 ①과 ②에서 보여준 어법은 매우 자연스럽다. 아니 경쾌하며 가볍다. 거친 것 없이 생활어 그 자체가 적나라하게 사용되고 있다. 가령 '~을랑' '그렇다' '가져가주오'와 같은 어휘는 서민의 언어 바로 그것이다. 한마디로 이은상의 언어는 서민들의 생활어를 친근하게 구사하여 평시조의 귀족적 혹은 엘리트적 취향을 일반 민중의 것으로 환원시키는데 일조했다고 말할 수 있다.

노산의 시조는 현대 가곡에 맞는 리듬을 지니고 있다. 그것을 무엇이라 분명하게 이야기할 수는 없다 하더라도 그 문체나 호흡이나 언어의 뉘앙스에서 그러하다. 시조 역시 원래는 창으로 불려졌기 때문에 그 가사가 음악적 리듬에 적합하게 되어 있으며 그 리듬이 오늘날 시조의 정형 율격으로 정착되었다는 것은 두말할 필요가 없다. 그러나 현대의 가곡(양곡)은 우리의 시조창과 본질적으로 다르다. 예컨대 시조창은 그 템포가 지극히 느리며 멜로디 역시 유장한데 현대의 가곡은 그와 반대로 템포가 빠르며 멜로디의 변화 역시 다양하다. 따라서 노산의 시조가 가곡에 적합하다는 것은 무엇인가 이와 같은 현대 음악의 특징에 부합되는 요소가 있다는 뜻일 것이다. 나는 그것을 짧은 어귀의 반복과 빠른 호흡의 가사라고 생각한다. 물론 반복은 모든 리듬의 근간을 이루는 까닭에 우리 전통시조의 율격에도 나타나지 않은 것은 아니다. 그러나 이은상의 경우 그것은 보다 짧은 어귀에서 보다 빈번히 나타난다는 점에서 다르다. 가령 '둥근 달 둥근 춤/ 큰 아기들 둥근 얼굴'(「강강술래」), '삼십리 긴 긴 골이/ 돌아 돌아 벼르더니'(「구룡폭」) 등은 그러한 예들 가운데 하나지만 가곡으로 작곡된 다음의 시조를 보면 그것은 더욱 분명해진다.

물 나면 모래판에서
가재 거이랑 다름질치고
물들면 뱃장에 누워
별 헤다 잠 들었지

세상 일 모르던 날이
그리워라 그리워

―「가고파」 부분

　연작시 「가고파」의 한 작품이다. 초장, 중장에는 '물나면'이 어휘적 차원으로 반복되어 있고 초장에는 다시 '가재랑, 거이랑'이 어법적 차원이 반복되어 있다. 종장 의 '그리워라 그리워' 역시 빠른 템포의 어휘적 반복이다. 거시적으로는 초장과 중장이 통사론적인 차원에서 반복 병렬된다. 그렇게 볼 경우 이 작품은 표면적으로 드러나 있는 것보다 훨씬 더 많은 반복의 기법과 고시조에서는 발견할 수 없는 빠른 호흡이 주도한다는 것을 알 수 있다.

　그러나 그렇다고 해서 이은상의 시조를 완전하게 현대적이라고만 말할 수는 없다. 특히 초기작에서 그러하지만 그의 시조에는 '하더라' '하노라' '~양 하며' '~하괘라' '~런고' '~리오' '~할 제' '~어드메오' '어떠리'와 같은 고시조의 상투적인 어투, '하마나' '어저' '두어라' '어지버'와 같은 공식적인 영탄어 등이 빈번히 나타난다. 평시조 형식과 정형률도 엄격하게 고수하고 있다. 가령 다음과 같은 시는 그 형식이나 내용이나 어법에서 조선조 시조와 하나도 다르지 않다.

광음은 급류로다 인생은 부유(蜉蝣)로다
고락이 꿈이어니 웃고 울기 무삼일고
어지버 온갖 번뇌가 다 쓸린가 하노라

―「비로봉」

　그러한 관점에서 노산은 현대적 취향을 따르면서도 여전히 조선조 시조의 규범을 지킨 시인이라고 말할 수 있다. 여기서 한가지 문제가 되는 것이 그의 소위 '양장시조(兩章時調)'의 창작이다. 양장시조란 초·중·종 삼장으로 되어 있는 평시조에서 중장을 제거하여 초·종의 두 장 만으로 된 시조를 일컫는 것이다. 노산의 술회에 따르면 이 양장시조는 1931년 동아일보 학예부에서 있었던 노산, 주요한 그리고 소오(小梧)와의 회동에서 우연히 발의되어 1931년 9월 노산이 「산위에 올라」를 발표하면서 처음으로 우리 문단에 등장하게 되었다고 한다. 그리고 그들이 새로운 형식의 이같은 시조를 시도하게 된 계기는 일본의 하이꾸(俳句)와 같은 단형의 정형시를 창안하려는 의도에서 비롯되었다(임선묵, 앞의 논문에서 재인용).

> 안개 싸인 산을 헤히고 올라선 제
> 새소리 들리건마는 새는 아니 보이오
>
> 안개 걷고 나니 울든 새 인곳 없고
> 이슬만 잎사귀마다 방울 방울 맺혔소
>
> —「산위에 올라」

　　우리 전통시조는 나름의 내적인 의미 구조를 지니고 있다. 그것은 대체로 두 가지다. 서론(초장), 본론(중장), 결론(종장)이라는 논리전개와 대상의 묘사(초장), 대상의 의미 제시(중장), 주관의 제시(종장)가 그것이다. 그러한 까닭에 전통시조는 시인의 주관을 논리적으로 피력하는데 적합하지만 사물의 미적 인식을 객관적으로 묘사하는데는 다소 이완된 시형식이라 할 수 있다. 대부분의 조선조 시조가 교훈이나 주장을 담고 있는 것도 이러한 형식과 무관하지 않을 것이다. 그러한 의미에서 우리 전통시조가 현대의 실험사조를 담기 위하여 나름의 형식적 한계를 극복하고자 노력하는 것은 자연스러운 현상이고 노산이 이를 일본 하이꾸 시형에서 발상을 얻어 양장시조라는 시형식을 창안했던 것은 나름의 새로운 시도라 할 수 있을 것이다. 원래 일본의 하이꾸는 단행시라는 점에서 사물(대상)에 대한 순간적인 묘사와 압축의 묘미를 최대한 살릴 수 있는 시형식이어서 우리 시조시형과는 상보적인 관계에 있기 때문이다. 영미의 이미지즘도 일본 하이꾸의 영향을 많이 받았다는 것은 잘 알려진 사실이다. 어떻든 노산이 창안한 양장시조는 시조의 현대화라는 측면에서-그 성패를 따지기 전에-우리 시조 시단에 하나의 신선한 담론을 제공해주었던 것은 분명하다. 오늘날 우리의 시조가 여러 가지 실험을 시도할 수 있게 된 것도 현대시조의 정착과정에서 보여준 이러한 노고에 힘입은 바 크다는 것을 부인할 수는 없으리라 생각한다.

이상 살펴본 결과 노산의 시조는 한편에서 우리 전통 시조의 규범을 충실히 지키면서도 다른 한편에선 분명 조선조의 전통시조와 다른 어떤 새로움을 추구하였다. 그리고 전통적인 것으로부터의 이와 같은 일탈은 한마디로 현대적인 것으로의 지향이라고 말할 수 있을지 모른다. 물론 그것은 오늘의 한국시조와 비견한다면 그리 새삼스런 일도 획기적인 일도 아닐 것이다. 그러나 시점을 오늘이 아닌 노산의 당대로 옮겨보면 우리는 아마도 그가 감당해야 했을 시대적 고뇌를 충분히 이해할 수 있으리라 믿는다. 그가 문학활동을 해야 했던 시대는 전통적 규범이 현대적인 것으로 정착되어 가는 과도기였고 노산은 이러한 시대적 소명을 적어도 그 당대에서는 나름대로 충실히 수행했던 시인이었다고 평가할 수 있기 때문이다.

3.

노산의 시조에서 쉽게 지적될 수 있는 것은 작품의 상당부분을 차지하고 있는 그의 기행시와 전쟁시 창작이다. 이는 그 소재에 있어서 노산의 시조가 전통시조와 다른 중요한 특성의 하나라 할 수 있다. 물론 조선조에서도 기행시나 전쟁시의 창작이 전혀 없었던 것은 아니다. 예컨대 조선조의 자연예찬시나 회고시는 대체로 한 특정한 장소에 연관된 것임으로 넓은 의미에서 기행시의 부류에 포함될 수 있고 전쟁시의 경우도 가령 이순신의 「한산섬~」과 같은 작품이 있었다. 그러나 양적인 면에서나 작가의식의 면에서 조선조의 기행시나 전쟁시는 노산의 그것과 비교될 수 없다.

노산의 기행시는 첫째 적극적으로 국토를 순례 답사하는 과정에 쓰여졌다. 그것은 조선의 기행시들이-몇 편의 회고시들을 제외할 때-대부분 일정한 장소에 은거하면서 그곳 풍광을 묘사한 것과 구별된다. 그러한 의미에서 노산의 기행시들이 동적이라면 조선의 기행시들은 정적이라 할 수 있다. 둘째 노산의 기행시들은 기본적으로 국토와 민족에 대한 사랑을 노래하지만 조선의 기행시들은 천편 일률적으로 성리학의 이념에 따르는 충효의 윤리나 무위 자연을 노래한다. 즉 노산의 기행시들은 근대적이다. 민족의식 혹은 국가(nation state)의식이야말로 근대성의 중요한 특징이기 때문이다. 셋째 노산의 기행시들은 현실적인 소재를 취하고 있으나 조선의 기행시는 관념적인 내용을 담고 있다. 조선의 기행시들은 항상 '있는 것'이 아니라 '있어야 할 것'을 다루며 '그 있어야 할 것' 또한 미화되거나 이상화되기 마련이다.

> 두류산(頭流山) 양단수(兩端水)를 예 듣고 이제 보니
> 도화(桃花) 뜬 맑은 물에 산영(山影)조차 잠겼에라
> 아희야 무릉(武陵)이 어듸오 나는 옌가 하노라.
>
> ―조식(曺植), 「지리산 기행시」

두류산, 즉 지리산을 기행하며 쓴 작품이다. 현실에는 있을 수 없는 무릉도원을 끌어들여 유가(儒家)에서 상찬하는 무위자연을 노래하고 있음이 발견된다. 뿐만 아니라 이 작품의 화자는 적극적으로 국토를 답사하거나 순례하기보다 한가하게 은거하면서 유한(幽閑)에 몰입하고자 한다. 이는 다음과 같은 노산의 기행시와는 확연하게 구분되는 특성이다.

> 영남도 내 땅이요 호서도 내 땅인데
> 문장대(文藏臺) 좋은 경치 네오 내오 다투다니
> 노랫랑 내가 부름새 춤은 자네가 추게 그려

문장대를 기행하며 쓴 노산의 작품이다. 앞서 인용한 조식의 「지리산 기행시」와 대조해 볼 때 문장대에 관한 현실적인 이야기가 국토애로 승화되어 있음을 알 수 있다. 그것은 노산의 자각적인 국토 순례의 결과 얻어진 산물이다.

노산이 그 소재면에서 전통시와 다른 또 하나의 특성으로는 그의 전쟁시 창작이 있다. 노산은 아마도 우리 시조사에서 유일하게 전쟁시조를―그것도 매우 많은 양의 작품을―쓴 시인일 것이다. 여기서 '전쟁시'라는 용어는 물론 넓은 의미다. 엄밀한 의미에서 전쟁시란 전쟁의 와중에서 전쟁 그 자체를 소재로 한 것만을 지칭한 것이기 때문이다. 이 좁은 의미의 전쟁시에는 선전선동시, 르뽀시, 반전시(反戰詩), 전쟁서정시 등이 포함된다. 한편 전쟁이 끝난 뒤 그 전쟁의 참화와 상처에 대하여 쓴 시는 '전후시'라 하여 전쟁시와 구분하는 것이 일반적이다. 이와 같은 관점에서 볼 때 대부분 노산의 전쟁에 관한 시는 물론 '전후시'에 해당된다. 그러나 전쟁 독려와 전쟁 르뽀시도 전혀 없었던 것은 아니다.

①

대포소리만 터지면

두더쥐처럼 파고 들고

쌀 한 줌 주머니에 든 채

오늘 밤은 굶어서 자고

가다가

피를 보면은

혀 한 번 차고 지나간다.

―「피난도(避難圖)」 부분

②

풀숲 헤치고 내려가 보니 여기 저기 뒹구는 해골들

그 곁에 혁대랑 군화짝 운동화 고무 밑바닥

저것이 인간의 생명보다 더 오래 가는가 보다

―「해골과 구두짝」 전문

①은 후방의 현실을 고발한 전쟁르뽀시의 하나다. 짧은 시행 속에 전행의 참화('대포소리만 터지면/ 두더쥐처럼 파고 들고'), 그로 인한 인간성의 상실('피를 보면은/ 혀 한 번 차고 지나간다'), 궁핍화('쌀 한 줌 주머니에 든 채/ 오늘 밤은 굶어서 자고')가 극적으로 압축되어 있다. ②는 전쟁이 끝난 후 화자가 전쟁터를 답사하면서 휴머니즘의 상실을 애통해 하는 작품이다. 이와 같이 시조에서 직접적이고도 현실적으로 전쟁 그 자체가 소재로 수용되기 시작한 것은 노산이 처음일 것이다. 조선조에 설령 이순신의 「한산섬~」이나 김종서의 「삭풍은~」 같은 전쟁시가 있었다 하더라도 그것은 직접적으로 전쟁을 소재로 했다기보다 전쟁에 임한 감회나 우국에 대한 소회를 피력한 것에 지나지 않았기 때문이다.

내용면에서 살피자면 노산의 시조는 크게 님과 자연 그리고 국토에 대한 동경의 시와, 서원의 시, 그리고 예찬의 시로 나뉘어진다.

①

뉘라서 저 바다를 밑이 없다 하시는고
백천(百千)길 바다라도 닿이는 곳 있으리만
님 그린 이 마음이야 그릴수록 깊으이다.

―「그리움」 부분

내 고향 남쪽 바다
그 파란 물 눈에 보이네
꿈엔들 잊으리오
그 잔잔한 고향 바다
지금도
그 물새들 날으리
가고파라 가고파

―「가고파」 부분

②

오늘은 당신이
내 속에서 사랑을 받아도
내가 죽곤 당신에게서
내가 다시 살 것입니다.
당신은 영원히 사는
나의 불사조입니다.

                                         —「불사조」

형벌과도 같은 시련과 고통 너무도 오래 되었나이다
이 땅에 통일과 자유와 평화 비 내리듯 꽃 피우듯 부어 주소서
거기서 단 하루만이라도 그 땅에서 살게 해 주옵소서

                                  —「향로봉 위의 기도」

③

높은 산 언덕 머리에
산백합(山百合) 피었구나.
아침 이슬
반 입에 물고
바람 곁에 피었구나.

한 송이 덥석 움키려다
차마 손을 못 댄다.

                                  —「산백합(山百合)」

태초에 하느님이 옥류 청계(玉流淸溪) 만드시고
짓궂이 외봉(鳳)을 나려 동천(洞天)을 맡기시니
그 봉이 제 짝을 그려 다시 날아 오르더라

                              —「비봉폭(飛鳳瀑)」 부분

①은 그리움, 즉 동경을 표출한 시들 가운데 임의적으로 두 편을 인용해 본 것이다. 이 가운데 「그리움」은 문자 그대로 님에 대한, 「가고파」는 고향에 대한 그리움을 드러내고 있다. 그러나 「가고파」에 형상화된 고향은 단지 '고향'의 범주에만 국한되지 않고 국토로까지 확장된다. 이 글에서는 그 일부만 인용하였으나 이 시가 포함된 연작시 전편을 읽어보면 화자의 고향으로 지목된 그 '남쪽 바다'는 예전엔 이상적인 삶이 영위되던 우리의 국토 그 자체가 상징적으로 제시된 공간이다. 그리하여 지금 훼손된 삶을 살아가고 있는 현실의 화자는 우리 국토가 지닌 그 원형적 삶의 이상을 동경하며 그러한 세계로 가고자 하는 것이다. 화자는 우리의 국토가 그와 같은 완전한 삶을 실현시킬 수 있는 공간이라고 믿고 있기 때문이다. 자신을 국토(국가)와 일원화시키고자 하는 이와 같은 화자의 염원은 '굽이쳐 흐르는 물/ 여보 이게 압록강이요?/ 물은 연방 흐르는데 발은 붙어 안 떨어진다./ 이 강아 작기나 하렴/ 한번 안아라도 보게'(「압록강」)와 같은 시행에서 분명히 언급된다.

②는 님과 국토 혹은 자연에 자신을 헌신하겠다는 내용을 담고 있다. 노산의 시에는 이처럼 화자의 서원(誓願)이 표출된 시들이 많다. 그는 어떤 산문에서도 자신에게는 세 가지의 서원이 있는데 '국토의 아름다움을 예찬해 보고 싶은 것' '우리 역사와 전통을 발양해보고 싶은 것' '구국행(救國行)을 짓고 있는 모든 동지들 앞에 경례해 보고 싶은 것'이라고 한 바 있다(「삼원(三願)」, 『노산 문학선』, 탐구당, 124면). 이 가운데서 대체로 첫째는 그의 국토 혹은 님에 대한 예찬시에, 둘째는 그리움의 시에, 셋째는 서원의 시에 형상화되어 있다고 말할 수 있을 것이다.

「불사조」에는 님을 위해서라면 자신의 목숨까지도 아끼지 않겠다는 화자의 결의가 피력되어 있다. 그러나 여기서 님이란 이 시의 부제 '조국에 바치는 노래'가 설명해 주듯 연인이 아니라 바로 조국이다. 한편 「향로봉 위의 기도」역시 국토의 성스러움 앞에서 조국의 평화 안녕을 빈 작품이다. 이들은 물론 시인이 직접적으로 조국에 대한 헌신을 노래한 것이지만 그의 고백마따나 '구국행을 짓고 있는 모든 동지들에게 경례함'을 통해 조국애를 서원한 것 또한 적지 않다. 일종의 찬가 혹은 송가 형식에 속하겠으나 가령 '여기 피 속에 우뚝 선 민족정기의 여신상이여/ 하늘을 붙들고 울부짖던 애국의 정열/ 영원히 이 땅 역사 위에 타오르리라 타오르리라'(「유관순 열사」)와 같이 유관순을 찬양한 작품이 그러한 예다.

③은 자연과 국토를 예찬한 것들이다. 시인은 「산백합」에서 자연(백합꽃)의 아름다움을, 「비봉폭」에서 국토(금강산)의 아름다움을 찬양한다. 이 역시 앞서 살핀 것처럼 노산이 서원한 바의 한 실천이라 할 수 있다. 그러나 이들 시는 단순하게 국토나 그 국토의 자연을 예찬하는 것으로 끝나지는 않는다. 그것은 국토 혹은 자연 예찬 속에 본질적으로 조국애 혹은 민족애가 반영되어 있기 때문이다. 노산의 국토와 자연 예찬은 임선묵이 지적한 것처럼 바로 국토에 대한 경건한 신앙과 사랑을 전제하고 있었기 때문이다(앞의 저서, 164면). 그것은 노산이 실제로 국토를 순례하여 「향산유기(香山遊記)」(1931), 「탐라기행(耽羅紀行)」, 「한라산」(1937), 「기행 지리산(紀行智異山)」(1938), 「피어린 육백리」(1962) 등의 글을 쓰고 특히 충무공의 유적을 여러 번 답사한 것으로도 실증되는 사실이다.

이상 살펴 본대로 노산이 쓴 동경의 시, 서원의 시, 예찬의 시들은 소재적 차원에서 님이나 국토, 자연을 대상으로 하고 있다. 그리고 물론 이들 시에는 순수하게 자연이나 국토의 아름다움, 연인이나 사적인 대상에 대한 사랑을 피력한 것도 적지는 않다. 특히 자연 시에는 조선의 선비들이 그러했던 것처럼 자연 무위 혹은 무상(無常)의 세계관이 드러나기도 한다. 그러나 내면적으로는 대체로 조국애 혹은 민족애를 형상화한 것들이라 할 수 있다.

조운 시조의 전통 계승과 의의

김헌선 ‖ 경기대 교수

1. 머리말

한때 이름이 높았던 시인도 세월이 흐르고 독자의 의식과 취향이 달라짐에 따라 그다지 높게 평가되지 않는 경우가 있다. 반대로 이름이 잊혀졌던 시인도 세월이 변하고 중요성이 재평가되면서 다시 그의 이름과 작품이 되살아나곤 한다. 일제 시대에 활동한 시조 시인 가운데 이은상과 조운은 적절한 비교거리가 될 수 있다. 이은상이 그러한 사례 가운데 전자에 해당하고, 조운은 후자에 해당한다. 이은상은 행복한 예우와 대접을 받고 살아 생전에 분수에 넘치는 영예를 누렸다고 할 수 있다. 기가 막히게 뛰어난 기교를 지니고, 언어를 다루는 솜씨가 뛰어났을 뿐만 아니라, 말을 교묘하게 얽는 감각적 시조를 써서 세상에 이름을 얻었다. 그러한 이은상의 글솜씨는 시조를 재인식시키는 데는 긍정적 기여를 했을지 모르겠으나, 도리어 시조가 지니는 그윽한 흥취를 되살리는 데는 시조의 참맛을 잃게 했다 해도 지나친 말은 아니다.

　반면에 이은상의 글솜씨와는 다르게 우리말이 지니는 묘미도 중시하면서 정감어린 시적 정조를 되살리는 시인으로 조운을 꼽는데 서슴지 않는다. 조운은 그만큼 빼어난 시조 시인이었다. 그러나 조운이 그다지 행복한 삶을 누린 것 같지 않다. 남쪽에서 1947년에 『조운 시조집』을 내고 월북한 다음에 이념적 장애로 말미암아 곧 잊혀지고 말았다. 그래서 그의 시조는 곧 세상의 이목에서 사라졌을 뿐만 아니라, 정당한 평가마저 유보된 채 문학사의 저편에서 숨어 있어야 하는 기막힌 시련을 당해야 했다. 조운 시조가 세상을 버린 것이 아니라, 몰인정한 세상이 조운의 시조를 내팽개쳐 버렸다.

　그러나 조운의 작품은 암암리에 읽히고 평가 받아왔다. 알음알이가 있는 이들은 조운의 작품을 깊이 있게 애송하였다. 반면에 이은상의 작품은 교과서에 실리고 전국에 유명한 명승지나 국립묘지에 새겨지면서 모든 이들이 배우고 익혔다 하겠다. 그 점에서 조운이 형편없이 대우를 받은 것과는 아주 좋은 대조를 보인다. 하지만 살아 생전의 영예가 작품의 지속적 가치를 보장하지 않듯이 죽어서 푸대접받은 불명예가 작품의 가치를 결정하지 않는다. 조운 시조가 발굴되고 해금되어서 오히려 높이 평가받는 것은 이러한 결정적 증거에 해당한다. 그렇게 된 까닭은 작품에 자기 문제의식을 철저하게 담고 고뇌에 찬 시작에 전념했기 때문이다.

　조운은 1900년 전남 영광에서 서자로 태어났다. 부친은 아전 출신이고 모친은 기방 출신이다. 전통사회에서는 그다지 좋지 않은 생래 조건을 갖추게 되었다고 할 수 있다. 조운의 불우한 출생 내력이 그의 시 세계에 깊이를 더했던 것으로 보인다. 특히 시조에 대한 남다른 애착을 가졌던 것은 따지고 보면 그의 시름이나 고뇌를 풀기 위한 방편이었는지도 모른다. 조운이 보여준 시조에 대한 생각은 몇 가지 자료를 통해서 얻을 수 있다. 그러한 글 가운데 가장 분명한 논리를 갖추고 있는 문면을 살펴보자.

　…… 開化세상이 되면서부터는 또한 開化的(?)으로 賤待를 받았다. 漢詩

의 形式이나, 漢詩形式을 模倣했느니, 形式은 漢詩와 달라도 內容은 漢文思想이라거니 또는 時調는 退去時代 精神, 過去의 生活意識을 表現한 것이니 現代人에게는 交涉이 없다거니, 大衆과는 沒交涉한 特殊階級의 所産이니까 無用하다거니 自由詩를 主張하는 同時에 自由로운 表現을 拘束하는 케케묵은 固定的 形式을 돌아볼 필요가 없다거니 하여 본체 만체는 그만두고 漢詩와 아울러 無用論까지 主張하는 바람에 숨을 자리조차도 얻지 못하는 時調가 이제 文壇의 한 자리를 잡아 겨우 文壇人의 注目을 받게 된 것이다.

—『朝鮮文壇』1927. 2

　이 글은 오늘날의 관점에서도 매우 유용한 논리를 갖춘 중요한 언급에 해당된다. 곧 우리 시조의 정체성을 여러 각도에서 다채롭게 논의하였다. 첫째는 시조의 변별적 특징에 대한 논지가 들어 있다. 시조는 한시의 형식과 내용에 있어서 너무도 흡사하기에 변별성이 없다는 오해가 있다는 것이다. 그렇지 않다는 것을 역설적으로 말하기 위해서 이러한 오해를 설파했다. 한시에서 시조가 나왔다고 하는 발상은 이른바 상층문화가 하강했다는 가설인데, 이에 대한 통렬한 반박을 한다.

　둘째는 시조를 과거의 산물로 보려는 관점에 대해서도 단호히 배격한다. 시조가 과거의 형식이기 때문에 현대인의 사고나 특별한 정감을 나타내기에 부적합하다는 편견을 시정하고자 했다. 또한 대중적인 교감이 없는 특수 계층에만 한정되었다는 과거적 편견도 교정하고자 했다. 시조가 개화시대를 맞이하면서 개화적으로 천대받았다고 하는 사실은 시조가 결코 과거의 산물일 수 없음을 분명히 했다고 생각한다.

　셋째는 시조의 고정적 형식에 대한 반문도 담겨 있다. 시조의 정형시적 특성이 오늘날 정감을 담기에는 힘들고, 그렇기 때문에 개화시대 이후로 마련된 자유시와는 다르다는 주장을 예거한다. 그러면서도 시조의 무용론을 벗어나서 시조의 당위성이나 정체성을 강력하게 주장한다. 이러한 견해는 시조의 공시적 차별성을 유난스럽게 드러낸 것이라고 아니할 수 없다.

조운은 시조의 관념이 각별하게 독특한 사람이다. 시조의 특징을 통시적인 한시와 비교해서 시조의 독자성을 주장했으며, 시조의 창조성을 공시적인 자유시와 견주어서 시조의 현재적 의의를 힘주어 말했다. 생각이 이처럼 공시적 자각과 통시적 계승을 이루었으니 그가 쓰는 시조 역시 전통적인 시조를 이으면서도 독자적인 변용을 이룩했으리라 짐작된다. 조운의 시조에 관한 각별한 견해가 당대 문단에서 천대받는 견해를 배척하고 시조의 정당성과 의의를 부여하려 힘썼다.

이 글은 조운의 시조가 지니는 특징과 의의를 검토하기 위해서 마련된다. 독특한 감각과 추상적 사유가 오늘날에 이어지면서 작품으로 이어지게 된 점이 자세히 논의될 것이다.

2. 전통 계승의 본보기 : 「석담신음(石潭新吟)」

조운은 유별나게 전통적인 시세계를 이어받는 작업을 힘써 했다. 그 가운데 단연코 내세우고자 하는 것은 「석담신음」이다. 이 작품은 연작 시조의 형태를 띠면서도 이이의 「고산구곡가(高山九曲歌)」를 계승한 작품이다. 우선 이 점을 확인하기 위해서 지금까지 간헐적으로 논의되던 「고산구곡가」의 전작품과 「석담신음」의 전작품을 들어서 비교하기로 하겠다. 먼저 「고산구곡가」의 전문을 들면 다음과 같다.

高山九曲潭을 살롬이 몰으든이
誅茅卜居ᄒ니 벗님네 다 오신다
어즙어 武夷를 想像ᄒ고 學朱自를 ᄒ리라

一曲은 어드미고 冠巖에 희비췬다

平蕪에 너 거든이 遠近이 굴림이로다
松間에 綠樽을 녹토 벗 온양 보노라

二曲은 어드미고 花岩에 春晩커다
碧波에 곳출 씌워 野外에 보내노라
살롬이 勝地를 몰온이 알게훈들 엇더리

三曲은 어드미고 翠屛에 닙 퍼졌다
綠水에 山鳥는 下上其音 흐는 적의
盤松이 受淸風흔이 녀름 景이 업세라

四曲은 어드미고 松崖에 히 넘거다
潭心岩影은 온갓 빗치 좀겻셰라
林泉이 깁도록 죠흐니 興을 계워 흐노라

五曲은 어드미고 隱屛이 보기 죠희
水變精舍는 灑欄홈도 フ이 업다
이中에 講學도 홀연이와 詠月吟風 흐올이라

六曲은 어드미고 釣峽에 물이 넙다
나와 고기와 뉘야 더욱 즑이는고
黃氏에 낙대를 메고 帶月歸를 흐노라

七曲은 어드미고 楓岩에 秋色이 좃타
淸霜이 엷게 친이 絶壁이 錦繡ㅣ로다
寒岩에 흔자 안자셔 집을 닛고 잇노라

八曲은 어드미고 琴灘에 둘이 붉다

玉軫金徽로 數三曲을 노론말이

古調를 알리 업쓴이 혼자 즑여 ᄒ노라

九曲은 어드미고 文山에 歲暮커다

奇巖怪石이 눈쏙에 뭇쳣셰라

遊人은 오지 안이ᄒ고 불쎳업다 ᄒ드라

—「고산구곡가(高山九曲歌)」

「고산구곡가」에 이어서 「석담신음」의 전문을 인용하도록 하겠다.

一曲이 예라건만 冠岩은 어디 있노

半남아 떨렸으니 옛모습을 뉘 傳하리

흰구름 제그림자만 굽어보고 있고나.

二曲은 배로 가자 花岩은 물속일다

長廣 七八里가 거울 같이 즐펀하여

人家도 다 묻혔거든 물을데나 있으리.

三曲을 찾아가니 翠屛이 예로고나

松林을 머리에 인채 허리에 배 매었다

夕陽은 無心한 체 하고 불그러히 실렸다.

四曲이 깊숙하다 松崖에 쉬어 가자

架空庵 옛터 보고 凌虛臺로 내려오며

石泉水 손으로 쥐어 마시는 게 맛이다.

五曲으로 돌아드니 隱屛에 가을일다
廳溪堂 거친 뜰에 銀杏 잎만 흐늗는데
布巾 쓴 弱冠 少年은 입벌린채 보는고.

六曲은 釣峽이라 물이 남실 잠겼고나
兩岸에 늙은 버들 빠질 듯이 우거지고
새새이 내민 바위는 釣臺인 듯 하여라.

七曲 楓岩은 깎아지른 絶壁이야
푸른 솔 붉은 丹楓 알맞세 서리 맞아
一千길 물밑까지가 아롱다롱 하더라.

八曲으로 거스르니 물소리 果然 琴灘일다
돌을 차며 뒤동그려 이리 꿜꿜 저리 쫠쫠
바위를 싶어 흐르다간 어리렁출렁 하더라.

九曲이 어디메오 文山이 아득하다
十里 長堤에 오리숲이 컴컴하다
淸溪洞 淸溪다리 건너 게가 기오 하더라.

高山 九曲潭은 栗谷의 노던 터라
오늘날 이꼴씨를 미리 짐작하신 끝에
남 몰래 시름에 겨워 오르나리셨거니.

—「석담신음(石潭新吟)」 전문

조운은 이이의 「고산구곡가」를 구실 삼아 황해도 해주의 석담의 아홉 경
치를 노래했으므로 「석담신음」이라 했다. 두 작품은 소재적 공통점을 유지하

고 있기에 일단 비교의 틀이 마련된 셈이다. 그런데 실제로 비교해보면 적지 않은 차이점이 노정된다. 우선 「고산구곡가」에는 서곡이 있어서 「석담신음」과 결정적 차이를 보이고 있으며, 이이의 작품은 「무이구곡가」를 본뜬 것이기에 더욱이 「석담신음」과 차이를 보인다. 그러므로 둘 사이의 비교는 같은 소재를 어떠한 방식으로 형상화했는가 초점을 두어야 비로소 해결된다.

사대부들은 신유학적 사고를 핵심적으로 드러내기 위해서 자신들만의 독자적인 민족어시가를 창안하는데, 그러한 성격이 선명하게 드러나는 것이 곧 사대부의 연작시조다. 그래서 이별은 6가를 짓고, 이황은 「도산12곡」을 썼고, 이이는 「고산구곡가」, 다른 이들은 6가 계통의 시조를 창조했다. 노래의 핵심을 이황이 「도산십이곡발」에서 '아이들을 시켜서 스스로 노래 부르고 스스로 춤추며 뛰게 하여 비루한 마음을 거의 다 씻어버리고 감발하여 융통한다'고 했다. 사대부의 전통을 조운이 정면에서 계승했다고 할 수 있다.

우선 「고산구곡가」는 석담의 오랜 체험을 신유학적 관점에서 묵새기고 난숙시킨 뒤에 시조로 노래했음을 쉽사리 발견할 수 있다. 경치를 오래 두고 읊고 되새긴 결과가 「고산구곡가」로 귀결된다. 그래서 이이의 시조는 읽고 읽을수록 사대부 시조의 맛이 우러난다.

이이는 단순하게 고산구곡의 경치를 읊지 않았다. 작품 한 편마다 정감을 제거하고 대상 자체를 절제롭게 드러내는 형상의 원칙을 내세우면서도 작품의 연결은 교묘한 원리를 갖추도록 했다. 그 방법은 시간적 원리다. 아침에 해가 돋는 광경에서 저녁에 황혼을 바라보고 달을 싣고 오는 광경으로 이어지는가 하면, 다시 작품 전체의 질서는 봄, 여름, 가을, 겨울이 질서정연하게 드러나도록 했다. 계절 속에 놓여 있는 사람의 일상사 가운데 강학과 여백 및 고인을 닮으려는 정지가 강하게 나타난다. 곧 계절은 변해도 계절이 반복되는 순서나 이치가 어긋나지 않는다고 하는 원리를 자세하게 형상화했다. 사대부 시조에서 '사시가(四時歌)'가 긴요한 구실을 했던 것은 그들의 이념을 형상화하기에 적합했던 것이고, 이이 또한 그러한 전례를 충실하게 구현했다.

이이는 이러한 시적 원리를 담백함에 두고 있으며, 그림으로 말하자면 여백의 맛을 나타내는데 두었다. 곧 '성정(性情)을 음영(吟咏)하여 청화(清和)를 선창(宣暢)함으로써 흉중(胸中)의 재예(滓穢)를 씻을 수 있는, 즉 존성(存省)에 일조(一助)가 된다'라고 했다. 이 말은 가슴에 있는 더러운 티끌을 씻어내서 자신을 되새기는 것이 시라고 했으며, 이러한 것의 잣대가 곧 성정에 부합되는 것이라는 말이다. 결국 성정창화(性情暢和), 물아일체(物我一體)의 경체의 경지를 드러내는데 고산구곡을 노래의 소재로 삼은 셈이다.

조운은 이이의 본질적이고 거창한 원리를 드러내려는 것은 아니다. 조운이 살았던 시대가 사대부의 시대가 아니었기에 굳이 이렇게 거창한 원리를 추구할 필요가 없었을 것으로 보인다. 고산구곡의 경치를 자신의 관점에서 새롭게 읊었을 따름이다. 그런데도 불구하고 미세하게 살펴보면 그의 시적 솜씨가 살뜰하게 예전 사대부들의 시선을 이어받고 있음을 부인할 수 없다.

예컨대 다음의 몇 구절은 이러한 것에 적절한 범례다.

인가(人家)도 다 묻혔거든 물을 데나 있으리

석양(夕陽)은 무심(無心)한 체 하고 불그러히 실렸다

포건(布巾) 쓴 약관(弱冠) 소년(少年)은 입벌린 채 보는고

푸른 솔 붉은 단풍(丹楓) 알맞게 서리 맞아

일천(一千)길 물밑까지가 아롱다롱 하더라

우선 인용한 사례를 통해서 조운의 시적 감각이 사대부 시조의 그것과 유다르지 않음을 찾을 수 있다. 가령 물을 데가 없이 인가가 묻혔다든지, 석양이 무심하다든지, 시조 속에 어린 아이를 묘사한다든지, 소나무와 단풍을 병치한다든지 하는 것은 매우 유사한 사대부 시조의 감각을 이어받은 것으로 판단된

다. 그러나 인용한 구절에서 조운의 감각이 전혀 없는 것은 아니다. 묵담의 그림에서 유채색의 색채화로 변하고 있는 점도 간과해서 안될 것이다. 가령 예전 시조에서는 '무심한 달빛'이 흔히 거론되었는데, 여기서는 '석양이 무심한채 하고 불그러이 실렸다'고 해서 대상이나 색채가 천차만별로 달라졌음을 실감할 수 있다. 여백의 맛은 사라지고 여백에다 새로운 색감이 실려져 있는 것이다.

이이가 산 시대가 조운의 시대일 수 없다. 이이의 시대에는 이이의 노래가 필요했고, 조운의 시대에는 조운의 노래가 필요하다. 그래서 조운은 이이의 노래 전통을 계승하면서도 계승하지 않았다. 이이를 계승했으므로 「고산구곡가」를 재현했고, 이이를 부정했으므로 새로운 표현법과 「석담신음」이 필요했던 것으로 판단된다. 시조가 달라져야 할 이유가 여기에 있는 셈이다.

이이의 「고산구곡가」가 조운의 「석담신음」에 이어지면서도 현대시조의 감각과 정감이 새로이 덧보태졌다 하겠다. 조운의 시조는 더 이상 과거의 퇴물도 아니고 자유시와 다르다는 점을 이러한 작품의 형상화에서 실제로 찾을 수 있다. 곧 전통은 과거의 것이 아니면서 현재적으로 창조적 변형을 거쳐야 한다는 말을 이처럼 했을 것으로 보인다. 현대시조가 시조다운 점을 찾기 위해서는 과거의 전통을 어떻게 변용시키는가 알아야 할 터인데, 조운 시조는 이 점을 유감없이 보여주는 사례가 아닌가 한다.

3. 경(景), 정(情)의 시적 조화

조운 시조는 우선 산뜻하다. 간결하게 제시된 구도 위에서 자아의 정감을 드러내는 방식이 예사롭지 않기 때문이다. 나는 그러한 구도를 경(景)과 정(情)이라는 전래의 용어로 함축하고자 한다. 한시에서 시적 구성 원리로 '선경후정(先景後情)' '경중정(景中情)' '경(景)' '정(情)' '정중경(情中景)'이라는 용어를 써왔다. 이러한 용어는 현대시를 설명하기에는 적합하다 하지 않을지 모르나, 시조의 경우에는 그 나름대로 적지 않은 미덕을 지닌다. 그러므로 이러한 용어의 시적 소종래를 명확히 규명하기에 앞서서 시조가 지니는 맛을 살리기 위해서 시조에 맞게 재활용할 필요를 느낀다. 왜냐하면 조운 시조는 이에 적절하게 부합되기 때문이다.

우선 조운 시조를 한편 인용하고서 작품에 대한 적용을 시도하기로 하겠다. 「채송화(菜松花)」라는 작품을 들면 다음과 같다.

불볕이 호도독호도독
내려쬐는 담머리에

한올기 채송화(菜松花)
발돋움 하고 서서

드높은 하늘을 우러러
빨가장히 피었다.

ㅡ「채송화(菜松花)」 전문

「채송화」는 전에 사대부들이 노래하지 않던 대상이다. 그런데 담박한 태도로 대상을 그 자체로 읊조리는 정경 묘사가 매우 탁월하다. 초장에서 전체적 배경을 잡아 그리고, 중장에서 시적 대상을 의인화해서 다루고, 종장에서 의인화의 수법을 부연하며 종결지었다. 대상자체를 충일하게 그리는 방식이 매우 탁월하다. 이것은 경시(景詩)로서의 면모를 지닌 대표적 작품이다.

이와 유사한 사례로 「고매(古梅)」를 꼽을 수 있다.

고매(古梅) 늙은 둥걸
성글고 거친 가지

꽃도 드문드문
여기 하나
저기 둘씩

허울 다 털어버리고 남을 것만 남은 듯.

―「고매(古梅)」 전문

　「고매」 역시 지극히 절제된 어조로 대상을 파악한다. 윤선도의 시조처럼 초장은 고색창연한 어법을 가지고 묘사한다. 중장에서는 시인의 시선이 생동하게 드러나듯 꽃을 묘사하는 방법이 탁월하다. 중장을 세 줄로 나누어 쓴 기교도 얼마남지 않은 움직임을 조용하게 나타내기 위해서다. 종장에서는 그러한 중장을 이어서 자아의 심정을 살짝 끼워 넣었다. 대상에다가 자신의 하소연이나 바람을 덧보탠 것으로 보인다. 이러한 시조는 역시 경시(景詩)다. 자신의 심정이 정감어린 말로 구체화되어야 하는데, 그렇게 되지 않았다.
　경중정시(景中情詩)를 한 편 살펴보자. 「석류(石榴)」라고 하는 시다.

투박한 나의 얼굴
두툴한 나의 입술

알알이 붉은 뜻을
내가 어이 이르리까

보소라 임아 보소라
빠개 젖힌
이 가슴.

―「석류(石榴)」 전문

「석류」는 석류를 의인화해서 우의적으로 다룬 작품이다. 초장에서는 직접 대상이 되는 석류의 외형을 밖에서 관찰했다. 투박하고 거친 표피와 두툼하게 갈라져 있는 입술을 묘사했다 하겠다. 중장에서는 밖에서 바라다보는 외형이 아니라 안에 감추고 있는 화자의 정지를 자세하게 묘사하기 위한 전제를 내세웠다. 종장에서는 아주 치밀하게 자신의 가슴을 빠개 젖혀 보여주는 묘사가 탁월하다. 색상과 형체의 기교가 중장과 종장에서 맞물려 기술되면서 탁월한 성과를 이룬다.

「석류」는 밀도 높은 시상의 전개를 통해서 늦가을에 벌어지는 석류와 자신의 마음을 곡진하게 전달하고자 하는 뜻을 함께 아울러서 보여주고자 했다. 곧 한 폭의 경치를 읊으면서 자신의 정감을 핍진하게 묘사했다 하겠다.

「석류」와 유사한 작품으로 「오랑캐꽃」이 있다.

넌지시 알은 체 하는
한 작은 꽃이 있다

길가 돌담불에
외로이 핀 오랑캐꽃

너 또한 나를 보기를
나
너보듯 했더냐.

―「오랑캐꽃」 전문

소박하게 소묘되어진 오랑캐꽃에다 자신의 수줍음을 얹은 솜씨가 각별하게 돋보인다. 정서적 환기가 다채롭게 일어나는 작품이다. 경중정(景中情)의 묘취가 물씬 우러나는 시적 원리가 개재되어 있다.

조운 시조는 자신의 정감을 억제할 때는 충실하게 경치만 제시한다. 일체의 정감적 어휘를 배제한 채 대상의 관찰에 한껏 몰입한다. 그러한 경치에다 정감을 배제한 명편으로 「무꽃」을 제시하고자 한다.

　　　무꽃에 번득이든
　　　흰나비 한 자웅이

　　　쫓거니 쫓기거니 한없이
　　　올라간다

　　　바래다
　　　바래다 놓쳐
　　　도로 꽃을 보누나.

―「무꽃」 전문

무꽃과 흰나비가 어우르는 정경을 빼어나게 묘사한 작품이다. 세밀한 관찰이 없이는 이를 수 없는, 독자적으로 이룰 수 없는 시조의 새로운 영역으로 평가된다. 매우 탁월한 시조로 평가된다.

　그러나 조운 시조는 경시(景詩)와 경중정시(景中情詩)에만 탁월했던 것은 아니다. 재래의 정감이 충만한 시편들도 다수 창작했다. 예컨대 「비 맞고 찾아온 벗에게」는 아주 탁월한 작품이다.

　　　어젯밤 비만 해도 보리에는 무던하다
　　　그만 갤 것이지 어이 이리 굳이 오노
　　　봄비는 찰지다는데 질어 어이 왔는고.

　　　비맞은 나뭇가지 새엄이 뾰쪽뾰쪽
　　　잔디 속잎이 파릇파릇 윤이 난다

자네도 비를 맞아서 정(情)이 치나 자랐네.

—「비 맞고 찾아온 벗에게」 전문

　　이 작품은 경(景)과 정(情)이 조화를 이루는 것이다. 봄비를 맞고 찾아온 벗을 위해서 걱정 근심을 하다가도 벗과의 해후가 새롭도록 그윽한 정취를 자아낸다. 조운 시조의 예사롭지 않은 면모를 이 작품을 통해서 쉽사리 확인할 수 있다. 봄비를 맞고 속잎이 나고 움이 트듯이 친구와 화자 사이의 정이 자라고 보리처럼 무던한 사랑을 나누게 된다.
　　다음의 「돌아다 뵈는 길」에서도 다사로운 조운의 마음을 짐작할 수 있다.

창(窓)이나 발라주고 떠나오자 하던 것이

비 개인 밤바람은 몹시도 차고 차다

문포(蚊布)가 눈에 밟히네 어이 갈꼬 어이 가.

—「돌아다 뵈는 길」 부분

　　이 작품은 모두 네 수로 되어 있는데, 인용한 작품은 두 번째 수다. 이 작품은 투옥되어서 병이 난 친구를 만나고 돌아오던 길에 차 안에서 지은 것이다. 차 안에서 지은 것이라 순간적이었을 텐데도 정감은 끊이질 않고 자욱하게 연결된다. 모기장을 쳐 놓은 계절이니 분명히 여름일 것이나 병자에게 밤바람이 차게 느껴질 것이다. 창문도 발라주지 못하고 나온 아린 심정을 절실하게 표현했다 하겠다. 이토록 조운 시조는 정감어린 주제로 일렁인다.
　　요컨대 조운 시조는 경(景)과 정(情)을 조화롭게 구현한 시인의 작품임이 분명하다. 갖가지 다양한 인상과 그리움의 정감이 탁월하게 묘사된 점이 이를 입증한다.
　　조운은 평시조를 아주 잘 썼으나, 사설시조에는 그다지 능하지 않았던 것으로 보인다. 왜냐하면 사설시조는 「구룡폭포(九龍瀑布)」 하나뿐이기 때문이다. 작품의 전문을 들면 다음과 같다.

사람이 몇 생(生)이나 닦아야 물이 되며 몇 겁(劫)이나 전화(轉化)해야 금강
(金剛)에 물이 되나! 금강에 물이 되나!

샘도 강(江)도 바다도 말고 옥류(玉流) 수렴(水簾) 진주담(眞珠潭)과 만폭동
(萬瀑洞) 다 고만 두고 구름 비 눈과 서리 비로봉(毗盧峰) 새벽안개 풀 끝에 이슬
되어 구슬구슬 맺혔다가 연주팔담(連珠八潭) 함께 흘러

구룡연(九龍淵) 천척절애(千尺絶崖)에 한번 굴러 보느냐.

―「구룡폭포(九龍瀑布)」 전문

「구룡폭포」는 특이한 심상이 되었다. 같은 시대 시인의 작품이나 예전 시
인의 작품에서 흔히 도달하고자 했던 희망 사항과는 전혀 상반되기 때문이다.
사람이 물이 되고자 하는 전제가 그것이다. 그만큼 구룡연의 물은 화자에게 절
실하게 다가왔기 때문일 것이다. 사연을 다 듣고 보면, 그의 작품에서 나타내
고자 하는 절실한 바를 간취할 수 있다. 중장에서 엮음의 수법으로 제시하고자
했던 것은 구룡연의 물이 되고자 하는 간절한 염원이다.

「구룡폭포」는 조운 시조의 절창에 해당하는 작품이다. 불교의 연기론을
간단하게 펼쳐보이면서 있음에서 없음으로 하는 희망 사항을 핍진하게 보여주
고 있다. 사람은 유기체다. 유기체가 있음이라면, 물방울은 무기체다. 『금강경』
에 묘사되어 있듯이 모든 진리는 없음이니 순신간에 깨달으라 했다. 「응화비
진분(應化非眞分)」에 이렇게 되어 있다. '무슨 까닭인가? 일체의 유위법이 꿈과
같고, 환상과 같고, 물거품과 같고, 그림자 같으며 이슬과 같고, 또한 번개와도
같으니 응당 이와 같이 바라볼지니라'라고 했다. 사람이 몇 생을 닦아서 구룡
연의 끝에 물방울로 갈 수 있다는 희망은 조운 시조의 깊이와 정취를 알 수 있
는 대목이다.

조운 시조는 일상사의 소재를 특별한 안목으로 바꾸어서 시화한 공로가
있다. 때로는 재치가 넘쳐나는 작품을 쓰기도 했다. 「상치쌈」이 가장 웃음을

자아내게 하는 작품이다.

쥘상치 두손 받쳐
한입에 우겨 넣다

희뜩
눈이 팔려 우긴 채 내다보니

흩는 꽃 쫓이던 나비
울 너머로 가더라.

―「상치쌈」 전문

움직임과 멈춤이 순간적으로 교차하면서 다시 움직임으로 이어지는 모습
이 한껏 웃음을 유발한다. 마치 김홍도와 김득신의 풍속화를 바라보듯이 상래
하면서도 동세가 발랄한 작품이라 할 수 있다. 상추를 싸서 먹는 모습과 울 넘
어로 사라지는 흰 나비의 모습은 순간적 포착과 관찰이 한껏 드러나는 대목이
라고 하겠다.

조운 시조의 저력과 특징이 대체로 해명되었다. 뛰어난 시조 시인으로 칭
송해도 무방하리라 생각된다. 여러 가지 다양한 시상과 전통적인 어법을 계승
한 점에서도 탁월한 평가를 받아 마땅하다.

4. 맺음말

조운 시인은 이은상, 이병기와 대조되는 시조 시인이다. 이은상이 뛰어난
언어감각으로 권세를 누리고, 이병기가 단아한 시상과 정감어린 어조로 많은
이들에 의해 사랑받을 때에 조운은 철저하게 잊혀졌다. 그의 시조집은 잊혀졌

을 뿐만 아니라 잊혀지기를 강요받았다. 그러나 막상 그의 시조집이 다시 검토되면서 그의 작품 세계는 재인식되었고 자세한 언급이 불가피하게 되었다.

본고에서 검토한 결과, 조운 시인의 작품은 이은상의 깊이 없는 말솜씨와는 다르게 자신의 철저하고도 견고한 세계를 유지하고 있었음을 확인하게 되었다. 특히 전통적인 심상을 독특하게 변용하면서 자신의 정감을 미묘하게 살렸다. 과거를 소재로 삼지 않고 자신만이 충실하게 느끼고 익힌 솜씨를 유감없이 발휘했다 해도 지나친 말은 아니다. 시조, 한시의 전통을 이어서 현대시조로 만든 힘찬 일꾼이다.

이병기와 조운은 여러모로 상통하는 시조의 기운을 유지했다. 공교롭게도 최서해와 친분을 유지해서 서로 최서해를 기리는 시조를 남기었다. 최서해의 아내가 분려인데, 조운의 여동생이다.

볕과 바람 끝에 검을대로 검은 그 손
잡은 괭이 두고 붓을 다시 드시리까
상머리 혈흔(血痕)과 홍염(紅焰) 맘이 되오 태오이다.

—이병기, 「서해를 묻고」 두 번째수

하고 싶은 이야기를
다 해보지 못한 설움

천고(千古)에 남고 말을
뼈 맞히는 한(恨)일지니

한마디
더 했더라면
어떤 얘기였을꼬.

—조운, 「서해야 분려야」 네 번째수

두 시인 모두 처절하게 살다간 최서해를 기리는 마음이 절실하다. 철저하게 밑바닥 인생을 살다간 최서해의 일생을 생생하게 부조하였다. 공교롭게도 시조라는 형식을 통해서 꾸며낸 솜씨도 비슷하다.

조운 시조는 이제 재평가 받아 마땅하다. 성실하게 시작으로 일관한 그의 생을 다시금 재조명할 필요가 있다. 조운의 산문도 적지 않은데, 그의 작품과 연결시키지 못한 것이 명백한 한계다. 그의 시조가 지니는 특징이 자세하게 소개되어야 한다는 당위를 내세운 느낌이 없지 않다. 이 글은 그러한 당위를 실천하기 위한 시론에 지나지 않는다.

조운 시조는 현대 시조의 정점을 보여주었다고 해도 지나친 말이 아니다. 불행한 생래적 조건에 아랑곳하지 않고 자신의 불행을 훌륭한 시조 작품으로 승화시켜서 아주 수준 높은 예술품으로 만들어 냈다. 시인에게 어떠해야 하는가 묻는다면 서슴없이 조운을 들어야 마땅하다. 시인의 생애가 불운하다고 해서 좌절할 일이 아니다. 생애는 불행했으나, 시조 작품이 높은 예술성을 지녔으므로 그것은 행운이다. 살아 생전의 영광이야 사람이 사라지면 쉽사리 잊혀지고 오히려 짐이 된다. 그러나 불행한 환경을 딛고 담백한 작품을 써서 그 작품 몇 편으로 길이 기억되는 영광은 누구나 가질 수 있는 것이 아니다. 조운은 바로 그러한 예술가라 할 수 있다.

김상옥 시조의 전통성

정혜원 ‖ 상명대 교수

1.

시인과 시조시인의 차이는 무엇일까. 단순히 창작영역에 따라 구분 지어 부르는 것 이상의 의미는 없는 것일까. ·

시조는 분명히 시가 포함하는 여러 형식 중의 하나로 굳이 자리를 찾자면 정형시 형식에 속한다 할 수 있다. 그러면서도 다른 시형식처럼 하위개념으로 받아들여지지 않고 동떨어진 형식으로 시라는 테두리 밖으로 밀려난 이종(異種)처럼 다루어져 온 것은, 시조가 이 땅에서 자생한 문학형식이었으며 서구적 시형만이 현대시라고 생각하는 전도된 문학관에 지배당했기 때문일 것이다.

초정 김상옥(草汀 金相沃)을 호칭함에 있어 시인 혹은 시조 시인이라고 부르는 것은 그의 시작 활동이 시와 시조에 걸쳐 경중을 가릴 수 없는 업적을 남겼기 때문이지 시조를 어떤 현대시 형태에도 뒤지지 않는 수준으로 끌어올린

데 대한 예우로써만은 아닌 것으로 보인다. 실제로 이제까지 발간된 그의 작품 집을 보면 1947년 간행된 『초적(草笛)』과 1973년에 발간된 『삼행시장단형육십 오(三行詩長短形六十五)』만이 시조집일 뿐, 『고원(故園)의 곡(曲)』『이단(異端)의 시(詩)』『목석(木石)의 노래』『묵(墨)을 갈다가』 등이 모두 시집으로 책 수나 작품의 수로 볼 때 시 쪽을 향한 더 큰 경사를 인정하지 않을 수 없다. 그가 어느 쪽에서 성공을 하고 있느냐 하는 문제를 떠나서 시와 시조의 창작이 확연히 분리된 작업이 아니라 하나의 시상(詩想)을 형상화시킴에 있어 시인이 택할 수 있는 방법의 차이에 불과하다는 것을 명쾌히 보여주었다는 점에서 보다 큰 의미를 찾을 수 있다.

이러한 의미부여는 동일한 테마, 동일한 시재(詩材)를 시와 시조로서, 다시 말해 자유시형과 정형시형으로 각기 형상화시킨 작품을 읽을 때 더욱 분명해진다. 가령 영지(影池)전설에서 소재를 취한 3행시 『아사녀(阿斯女)의 노래』(『아가기일(雅歌其一)』)와 「신록(新綠)」의 마지막 연의 동질적 시상이라든가 살구나무의 화사한 개화와 그 발화의 신비에 대한 감동을 시화한 3행시 「축제(祝祭)」와 시 「살구나무」와 같은 작품들이 좋은 예가 될 것이다.

「축제」와 「살구나무」를 인용하여 대비하면 다음과 같다.

> 살구나무 허리를 타고 살구나무 혼령이 나와
> 채선(彩扇)을 펼쳐들고 신명나는 굿을 한다.
> 자줏빛 진분홍을 돌아, 또 꽃분홍에 연분홍!
>
> 봄을 누룩 딛고 술을 빚는 손이 있다.
> 헝클린 가지마다 게워넘친 저 화사한 발효(醱酵)
> 천지를 뒤덮는 큰 잔치가 하마 가까와 오나부다.
>
> —「축제(祝祭)」 전문

집 앞에 두어 그루 늙은 살구나무가 있다. 이로 말미암아 선(善)한 도시(都

市)들이 이 두메를 그들 부조(父祖)의 입내나는 시구(詩句)처럼 행화동(杏花洞)이
라 일카른다.

　요 메칠 동안 그 앙상하고 시껍은 가지는 문득 자주(紫朱)빛을 옮아가고 있
었다.

　아무래도 무슨 채선(彩扇)을 가진 귀신(鬼神)이 나와 굿을 하는가 보다 ……
웬일인가 눈여겨 지키노라면 이윽고 붉은 빛이 어룽져 군데군데 묻어나기 시작
하였다.

　(…3, 4연 중략…)

　이제 두어 그루 살구나무는 본시(本是)대로 뉘가 보나 안보나 무관(無關)하
다. 그는 스스로의 오랜 성정(性情)을 이미 이 화창(和暢)한 언어(言語)속에 새로
담겨 한창 맑은 내음 풍기는 술을 빚는다.

　그들의 후예(後裔)인 나는 지금 어느 수선스런 시간(時間)의 강변(江邊)에
서서 생각한다. 반드시 내게도 저렇듯 황혼이 눈부신 발효(醱酵)를 가질 날이 지
척(咫尺)같이 먼곳에 드디어 가까워옴을 생각한다.

—「살구나무」

　상기한 두 작품을 비교하면 살구나무, 혼령(「살구나무」에선 '귀신(鬼神)'이란 어
휘를 사용), 채선(彩扇), 굿, 자줏빛, 연분홍(「살구나무」 3연에선 담홍색(淡紅色)으로 표
현됨), 술을 빚는, 발효(醱酵) 등의 시어들이 공통적으로 쓰이고 있으며 이들이
형상화시키는 시적 영감도 거의 합치하고 있다. 차이점이라면 「축제」의 경우 2
연 6행의 100자 남짓으로 이루어진 절제된 언어의 시조작품인 데 비하여 「살
구나무」는 6연으로 된 400여 자의 산문적인 시작품이라는 점과 「살구나무」에
서 꽃나무처럼 눈부신 발효를 자신에게서도 갈망하던 시인이 「축제」에 이르러
자연의 신령스런 잔치를 마련하는 존재를 허심탄회하게 바라보는 혜안을 갖춘
다는 점을 지적할 수 있을 것이다. 꽃과 자신에게 고정되었던 시야가 초자연적

인 존재로까지 열린다는 점이다.

이처럼 시인 김상옥에 있어 시와 시조란 시행의 제한을 얼마간 받느냐, 받지 않느냐의 차이일 뿐 본질적으로 한 뿌리를 가진 것이었다. 그는 오늘의 현대시조가 그 명맥을 보존하는 데 그치지 않고 현대의 시정신을 적극적으로 감당해야 된다는 것을 깊이 터득한 시인이었다.

2.

초정의 자유시 작품이 갖는 외형적 특징으로는 뚜렷한 연 구분과 산문시의 장문(長文)의 시행을 지적할 수 있다. 초기 시집인 『이단(異端)의 시(詩)』에 실린 「나는 하늘이로다」 「주막」 「비오는 제사(祭祀)」 「그림자」 「슬픈 대사(臺詞)」 등에서 보이기 시작한 이러한 경향은 50년대에 발표된 「목련」 「기억」 「승화」 등의 작품에서 더욱 분명하게 자리를 굳혀갔으며 산문시 『우수(憂愁)의 서(書)』를 발행하기도 했다.

한 시인에게서 산문적인 장형의 시와 형태적으로 극히 제한된 단형의 정형시란 두 가지 대조적인 시작(詩作) 경향이 동시에 나타난다는 것은 매우 흥미롭다. 물론 앞에서 지적한 바와 같이 시(詩)의 형상화 과정에서 택해진 방법의 차이에 불과한 것이라 할지라도 언어의 증류수와도 같은 시조와 언어의 도도한 강줄기 같은 산문시란 가장 극단적인 두 방법을 시도한 시인에게서 우리는 강한 실험정신을 엿볼 수 있으며, 60년대 이후부터 발표된 3행시 장형(長形)과 단형(短形)의 두 형식도 같은 맥락에서 이해될 수 있을 것이다.

초정은 처음부터 시조라는 명칭이 지닌 가창적(歌唱的)인 요소에 만족치 못했던 것으로 보인다. 첫 작품집 『초정(草汀)』을 시조시집이라 부른 것이라든지 『현대문학』지에 발표한 시조작품들을 「속(續) · 초적집초(草笛集抄)」(1958.2), 「근조수제(近調數題)」(1963.3) 등으로 부르다가 「삼행시(三行詩)」(『시조문학』, 1966.9), 「근작삼행시초(近作三行詩抄)」(『현대문학』, 1968.2), 「근작삼행시장단형삼편(近作三行詩 長短形三扁)」(『현대문학』, 1971.1), 삼연시이수(三聯詩二首)(『묵을 갈다가』, 1981) 등으로 묶어 시조라는 명칭 대신 '삼행시'라는 새로운 명칭을 제시하고 있다.

시조란 새삼 부언할 필요도 없이 시절가조(時節歌調)에서 유래한 음악상의 명칭이었고 시조창(時調唱)의 3장 구분이나 가곡창(歌曲唱)의 5장 구분이 모두 창법상의 분절에 있다. 육당(六堂)에 의해 시조부흥론이 제창된 이래 노산(鷺山), 가람의 손을 거쳐 자리를 굳혀온 현대시조는 가창(歌唱)의 문학으로서의 음악 과 주종관계를 떨어버리고 문학적인 시로서 새로운 리듬감을 추구해 왔다.

초정이 시조의 3장 형태를 3행시란 용어로써 대체시키고 있는 것은 장 구 분에 포함된 창곡적인 요소를 제거하고 시 일반에 통용되는 시행으로 파악하 고자 함으로 보인다. 현대시조가 현대인의 호흡을 담은 살아 있는 문학인으로 서의 면모를 갖추기 위해서는 어쩔 수 없이 변화가 요구되며, 그 핵심적인 요 소가 음악으로부터 개화하여 시로서의 깊이와 폭을 갖추어 가야 하는 것이다. 시조를 3행시 형식으로 파악하려는 노력도 결국은 이러한 문학성의 강조 내지 는 시조를 현대시와 동일선상에서 다루려는 고심의 한 표현으로 생각된다.

3.

해방의 감격이 채 가시지 않은 1947년, 그동안 10년에 걸쳐 써온 시조시 39제(題)를 묶어 가람의 서문과 함께 발간한 책이 『초적』이다.

지내고 보면 십년(十年)도 하로 같아라! 나는 이날로 시(詩)를 썼으되 여기 아무른 이론(理論)도 있지 않습니다. 얼벗으면 떨리고 굶주리며 허덕이듯 시(詩) 도 또한 이처럼 견디지 못해 써옵니다.

시인이 후기에서 말하고 있듯이 여기에 실린 작품들은 이론을 앞세운 시작이 아니라 20대의 젊음으로 '절통(切痛)한 인욕(忍辱)의 날'들을 겪으며 이 겨레와 이 강토와 글과 말에 대한 '염통이 터져나온 피맺힌 사랑'으로 써 나간 작품들이었다.

이에 비하여 『삼행시(三行詩)』는 1950년대에서 70년대까지 발표된 시조작품들을 수정하거나 부분적으로 개작하여 65편을 묶어 놓은 것으로 여기에는 시인의 서나 후기, 혹은 『초적』에서 흔히 볼 수 있었던 시에 앞선 서사(緖詞)나 보주(補註)같은 일체의 부연이 자취를 감춘 것이 특징이다. 의당 한번쯤 언급될 만한 '삼행시'란 책제(冊題)에 대해서도 시인은 함묵하고 있어 연륜과 함께 오히려 깊어 가는 감정의 제어와 언어의 절제 등 시인의 철저한 자기통제를 느끼게 한다.

가. 시적 대상

『초적』은 1. 잃은 풀피리 2. 집오리 노래 3. 노을빛 구름으로 소제를 붙인 3부로 짜여져 있으며 소제 아래 묶은 작품들은 소재면에서 공통된 성격을 띠고 있다.

『초적』에서 즐겨 다루어질 시적 대상물은 문화적 유물 및 그에 대한 깊은 애정이다. 3. 노을빛 구름이라는 소제 아래 묶어 놓은 「청자부(靑磁賦)」「백자부(白磁賦)」「옥적(玉笛)」「십일면관음(十一面觀音)」「대불(大佛)」「다보탑(多寶塔)」「촉석루(矗石樓)」「선죽교(善竹橋)」「무열왕릉(武烈王陵)」「포석정(鮑石井)」「재매비(財買非)」「여황산성(艅艎山城)」 등의 작품들이 시제(時題)에서 보여주듯 모두 문화적 유물 내지는 역사적 유적으로서 시적 대상화되었다.

일제하에서 아직 문화재나 유적에 대한 일반의 깊은 자각이 없던 시절, 홀로 외로운 노래로써 우리 것에 대한 소중함을 깨우쳐준 그의 일련의 시작(詩作)들은 어떤 드높은 목청의 항일적 노래보다 귀한 것이었다 할 수 있다.

진실로 지낸 날의 그 사랑이 입에 붙은 사랑이 아니면 내 너무 미지근하고
행동(行動)함이 없었음을 나는 이제사 뉘우치고 스스로 오장(五臟)을 찢고 싶은
그러한 불같은 미움을 금(禁)하지 못하옵니다.

항일운동과 관계되어 영어의 고통을 겪었던 시인이 자신의 행동이 소극
적이었음을 괴로워하는 후기를 적기도 했으나 실제로 그가 시를 통해 이 땅,
이 겨레의 문화 쪽으로 이끌어 모은 관심의 폭은 어떤 적극적 행동보다도 민
족의 혼을 살리는 작업이었다.

『초적(草笛)』에서 보여준 고전적 문화유산에 대한 깊은 관조는 그 이후에
『삼행시(三行詩)』에 이르기까지도 변함이 없다. 「항아리」 「이조(李朝)의 흙」 「내
가 네 방(房)안에 있는 줄 아는가」 「관계(關係)」 「포도인영가(葡萄印靈歌)」 「착한
마법(魔法)」 「금(金)을 넝마로 하는 술사(術師)에게」 등이 모두 도자(陶磁)를 시적
대상으로 삼고 있다. 그러나 대상을 인식하는 방법이 『초적』과는 크게 달라지
고 있다.

시(詩)와 도자(陶磁)는 사실상 별개의 것입니다. 그렇지만 도자기를 시(詩)와
더불어 이야기 못할 것도 없다고 생각합니다. 왜냐? 비유컨대 시(詩)는 언어로
빚은 '도자기'라고 말할 수 있다면, 도자기는 흙으로 빚은 '시'라고 말할 수 있
겠기에 말입니다.

(…중략…)

저는 여태껏 시를 썼지만, 시에서 시를 공부하기보다는 차라리 도자기에서
더 많이 시를 공부한 경험이 있습니다.

도자(陶磁)를 향한 신앙에 가까운 애정은 김상옥의 작품이 중요한 모티브
가 된다. 난(蘭)과 매화(梅花)에 대한 애정이 가람의 시조 곳곳에 점철되어 있는
것과 달리, 도자에 대한 초정의 관심은 단순한 소재의 선택이나 감상에 그치는
것이 아니다. 그는 이들 대상에 영혼을 불어넣은 후 자유로운 상징의 기법을

통해 전혀 새로운 세계를 열어 보인다.

『초적』에서 즐겨 시적 소재로 선택된 다른 하나는 혈육에 대한 사랑과 연민이다. 『문장(文章)』지에 실렸던 첫 시조 「봉선화」에서 이미 "양지에 마주앉아 실로 찬찬 매어주던" 누님에 대한 그리움을 시화(詩化)시켰으며 그 밖에 「어무님」 「가정」 「안해」 「누님의 죽음」 등에서 가족에 얽힌 안쓰러운 정이 시적 소재가 된다.

『삼행시』에 와서는 이러한 시인의 일상적 모습은 찾기 어렵고 다만 「딸에게 주는 홀기(笏記)」와 「어느날」에서 장성한 딸의 모습이 잠시 비칠 뿐 주된 관심은 자연 쪽으로 기운다.

「세례(洗禮)」 「꽃피는 숨결에도」 「축제(祝祭)」 「꽃의 자서(自敍)」 「모란」 「가을 뜨락에 서서」 「안개」 「강설(降雪)」 「형상(形象)」 「수해(樹海)」 「슬기로운 꽃나무」 등에서 시인의 예리한 감각은 감추어진 자연의 몸짓과 언어를 읽어낸다. 특히 꽃과 수목(樹木)은 도자(陶磁)와 함께 의인화 과정을 거쳐 상징적 존재로 화한다.

나. 대상의 인식방법의 차이

김상옥의 시조 속에서 끊임없이 추구되어 온 도자와 꽃의 형상화는 초기의 『초적』에서 『삼행시』에 이르는 동안 변모의 과정을 보인다.

「백자부(白磁賦)」나 「청자부(靑磁賦)」와 같은 이른 시기의 작품들에선 대상을 하나의 정물로서 바라보며 외적인 형상미를 추구하는데 골몰한다.

> 보면 깨끔하고 만지면 매출하고
> 신(神)거러운 손아귀에 한줌 흙이 주물러져
> 천년(千年)진 봄은 그대로 가시지도 않았네

휘넝청 버들가지 포롬히 어린 빛이

눈물고인 눈으로 보는 듯 연연하고

몇 포기 난초(蘭草) 그늘에 물오리가 두둥실!

―「청자부(靑磁賦)」 1, 2연

불속에 구어내도 얼음같이 하얀 살ㅅ결!

티하나 내려와도 그대로 흠이지다

흙속에 잃은 그날은 이리 순박(純朴)하도다.　　　―「백자부(白磁賦)」 4연

이처럼 백자나 청자라는 물형이 지닌 신비한 조형미나 색채를 언어로 바꾸어 놓으려는 섬세한 노력이 시조의 전편에 흐르며 또 놀라우리만큼 완벽하게 언어화시키고 있음을 본다. 그러나 그 이후의 작품들에선 이러한 외형적 아름다움에 대한 찬탄은 사라지고 그들 물형들이 간직해 온 인고의 깊이, 혹은 그 영혼의 위대함에 몰입해 가는 모습으로 바뀐다.

백자나 청자에서 고고한 숨결을 느끼던 시인은 이빠진 항아리, 얼룩진 항아리, 철사(鐵砂) 항아리의 조각난 파편에서 하나의 영혼을 발견하게 되며 부(賦)가 아닌, 영혼의 울림인 영가(靈歌)를 부른다.

본디 끝없다가 또 다른 모양을 금긋던 부분(部分)

이렇게 한 결정(結晶)으로 돌아온 내 슬픈 비눌이여

깊은 밤 미친 풀무질 속에 녹아나온 혼령이여

―「비취인영가(翡翠印靈歌)」 1연

아픔을, 손때 절인 이 적막(寂寞)한 너의 아픔을,

잠자다 소스라치다 꿈에서도 뒹굴었다만

외마디 끊어진 신음, 다시 묻어오는 바람을.

―「포도인영가(葡萄印靈歌)」 1연

네 앞에 있으면 그저 멍멍하구나. 어디에 내질렀던지 산산이 금간 저 영혼(靈魂)의 거죽. 이제사 나도 너처럼 나를 놓아버리고저! 그동안 얼마나 부질없는 기나긴 여행(旅行)이던가.

—「금(金)을 넝마로 하는 술사(術師)에게」 1연

시적 대상에 영혼을 부여하는 애니미즘적 사고는 "내부에 수많은 소녀들이 있는 꽃나무"(「슬기로운 꽃나무」)나 혼령이 나와 채선(彩扇)을 펼쳐들고 신명나는 굿을 하는(「축제」) 살구나무에도 그대로 적용된다. 그리하여 목숨을 받아내기 위하여 손톱 발톱이 물러빠지는 꽃의 인고와 붕대 밑으로 배어 나오는 혈흔 같은 아픔을 철사포도문(鐵砂葡萄紋) 항아리에서 발견하고 그 아픔을 함께 한다.

그러나 이들 물형 속의 정령들은 피흘리는 아픔만을 보여주는 것이 아니라 때로 노부(老父)처럼 인간을 향해 호통을 치기도 하고 꽃대를 이에 문 동자(童子)로 변신하기도 하는 것이다.

어느날 문득 먼 귀울림, 내가 짐짓 네 방(房)안에 있는 줄 아는가.

내 한쪽 둘레에 죄끄만 싸리꽃 피고 바람에 묻어온 코발트의 나비, 또한 오백 년(五百年) 유치원(幼稚園)엔 다녀온 철사(鐵砂)의 용(龍). 그리고 내 무릎 앞에 네가 있고, 네 방(房)안 세간과 네 처자(妻子), 그리고 화약고(火藥庫)와 성냥개비. 네 눈치, 네 수염, 네 사랑, 그리고 숨바꼭질과 또 어디에 눈꼽만큼도 세도없는 나라. 그 나라의 티끌, 꽃도 용도 배슬어 낸 너희 어머님! 그리고 저 유유히 잇닿은 인록(因綠)의 강(江).

진실로 고얀지고. 네가 날 어찌 몇 푼의 은자(銀子)로 바꿀라는가? 네 인제 이가 좀 빠지고, 허리에 얼룩진 장(醬)물이 베었다기로.

—「내가 네 방안에 있는 줄 아는가」

내가 네 방(房)안에 있는 줄 아는가 하는 이빠진 철사용문자기(鐵砂龍紋磁器)의 호령소리와 함께 그가 차지하는 정신적 용적은 불어나서 인간을 무릎 앞에 거느리도록 거대해지고 500년 세월은 동심(童心)조차 지울 수 없을 만큼 짧아진다.

솔씨가 썩어서 송진을 게워내기까지, 송진이 굳어서 반쯤 밀화(蜜花)가 되기까지 영겁의 시간을 참아온 이조(李朝)의 흙은 몸을 받고 혼(魂)을 받아냈으며, 그가 차지하는 공간은 물리적 크기를 벗어나 몇십 층 빌딩보다도 오히려 키가 커지기도 하고(「착한 마법」), 혹은 손바닥 위에서 궁궐로 변모하는(「금을 넝마로 하는 술사에게」) 이적(異跡)을 보인다.

시적 대상을 일정한 거리에서 바라보며 빛깔과 촉감만을 느끼던 시인은 『삼행시』에 이르러 영혼의 교감을 통해 피배어 나오는 상처를 소스라치게 아파하며 귀울림 같이 그들의 외침을 들으며 자아(自我)의 시적 대상이 혼융일체를 이루는 경지에 달한다. 그리하여 시인은 하나의 백자로 화한다.

> 종일 시내(市內)로 헤갈대다 아자방(亞字房)엘 돌아오면
> 나도 이미 장(欌)안에 한 개 백자(白瓷)로 앉는다.
> 때묻고 얼룩이 배인 그런 항아리로 말이다.

―「항아리」

다. 형식면

『초적』에 실린 39제(題)의 시조는 단시조가 6편, 2수 연시조가 20편, 3수 연시조가 11편, 4수 연시조가 2편, 5수 연시조가 1편이다. 단시조와 2수 연시조가 도합 26작품으로 대체로 단형 형식을 즐겨 채택하였음을 알 수 있다. 이러한 경향은 『삼행시』에 와서는 얼마간 변화를 보인다. 『삼행시』 단형(短形)은 단시조가 15편, 2수 연시조가 23편, 3수 연시조가 9편, 4수 연시조가 4편, 5수 연

시조가 1편으로 되어 있어 단시조와 2수 연시조가 높은 빈도 수를 보여 『초적』과 다름이 없는 것으로 보인다. 그러나 함께 실린 장형(長形) 13편은 『초적』에선 볼 수 없었던 생소한 형태로서 이 시인에 의해 서서히 실험되어 온 새로운 시형이다. 『삼행시』에서 단형과 함께 장형의 실험은 이 시인이 즐겨 썼던 다연(多聯)의 산문식 시들과 무관하지 않은 것으로 보인다. 그러나 『삼행시』에 실린 장형 13편은 여러 가지 문제점을 제기한다. 가장 근본적인 문제는 과연 이들 형식이 시조에 포용될 수 있느냐 하는 것이다. 시인은 이 시집에서 시조라는 용어를 전혀 사용하지 않았고, 『삼행시장단형육십오편(三行詩長短形六十五扁)』이라고 제명(題名)한 만큼 이것이 시조냐 아니냐는 점에 굳이 책임을 지지 않아도 될 것이다. 그러나 함께 실린 단형 3행시 52편이 모두 시조의 기본적 율격을 지키고 있음을 볼 때, 3행시 장형과 사설시조와의 비교 검토는 불가피하다 하겠다.

3행시 장형은 한 작품이 3개의 단락을 이루며 둘째 단락이 가장 길어져 사설시조의 중장 연장법을 상기시킨다. 또 길어진 둘째 단락에서 어사(語辭)의 중첩이 이루어지며 이때 동일음이나 유사음의 반복에서 형성되는 리듬이 사설시조와 흡사한 경우도 있다.

> 전황석(田黃石)을 새기다 전황석의 고운 무늬 눈에 재우고, 상아(象牙)를 새기다 상아의 여문 질을 손에 태운다. 향목(木)도 홰양목(木)도 마저 새겨, 동글한 도장, 네모난 도장, 온갖 도장을 다 새긴다. 하고많은 글자 중에 사람들의 이름자(字), 꽃 이름 새 이름도 아닌 사람들이 이름자(字), 꽃 모양 새 모양으로 전자체(篆字體)를 새긴다.
>
> ―「국장(國章)」 2행

그러나 모든 3행시 장형에서 이런 유의 호흡이 흘러내리는 것은 아니며 또 이 3행시들은 시조형이 지켜나가는 마지막 구속력인 종장 1·2구의 음수율을 파기하고 종장 역시 장문화(長文化)된다. 결국 장형 3행시들은 시조의 최소한의 정형마저 깨뜨려 이미 시조이기를 포기했으며, 엄밀히 말해서 3행 형태라고 보기도 어렵다. 차라리 3연으로 파악하는 것이 무리가 없을는지도 모른다.

사설시조의 리듬감을 살리면서 어구의 제약에 얽매이지 않는 시형에 대한 모색은 이 시인에게 있어 일찍부터 싹텄던 것으로 보인다. 『초적』에 실린 「선죽교」 형식에서 이미 시조 특유의 호흡을 살리면서도 자유롭게 시상을 전개하려는 파격의 시조형이 조심스럽게 시도되었음을 볼 수 있다. 이에 대해 임선묵 氏(林仙默氏)는 "이를 사설(辭說)로 보기에는 중장이 너무 가즈런하고 엇시조(旕時調)로 보기에는 통설에 적용하기 곤란하다"라고 하며 변조(變調)로 다루었다. 그러나 『삼행시』에 실린 장형 13현은 새로운 시형으로 시도되고 있어 이미 예외로 취급할 수 없는 실정이다. 이 장형시는 10구체 향가로부터 이어지는 새틀 형식을 취하고 있어, 지닌 바 시가형식의 전통성을 부정하기 어려우며 또 한편 3장이 모두 연장되었고 종장의 음수율도 깨어져 사설시조 속으로 끌어들이기도 곤란하다.

결국 3행시 장형이란, 전통을 살리면서 현대인의 시감각에 맞추려고 노력한, 시조의 현대화 과정에서 잉태된 한 시인의 시형으로 파악할 수 있을 것이며 이에 대한 진정한 평가는 좀 더 시일을 기다려야 할 것이다.

4. 새로운 가능성의 제시

고시조나 현대시조를 막론하고 이제까지 시조작품들의 공통된 특질은 '한 눈에 읽히는 시' '쉬운 시'라는 점이었다. 음주사종(音主詞從)의 고시조의 영향과 3·4의 음수율, 4음보율에서 오는 율성(律性) 때문에 입으로 읽는 시, 흥으로 읽는 시에만 머문 감이 없지 않았다. 초정은 이러한 시조의 한계성을 한 단계 뛰어넘어 머리로 읽는 시, 사유를 통해서만 접근할 수 있는 시조를 써 나감으로써 현대시조의 새로운 가능성을 보여주었다.

그는 시적 대상을 시어로써 나타내지 않으며 흔히 시에서 사용하는 시제(時題)를 통한 손쉬운 제시방법도 취하지 않는다.

고시조들이 일반적으로 시제를 갖지 못했기 때문에 소재 전달에만 치중하여 생략이나 과감한 비약을 이루지 못하였다. 현대시조에 오면 시제에서 특정주어를 표시할 수 있기 때문에 시행에서는 자유로운 은유적 묘사나 함축이 가능하게 되었고, 오히려 시행에서 시적 대상의 인지(認知)가 가능한 경우 제목이 쓸데없는 부연으로 느껴지는 경우도 적지 않았다. 초정은 시제 설정에서도 대상의 직접제시를 피하고 상징적으로 처리함으로써 독자에게 시적 상상력을 기대한다.

물론 쉬운 시가 열등한 것이며, 어려운 시가 좋은 시를 의미하는 것은 아니다. 그러나 고시조가 즐겨 사용했던 대우법(對偶法) 등의 한시류(漢詩類)의 수사기법은 이미 진부한 것으로 활력을 상실했고 이를 대체할 만한 새로운 기법을 찾지 못한 채 자칫 평면적인 감상으로 떨어지기 쉬운 현대시조에 은유를 통한 굴절과 상징으로 참신함과 사유의 깊이를 더한 점은 분명히 현대시조의 새로운 활로가 될 수 있었다. 그러나 현대시조가 문학성에만 치중하여 음수율에서 오는 리듬감과 언어의 유연한 흐름을 무시하고 조각난 언어의 나열로 그칠 때 그 존재 의의를 상실하게 될 것이다.

김상옥의 시조작품들이 새로운 모색을 통해 성공하고 있는 것은 시로서의 문학성과 아울러 발생의 모태와도 같은 음악성의 조화에서 결실되었기 때문일 것이다.

현대시조의 새로운 위상 제시 – 이호우론

정혜원 ‖ 상명대 교수

1. 이호우 시조의 시사적(詩史的) 의의

이호우는 시조 「달밤」이 1940년 7월(6, 7월 합병호) 『문장』지에 가람의 추천을 받아 실림으로써 문단에 공식적으로 등단하였다(1937년에 「離鄕」등을 짓고 1939年 東亞日報 투고란에 「落葉」을 발표하였으나 공식적 등단은 1940년 『문장』지를 통해서임). 1940년이란 시기는 우리 문학사의 암흑기로써 그의 시작활동이 등단과 함께 중단될 수밖에 없었던 역사적 사실을 말해준다. 그러나 1955년 그는 '6 · 25 동란까지의 작품을 대강 추린'(『이호우 시조집』, 영웅출판사, 1955, 後記) 70여 편으로 『이호우 시조집』을 발간함으로써, 다양한 직업편력에도 불구하고 꾸준히 창작활동에 정진하였음을 보여주었다. 그 후 언론계에 종사했던 1950년대와 일체의 공직에서 물러난 1960년대에 걸쳐 의욕적인 시작활동을 계속하여 현대시조의 새로운 위상을 제시하여 주었다.

시조는 조선조 말에 이르면 작(作)보다는 창(唱)에 보다 더 의존하였으며 개화기 이후에는 그 지지기반을 잃으면서 급격히 쇠퇴하여 갔다. 시대적 요망을 담은 내용 편중의 개화기 시조가 유행하기도 했으나 시조를 되살리는 데는 아무런 도움이 되지 못했고 1920년대 후반에 이르러 국민시로써의 시조 부흥운동과 혁신운동에 힘입어 시조는 문학으로서의 자생력을 조금씩 회복해갔던 것이다. 그러나 가람과 노산 등 작가들의 다양한 실험과 모색(이은상은 양장시조를 실험했고 이병기는 「시조는 혁신하자」(『동아일보』 1932. 1. 2)는 논의를 통해 연작을 쓸 것을 주장하였다)을 통해서도 아직 현대시의 한 부분을 차지하기에는 미흡한 감이 없지 않았다. 섬세한 정한, 절제되고 단아한 시어, 고전적 소재 등 정적인 미감에 젖어 있는 현대시조에 역동적인 힘과 뚜렷한 역사의식을 부여한 시인이 이호우였다. 그는 같은 시기에 등단한 김상옥과 함께 우리의 전통 시가 양식인 시조를 현대시의 영역으로 끌어들이기 위하여 외로운 노력을 기울였으며 현대시조의 새로운 지평을 열어보인 시인이다.

김상옥은 '시조(時調)'라는 용어대신 '삼행시(三行詩)' '삼행시장단형(三行詩長短形)'이라는 명칭을 사용함으로써 시조가 갖는 제약에서 비켜서서 시로서의 면모를 강조하려 하였다. 이는 시조의 기존 율격을 깨뜨리면서까지 자유로운 시정신을 추구하려던 이호우의 작시태도와 상통하는 면이며, 동시에 시조의 현대화를 위한 시조는 외형률과의 마찰을 불러일으키게 된다는 사실을 보여준다. 그러나 두 시인의 시 세계는 상이하여 김상옥은 고전적 소재를 고도의 은유와 상징의 기법으로 내면화시킨 데 반해 이호우는 현실의 민감한 문제들을, 역사의식을 바탕으로 한 비판정신으로 대결해 나갔던 것이다. 이러한 이호우의 시정신은 문학적 성취여부를 떠나서 시조가 현대시의 영역으로 들어서면 어떻게 그 역사적 기능을 담당할 수 있는가를 보여주었다는 데서 그 의의를 찾을 수 있다.

시조가 고아하고 울림이 아름다운 시어의 나열이나 자수 맞추기, 또는 자연미나 심서(心緒)의 정태(靜態)적 묘사에 머문다면 시조는 현대에 이르러 그 존재의의를 상실하게 될 것이다. 그러한 면에서 볼 때, 시조가 침잠하기 쉬운 정밀의 세계를 깨뜨리고 역동적 힘과 역사의식에 바탕한 비판정신을 과감하게 형상화시켜온 이호우의 시 세계는 분명 시조가 개척해야 할 새로운 국면을 제시해 주었다 할 것이다.

2. 시조의 새로운 위상 제시

가. 현실 비판과 역사의식

이호우도 초기 시(「고사(古寺)」, 「모강(暮江)」, 「낙화(落花)」, 「춘당(春塘)」 등)에서는 자연의 정태적(靜態的) 아름다움이나 일상(日常)의 섬세한 서정을 형상화시킨 작품을 적잖게 발표하였다.

그러나 다른 한편 용솟음치는 생동감으로 열정(熱情)을 터뜨리는 방법(「이단(異端)의 노래」, 「해바라기처럼」, 「태양(太陽)을 잃은 해바라기」, 「설(雪)」, 「기(旗)빨」 등) 또한 터득하고 있었다.

일제치하, 해방, 6·25, 자유당 정권 등 역사적 진통을 겪으면서 그의 격정의 소리는 강도를 더해갔다. 이러한 현실 비판적 자세는 불의와 타협하지 않는 그의 강직한 성품과 함께 오랫동안 언론계에 종사한 직업의식과 연관된 것으로 보인다.

그는 우리의 문화(文化)와 전통에 대한 민족적 주체성을 중시하였으며 외래문화(外來文化)를 도입함에도 분별있게 단계를 거쳐야 할 것을 강조하였다(신용대, 「이호우 시조연구」, 고려대학교 교육대학원 석사학위논문, 1977, 13면 재인용). 우리의 것을 바로 알고 우리 문화에 대하여 자기비하보다는 자긍심 갖기를 원했던 그는 문화 전통의 변질을 우려하였다.

　　　　푸른 숲 새소리 물소리
　　　　그 달빛 다 여의고

　　　　이형(異形)의 수혈(輸血)로 하여
　　　　발작(發作)한 거리에서

　　　　아직은 감촉(感觸)는 지온(地溫)을
　　　　믿어 보는 가로수(街路樹)

─「가로수(街路樹)」

　　푸른 숲과 새소리, 물소리, 달빛 등은 우리가 사랑하고 지켜온 전통적인 문화의 상징이며, 이것을 비하하고 무분별하게 받아들인 외래적 문화의 범람과 주체성을 상실하고 부동(浮動)하는 모습에 대하여 '이형(異形)의 수혈(輸血)로 발작(發作)한 거리'로 매도하고 있다.

　　　　물 스미듯 봄빛 아리는
　　　　동방(東方)의 하늘 받들고

　　　　실향(失鄕)의 방황(彷徨)들을
　　　　타이르듯 목련(木蓮)이 피네

　　　　추녀여 너의 가락은 없고
　　　　「재즈」가 소음(騷音)는 뜰

─「목련(木蓮)」

　　실향(失鄕)의 방황이란 자신의 뿌리를 잃고 외국의 문화나 예술에 휩쓸리는 부박(浮薄)한 현상에 대한 은유이며 이러한 무리를 타이르듯 동방(東方)의 하늘 받들고 목련이 핀다. '발작한 거리'나 '「재즈」가 소음(騷音)는 뜰'과 같이 문화의 오염 속에서 소리 없이 꿋꿋이 우리의 것을 지켜가는 모습을 '가로수'나 '목련'의 고고한 자세로 형상화시킴으로써 그는 한 가닥 믿음을 거두지 않는다. 이러한 정신은 그가 끝까지 제약 많은 시조형을 고수하면 '한 민족 국가에는 반드시 그 민족의 호흡인 국민시가 있고 또 있어야만 하리라 믿는다'(『이호우 시조집』앞의 책, 後記)며 시조의 개화를 위하여 정진한 태도와도 부합된다 하겠다.

외래적인 요소에 대한 자기반성은 문화에서보다 정치에서 더욱 심각화된다. 6·25의 비극과 뒤이은 민족의 분단을 겪으면서 냉전논리의 희생자로서 우리 현실에 대한 뼈아픈 자각이 나타난다.

눈 감으면 선해오는
지워도 가시잖는

호(胡)광대 꽹과리에
어설피 재주틴 그 곰

조국(祖國)은 달무리처럼
희끄므레 떠 있고

-「곰」

1966년 『현대문학』 4월호에 발표된 이 작품은 시행보다 행간에 더 많은 내용을 함축하고 있다. 국제사회에서 제 몫을 찾지 못하고 강국의 장단에 놀아나는 어리석음, 그에 대한 자괴감, 이러한 조국 현실의 암담함과 수치스러움이 어릴 적 보았던 호(胡)광대에 놀아나는 곰 재주 장면을 떠올림으로써 비판의 언어를 대신하는 것이다.

옥문(獄門)이 여닫기듯
또 하루가 새고 저물고

너와 나 사대(事大)하여
갈라 선 단층(斷層)에서

한 태(胎)줄 진하던 피는
물로 엷어 가는가.

—「단층(斷層)에서」

1964년 작품인 「단층에서」는 분단의 원인을 '너와 나 사대(事大)하여 갈라 선 단층(斷層)에서'와 같이 공동의 책임으로 파악함으로써 어느 한 쪽으로 책임 전가를 하거나 비난을 퍼붓지 않는다. 그것은 강대국 사이에 낀 약소국의 비애이며 호광대 꽹과리에 어설피 재주 부리던 곰의 모습과 같이 가엾은 형상이기도 한 것이다.

6·25 동란이 객관화되기에는 아직 이른 1950년대와 1960년대, 반공이 서슬 푸른 국시이던 시절에 북쪽을 경계나 비난의 대상으로 삼지 않고 이념을 초월하여 한 형제로만 인식하려는 그의 민족적 자각은 매우 선구적인 것이었으며 또 시대를 앞서가는 선각자로서의 수난도 뒤따랐던 것이다. 1949년에 남로당 도(道) 간부로 모략을 받아 군법회의에서 사형언도를 받았다가 1950년 봄에 무죄로 석방되었으며 1955년에 발표된 「바람벌」이 반공법에 저촉된다 하여 구설수에 올랐으며, 1958년 KNA기 납북사건 때는 매일신문(每日新聞) 사설로 하여 필화를 겪었다(「바람벌의 이호우」, 『한국일보』 1982.8.28).

『휴화산』 제Ⅰ부 2에는 현실비판과 역사의식이 투철한 작품들로 엮어졌다(「춘한(春恨)·Ⅱ」 「단층(斷層)에서」 「비키니섬」 「삼불야(三弗也)」 「상실(喪失)」 「별」 「곰」 「추석(秋夕)」 「또다시 새해는 오는가」 「만사(輓詞)」). 「춘한(春恨)·Ⅱ」에는 '—아아 삼팔선(三八線)'이라는 부제를 달았고 「단층에서」는 '—피는 물보다 진한가?' 또

「추석」에서는 '―언제나 가셔지려나 삼팔선(三八線) 벽(壁)은'이라는 부제를 달아 고착화되어가는 분단 현실의 모순을 거듭 깨우치며 한 핏줄의 소중함과 그 동질성의 회복을 역설하고 있다.

> 이렇게도 면면(綿綿)히 물려받은 이 소중(所重)한 강토(疆土)가 허리를 잘리고 이렇게도 등지고 살고 살아가야 함은 이 무슨 까닭이며 어이된 연유인가. 차라리 새와 짐승들은 막힘없이 오가고, 꽃가루마저 바람을 따라 서로들 나돌고 있으련만 오직 이 혈록(血綠)의 끼리 앞에서 차거운 어름벽! 도리어 우리의 강토(疆土)와 역사(歷史)를 짓밟고 간 잊지 못할 그 원수와는 한 자리 웃음의 술잔을 나누는 이 날에 아아 삼팔선(三八線)이여! 피는 오히려 물보다도 연하단 말인가.
> ―이호우, 「春根」(앞의 책(大邱大學新聞 스크랩, 신용대), 53~54면 재인용)

1950년대나 60년대에 이념을 초월하여 남과 북의 분단을 정시(正視)할 수 있었던 시인이 과연 몇이나 되었을까. 1955년 「바람벌」에서는 '욕(辱)이 조상(祖上)에 이르러도 깨다를 줄 모르는 무리/ 차라리 남이었다면, 피를 이은 겨레여/ 오히려 돌아앉지 않은 강산(江山)이 눈물겹다'고 격한 어조로 외치다 '일찌기 믿음 아래 가신 이는 복(福)되기도 했어라'고 역설적 표현까지 서슴지 않았다. 「또다시 새해는 오는가」 2연에서는 '강산(江山)이 돌아와 이십(二十)년 상잔(相殘) 피만 버리고/ 그 원수는 차라리 풀어도 너와 난 멀어만 가는/ 아아 이 배리(背理)의 단층(斷層)을 퍼억이는 저 기(旗)빨'이라 하여 한때 희망과 힘의 상징이며 조국 광복의 자랑스러운 표상이었던 깃발은 분단과 독재에 상처받아 '찢어진 꿈의 기폭(旗幅)'(바람벌)으로 변하였고 다시 배리(背理)의 분단 앞에 무심히 퍼덕이는 무력한 깃발로 그려져 희망과 순수의 상실에 대한 허망감이 표명된다.

동족간에 살육의 전쟁을 치르고 격정이 채 가라앉지도 않은 시기에 이호우는 동족상잔과 분단의 실체를 직시하는 역사의식을 보여주었던 것이다.

이호우는 월남 참전이란 동시기의 시인들이 정면으로 부딪치기 난감한 정치문제였다. 대표적 참여시인으로 꼽히는 김수영도 「어느날 고궁(古宮)을 나오면서」라는 시에서 본질적인 문제는 외면하고 조그만 일에만 분개하는 자신의 소시민적 생활태도를 부끄러워하며 '한번 정정 당당하게/ 붙잡혀간 소설가를 위해서/ 언론의 자유를 요구하고 월남(越南)파병에 반대하는/ 자유를 이행하지 못하고/ 이십(二十) 원을 받으러 세 번씩 네 번씩/ 찾아오는 야경꾼들만 증오하는가'라고 스스로를 비난하였다.

이호우 시인은 억눌린 시기 그 누구도 외칠 수 없었던 문제를 가장 간결한 시조형식에 담아 절실한 몇 마디로써 그 부당함을 비판하였던 것이다.

> 무슨 업연(業緣)이기
> 먼 남의 골육전(骨肉戰)을
>
> 생때같은 목숨값에
> 아아 던져진 삼불(三弗) 군표(軍票)여
>
> 그래도 조국(祖國)의 하늘이 고와
> 그 못감고 갔을 눈
>
> —「삼불야(三弗也)」

1966년 10월호 『현대문학』에 발표된 이 시조에는 다음과 같은 부기(附記)가 따른다.

1966년 1월 12일, 중앙일보 월남현지보도(越南現地報道). 「베트콩」과 최전방에서 싸우는 사병(士兵)들은 하루에 1불(弗). 청룡부대(靑龍部隊) K 하사(下士)가 캄란에 상륙(上陸)한지 사흘만에 죽었다. 부대 재무관은 고향으로 돌아가는 K 하사의 유해 위에 삼불(三弗)을 올려놓고 눈물을 뿌렸다. 사흘 복무했으니 삼불(三弗)이 나왔던 것이다.

한때, 자유사회를 위한 파병으로 미화되는가 하면 용병(庸兵)이란 이름으로 비난받았던 월남파병에 대한 비판의식이 이 몇 자 안 되는 구절 속에 날카롭게 드러나고 있다. 이미 골육전(骨肉戰)의 뼈저린 아픔을 겪은 우리 민족이 다시 끼어든 남의 나라 골육전, 젊은 목숨과 돈의 교환, 더구나 그 목숨의 대가가 단돈 3달러라는 말은 역사의 모순과 함께 월남전의 의미를 명확히 밝혀 준다. 월남 돈도 한국 돈도 아닌 3불이란 달러화(貨)는 어떤 말로도 미화될 수 없는 전쟁의 실상에 대한 분노를 담고 있다.

동시대에 월남전을 소재로 한 시들에서 이국정서나 약소민족의 비애 이상의 월남전 자체에 대한 시인의 비판적 시각은 찾기 어려운 것을 볼 때 이호우의 비판적 면모는 두드러진다.

「삼불야」와 함께 발표된 「비키니섬」에서는 강대국들의 핵실험 경쟁을 바라보면서 한반도의 핵지대화에 대한 우려를 표명하였다.

비키니(Bikini)섬은 서태평양 미크로네시아의 마샬제도 북부에 있는 환대(環碓)로 1946년 7월부터 원폭실험이 실시된 곳이다. 원주민들은 실험에 앞서 강제 이주 당했으며 1969년에야 돌아갈 수 있었다 한다.

방향(方向) 감각(感覺)을 잃고
헤매다간 숨지는 거북

끝내 깨일 리 없는
알을 품는 갈매기들

자꾸만 그 「비키니」섬이
겹쳐 뵈는 산하(山河)여

―「비키니섬」

위의 시조에서 제시한 두 가지 사례, 즉 방향감각을 잃고 헤매다 숨지는 거북과 깨일 리 없는 알을 품는 갈매기—이것은 원폭 수폭 실험의 후유증으로 나타난 생태계의 파괴 현상을 지적한 것이다(이 시조에 대하여 김제현은 사회윤리 도덕에의 경고로(김제현, 「이호우론」, 『현대문학』 1970. 3), 신용대는 거북과 갈매기는 자신과 같은 전통지향적 인간들의 비유로 보고 외래 사조의 무분별한 수입에 의해 불모화해가는 현실비판으로(신용대, 「이호우 시조의 연구」, 고대교육대학원 석사논문, 1977), 한춘섭은 低俗의 작품으로 논하여(한춘섭, 「爾豪愚論」, 『시조문학』 9, 1976), 비키니 섬에 포함된 시작의도가 정확히 전달되지 않고 있다). 생명체(生命體)가 살 수 없는 불모(不毛)의 땅으로 황폐해버린 비키니섬이 결코 남의 일일 수는 없으며 강대국이 첨예하게 대립된 한반도 역시 언제 이러한 비극이 닥칠 줄 모르는 상황임을 일깨워준다.

이호우는 이미 1961년에도 강대국들이 경쟁적인 원폭실험에서 비롯된 방사능진의 폐해에 대한 우려를 시화(詩化)한 바 있었다.

무상(無常)을 타이르는
가을 밤 비소린데

서로 죽임을 앞서려
뿌리는 방사능진(放射能塵)

두어도 백년(百年)을 채 못할
네나 내가 아닌가

—「청우(聽雨)」

1961년 가을, 미소원폭실험 경쟁에 즈음해서— 하는 부기(附記)대로 1961년은 핵실험과 관계된 역사적 배경을 지닌 해다.

1945년 인류 최초의 원자폭탄이 히로시마에 투하된 후 소련도 1949년 원폭실험에 성공하고 미국은 다시 수소폭탄을 개발하여 1954년 비키니섬에서 실험을 하였다. 그 후 핵무기의 가공할 상상력에 대한 우려에서 핵실험 금지가

논의되었고 1958년에는 소련에 이어 미국과 영국도 자발적으로 핵실험을 정지
하였다. 이때 시작된 핵실험 금지회의는 당사국들의 의견 차이로 진전을 보지
못하다가 1961년 소련에 의해 사상 최대 규모의 핵실험이 재개되었던 것이다.

두어도 백년을 못 채울 인간의 생명, 인간을 살상하는 무서운 파괴력으로
핵무기 개발경쟁, 무상을 타이르는 가을밤의 빗소리, 이 세 가지 사실이 역(逆)
으로 서술되며 인류(人類)를 파괴하는 핵무기에 대한 분노를 나타낸다. 그러나
그의 반핵주장은 격앙된 소리로 목청을 높이지 않고 오히려 차분하여 그만큼
절실하다. 시조가 지닌 서정성을 깨뜨리지 않으면서 의도한 메시지를 전달하
는 기법을, 다시 말해 현실의 가장 민감한 문제들을 가장 간결한 양식을 통해
토로하는 방법을 터득한 시인이 이호우였다.

1990년대 오늘에 와서야 비로소 공개적으로 거론된 남북간의 통일문제나
한반도의 비핵지대화 문제 등 정치적·군사적 논의를 접할 때 그의 선각적 예
지는 새삼 빛난다. 그러나 이같이 꺾일 줄 모르는 비판적 자세 때문에 그는 곤
경을 치러야 했고 시인 자신도 '선구(先驅)는 외로운 길 도리어 총명이 설어라'
라고 노래한 바 있었다.

나. 자연(自然)과 자아(自我)의 합일(合一)

자연과 시인의 친화(親和)는 시대에 따라 방법을 달리하나 그 관계는 불변
한다. 시인에게 자연은 예찬의 대상이며 때로는 우주의 원초적 진리를 가르쳐
주는 스승이기도 하다. 고시조 작가들은 자연의 순환과 생태에서 인간의 규범
을 발견하고 자연을 인격화시키기도 하였다(윤선도의 五友歌라든지 梅, 蘭, 菊, 竹을
四君子라 부르는 것 등이 그러하다).

자연을 인격화시키는 방법은 이호우 시조에서도 자주 쓰인다. 그러나 그
는 자연이 갖는 규범적 특성으로 하여 인격화시키는 것이 아니라 대상의 내면
으로 들어가 자아와의 합일을 이룩함으로써 인격화시킨다. 일정한 거리를 두

고 별개의 존재이던 자아와 대상은 차츰 그 간격을 좁혀가다가 자아와 대상이
일치를 이루며 한 목소리를 내게 된다.

> 그 새들 낙엽과 더불어 가고 외로 남은 낙목(落木)
>
> 칼날같은 하늬바람 별들도 아파 떠는데
>
> 지긋이 체온(體溫)을 다스리며 지심(地心)으로 뻗는 뿌리.
>
>
> 주름은 풍상(風霜)의 사연 함묵(含默)은 오히려 믿음일레
>
> 동지(冬至)의 긴 긴 밤도 이젠 닭이 울었거니
>
> 어덴가 한 걸음 한 걸음 오고 있을 봄이여
>
>
> 얼었던 물길이 풀린 듯 이 혈관(血管)의 가려움은
>
> 머잖은 봄을 기미챈 재바른 꽃들의 정(精)이
>
> 제마다 맹동을 서둘러 스멀대는 낌샌가
>
>
> 진실로 나는 모르네 이 벌판에 내가 섬을
>
> 상춘(常春)의 남(南)녘 다 두고 나도 모를 나의 우연(偶然)에
>
> 아손(兒孫)들 또한 여기에 심그저야 하련가

―「낙목(落木)」

1연과 2연에서는 낙목(落木)의 고독한 상황이 객관적으로 묘사된다. 칼날
같은 하늬바람에 시달리며 함묵(含默)하는 겨울나무, 긴 긴 밤 인고하는 자세로
기다리는 봄에 대한 기대, 이러한 묘사는 자연과 자아의 동일 상황의 설정이
암시되며 3연에 이르러 나무 내면에 일어나는 변화와 함께 화자는 나무 자신
으로 변하여 서술은 주관화된다. 4연에서는 나무와 시적 자아는 마침내 하나
로 합일(合一)되어 우뚝 서 있는 시인의 모습과 함께 그의 독백을 듣게 된다.
낙목은 시인 자신의 자화상이며 풍상(風霜)을 견디며 함묵하는 모습은 고난을

견디며 살아가는 현실적 상황의 표현이다. 후기에 올수록 이호우는 자신의 모습을 뜨거운 열정을 누르고 함묵하는 자연물을 통해 형상화시키는 방법을 즐겨 택하였다.

일찍기 천(千)길 불길을
터뜨려도 보았도다.

끓는 가슴을 달래어
자듯이 이 날을 견딤은

언젠가 있을 그 날을 믿어
함부로ㅎ지 못함일레

오랜 매몰(埋沒), 돌로 굳었던
태고(太古) 창림(蒼林)의 호흡(呼吸)이
이글 이글 되살아 타는
불길을 견디는 난로(煖爐)

내 끝내 백발(白髮)로 달래어도
못닫고 마는 가슴이어

―「난로(煖爐)」

휴화산과 난로는 안으로 뜨겁게 타는 불길을 안고서도 겉으로는 인내하며 침묵한다는 공통점을 지닌다. 「휴화산」의 '끓는 가슴을 달래어 자듯이 이 날을 견딤은'의 구절은 「난로(煖爐)」의 '이글이글 되살아 타는 불길을 견디는 난로'와 동일한 시상이며 동시에 자아의 현실적 표현이다.

　「난로」의 경우도 초장과 중장에서 자아와 대상은 일정한 거리를 유지하

며 묘사되다 종장에 이르러 자아와 시적 대상의 일치가 일어나며 의식체로서
시인의 모습이 자리한다.

현실에 대한 분노와 좌절, 새로운 날에 대한 기대— 이러한 시인의 현실
적 모습은 밖으로의 발산이 멈춘 채, 안으로 소용돌이치는 생명력을 암시해 주
는 낙목, 휴화산, 난로 등을 통해 형상화된다. 또 이러한 인내의 시간은 언제나
'봄' '뿌린 씨 꽃피는 그날'과 같이 새로운 날에 기대로 지탱된다.

그 외 시에서는 정치적·사회적 울분의 억압이라는 차원에서 뿐 아니라
일상적 서정의 시화에서도 자아와 자연의 합일이 일어난다.

어이다 숲에 못 끼이고
외따로이 늙는 나무

때로 새들 찾아와
재잘대단 가버리네

어여쁜 나의 소녀(小女)여
나무처럼 섰는 나

낭만은 젊음의 꽃잎
그 낙화(落花)로 묻혀간 세월

아픔도 황홀도 다만
더딘 밤의 추억인가

너와 나 이제는 두 그루
덤덤히 선 은행나무

—「은행나무」

굳은 비 젖은 낙엽(落葉)을
흙발들이 밟고 간다

철을 여읫다손들
저리 밟혀 말없긴가

나인 양 낙엽이 미워라
와락 나도 밟고 간다.

—「낙후(落後)」

　　나무와 낙엽은 객관적 자연물로 묘사되다가 시인의 주관적 내면세계와
동일선상에 합치된다. 이때에 시적 자아는 '나무'며 '낙엽'이며 '은행나무'로
화하면서 '자연 아닌 자연' '자연을 초월하는 자연'의 존재가 된다.

　　인간(人間)이 자연의 일부, 아니 하나의 자연현상이면서도 오로지 인간만이
딴 물체와는 다른 자연 현상, 즉 '자연(自然) 아닌 자연(自然)'이다. 그 까닭은 오
로지 인간만이 엄밀한 의미로서의 의식(意識)을 갖고 있기 때문이며 오직 인간
만이 엄밀한 의미로서의 사고를 할 수 있기 때문이다. 오직 인간만이 엄밀한 의
미로서 앎[認識]의 능력을 소유하고 있다. 바꿔 말하면 오직 인간만이 어떤 자
연현상뿐만 아니라 자연현상으로서의 인간인 자기 자신을 의식대상으로서 거
리를 두고 그것을 어떠 어떠한 자연현상이라고 인식한다. 그와 같이 인식함과
더불어 그는 그 자연현상과 분리되고 그것을 초월한다. 이런 사실에 입각해서
우리는 인간을 '자연 아닌 자연' '자연을 초월하는 자연'이라고 말할 수 있다.

—朴異汶, 『詩와 科學』(一潮閣, 1933, 62면)

　　자신을 의식대상으로서 거리를 두고 하나의 자연현상으로 인식하는 모습

은 이호우의 시조에서 보편화되어 있다. 위에 예거한 작품뿐 아니라 「학(鶴)」
「사슴」「진주」 등 많은 작품이 이에 속한다. 그러나 자연화한 자아를 바라보는
시각은 규범에 따라 자연을 인간화시키는 고시조의 방법론과는 구별된다.

다. 변형된 율감(律感)

　　전통적 시조형에 이호우가 던진 충격은 치열한 비판의식과 율격의 변모
였다. 시조가 지켜온 바 율격을 해체 직전으로까지 몰고 가다가는 다시 시조의
정형으로 복귀하는 아슬아슬함을 그의 시조 도처에서 발견하게 된다.
　　음악과 분리된 현대시조는 정형을 지키기 위해 지나치게 음수율에 집착
하는 경향도 없지 않았다. 그러나 자연스러운 언어의 흐름이나 가락이 끊긴 채
시어의 조탁으로 자수율을 맞춘다고 정형시가 되는 것은 아니다. 창(唱)에 보다
많이 의존했던 고시조에서는 오히려 엄격한 자수율이 요구되지 않았다. 정형
이비정형(定形而非定形)이라는 말과 같이 종장 첫구를 제외하고는 규격 속에 가
두려들지 않는 자연스러움, 그러면서도 기본적인 가락을 지켜가는 여유가 시
조의 생명력을 더해 주었던 것이다. 이러한 관점에서 볼 때 이호우 시조의 자
유분방함은 시조가 지닌 넉넉한 테두리 안에서 자수율의 각박함에서 초연할
수 있었던 일면이라 하겠다.
　　김윤식은 이 점에 대하여 이렇게 지적하였다.

　　이호우의 저 정신의 가열의 전개는 일찍이 한국 시조가 도달해보지 못한
정상이었음을 증명하기란 결코 까다로운 일이 아니다. 그러나 그 가열성이 시
조형을 압도했을 때 빚어지는 난점을 파악하기란 매우 어려운 일이며 더구나
그 가열성의 변형 혹은 이물질을 가려내기란 실로 난처한 일이 된다.

―김윤식, 「이호우論」(『현대시학』 17, 1970.8, 100면)

　　그의 격렬한 시정신을 표출해내기 위해선 시조형태의 부분적 해체가 불가피하였으리라는 것은 쉽게 추측할 수 있다. 그러나 그의 시조에 나타나는 율격의 변화는 「기빨」이나 「바람벌」과 같이 정신의 가열성으로 하여 온 것도 있지만, 작품 전반에 걸쳐서 정형의 속박에 구애받지 않으려는 시작태도를 발견할 수 있다.

> 내 너 앞에 다수굿이 약(弱)했노라.
> 내 나에게 이리도 강(强)하기로
> 어디라 청산(靑山)이 없으랴 구름같이 가노라
>
> ―「작별(作別)」

　　시조 정형의 속박과 자유로운 시상의 추구 사이에서 이호우 자신도 상당히 고심했던 것으로 보인다. 한 편도 발표는 하지 않았으나 그는 시작(詩作)노트에 자유시 작품들을 썼으며 동일한 제목의 시조를 발표한 것을 볼 때 더욱 그렇다.

　　「휴화산」이란 자유시 작품을 보면 다음과 같다.

> 무연(無然)히 눈감고 앉아 있음은
> 불길을 잊었음이 아니요
> 다만 퇴색(頹色)한 하늘이
> 터뜨려 보기 아까워 섬이로다.
> 태초(太初)의 하늘 폭풍(暴風) 같은 휘파람에
> 젊은 태양(太陽)은 휘잉 휘잉 소리해 달리고
> 싱싱한 생명(生命)들이 번쩍 고개 들고 살아
> 내 가슴 송두리째 불꽃으로 탔노라
> 모든 얼굴과 숨결 뜨겁기만 하고
> 모든 소리와 빛깔 밝기만 하여

나고 자고 또 죽음함이

똑바로 저로 꾸김 없는 날

머언 훗날이라도 좋다.

아니 올지도 모를 날이래도 좋다.

아주 올 이 없는 날이래도 좋다

그러나 기다려 나는 잊지 못하리로다.

—「휴화산(休火山)」

16행으로 도도히 넘치던 시어가 3행의 시조로 절제되기까지의 과정을 우리는 짐작할 수 있다. 시상(詩想)의 압축과 어휘의 과감한 생략을 거쳐 한편의 시조가 결실될 때, 부분적인 율성의 파격은 불가피하였을 것이다. 이러한 파격도 그의 시론에 따르면 재래적인 시조관념의 테두리를 넘어서고자 하는 실험적 노력의 결과(이호우, 앞의 책, 後記)라 할 수 있다. 한춘섭은 이에 대해 "그러니까 형식의 고정관념을 완전히 떠나려는 외면이 아니다. 너무나 시조의 험난한 과거를 혁신하려고 꾀하여 본 근거가 된다. 초장과 중장 부위의 4 5/5 5//4 4/2 5//5 4/2 6 같은 다양하면서도 하고 싶은 시어의 압박감을 해방시키고자 한 것이 아닐까"(한춘섭, 「이호우론」, 『시조문학』 9, 1976년 겨울, 75면)라고 설명하였다. 한춘섭의 지적처럼 이호우 시조의 율격의 변모는 시조형식의 파기가 아니라 시조의 구태의연함을 혁신해 보고자 하는 노력이었으며 기계적 자수(字數)의 배치에 승복할 수 없는 자유로운 시혼의 표현이었던 것이다. 그러나 그의 시조에서 율격의 변모를 느끼는 것은 결코 자수의 과다에만 기인하는 것은 아니다. 따라서 이호우 시조의 초장과 중장을 4 5/5 5나 5 4/2 6과 같은 음수율로 파악하는 것은 재고되어야 할 것이다.

시조의 전통적인 음보율은 4음보 형태가 흔들리며 과다 자수가 1음보를 형성해 5음보격을 이룰 때가 많다. 즉 한 구가 3음보로 늘어나며 특히 제1구에서 이러한 현상이 자주 나타난다. 비록 음수율 자체는 5 4/2 6과 같이 기본형에서 크게 어긋나지 않는다 해도 한 구의 어절의 단락이 3보격을 취하는 경우가 많은 것이다.

날라 창공(蒼空)을 누벼도/ 목메임은 풀 길 없고   ―「학(鶴)」
　　1　　　　2　　　　　3

푸른 숲 새소리 물소리/ 그 달빛 여의고   ―「가로수(街路樹)」
　　1　　　2　　　　3

쩌웅 터질 듯 팽창한/ 대낮 고비의 정적(靜寂)   ―「연(年)」
　　1　　2　　　3

그 새들 낙엽과 더불어 가고/ 외로 남은 낙엽(落葉)   ―「낙목(落木)」
　　1　　　2　　　　3

이 밤도 잠들지 못하고/ 하 저리 깜박이는 별들   ―「별」
　　1　　　2　　3　　　1　　　2　　　3

빼앗겨 쫓기던 그날은/ 하그리 간절턴 이땅   ―「또다시 새해는 오는가」
　　1　　2　　3　　1　　2　　3

봄은 화려해 미웠고/ 가을은 투명(透明)이 싫었다   ―「발자욱」
　　1　2　　3　　1　　2　　　3

어느새 가슴 깊이/ 자리잡은 한 개 모래알   ―「진주(眞珠)」
　　　　　　　　　　1　　　2　　3

몹시 추운 밤이었다/ 나는 「커피」만 거듭하고   ―「회상(回想)」
　　　　　　　　　　1　　2　　　3

하그리 애타던 동정도/ 황홀턴 떨리움도   ―「이룸」
　　1　　2　　3

모두들 가고만 있는데/ 너도 나도 가고만 있는데   ―「환(幻)」
　　1　　2　　3　　1　　　2　　3

위의 예에서 보듯 비롯 3/5나 4/5의 음수율을 보이는 경우도 실제 어절은 3/2/3이나 4/3/2로 구분되어 5음보 혹은 6음보까지 늘어난다. 고시조에서도 ‘삭

망(朔風)은 나모 긋듸 불고'와 같이 드물게 3음보가 불려지나 빈도수는 매우 낮다. 또 어느 한 구가 길어질 때는 흔히 엇시조로 다루나 이때도 보통 한 음보만 늘어나지는 않는다. 따라서 이호우 시조의 1구 3음보형이 엇시조를 염두해 둔 것은 아니며 이러한 파격을 예외로 돌리기엔 출현 회수가 잦다.

이호우 시조에서 느껴지는 율감(律感)의 변이는 종장 제1구에서도 나타난다. 일반적으로 시조 종장 제1구의 첫 음보는 3자, 두 번째 음보는 5자 이상 7자의 음수율로 정의된다. 즉 종장의 첫 3자가 독립된 음보를 이루고 뒤이어 4자 단어에 토가 붙거나 두 어절이 합쳐져 5자 이상을 이루는 것이 보편적이다. 그러나 이호우는 시조의 종장 제1구에서는 변형된 율격이 등장한다.

겨우 그 이룬 거미줄들이/ 무심히도 걷힘이여   −「영위(營爲)·Ⅱ」

이제 내 허허 웃는 일밖에/ 무슨 일이 있으랴   −「가을」

아직 내 몸피를 모르는 채/ 하염없이 흰머리   −「문(門)」

이제 내 원수로 더불어/ 울 수조차 있도다   −「길」 1연

이제 내 희느니 검느니/ 묻자하지 않도다   −「길」 2연

이제 내 홀로의 길을/ 외다 아니 하도다   −「길」 3연

우리 턱 기대어 살자꾸나/ 사랑하는 사람아   −「오월(五月)」 4연

위의 예와 같이 첫 3자가 한 단어이거나 2자 단어에 토가 붙는 형식이 아니라 부사(2자)＋대명사(1자)의 구조를 시도하고 있고, 특히 '이제 내'가 그의 시조 종장의 새로운 어구로 등장함을 볼 수 있다. 그러나 이러한 경우 대명사 '내'가 앞의 부사 '이제'와 합쳐지기보다는 뒤이어 나오는 어구들과 연결되어 실제로는 '이제/ 내 허허 웃는 일밖에' '이제/ 내 홀로의 길을' '아직/ 내 몸피를 모르는 채' '겨우/ 그 이룬 거미줄들의'로 율독(律讀)된다. 시각적으로는 종장 첫 3자가 지켜지는 듯하지만 실제로는 중대한 파격을 이루며 이어지는 5음절에도 혼란이 일어난다. 우리 시가의 발전과정에서 시조 종장 첫 3자가 가곡창(歌曲唱)에서 독립된 한 장으로 노래되던 것 역시 이러한 특성에 기인한 것이었다.

종장의 율격의 변화는 첫 3음절에 그치지 않고 이어지는 제2음보에서도 드러난다.

언젠가 있을 그날을 믿어 함부로하지 못함일레 　　　　　ㅡ「휴화산(休火山)」

한자욱 한자욱 네가 고이며 나는 걱기만 하네 　　　　　ㅡ「발자욱」

선구(先驅)는 외로운 길 도리어 총명이 설워라 　　　　　ㅡ「매화」

막혀도 막혀도 사뭇 넘쳐만 오는 물결 　　　　　ㅡ「물결」

종장 제2음보가 의미상으로 연결되지 못한 채 중간휴지에 의해 분리되는 현상이 나타나며 특히 첫 3음절이 반복될 때 두드러진다. 즉 '한자욱 한자욱/ 네가 고이며' '선구는 외로운 길/ 도리어'(시집 『휴화산』에는 「梅花」를 "先驅는 외로운 길/ 도리어/ 총명이 설워라"로 3행 구분을 하여 종장 음수율에 구애받지 않고 있다) '막혀도 막혀도/ 사뭇'과 같이 5음절 이상의 제2음보가 의미상 이어지지 못하고 2분되는 현상을 보인다. 이는 앞에서 지적한 초장 제1구에 3음보로 표현되며 이때 제2음보가 제3음보와 연합되지 못하고 의미상 제1음보와 결속된 결과인 것이다.

종장의 이러한 변형은 분명 시조가 지켜온 바 정형성을 위협하는 것이다. 창(唱)과 분리된 현대시조가 그 고유한 율격마저 무시해 버릴 때 시조로서의 생명력을 존속시키기 어려워지며 자칫 존재의의마저 상실케 될 것이기 때문이다.

기존의 테두리에 얽매이지 않으려는 그의 노력은 시조에다 자유시에 결코 뒤지지 않는 품격을 넣는 데는 성공하였지만 전통적 율성을 해체함에는 그어떤 새로운 대안도 제시해 주지 못하였다.

3. 전기시(前期詩)와 후기시(後期詩)의 변화 양상

이호우는 일생에 두 차례 시조집을 발간하였다. 1955년 간행된 『이호우 시조집(爾豪愚 時調集)』과 1968년 간행된 오누이 시조집『비가 오고 바람이 붑니다』의「휴화산」이 그것이다.

「휴화산」에는 첫 시조집 이후의 신작 66편과『이호우 시조집』에 실렸던 70편의 작품 중 54편을 제Ⅱ부로 수록하였다. 그러나 재수록한 작품들도 제목을 바꾸거나 연시조를 단시조로 개작하거나 시어를 수정하여 '다섯 번쯤 추고(推敲)를 거친 후에야 발표를 하셨고 발표 후에도 사정없이 뜯어고치는(정재호,「이호우 선생의 人間과 文學」,『시조문학』24·25, 1970, 86면) 평소의 엄격한 태도를 느끼게 한다. 1955년 이후 문학지에 발표된 시조작품도 모두「휴화산」에 수록된 것은 아니어서 스스로도「휴화산」을 시조선집이라 불렀다.

"처음엔 훨씬 더 양을 줄일 생각이었으나 제가 낳은 자식을 잘났다고 걷우고 못났다고 버리는 것 같은 비정(非情)이 차마 망설여져서 눈감고 절벽에서 내려 뛰듯 그냥 넣어 버렸다."(이호우,『휴화산』, 중앙출판공사, 1968, 190면)라고 말했으나 실제로는 많은 작품을 제외시켜 자신의 작품에 엄격했던 자세를 확인케 한다.

두 권의 시조집 체제를 살펴보면 허식이나 일체의 장식적 문사(文辭)를 거부한 그의 성품을 느낄 수 있다.『이호우 시조집』은 후기(後記) 이외에는 어떤 장식적 평설이나 저자소개까지도 생략되었으며「휴화산」에 오면 후기는 더욱 간략하게 8행에 그치며 저자소개는 인지와 출판 사항이 적힌 마지막 면 상단에 '본적 경북 청도, 저서 이호우 시조집, 고금시조정해(古今時調精解)'로 약술(略述)되었을 뿐이다.

두 시조집에 실린 작품의 변화를 대비해 보면, 첫째 연시조형에서 단시조형으로 회귀하는 현상이 나타난다.『이호우 시조집』에 실린 70편은 41편이 연시조형이고 29편이 단시조형인데 비해「휴화산」Ⅰ부에 실린 1955년 이후작에서는 오직 4편이 연시조형이고 나머지는 단시조형을 취하고 있다. 뿐만 아니라『이호우 시조집』에 3연으로 발표되었던「노정(路精)」은「여로(旅路)」란 제목의 2연으로 개작되었고,「봄」(4연) →「춘한(春恨)」(3연),「산샘」(1연)으로 개작되었다.

대지(大地)의 심장 깊이 드나들던 피이련만

오래인 풍상(風霜) 병들은 바위틈에

홀로나 고인 샘물을 차겁기도 한지고

가을 산(山)빛이 하 고이 잠겼기에

나뭇잎 잔을 지어 한 모금 마시고는

무엇을 도적하연듯 거듭하지 못하다

―「산샘, 이호우 시조집」

가을 산(山)빛이

고이도 잠긴 산샘

나뭇잎 잔을 지어

한모금 마시고는

무언가 범(犯)한 듯하여

다시 하지 못하다

―「산샘, 휴화산」

위의 개작(改作)에서 보듯 후기로 올수록 연작을 삼가고 시어를 아끼며 절제하는 모습이 나타난다. 시조의 제명(題名)도 「바위 앞에서」 → 「금」, 「단 하나를 찾아」 → 「하나를 찾아」, 「바다 앞에서」 → 「바다」로 바꾸어 끊임없는 수정과 가필로 하나의 어휘도 허술히 다루지 않는 그의 작시 태도를 느끼게 한다.

둘째로는 「달밤」과 같은 전기 작품에서 나타나던 자연에 대한 친화적 자세가 후기에 이르러 인생에 대한 관조로 기울어간 모습을 들 수 있다. 『이호우 시조집』에 수록되었다가 「휴화산」에 재록될 때 탈락한 작품을 보면 「시름」「가는 봄」「귀로(歸路)」「작별(作別)」「모일(暮日)」「낙동강(洛東江)」「봄비」「춘당(春塘)」

「모강(暮江)」「영고(囹固)·Ⅰ」「연기」「강아지」「설야(雪夜)·2」「경야(經夜)」의 열네 작품으로 향토적이며 자연을 소재로 한 실경(實景)묘사의 작품이 많다. 후기시에 오면 「춘한·Ⅱ」「비키니섬」「삼불야」「별」「곰」과 같은 현실비판적 성향이 강한 작품들을 썼으며, 「휴화산」제Ⅰ부 4에서는 「매화(梅花)」「난(蘭)」「송(松)」「은행(銀杏)나무」「무화과(無花果)」를 비롯하여 여러 화목(花木)을 시화(詩化)하였으나 결코 심미적인 실체묘사에 머물지 않으며 인생에 대한 깊은 관조가 투영되어 있다.

셋째로는 전기시에 향토적 색채와 아울러 나타나던 또 하나의 경향, 즉 혈기에 찬 격정의 소리가 후기에 이르면 연륜과 함께 억제되며 인고하는 자세로 바뀐 점이다. 「기(旗)빨」「이단(異端)의 노래」「해바라기처럼」「바람벌」에서 보이던 생동하는 생명의 힘이 후기시에 이르면 안으로 내밀화(內密化)하는 응집된 시정신으로 변화된다. 이러한 변화가 그의 시정신(時精神)의 둔화를 의미하지는 않으며 과감하게 승화되는 욕망과 열정의 표출 대신에 더욱 원숙한 달관의 경지로 들어섬을 의미한다.

전기시의 역동적인 활력이 수그러들면서 자유분방한 과다음절은 줄어 시형이 안정되는 추세를 보이나 종장 제1구의 율격의 변화는 오히려 심화되어 나타난다.

시조의 전통성과 현대화, 시적 기교와 정형률의 관계는 아직도 우리에게 많은 과제를 남겨주고 있다. 이호우가 보여준 종장의 자유로운 구사는 시조 고유의 율격을 침해한 것은 사실이나 그것은 현대시조의 새로운 위상을 정립하기 위한 그의 힘겨운 선택의 결과이기도 한 것이다.

김 종 ‖ 시인

1. 이영도 문학을 쓰는 이유

작은 창 너머로 개인 하늘 내다보고
긴 긴 봄나절을 외로 앓는 몸이
한 마리의 짐승보다도 의지할 데 없어라.

멀리 안개 속으로 뱃고동이 울어 오네
어느 간절한 꿈이 설레서 돌아오는고
곰곰히 지친 마음엔 등이 도로 외롭다.

ㅡ「환일(患日)」

"진정 통곡도 다 못할 세월 속에서 나의 시조는 내 목숨의 기도일 수밖에

없습니다."(『청저집』 서문)

　이영도(李永道, 호 : 丁芸, 1916~1976) 문학에서 시조가 "목숨의 기도"라는 말은 타당하다고 생각된다. 그러면 무엇이 그에게 시조를 "목숨의 기도"일 수밖에 없게 했을까. 이영도에 기대면 그때를 "인간살이의 애증에 마음 시달릴 때"라 했고 그것은 "가장 진실한 내면의 절규"일 수밖에 없다고 했다.

　이영도는 "한 마리의 짐승보다도 의지할 데" 없이 깊은 고독의 수렁을 "등이 도로 외로울" 만큼 헤엄치며 살았었다. 그러나 그는 안개 멀리 뱃고동 우는 소리도 그리워했고 "간절한 꿈이 설레서 돌아오는" 시간을 기다리기도 했었다. 위의 시조는 그같은 이영도의 인간적 모습이 자연스레 읽히는 작품이다. 이 작품에서처럼 이영도의 시조에서는 그의 인간적 모습을 내면까지 보여주는 경우가 많다. 이영도에게 작품은 그런 의미에서 시인 자신을 의미하기도 할 것이다.

　이영도는 시조를 통해서 거창한 그 '무엇'을 몸짓 이상으로 드러내지도 않았으며 한일월(閑日月)의 멋스러움을 즐김의 시간으로 보여주지도 않았다.

　어느 의미에서 시조는 형식이든 내용이든 정도를 넘어서 혹사당해 온 장르다. 실제로 이 장르의 현실적 고독은 여기서부터 비롯된다. 장르가 철저해지면 그것은 보다 깊은 진실을 드러낸다. 그간 무엇인가를 시조로 드러내겠다는 시조단의 의욕은 현실에서부터 심한 괴리와 함께 깊은 고뇌의 소산이어야 했었다. 가벼운 배설행위에도 못 미치는 작품까지도 저마다 색색의 깃발을 내세우고 요란한 장신구까지 달고 나왔다. 시조가 언급되기로 600년의 장르지만 우리에게 새롭게 보이는 노력은 근대 이후의 일이 된다. 길다면 긴 이만한 세월로도 현대시조의 연치(年齒)를 논의하기에는 아직 이른 감이 있다. 그런데 여기에다 필요 이상의 수식을 가하면서 그것들은 저마다 멋스러움의 경지를 내세우는 선비시대의 도락 취미의 연장일 뿐이었다.

　이영도 시조는 이들과는 거리를 두고 그 나름의 빛깔과 울림을 갖는 것으로 필자는 생각한다. 이영도 60년의 천수(天壽)는 가히 '문자적 인생'에 다름아니었다. 시인이기 전에 한 여자로서 결혼도 하고 자식도 낳았다. 별나게 혼자만의 인생이 젊은 나이에 시작되었다. 그러나 출가 전의 엄한 훈도(조부로부터)와 "시집간 뒤에도 불빛을 가리고 팔목이 시도록 책을 읽었던"(한춘섭 외 편, 『현대시조 큰사전』, 을지출판사, 1986, 603면) 이영도의 시조적 인생은 여기서부터 예비되어 있었다. 거기에 때맞춘 것처럼 남편의 사거(死去)에 이르렀으니(만약 남편과의 단란한 가정이 계속되었더라면 이영도의 문학적 인생은 유보되었을지도 모른다) 그의 시정신의 개화는 예정된 과정을 거쳐온 것으로 이해할 수 있다.

우리는 시조와 관련하여 이영도가 조부로부터 엄한 훈도 속에 보낸 유년은 가벼운 의미 이상이라고 본다. 누대에 걸친 불교적 믿음 위에서 기독교로 개종해 갔지만 이영도의 체질적 순환성은 유교적 조신성(調身性)의 연속이었다(유치환과 20년의 긴 사랑에서도 한번도 행위하지 못한 것을 직접 돌이키고 있다). 그의 시조는 이같은 조신성과 깊이 관련되어 있다.

좀더 깊은 논의를 요하지만 자유시가 기독교적 성향에 기운다면 시조는 유교적 구조에 더 어울리는 장르로 보인다. 종교적인 기질이 시가(詩歌) 장르에 제한을 가하는 것은 아니지만 이들 장르의 일반성엔 한번쯤의 논의가 필요할 듯하다. 그래서 이영도의 시조적 세계관은 기독교적이기보다는 유교적 조신성에 터잡은 것을 상기하게 된다. 또한 이영도 자신이 여러 곳에서 술회하고 있듯 단란한 가정의 행복을 시조 이전에 희구했었다. 그에게서 풍기는 정서는 그래서인지 닿을 수 없는 인간정신의 갈망이 간절하게 터잡고 있다.

이영도에게 시조는 숙명적임을 감지케 한다. 그는 3권의 시조집(『청저집(靑苧集)』(1954) 『석류(石榴)』(1968) 『언약(言約)』(1976))과 4권의 수필집(『춘근집(春芹集)』(1958) 『비둘기 내리는 뜨락』(1966) 『머나먼 사념의 길목』(1971) 『나의 그리움은 오직 푸르고 깊은 것』(1976))을 남겼다. 바로 이것들로 이영도 시조의 세계관과 그의 창작적 표정을 몇 갈래로 다루는 것을 목표하고 있다.

어떻게 해도 한 사람의 시인이나 작가가 전체적으로 투망되는 것은 작가론에서는 하나의 이상일 것이다. 본 논의에서는 이영도 시조의 설화적 세계의 순정성(純正性)과 상실의 비애를 비롯하여, 이상과 현실, 낭만의 푸른 시심이 리얼리티와 어떻게 교직되는가의 문제, 그리고 낱낱의 작품에서 마감('여기까지')

과 출발('여기부터')의 매우 결연한 정신을 읽을 수 있는데 이것을 포함하여 상당수의 작품에 터잡고 있는 역사의식의 언어, 그리고 구원과 섭리의 세계까지를 다루고자 한다.

2. 설화적 순정성과 상실의 비애

『죽순』(1945.12)지에 「제야」를 발표하면서 이영도는 시조와 인연을 맺었다. 그러나 "눈을 감으면 선연한 물빛, 그 비파강의 흐름"(「비파강의 물빛」)에서부터 그의 시조적 천성은 길러지고 있었다.

밤이 깊은 데도 잠들을 잊은 듯이
집집이 부엌마다 기척이 멎지 않네
아마도 새날 맞이에 이 밤 새우나 부다.

아득히 그리워라 내 고향 그 모습이
새로 바른 등(燈)에 참기름 불을 켜고
젯상(祭床)에 제물을 두고 밤 새기를 기다리나

벌써 돌아보랴 지나간 그 시절이
떡가래 썰으시며 어지신 할머님의
눈썹 센 전설을 풀어 이 밤 새우시더니,

할머니가 오시고 새해는 돌아오네
새로운 이 산천(山川)에 빛이 한결 찬란커라
어떠한 고담(古談)을 캐며 이 밤들을 새우노?   ─「제야(除夜)」(1945.12)

바로 이 작품에는 이영도 시조의 설화적 순정성이 숨쉬고 있다. 이 무렵 이영도의 시조는 훈련된 감수성으로 씌어지던 때가 아니었다. 많았던 독서량만큼 세련된 표현을 얻을 시간이 확보되지도 않았던 것이다.

오빠 이호우의 등단이 1940년(『문장』, 추천작 「달밤」)이고 보면 그의 시조적 지향은 이미 여타의 문제에 구애되지 않을 만큼 일찍부터 조성되어 있었다고 보인다. 생활의 문제만 제하면 다른 것은 자유스러웠을 수도 있었다. 그래서 그의 세계에 시조가 부합되었던 것이며 「제야」의 세계는 이전까지의 체험, 즉 유년체험이 설화성에 접맥된 것이었다.

설화성의 세계는 크든 작든 이야기를 담고 있다. 우연에 기대지만 이호우의 「달밤」에 이영도 또한 「제야」를 제재로 택하고 있다. 이호우의 「달밤」에서도 설화성은 하나의 정경으로 읽힌다. 시조가 어떤 투의 세계에 맞물려 있다고 생각될 때 시적 감수성의 처리를 설화성에 기대는 것은 그 어느 것보다 무난했을 것이다. 이야기는 특성적으로 밤에 이루어지는 발화(發話)이며 밤의 시간은 간절한 정서촉발이 가능한 시간이기도 하다. 시조라는 장르의 문제를 떠나서도 이영도의 시조에서는 여러 작품에서 이같은 설화성이 밤을 배경으로 추출되는데 이영도의 시적 향수가 여기에 자리잡고 있었다고 생각된다.

「제야」에는 우선 가정적인 온기가 느껴진다. 남편과는 사별 직후이며 그 무렵 이영도는 딸 하나를 둔 청상(靑霜)이었다. 그럼에도 이 작품에는 "새로운 이 산천에 빛이 한결 찬란"키를 기리고 있을 만큼 차분한 톤을 유지하고 있다.

남편 사후에 이 작품이 씌어졌다면 이같이 포근한 정서가 드러날 수 있을까 싶다. 설사, 사별 후의 시간이었음에도 자신의 의지 이상의 자리에 시댁의 지엄한 법도가 무의식적으로라도 작용한 때문일까?

1연에서 화자는 제3자적이다. 그리고 새날맞이 장만들을 하느라고 밤 깊은 시간에도 집집마다 기척이 멎지 않음을 읽게 한다. 그러다가 이내 화자에게로 돌아온다. 지난날 고향에서 "새로 바른 등에 참기름 불을 켜고" 젯상 앞에서 밤새기를 기다렸던 추억을 떠올리고 있는 것이다. 밤의 시간이 설화성의 시간이라면 이 등불은 그 설화성의 심지쯤 될 것이다. 그래서 등잔불 아래서 든던 이야기는 고향정서를 표나게 돋아주기에 충분했다. 고향이 있고, 그 고향 땅에서 자란 사람은 누구에게나 간절한 시간이 바로 이 시간이다. 여기에서 이영도는 떡가래 썰며, "눈썹 센 전설을 풀듯이" 할머니의 이야기로 옮기어 간다.

이 작품에서 마지막 연의 '한결 찬란'한 새해의 소망은 따로 읽을 필요가 없다. 밤을 새울 만큼 재미있었던 이야기의 다음 의도이기 때문이다.

> 섣달 그믐께가 되면 집안 어른들께 드릴 세찬 준비와 아이들 설빔 마련에 꼬박 겨울밤을 새우다시피 설차림 준비에 바쁜 몇 날을 겪어야 했던 시절! 그것은 오히려 즐거운 피로이기도 했다. 할아버지께서는 제야를 밝힐 등을 새로 바르고 초당(草堂)에서 늙은 머슴이 아이들의 연을 만드느라 대나무를 쪼개어 화로불에 굽히고, 할머니께서는 호롱불을 챙겨 심지를 마련하시는 등 온갖 묵은 것을 걷어내고 새로운 출발을 향한 경건한 분위기로 마음을 여미는 새해 맞이였던 것이다. 그리하여 그믐날이 되면 집집이 장등하는 호롱불이 은하를 이룬 가운데 안방에서는 떡가래를 썰며 이야기 꽃을 피우고, 머슴들은 대문 밖에 세운 액막이 허수아비를 만드느라 초당이 부산했던 설날 기분은 온 집안에서부터 마을로 마을에서 고을로, 고을에서 나라로 온 겨레가 비록 집안 형세는 각기 다를지라도 신춘을 맞이하는 지성스러운 희망에 마음 젖기만 했다.
>
> —「새해가 왔다지만」 부분

『부생육기』를 읽으면서 심복 부부가 나눈 부부애를 두고 얼마나 울었는지 모른다고 고백할 만큼 혈연적 인간애에 집착했던 이영도였다. 「제야」에서는 이영도가 꿈꾸었던, 전설처럼 먼 행복이라는 세계가 포근하게 숨쉬고 있다. 비록 시간 차이가 나지만 「석간을 보며」(1968)에도 "끼니 챙기며 더불어 앉은 가족"이 희구되어 있다. 이같은 정서는 이영도 시조문학의 일관된 언어적 질서가 되기에 충분하다.

「새벽달」 「비」 「봄·1, 2」 「추야(秋夜)」 「단란(團欒)」 「향수」 등은 모두 이같은 데 터잡은 작품들이다. 이들은 『청저집』에서 추출된 정서이기도 했으며 설화 세계의 순정성이 그대로 표출된 것들이다.

그러나 이 무렵, 이영도의 정한(情恨) 또한 감출 수 없는 것임이 드러난다. 그 또한 순정한 세계를 가꾸는 시인이기 전에 한 사람의 지어미였다. 『부생육기』를 통해서도 드러낸 바지만, 그때를 그는 "보람도 걸움도 없이" 가버린 세월이라고 했다. 그래서 자신을 "떨어진 꽃잎처럼 가슴속 그 무덤"에 "봄풀이 푸를 때마다 앉아 우는"(「그아낙」) 아낙네라고 했다. 그 구체적인 문장을 두 군데만 인용한다.

① 내 안에 그윽했던 여성의 운율(韻律) 역시 깃들일 거문고 줄을 얻지 못함으로 하여 연연한 가락의 울림 한번 갖지 못했던 것이 아니었던가? 그렇듯 진실했던 청춘의 꿈도 그리움도 20대의 어린 나이로서 먹이고 만 자신을 나는 서러워했던 것이다.

—「부생육기를 읽으면서」 부분

② 이 쌀로 밥을 지어 누구를 대접하려는 것인가. 누구를 대접할 것이 아닌 바로 내가 먹을 것이라는 것을 생각하는 것처럼 싱겁고 귀찮고 맥이 풀리는 것이 없다.

—「쌀을 일면서」 부분

①, ②는 모두 이영도의 자기 고백적 심경이 드러나 있다. ①에서 "내 안에 그윽했던 여성의 운율"이란 그 자신 여자의 자리를 의미하는 것이며 "거문고 줄을 얻지 못함"은 바로 짝을 맞춘 자리에서의 이탈을 의미한다. 그는 "연연한 울림 한번 갖지 못했다"고 했다. "연연한 울림"은 무엇을 의미하는가. 그 것은 밥을 지어도 대접할 사람이 없는 공허함의 자리에 놓인다.

이미 그대는 가고
내가 홀로 남았는가

아슴히 하늘 가에
별들은 잠이 들고

가슴에
꿈이 어리며
머언 생각 하옵니다.

―「머언 생각」 2연

　　이 작품의 화자는 과거적인 시간을 회상하고 있다. "이미 그대는 가고/ 내가 홀로" 남았다는 대목에서 상실의 메울 수 없는 단층을 읽을 수 있다. 앞에서도 이영도의 인간적 온기는 바로 가정적인 데 있음을 읽어왔는데 이 작품에서의 회억은 공허와 등가를 이루는 무상의 세계에까지 뻗치어 있다. 이런 시간에 화자는 가슴에 어리는 꿈 외에는 아무 것도 소유한 것이 없다. 또한 이 시간엔 머언 생각의 대상이 어디에 머무는가도 확연해진다. 이와 비슷한 정서로 읽히는 작품이 「새벽달」이다.

　　이 작품의 주된 정서도 상실에 대한 비애다. "한 하늘 억만성좌 초롱을 밝혀"든 밤시간에 기약없는 결별(이것은 메별(袂別)이라 할 것이다)로 고독은 차라리 비수같다고 했다. 「생장」도 여기에 드는 작품일 것이다. 일점 혈육인 딸의 성장 앞에서도 기쁨보다 더한 서러움을 느낀다고 했다. 그래서 이영도는 "바라던 마음 다시 허전"해지는 것이다. 이는 그가 설화적 순정성의 세계에서 쌓아 올렸던 "아이는 글을 읽고 나는 수를 놓고/ 심지 돋우고 이마를 맞대이면/ 어둠도 고운 애정에 삼가한 듯 둘렀다"(「단란」)라든지, "비록 소채일망정 간 맞춰 끓여놓고"(「석간을 보며」)의 세계와는 건너편의 세계임이 분명하다. 설화적 세계의 건너편엔 이같이 감당할 수 없는 회한(悔恨)으로 상실에 대한 비애의 세계가 작용 뒤의 반작용처럼 숨쉬고 있었던 것이다.

3. '발'에 붙어 있는 '눈'

이영도 시조는 서정의 바탕에서 씌어진 것들이 많다. '황진이 이후'라는 단서와 함께 현대시조문학사에서 단시조에의 가능성을 성공적으로 제시한 이영도에게 '서정의 바탕'과 '단시조에의 가능성'은 한번쯤의 음미가 필요한 부분이다.

시조는 몇 갈래의 장르적 논의에도 불구하고 단시조가 주를 이룬다. 단시조는 현대시의 구조에서는 하나의 연(stanza)만으로 완결한 시형을 말한다. 그리고 시조의 거점적 당위성이라 할 수 있는 정형시적 체질을 지니고 있다. 전체적으로 꼭 이것이다라는 단정 이전에, 언어의 전달 기능이 폭주하는 현대에 있어서 그것에의 보다 수정된 모습은 단시조를 하나의 연으로 한, 연(連)시조의 제시에 있었다. 그래서 단시조의 문전은 한산하기까지 했던 것이다. '현대'라는 조건을 달지 않더라도 시조의 연시조적 풀림은 사상감정의 서사성을 동반한 요구에 이어진 것이었다. 그런 때문인지, 시조부흥의 기치 이후에 거의 예외없이 연시조로 창작된 것이 시조단의 현실이다.

여기에는 고시조적 관습에서 '현대'라는 시간의 복잡 미묘한 것들이 사실성을 확보해야 한다는 믿음에 터잡고 있었으니, 시조에서 연시조적 현상은 자연스럽기까지 한 것이었다. 이는 시조의 산문화, 서사화라는 시대정신의 물결이었다. 한 마디로 시적 표현의 직절(直截)성이 서사적 기질로 풀렸다고나 할까.

이영도의 시조에서 추출된 주된 정서는 인생무상, 회한, 정밀감, 고독, 연민(『주간중앙』(1976. 2. 29)과의 인터뷰에서도 이영도는 '수목처럼 동물을 기르지 못한 이유를 불가피한 인연 이외에는 맺지 않기 위해서'라고 했다. 필자는 이것까지를 '연민'으로 보고자 한다) 등 인간 성정으로서의 그리움을 결곡하게 짜낸 것들이다. 이들은 그 자체로는 사실성과는 다른 자리에 위치한 주관적 정서일 것이다. 인류의 장르사에서도 정감을 얻은 것들은 그 길이가 짧은 것이 보통이다. 이것은 세계관의 형식과도 관련된다. 결국, 자기 존재의 주관적 표출이 서정시의 본질이라 할 수 있다면 이영도의 시조도 여기에 합당한 모습을 보이고 있다. 그의 정신적 상황이 갈망된 그리움을 다듬었고 이를 담은 그릇이 주로 단시조였기 때문이다.

이 항의 논의는 여기에 초점을 마련한다. 이영도의 생애는 비파강 시절의 성장기에서부터 어느 것 하나 그리움에 무관한 것이 없었다. 적어도 외부적 세계의 객관성은 이영도에게 자신 이상의 자리가 그리 확보되지 않았던 것이다. 그래서 그의 표현이 주관성의 세계를 지향하고 조화 이전에 초월을 보여주게 되었으리라는 것은, 그러나 하나의 가정이다. 주관적으로 낯선 것은 객관성이다. 객관성은 인류정신의 보편성에 비추어 사실성을 지향하게 되어 있다. 그 구체성으로 장르의 길이는 늘어나고 서사성을 동반한 산문의 세계가 열린다.

표제에 내건 "발에 붙어 있는 '눈'"은 심정적 세계의 사실화를 의미한다. '눈'은 심정적 상태, 즉 행위 이전의 상태다. 여기에 '발'은 체험적 사실에 가름된다. 그렇다면 눈과 발은 작게는 체험 이전과 이후를 일컫는 의미로 이해해도 좋을 것이다. 그것은 다시 우리가 편의적으로 설정한 낭만성과 사실성으로도 환치시킬 수 있으며 이것을 이영도 시조의 한 단면을 논의하는 명제로 제시한 것이다.

사흘 안 끓여도
솥이 하마 녹 쓸었나

보리 누름 철은
해도 어이 이리 긴고

감꽃만
줍던 아이가
몰래 솥을 열어 보네.

—「보리고개」 부분

　　어느 의미에서 문학은 장르의 선택 이전에 존재한다. 장르의 틀 속에다 문학의 내용을 담는 것은 행위자의 작업일 뿐이다. 우선 위의 작품은 그 형식의 간명함이 돋보이게 읽힌다. 문학이론으로 수다를 떨지 않아도 우주를 형성하고 있는 대작의 느낌을 준다. 유년시절의 보릿고개에 대한 기억은 따뜻한 양지에서도 어질거리기만 했었다. 그만큼 보릿고개라는 어휘에는 아지랑이같은 느슨한 배고픔이 담겨 있었던 것이다. 여기에 무슨 설명이 필요하랴. 보릿고개의 현실이 단시조라는 저 짧은 그릇에 완전하게 담긴 것은 이영도가 보여준 시적 능력의 높이를 의미한다.

　　　닭이 울었다 마음에 어둠이 걷히고
　　　은은히 교회마다 울려오는 종소리
　　　조용한 마음 모두어 별빛 아래 섰다.

—「새벽」 전문

　　　정작 너를 두고 떨쳐 가는 이 길인데
　　　영호(嶺湖) 천리를 구비 마다 겨운 불빛
　　　산천이 뒤져 갈수록 닥아 드는 체온이여!

—「이별」 전문

　　　호젓한 산 모롱에 낡은 비석 하나
　　　잊어 주어도 오히려 한이거니
　　　어찌해 이미 간 그를 부질없는 욕이뇨.

—「열녀비」 전문

　　순서 없이 단형 시조만을 고른 것이다. 이영도 시조의 인상적 특질을 위하여 위의 시조들은 부적합한 느낌마저 준다. 씌어진 시기도 「보리고개」부터 차례대로 1968, 1954, 1960, 1954년 등이다. 「새벽」은 신앙에의 다짐을 노래한 것이며, 「이별」은 제목 그대로 봄날, 영호천리를 달리는 차중에서 씌어진 연서(戀書)다. 「열녀비」는 다소간 이영도의 자기 음성이 담긴 작품이다.

흡사 자신의 사후(死後)를 본 듯 했을까. 앞의 두 편은 시인 자신이, 마지막 것은 3자가 화자로 드러나 있다. 화자들의 위치만큼 거리의 차이가 느껴진다. 아무래도 즉자적인 것은 분리 이전의 상태이기 때문에 주관성에 기우는 것이 사실이며 거리를 둔 3자적인 것은 관찰의 거리를 지닌 객관성의 작품이라고나 할까. 여기서 눈여겨 볼 것은 즉자적인 것이든 3자적인 것이든 일정한 거리를 그 시점으로 유지하고 있다는 점이다. "조용한 마음 모두어 별빛 아래 섰다"나 "정작 너를 두고 떨쳐가는 이 길", 그리고 "어찌해 이미 간 그를 부질없는 욕이뇨" 등은 모두 유보된 관망의 시간에 머물러 있다. 이것은 다르게는 서정적 세계와 단시조임에도 주관과 객관의 균형을 함께 지향한 것으로 이해된다.

서정시는 어느 의미에서 감정의 고조다(이 경우 「이별」의 느낌표는 그같은 기능과 관련이 없다). 그러나 이영도 시조에서는 이같은 기질이 분위기로만 예비되어 있다. 이러한 면모는 어디서 비롯된 것일까. 그것은 20년의 열애에도 행위하지 못할 만큼의 자기엄격성에서 비롯된다. 자식에게까지 어머니 이전에 선생님으로 보였거나 사후의 문제까지 자기 손으로 지시해 놓을 정도로 구체적이었다. 이같은 이영도의 인간적 조신성이 그대로 시조에 투영된 것이다. 그리고 「비」「아폴로의 독백」「어디로 가야 하리」「수혈」「흐름 속에서」「광화문 네거리에서」 등이 여기에 터잡고 있다.

이영도는 단시조에다 정감적 자기 세계를 서사성으로 펼쳐보인 드문 시인 중의 한 사람이다. 분명 시조에서 3장 6구의 단시조 형은 가혹하리만치 비좁은 공간이다. 그럼에도 이영도는 대형 경기장만큼 넓게 뛰었다. 이것은 어쩌면 이영도의 자기존재의 철저성이 시조로 표출된 보다 근원적인 데에 뿌리내린 기질상의 문제인지도 모른다. 그리고 단시조형에다 삶의 온전성을 그것도 사실성으로 응축시켜 표현한 것은 이영도 시조문학의 한 특질이 되기에 충분하다.

4. '여기까지'와 '여기부터'의 문제

이영도가 시조를 "내 목숨같은 기도"라고 했을 때 시조는 분명 이영도에게 더없는 생의 반려면서 구원에 이르는 한 통로였을 것이다. 이영도는 "서러우면 입닫고, 그리우면 가만히 가락을 울렸으며 슬픈 동경이 무슨 병세처럼 앓아질 때 시조를 썼다"(『청저집』 서문)고 했다. 강렬한 울림을 읽을 수 있다. 이 대목에서 시조창작에 대한 이영도를 설명하는 일은 새삼스럽다. 확실히 시조는 이영도에게서 생의 견결한 다짐을 보여주는 혈서 이상의 의미에 나아갔던 것이다. 그랬음인가. 그의 시조에는 여러 곳에서 반복되어 읽히는 어휘가 '목숨'이다.

이영도의 시조는 대체적으로 쉽게 읽기는 어렵다. 단시조에 내리지른 간결함에도 불구하고 실꾸리같은 이야기가 있나 하면 눈물 질펀할 만큼의 숙연한 순정적인 것들도 있다. 고독과 절망을 덮어버리지 않아, 그 당혹스러움만을 논의할 만큼 견고한 것들도 많다. 그러나 이것들은 어디까지나 이영도 시조의 시적 개성에 연유된 것이지 그 이상도 이하도 아니다. 이것들은 또한 이영도의 시조에 두드러진 고비를 만들어 주는 한편으로 '결연하게 읽히는 한 이유'가 되고 있다. 이쯤해서 이영도의 시조와 관련하여 '여기까지'와 '여기부터'의 의미를 잴 자리에 와 있다고 생각한다.

'목숨'이라는 어휘가 드러난 시행들을 여기 얼마간만 끌어내기로 한다.

『청저집』
아득히 싹트인 목숨 헤아리고 앉았다.　　　　　　　　　　－「빈소리」
이 강토 이 슬픔 위에 보람없는 내 목숨　　　　　　　　　－「안타까움」
아예 목숨을랑 허공에 앗아지고　　　　　　　　　　　　　－「구름·2」

『석류』

인연의 겨운 목숨 달래던 그 자리에 　　　　　　　　　　　　　　　　　　　―「별」

목숨의 설운 원은 설레어 파도인데 　　　　　　　　　　　　　　　　　　　―「석굴암」

그 어느 뜨거운 인연이 내 목숨에 연(連)하는가 　　　　　　　　　　　―「수혈」

돌아갈 하늘도 없는가 피도 푸른 목숨이여! 　　　　　　　　　　　　―「애가」

그렇듯 너희는 지고 욕처럼 남은 목숨 　　　　　　　　　　　　　　　―「진달래」

너희 젊은 목숨 낙화로 지던 그날 　　　　　　　　　　　　　　　　　―「피아골」

어쩌지 못할 너 목숨의 아픈 견딤이랴? 　　　　　　　　　　　　―「황혼에 서서」

영위는 즐거운 목숨인가 가비야운 날음질 　　　　　　　　　　　　―「귀소」

『언약』

목숨의 아픈 증언 꽃가루로 쌓이는 4월 　　　　　　　　　　　　　　―「바위」

거듭난 목숨의 연등 한 하늘을 밝혔네 　　　　　　　　　　　―「부활절의 노래」

목숨을 타이르며 천안불(千眼佛) 고우신 웃음 　　　　　　　　―「비로전·2」

안으로 사룬 목숨 금빛 열반에 부시네 　　　　　　　　　　　　　　―「비익사」

갈(耕)아도 갈아도 목숨은 연자방아 도는 바퀴 　　　　　　　　―「설야」

목숨을 바꾼 절개 마디마디 매운 청죽(靑竹) 　　　　　　　　　―「아랑각」

그 창창한 욕망을 누벼 목숨은 허기롭다 　　　　　　―「아폴로의 독백」

가난은 오직 엄마 아빠만의 것 아, 멀고 귀한 목숨이여 　　　　―「영위」

넘을수록 가파른 목숨 아물대는 회(灰)빛 설계 　　　　　　　　―「입춘」

너는 내 목숨의 불씨 여밀수록 맺히는 아픔 　　　　　　　　　―「진달래」

이 목숨 싹트임도 당신의 뜻이거니 　　　　　　　　―「청맹(靑盲)의 창(窓)」

푸르디 푸른 강 앞에 목숨의 길을 듣는다. 　　　　　　　　―「흐름 속에서」

그 짙던 목숨의 애환 바래어(漂白) 선 추명(秋明) 밖을 　　　　―「갈대」

서성이던 계절의 길목 죽지 지친 목숨 위엔 　　　　　　　　　―「길원」

목숨의 크낙한 분만 함께 앓는 이 고비를 　　　　　　　　　　―「고비」

뜨겁게 목숨을 사뤄도 사무침은 돌로 섰네 　　　　　　　　　―「낙하」

　　위에 인용된 구절들을 보면서 이영도의 시조가 어떤 상태의 열선(熱線) 위에 노래되어졌는가를 감지하게 된다. 이 '목숨'이라는 어휘는 이영도가 자신을 드러낸 부지불식간의 개성적 언어였음에 틀림없다.

　　『청저집』 속의 '목숨'은 공허, 슬픔, 상실감 등 본래성 돌이키는 자리에서 표출된 것들이 많다. 연보를 들출 것도 없이 이같은 정서들은 이 무렵의 이영도의 솔직한 인간적 모습이었다. 그러나 그 빈도는 극히 미미한 것임을 알 수 있다. 『석류』에서는 얼마간 『청저집』의 터널에서 벗어나온 느낌을 준다. 사랑과 그리움의 정서도 읽히며 어떤 것은 역사정신에 닿아 있음도 본다. 4·19 등의 힘겨운 고지를 넘었던 이영도의 시선이 여기에 무관하지 않았음의 연유다.

　　『언약』의 세계에 오면 그것의 주제는 둘로 나누어진다. 역사와 신앙에의 초점이 그것이다. 물론 무상관, 인연, 그리움 등의 정서들도 드러나지만 이것들은 소괄호에 지나지 않는다. 이 세상 삼라만상은 이 부분의 그의 문학에서 현실과 이상이라는 두개의 구간에 역사와 신앙의 정신으로 터잡고 있다. 실제 이같은 생각이 타당성을 지닌다고 본 것은 이영도 시조의 시적 의도를 밀어올리는데 '숨결' '빗발처럼' '형벌' '차라리 자학' '살얼음' '몸부림' '역리(逆理)' '피뱉는 소리' '골수' '속죄' '주림도 헐벗음도' '호곡' '검붉은 녹물' '푸른 분노' '포연' 등의 체언적 어휘나 '뜨겁다' '피맺힌' '삼가는 데' 등의 보다 적극적인 강도의 용언적 어휘들이 '목숨'의 감도 위에 놓여 있다는 점이다.

　　그러면 '목숨'이라는 어휘는 어떻게 의미 지워지는가. 한 차원 넘어서서 생각해 볼 과제를 요구하고 있다. 그 과제가 이 자리의 소임이기도 하다.

　　　여윈 그 세월이 덧없는 살음이매
　　　남은 일월은 비단수로 사기고저
　　　오매로 어리는 꿈에 눈 부시는 무지개

—「무지개」(1954)

　　이영도는 젊은 나이에 이같이 인생의 덧없음을 노래했다. 그리고 현실 너머의 세계를 "여읜 그 세월"의 다음에다 "비단수로 사기고저" 했다. 괴롭고 벅찬 인생을 "꿈에 눈 부시는 무지개"처럼 장식하겠다는 다짐이었던 것이다. 그 같은 생각은 세월의 흐름 위에서도 바꿔지지 않았다. 위 작품의 표면적 의도만 읽어도 이영도는 견결한 다짐의 여인이었다. 이영도의 이 같은 세계가 이승을 마감하는 시간까지 이어진 점이 더욱 그렇다.

너무 많으면서도 정작 하나를 택하기 어려운 원(願)은 오직 죽음의 문제 그 것뿐이다. 나의 어머님께서 타계하신 다음, 그 분의 49재를 거룩하게 마친 밤에 내가 죽을 수 있었으면 싶다.

―「유성」 부분

죽어 백골이 되는 날엔 그렇게 아래 위, 이빨을 흉스럽게 악물고 오랜 세월을 땅 밑에 묻혀 있어야만 할 것인가.

―「먹는다는 것」 부분

국화꽃을 한아름 뿌린 듯 옷자락 전면을 장식한, 길고 하얀 너울 위에 장미꽃으로 엮어 만든 화관을 쓰고 거울 앞에 서 본다. 스스로 보기에도 눈부시도록 정결한 모습! …… 마지막 날에 나는 이 옷을 입고 나의 하느님께서 예비해 주신 그 나라로 올라갈 수 있을 것이겠는가?

―「수의(壽衣)」 부분

엄마 죽은 뒤에 울음을 삼가하고…… 엄마의 마지막 영혼을 축복해 다오……

일체의 세속적인 형식을 떠나서… 관을 향그러운 꽃으로 묻어 보내다고.

―1971년 11월 7일 새벽 1시에 쓴 '유서' 부분

이영도가 자신의 죽음을 준비한 부분들의 인용이다. 여기에는 다소간의

부연이 필요할 것 같다. 이영도는 '유성'을 두고 "자신의 간절한 향수인지 모른다"고 했다. 바로 그 '유성'이 지는 순간의 경건함을 아픈 기원에 견주어 쓴 것이 수필 「유성」이다. 평소 이영도는 "우러르면 내 어머니/ 눈물 괴신 눈매// 얼굴을 묻고/ 아, 우주이던 가슴"(「달무리」)이라고까지 모정(母情)을 노래했다. 이영도에게 어머니는 "더 크고 높은 것보다 더 영원한" 대상이었다. 그래서 간절한 기도로 "더욱 정결하고 진실한 것으로써 그의 멀어져가는 시력과 청각과 또 식어가는 체온을 밝히고 덥혀 드려야"겠다고 다짐한 내용을 「유성」에 담고 있다.

「먹는…」은 버릇처럼 반복하던 육신의 화장(火葬)으로 지상에서 소멸한 뒤 "하루 아침 크낙한 음성이 있어 내가 부활하는 그날!"을 염원한 글이다. 「수의」는 자신의 갑작스런 죽음을 염려하여, 유학간 딸의 송금(送金)을 "어떻게 쓰는 것이 보람스럽겠는가를 백 가지로 견주어 보다가 결국 수의를 마련하기로 했다"는 사연을 담고 있다. 이영도는 자신의 부실한 건강으로 "너무 슬픈 애정을 감당하며 견뎌온 여인"이었다. 수의 또한 아무리 화려해도 "인생 한평생의 마지막 차림으로는 지극히 초라"하지만 그래도 그것으로 만족하는 것은 "더욱 가까이 불러 위로해 주실" 하느님을 믿기 때문이라고 했다.

그러던 그는 「유서」를 쓰기에 이른다. 유서를 쓰기까지의 동기는 유치환, 이호우의 갑작스런 죽음에 이어진 것으로 이해된다. 「황혼에 서서」는 1968년에 씌어진 작품으로 그같은 이영도의 심경이 읽힌다. "너는 가고 애모는 바다처럼 저물" 때 "바다를 굽어보는 머언 침묵"은 "한결같은 나의 정"이라고 읊었다. "그 달래임같은 물결소리 내소리"에서는 상실 뒤의 아픈 견딤의 시간도 드러나고 있다. 인간은 누구나 죽음을 거부하는 본능을 지니고 있다. 죽음은 시기의 조만(早晩)만 다를 뿐 어느 누구에게나 평등한 것임에도 거기에 다가서기를 본능적으로 거부하는 것이다. 그래서 인간에게 영원이라고 하는 시간의 설정은 유한성에 대한 심리 보상의 가정일 뿐이다. 하루의 태양에서도 4계절의 순환에서도 세상을 돌고 도는 이치에 놓여 있다. 인간의 수명은 그러나 가면 돌아오지 않는다. 바로 죽음이란 어휘만큼 인간의 완강한 어둠도 없을 것이다.

그럼에도 이영도는 여기서 벗어나 바로 그같은 죽음이 거부되고 있지 않다. 단 그가 거부한 것은 '추한 죽음'이었다. 영생과 부활을 신앙하던 그는 이 세상에서 추한 모습으로 보이고 싶지 않았던 것이다.

죽음의 거부대신 초라하고 추한 죽음의 거부로 하여 이영도의 '여기까지'와 '여기부터'의 의도가 선명해지리라 본다. 추한 현실에 대비한 이영도에게 '수의'의 제작과 '유서'의 작성은 그래서 실제 의미 이상에 나아가 있다.『청저집』에서부터 "남은 일월을 비단실로 사기고" 싶다고 한 이영도였다. '추한 죽음'에의 거부는 거기서부터 시작된 것이다. 부질없는 값싼 생각으로 수의나 유서만 남기면 추한 죽음이 거부되는 것은 아니다. 여기에는 크든 작든 역사와 신앙의 자리에까지 나아가는 이영도의 의도된 음성이 담겨 있다. 그리고 그것은 어떻게 살아야 할 것인가에 대한 삶의 자세와도 관련을 갖는 것이었다. 이영도의 이 '목숨'의 어휘는 그래서 단순한 개인 이상의 의미를 지니는 것으로 '죽음'의 거부대신 '추한 죽음'을 거부한 이영도 문학의 한 정신의 본질을 캐는 일이라고 믿어진다.

5. 역사 의식이 남긴 언어

이영도에게 '목숨'이라는 어휘는 초기의 그것들에 비해 두드러진 후기적 현상임을 보아왔다. 이는 이영도의 역사정신과도 관련을 갖는 동시에 한국 현대시조문학사의 현재성을 재는 의미와도 관련을 갖는다.

그는 일상적으로는 여자로서의 행복에 등(燈)심지를 돋았던 사람이다. 조국애를 표나게 내건 일도 없었다. 그럼에도 우리가 이 부분에서 이영도의 역사정신이 다루어져야 한다고 믿는 것은 그의 언어가 역사의식의 파고를 나름대로 드러내 보이고 있기 때문이다.

이영도는 피폐한 조국산천을 보면서 "자연애의 반역"(「메마른 국토」)이 얼마나 무서운 것인가를 지적했었다. 편리주의의 부산물인 "공장의 폐수와 합성세제의 독소가 식수와 농작물을 망친다"는 걱정도 했었다. 또한 그는 "겹겹으로 골이 패인 이마의 우울이 원색으로 입힌 스레트 지붕 밑을 부우옇게 감기는 농가"(「8월이 오면」)의 가난도 걱정하고 있다.

이같은 것들은 더 많은 곳에서 발견되고 있다. 그러나 이것들로 그의 역사정신이 다루어질 수 있다고 믿지는 않는다. 이영도 자신의 회고대로, 동경대학이나 북경대학에의 진학을 좌절당하고 만 사실을 두고 "구구한 목숨을 오늘까지 부지 못하고 일제의 독수리에 주륙을 당했을지도 모를 일이…… 그 시절의 젊음으로서는 통곡으로 다 못할 애석이 아닐 수 없다."(조현경, 『이영도 평전』, 영학출판사, 1984, 195면)는 가정법적 사실을 액면대로 받아들이는 것도 아니다. 그럼에도 "유관순이처럼 집안을 적지로 만들 아이"로 자랐을지도 모를 이영도가 작품으로 드러내 보인 역사정신의 언어는 『청저집』에서부터 끊임없이 드러난다.

이영도의 역사정신은 주로 두 가지 면에서 다룰 수 있다. 먼저 남북분단의 미망(迷妄)을 그는 이같이 노래했다.

조국의 솟은 분노 저 타는 화염 속을
차라리 백설처럼 그대는 지는 것을
이 강토 이 슬픔 위에 보람없는 내 목숨

―「안타까움」2연

6·25를 겪으면서 위 시조가 씌어진 것으로 생각된다. 제목부터가 「안타까움」이다. 민족이 하나 되지 못하고 피의 전쟁으로 맞서야 하는 시간에 이영도는 "보람없는 내 목숨"을 자탄하고 있다. 조국은 무엇 때문에 저 화염같은 분노로 불타고 있는 것일까.

이 시에서는 그러나 "이 강토 이 슬픔 위에"라고만 되어 있어 더이상은 헤아릴 길이 없다. 조국의 의미는 이영도에게만 심각한 것은 아니다. 백설처럼 지는 '그대'는 조국의 미망 위에 소멸되어 간 젊음들일 것이다. 그런 의미에서 그가 조국에 대해 '보람없다'고 한 것은 민족 모두의 딜레마가 아니었을까.

그때 그는 "정든 고향과의 인연 피멍처럼 애석(愛惜)하며" "빗발치는 총알 속" 어딘가로 쫓기고 있었다(「피난길」). 그가 무엇 때문에 이처럼 자탄하는가가 조금 보이는 듯도 하다. 피난길에서 포연이 진동하고 그것을 피하기라도 하는 양 엎드린 집들을 보고 그가 느낀 절망은 너무도 컸었다. 그러나 조국은 어느 한쪽만을 지칭한 것이 아니기에 이영도는 남과 북 그 어느 쪽에도 편향된 연대감을 보인 일이 없다. 또한 민족 상잔의 역사를 피에 젖은 치욕이라고만 적시하며 젊은 목숨들이 낙화로 져 간 사실을 슬퍼한다. 그의 역사정신의 남다른 곳은 바로 이 부분이다.

> 지친 능선(稜線) 위에
> 하늘은 푸르른데
>
> 깊은 골 칠칠한 숲은
> 아무런 말이 없고
>
> 뻐꾸기
> 너만 우느냐
> 혼자 애를 타느냐.
>
> —「피아골」 2연

이영도에게 이 자리의 조국은 '지친 능선'으로 누워 있다. 거기에도 하늘은 여전히 푸르렀을 것이나 피어린 역사를 간직한 "칠칠한 숲"은 더이상 아무 것도 보여주지 않고 있다. 뻐꾸기만 애를 타는 듯 울어댄다는 대목에서 이영도의 역사정신은 유난히 돋보인다. 그 표현 또한 그의 재능과 결부되어 있다.

작품을 쓰는 시인에게 역사정신의 균형은 그 무엇에도 우선할 것이다. 민족문제를 노래한 어느 작품에서도 편협한 이데올로기의 경사를 드러내지 않았음이 이영도의 언어가 가진 역사정신의 균형을 의미한다. 이영도의 이같은 정신은 현실에서도 만날 수 있었다. 유치환과 몇 년간의 세월(1946~1952)을 두고 서로의 일기를 교환했다고 한다. 그때 이영도는 유치환의 일기를 어느 만큼 불태워 버린 일이 있었다. 유치환의 그 일기가 우익에 가담한 내용이었기 때문이었다(『이영도 평전』, 150면 참조). 이것은 한때의 해프닝 이상의 것으로서, 그로 인해 두 사람의 관계가 소원해진 적도 있었던 것이다. 이영도의 민족에 대한 균형 감각은 벗어날 수 없는 수렁처럼 난처할 때에도 이같이 편향된 연대감을 보인 일이 없다. 극에 달한 불행으로 "혼자 애를" 태웠을 뿐 기울어지지 않았던 역사정신의 균형은 유치환과의 관계에서처럼 우연한 일이 아니었던 것이다.

　다음은 분단의 문제와 함께 역사의 내적 상황에서 그의 응전력이 어떠했던가를 보는 일이다. 그의 이같은 정신의 유입은 「애가(愛歌)」(1960. 4)에서부터 시작된다. "지친 능선" 위의 하늘을 푸르다고 했을망정 한쪽의 불온성(不穩性)만은 드러내지 않았던 이영도의 4월에의 절규는 사뭇 장엄하다.

눈에 포탄을 박고 머리는 맷자국에 찢겨
남루히 버림 받은 조국의 어린 넋이
그 모습 슬픈 호소인 양 겨레 앞에 보였도다.

행악이 사직(社稷)을 흔들어도 말 없이 견뎌온 백성
가슴 가슴 터지는 분노 천동하는 우뢰인데
돌아 갈 하늘도 없는가 피도 푸른 목숨이여!

너는 차라리 의(義)의 제단(祭壇)에 애띤 속죄양(贖罪羊)
자국 자국 피 맺힌 역사(歷史)의 깃(旗)발 위에
그 이름 뜨거운 숨결일레 퍼득이는 창천(蒼天)에……

―「애가(愛歌)」 전문

이 시조는 "고 김주열 군에게"라는 부제가 붙어 있다. 이 자리에서 이영도가 절규한 것은 "눈에 포탄을 박고 머리는 매자국에 찢겨/ 남루히 버림받은 조국의 어린 넋"에 대해서다. 조국 현실에서 "돌아갈 하늘도 없는가"를 거의 핏덩이처럼 쏟아내면서도 그는 "피도 푸른 목숨"이라며 하늘을 믿었다. 여기서는 어떤 수사학적 논의도 무의미하다. 상황과 현실에 잠들거나 비켜서지 않고 어떻게 언어를 펼쳐냈는가만 중요하기 때문이다.

문학은 태평성대에도 도락취미에 기여하는 소일거리일 수 없다. 그만큼 문학은 치열한 정신을 필요로 한다. 바로 역사의 어둠으로 좌초의 위기에 놓인 조국의 하늘을 이영도는 어떠한 장식도 없이 "가슴 터지는 분노"라고만 했다.

이영도의 역사정신은 때로 열혈적 언어가 되어 굽이쳐 갔다. 4·19는 해를 거듭하여 이어졌고 이영도의 정신 또한 이같이 흘러갔으니 한국적 미의식만을 거의 배설적으로 되풀이하던 시조창작의 현실과는 사뭇 현격한 것이기도 했다. 「진달래」(1968) 또한 이같은 자리에서 씌어진 것이다. 이영도는 눈부시게 피어 있는 진달래를 "그날 쓰러져 간 젊음의 꽃사태"로 노래하며 자신은 "욕처럼 남은 목숨"이라고 했다. 「진달래」(1976)는 이어서 씌어졌다. 그는 조국을 "내 목숨의 불씨 여밀수록 맺히는 아픔"으로 되새기고 "세월이 어두울수록 밝혀 뜨는 언약"을 희구했다. 바로 진달래를 "석문 밖 북녘하늘"에다 연등처럼 밝히고 "인연의 짙은 혈맥"으로 묶어 한 무더기의 칠성으로 향유하고자 했던 것이다. 「희방사 계곡」에서도 4·19의 감격은 드러난다. 눈이 내릴 때도 "갈라선 겨레의 금(線)"을 위해 손을 모았고(「제야」, 1976) "눈, 입, 귀 멀거니 뜨고 막힌 피도 굳은 등신불"(「수혈」)의 처지를 자탄하기도 했었다.

4월은 이영도의 시정신을 개화시킨 계절이었다. 「광화문 네거리에서」는 그같은 의미를 재는 관문적인 작품으로 생각된다. 조국은 바랠 수 없는 녹물같은 얼룩으로 덮여 있었다. 그때, 4월에의 체험이 한 고비를 넘어서는 크낙한 분만의 계절(「고비」)이 되었다는 "산하도 끓이던 청혈" 또한 그러한 의미로 읽히는 대목이다. 이들 모두는 역사정신의 믿음에 근거한 이영도의 문학이 혈서의 자리에 나아간 것들이라는 의미이기도 하다.

이상에서 4월이 이영도에게서 어떤 질서와 파고로 솟구친 가치정신의 소산이었던가는 조잡한 대로라도 살펴왔다. 분명 4월은 이영도가 쌓아올린 역사정신의 높이였다. 그리고 4월은 그의 존재가치에 값하는 계절이기도 했었지만 우리의 논의는 여기서 더 나아가야 한다.

신 벗고, 탑(塔) 앞에 서면
한 걸음 다가서는 조국(祖國)

그 절규(絶叫) 사무친 골엔
솔바람도 설레어 운다

푸르게
눈매를 태우며, 너희
지켜 선 하얀 천계(天啓)

—「천계(天啓)」 전문(1976)

"4월탑 앞에서" 그것도 "너희 지켜 선 하얀 천계"를 이영도는 읽고 있다. 산화해 간 4월의 넋들의 부활을 그는 읽고 있는 것이다. 산화는 한순간의 소멸이다. 그 소멸로 하여 "목숨의 아픈 증언/ 꽃가루로 쌓이는 사월"(「바위」)은 "솔바람도 설레어" 울었던 "천계"의 계절이 되었다.

이영도는 부활의 세계를 신앙하고 있었다. 세속적으로 부활은 현실세계의 재현을 의미하지만 이영도의 부활은 그 이상의 것이었다. 바로 이 4월은 이영도가 "그 절규 사무치게" 산화해 간 넋들에게 "신 벗고" 설 때 다가오던 조국을 체험시켰다. 현실세계에서 4월의 소멸은 또다른 4월의 부활을 분명한 믿음의 세계에 세워두게 했던 것이다. 바로 "4월의 들녘에 서면 다시 사는 당신의 말씀"(「부활의 노래」) 등의 표현이 그것이다.

이제야 우리는 이영도가 의도한 4월의 전체성에 도달하였다. 그의 역사정신에 표출된 4월은 산화해 간 넋들로 하여 일시적으로 소멸한 듯했지만 부활이 기약된 천계를 거치면서 신앙의 세계에 올라선다. 문학과 역사가 어느 지점에서 하나이듯 역사정신과 신앙의 계시 또한 같은 것임을, 그리하여 이영도의 4월에서 신뢰하게 되는 것이다.

6. 황홀한 기약과 섭리의 세계

이영도에게는 몇 가지의 믿음이 있었다. 그 믿음은 인간 이영도의 사랑이 전제되어 있었다. 인간애, 남녀간의 사랑, 어머니, 신앙 등의 믿음이 그것이었다. 한 가정의 지어미로서의 소망이 연리지(連理枝, 서로 다른 두 그루의 나뭇가지가 하나로 이어진 것, 즉 애정이 지극한 부부를 의미함)의 세계를 희구했건만 그것은 한정된 시간에 무산되어 버렸다.

실로 인간세계의 비애가 아닐 수 없었다. 일점 혈육에게까지도 "비판적인 사랑이 외롭지 않느냐"(「딸에게」)고 반문하던 이영도였다. 그러나 생의 마지막 순간까지 이영도의 심중에는 두 가지의 세계로 충만해 있었다. '어머니'와 '절대자'의 세계가 그것이었다.

이영도에게 '어머니'와 '신앙'은 하나의 의미로 이어진 정신세계의 우주였던 것이다. '어머니'의 세계가 희생에 대한 노심초사의 의미였다면 '신앙'은 거기에서 한 걸음 나아간 구원과 섭리의 세계였다.

이영도는 기독교를 신앙했다(이 부분은 『이영도 평전』, 46~56면 참조). 불교적인 질서와 유교적인 가정법도의 세계에서 기독교로 개종해 간 것이다. 그 개종은 결함의 세계와 관련되어 있었다. 1946년 5월 폐침윤으로 마산결핵요양원에 입원한 것이 그것이다. 조부를 따라 불공을 다니면서 "인간에게보다 신과 자연에 친근한 성품"(「조부님」)이 길러졌다고 회고했던 이영도였다. 그러던 그가 요양원에서 40대 중반의 가정부의 감화로 개종했던 것이니 기독교에의 믿음의 단초는 철저히 인간적인 데서 비롯된 것이다.

> 하이얀 마스크로 얼굴은 가리워도
> 만나는 그 눈마다 그리움이 어려있고
> 말없는 몸짓 하나도 정이 절로 느껴라
>
> 앓는 소리도 마주 보고 근심하고
> 먼 병실 기침소리 내 가슴이 조여 들고
> 그립던 임의 사랑을 여기 와서 보도다.
>
> —「입원」

"요양원에서"라는 부제가 붙은 이 작품은 예의 가정부가 소재가 되었으리라 생각된다. "하이얀 마스크로 얼굴은 가리워도/ 앓는 소리도 마주 보고 근심하고" "만나는 그 눈마다 그리움이 어려있던" 그 가정부는 이영도에게 하늘의 사랑을 가르쳐 주었다. 이영도는 거기에서 "말없는 몸짓 하나"마다 "그립던 임의 사랑"을 보았다고 고백했다.

당시로서 이영도에게 '임'의 대상이 누구인지는 확실하지 않다. 다만 신앙의 초입에서 설정된 '임'이기에 절대자가 아니었을까 싶다. 인간이 감동하면 하늘도 감동하는 것이 믿음의 이치다. 개종을 결심할 만큼 헌신적이었던 그 가정부의 기도와 찬송이 곧 하늘의 정성을 의미하는 것이었다. 그래서 추구한 세계가 섭리의 세계였다.

섭리의 세계는 신의 의지로 다스려지는 세계다. 이영도는 섭리를 통해 궁극적인 사랑의 세계에 나아가고자 하였다. 그가 기독교로 개종했을 때는 "이 산천 허물도 없이 한 품안에 안겼다"거나 "원세상 백설 이대로 깊이 고이 하소서"(「눈」, 1954) 정도의 소박한 것이었다. 순수무구한 것만이 "그의 가슴처럼 넓고 고운 사랑"이라 여기던 단계였던 것이다.

그러던 것이 보다 적극적인 자리로 나아간다. "골고다로 젖는 놀"을 보면서

"회한은 어진 깨달음"으로, 인간세계에서 "뜨겁던 임의 그 피"를 느끼기도 했던 것이다(「저녁놀」). 또한 내리는 눈을 보면서 "그날 그 사랑을 타이르는"(「눈」, 1954) 당부의 말씀으로 듣기도 했었다.

> 못 여는 것입니까?
> 안 열리는 문입니까?
>
> 당신 숨결은
> 내 핏줄에 느끼는데
>
> 흔들고
> 두드려도 한결
> 돌아앉은 뜻입니까?
>
> —「절벽(絶壁)」 전문(1968)

위의 작품에서도 이영도는 "당신 숨결은 내 핏줄에 느껴진다"고 했다. 그는 "못 여는 것"이냐 "안 열리는 문"이냐 "흔들고 두드려도 한결 돌아앉은 뜻"이냐고 강한 의문을 반복해서 던지고 있다. 신의 숨결이 핏줄에 느껴진다던 그에게 신의 세계로의 진입은 아직 이른 단계였던 것이다. 그것의 구체성은 "우러르던 첨탑들도 허울로만 남아선"(「추청(秋晴)을 간(磨)다」) 세상에서 "주여! 이젠 그 못자국 만지게" 해 달라고 한 부분에서 드러난다. 이때의 기도는 간청만으로 맴돌 뿐 공허한 것임이 느껴진다.

이같은 의문은 몇 곳에서 더 보인다. 그러나 "거듭난 목숨의 연등"으로 "한 하늘을 밝"히고자 간구하기에 이른다. 이영도는 "묻혀 간 밀알의 눈매가 청즙(靑汁)으로 어리는" 세계가 "다시 사는 당신의 말씀"이 "이랑마다 소곤대는" 세계라고 했다. 바로 "죽지 지친 목숨"의 현실 위에서 그는 거듭난 것이다. 세상이 곤고할 때 이영도는 "갈퀴손 어루만지며 언약인듯 오실"(「설야」) "당신의 말씀에 흥건히 적심을 입"었으며 "심령의 덩굴"마다 거듭나는 시간에 들었다.

위에서 읽어온 이영도의 섭리의 언어는 어디에 터잡고 있는가. "닫힌 절벽" 앞에서 이영도는 "이 목숨 싹트임도 당신의 뜻"이라 했다. "제 눈에 티도 못 비친" 청맹(靑盲)의 창을 닦고 또 닦았다. 이것들은 모두 그의 섭리의 언어가 터잡고 있는 구원의 세계를 의미한다. 이영도 자신의 부정과 회의라는 강한 의문이 변증법적 과정을 거쳐 구원에 도달한 섭리의 세계를 의미한다. 그래서 그는 "빛부신 그 음성"과 "높고 먼 뜻"(「청맹(靑盲)의 창(窓)」)의 세계에서 "화관을 이고" "황홀한 기약"(「화관(花冠)」)을 맞이하는 세계에 들고자 한다.

이영도가 요량한 "황홀한 기약"은 그가 위치한 현실세계의 건너편의 세계다.

어떻게 살아야 할 것인가를 두고 번민과 회의를 거듭하던 이영도였다. 여기에다 자기 갱신과 구원을 신앙의 세계를 향해 끝없이 회구하기도 했었다. 자기 갱신과 구원에의 희구는 조국현실에도 이어졌던 것으로 "이 터전 상잔의 호국 위에 인자 다시 보내"(「갈원」)달라고 간절한 언어를 빌어 기도하기도 했었다.

"또 하나 나를 겨루어 등이 굽은 예순 해"(「흐름속에서」)를 살았던 이영도는 "쟁쟁히 말씀을 밝히며" 섭리의 세계로 갔다. 그의 예순 해는 분명 "뜨겁게 생애(生涯)할 씨와 날을 감는 꾸리"(「기도」)의 세월이었다. 그 씨와 날로 짜올린 "내 목숨같은 기도"로서의 시조는 "죽지 지친 목숨 위에" 피어난 시정신의 절정이었다. 검(劍)을 받은 삼엄한 신앙의 세계에서 연정으로도, 모정으로도, 조국애의 강렬한 언어로도, 고향 산마루 열고 가는 비파강의 강물로도 이영도의 그 예순해의 씨와 날은 오직 시조로만 짜여졌던 것이다.

7. 마무리, 대형 경기장같은 단시조의 장인

30년간을 "내 목숨의 기도"로 시조를 창작한 이영도는 '황진이 이후'의 시인으로 평가되었다. 이들이 같은 자리에서 견주어지는 것은 우선 '여자로서 시조를 썼던' 사실에 기인한다. 두 사람은·또한 그리움의 간절한 세계를 나름의 자리에서 같은 방식인 단시조로 펼쳤던 장인(匠人).

이영도 문학에서 '그리움'은 이영도 자체의 정서이기도 했다. 남편의 상실 뒤에 "고향도 인연도 잃고" "설한(雪寒)의 저 거리를" "고달픈 나래 겹치고" "하염없이 앉았다"(「어디로 가야 하리」)고 할 만큼 현실의 곤고한 시간도 거쳐왔다. 그러나 그리움의 정서는 이내 회복된다. 바로 이 '그리움'의 정서에 비파강의 물결이 흘러들고 '부엉덤'의 산 기슭이 뻗어든 것이다.

못잊을 인정이매 아껴 떨쳐 나온 고향
2수 3산(二水三山)을 안고 그림같은 그 마을은
눈이나 내리는 밤엔 이리 삼삼 그립소
모두가 정답고도 황홀하던 꿈이어라
하늘에 별이라도 따고 싶던 그 시절을
오붓이 버려둔 고향 무덤 같이 그립소

부녀 삼종(三從)의 도를 진리인 양 당부하여
알지도 못한 곳에 선행길 날 보내신
청기와 늙은 대문도 두견 같이 그립네

젊음도 슬픈 꿈도 속절없던 내 고향은
손 잡고 반겨줄 벗 하나 없건마는
물소리 고운 산천이 두견 같이 그립소.

―「향수」

'그리움'은 고향 정서의 원형질이다. 위의 작품이 『청저집』의 소산인 데도 우리의 결론에 오른 것은 그리움의 초점인 고향이 여러 개의 빛깔로 형상되었기 때문이다.

「향수」는 이영도의 유년시절을 담고 있다. 그의 유년시절은 "모두가 정겹고 황홀하던 꿈"의 세월이었고 "하늘에 별이라도 따고 싶던" 시절이기도 했다. 그러나 지금(이 작품을 쓴 시간) 고향은 "손잡고 반겨줄 벗 하나"없이 공허한 곳이다. 그럼에도 그 고향은 "눈이나 내리는 밤엔" 더욱 깊은 정겨움에 사무친다. "부녀 삼종의 도를 진리인 양 당부하여/ 알지도 못한 곳에 선행길 당부하던" 고향이건만 "물소리 고운 산천이 두견같이" 그립기만 한 것이다.

이영도 문학을 우리는 다섯 갈래로 살펴보았다. 그것들은 설화적 세계의 순정성에서부터 섭리의 세계에 이르는 상당히 장황한 것이었다.

이영도는 단시조의 모습으로 우뚝한 시인이다. 단시조는 3장 6구라는 매우 협소한 공간의 구조임에도 이영도는 대형 경기장처럼 자신의 우주를 펼쳐 보였다. 그 우주에는 설화성의 따뜻한 온기와 상실의 비애도 노래되었고, 이영도의 방법적 특장인 서정 속의 서사적 질서가 숨쉬기도 했었다. 그가 문학을 통해 드러내 보인, 그의 인간적 조신성인 '마감'과 '시작'의 질서 또한 확실한 정신 위에 자리잡았던 것이며, 그것들은 보다 적극적으로 역사정신에도 섭리의 세계에도 이어져 있었다.

이영도의 역사정신에는 두 가지의 모습을 지닌 남다른 인식에 터잡은 것이었다. 민족분단이 그 하나로 그가 드러낸 분단비극의 정신세계는 이데올로기의 편향된 경사가 신념으로 극복되고 있었다. 다른 하나는 4·19에 잇댄 역사정신의 높이로 소멸과 생성이라는 변증법적 구도가 산화(散華)와 부활을 우리에게 체험시켰다. 이것이 그의 가치정신의 세계를 지키는 섭리에 근거한 것이었으니, 이영도의 신앙과 같은 노래에서 4월의 정신이 새롭게 살아난 것이다.

박재삼 시조론

김제현 ‖ 시인 · 경기대 교수

1.

박재삼은 1953년에서 1955년 사이 『문예(文藝)』와 『현대문학(現代文學)』지에 시조와 자유시가 추천되어 문단에 데뷔한 시인이다.

그동안 시조보다는 자유시에 더 많은 관심과 역량을 보여 왔다. 그러므로 그의 작품을 논함에 있어서도 자연히 자유시에 국한될 수밖에 없었다. 30여 년의 시력(詩歷)을 일관하는 그의 전통적 시세계는 '한'을 주조로 한 한국적 리리시즘의 재현이라는 평가로 이루어진 듯하다.

그러나 박재삼은 시조의 창작도 꾸준히 해왔으므로 그의 시조에 대한 고찰 없이 자유시에 접근하는 데에는 어느 정도의 피상성을 배제할 수 없다. 그의 문학이 시조로부터 출발했다는 외견상의 문제가 아니라 그의 서정이 체질적임과 동시에 민족정서와 결부되어 있고, 그 음률적 구성도 의식적이든 무의

식적이든 시조(사설시조)와 전통적 음율(호흡)을 바탕으로 하고 있으며, 일상적
언어의 구사와 어법이 민족어(국어가 아님)와 그 어법에 의존해 있기 때문이다.

　　바로 이러한 점들이 박재삼 시의 특징이자 감동의 비밀이 되고 있다. 그
러나 여기서 이 시인의 시의 정체와 시적 비밀을 완전히 파악한다는 것은 쉬
운 일이 아니며 가능한 일도 아니다. 그러므로 본고에서는 이 시인의 자유시와
더불어, 또다른 양식의 세계를 보인 시조에 대해서 살펴보고자 한다.

2. 박재삼 시조의 특성과 정체(正體)

가. 구어체 문체와 변형어미

　　시는 읽혀져야 한다. 시조건 자유시건 동시건 읽혀지지 않고, 애송되지 않
는 시는 생명이 없는 시다. 여러 유파와 경향의 시들이 각기 개성과 그 특징을
가지고 있다 하더라도 시의 제일의적인 것은 읽혀져야 한다는 것이며, 읽히고
사랑받을 수 있을 때 감동을 줄 수 있는 것이다.

　　이러한 관점에서 볼 때 박재삼 시는 그것이 시조든 자유시든 잘 읽혀지는
시며 잔잔한 감동이 사랑처럼 파고 드는 시다. 여기에서 이 시인의 시에 대한
제일의적인 파악과 언어에의 성실성을 찾아볼 수 있게 된다.

　　주지하는 바와 같이 박재삼의 시조는 친근한 일상의 언어들로 표현되고
있다.

　　시조는 자유시와는 달리 전통적 음율형식에 의존하는 만큼 민족적 정서
와의 융합이 용이할 뿐만 아니라 호흡상의 음보는 민족의 심상으로 비롯되는
가락으로서 쉽게 공감대를 형성하는 시형식이다. 그러나 언어의 내면적 의미
를 뒷받침하고 있지 못한 데서 정서적 긴장이 이루어지지 않는 약점을 지니고
있었던 것도 사실이다.

이러한 시조의 시어상의 한계를 극복한 박재삼은 이병기, 김상옥의 시조를 수용 극복하면서 50년대 초 명실상부한 현대시조의 새로운 영역을 개척했다.

무거운 짐을 부리듯
강(江)물에 마음을 풀다.
오늘, 안타까이
바란 것도 아닌데
가만히 아지랭이가 솟아
아뜩하여지는가.

물오른 풀잎처럼
새삼 느끼는 보람,
꿈 같은 그 세월을
아른아른 어찌 잊으랴,
하도한 햇살이 흘러
눈이 절로 감기는데……

그날을 돌아보는
마음은 너그럽다.
반짝이는 강(江)물이사
주름살도 아닌 것은,
눈물이 아로새기는
내 눈부신 자욱이여!

—「강(江)물에서」 전문

이 작품은 1953년 『문예』지에 발표된 첫 추천작 「강물에서」라는 시조다. 특별히 어려운 낱말도 심오한 사상도 인생론적인 철학의 천착도 발견되지 않는다. 다만 보편적인 체험을 개성적으로 표현하고 있을 뿐이다. 다시 말하면 개성적 체험(사적 체험이 아님)이 보편적 체험으로 확대됨으로써 공감대가 형성되고 있는 것이다.

표제에 나타나 있듯이 이 작품은, 영원한 시간〔삶〕의 통시적 시간대로서의 '강'과 그 흐름 속에 일정 공간의 현상적 시간〔인생〕의 은유로서의 '물'이 시인의 맑은 감성과 언어구사의 뛰어난 솜씨에 의한 것이 아닐 수 없다.

유치환(柳致環)은 「시천후감(詩薦後感)」에서 다음과 같이 말하고 있다.

더욱이 현대시조(現代時調)에 있어서 우리가 느끼는 불만(不滿)은 그 형식 (形式)이 구태(舊態)한 때문에서가 아니라 실상은 오늘의 시조시인(時調詩人)들이 그 정형(定型)에 너무 사로잡힌 나머지의 결과인지는 몰라도 시(詩)에 있어서 응당 수사(修辭)들이 가져야 할 언어(言語)로서의 내면적(內面的) 뒷받침의 비중(比重) 등이 항상 부족(不足)하고 결핍(缺乏)한 데 있는 것이다. 그 한 가지 좋은 예증(例證)으로서 박재삼(朴在森) 군(君)의 출현(出現)으로 그의 시조(時調)에 있어서는 우리가 느끼는 이 같은 시조에 대한 불만(不滿)의 흔적(痕跡)은 조금도 찾아볼 수 없음으로써 알 수 있다.

「구름결에」 「수양산조(垂楊散調)」 등 1955년 전후의 시조들이 그 궤를 같이한다. 그리고 또 유치환은 「섭리(攝理)」의 추천사에서도 "꽃 속에 꽃을 보고, 미소(微笑) 속에 미소를 능(能)히 볼 수 있는 고운 감성(感性)이 언어(言語)의 교치 (巧緻)를 입어 시(詩)로서 완벽(完璧)에 이르른 감(感)이 있다"고 극찬하고 있다.

무언지 밝은 둘레로
눈물겨워도 오는가

—「섭리(攝理)」 1수 종장

하량없는 그 숨결
아직은 모르는데

—「섭리(攝理)」 2수 중장

어드메 물레바퀴가
멎는 여운(餘韻)처럼
걷잡을 수 없는 슬기
차라리 잔(盞)으로 넘쳐
동경(憧憬)은 원시(原始)로웁기
길이 임만 부르니라

—「섭리(攝理)」 3수

위 예의 귀절들은 「섭리」에서 임의로 뽑은 시구들이다. 이 작품의 조사법(措辭法) 역시 예외일 수는 없는 것으로 중복을 피하겠지만 밑줄 친 '무언지, 둘레, 눈물, 아직, 멎는 여운(餘韻), 차라리, 동경(憧憬), 원시(原始), 길이, 임' 등의 단어들은 자연과 더불어 박재삼 시조의 전반을 받쳐 주는 의미의 핵이며 자유시에까지도 미치는 서정의 근간이 되고 있다.

이로써 구조되는 의미와 자아의 인식상황이 자연스럽게 전달되며 감동을 일으키는 요인으로는 전통적이며 원형적인 정서를 들 수도 있지만 사실적인 언어와 구어체의 문체에 주목하지 않을 수 없다.

어질고 기쁜 이의
눈망울을 흐르던 것이
구석진 설움에까지
천년토록 어리어
임 마음 내 마음이 시방
구슬 꿰어지누나.

사랑은 마지막을
언짢다 치부하고
대천지원수(戴天之怨讐)는
같이 살아 용타마는
엄두도 안 갈 하늘에
높이 높이 뜬 구름.

마음이 허울 벗기어
아리아리 서러우면
살얼음 풀리는 밑에
흔들리는 기운을 보듯
그 온갖 낭자(狼藉)턴 것이
얼비치어 오누나.

어린 예닐곱 살의
맑은 시냇물에
손발 담그던
카랑카랑한 목소리를
뒷덜미 가려운 곁에
하도 희게 느껴라.

평생 빠안한 죽음의
한 자락에 이었기로,
땅 밟은 우리 목숨이
말짱히 눈물 가시고
머언 그 하늘 뒤안에
볕들 듯이 가리아.

―「구름곁에」 전문

「구름결에」서만 보더라도 '시방, 언짢다 치부하고, 대천지원수, 용타마는, 엄두도, 하도, 빠안한, 말짱히, ~이었기로' 등과 같은 방언과 속어 등 일상어로 대담하게 구어체 문체를 구사하고 있는 점에서 이 시인의 시조가 쉽게 읽혀지는 이유의 하나를 발견할 수 있으며 이러한 예는 그의 모든 작품에 나타나는 특징이기도 하다.

그리고 종결어에 있어 명사나 목적어를 사용하여 도치법상의 의미강조와 여운의 효과를 얻으며 시상의 응축된 표현을 이루기도 한다.

그러한 기러기놈이
길을 내는 하늘을!

―「노안(蘆雁)」 부분

달빛도 사립을 빠진
시름 갈래 만(萬)갈래

―「내 사랑은」 부분

철없이 마음 설레어
미소(微笑)지어도 보는가.

―「섭리(攝理)」 부분

가만히 아지랭이가 솟아
아뜩하여지는가.

―「강(江)물에서」 부분

그러나 종지사로 사용되고 있는 특징적인 종결어미는 여기서 보듯 설의법상의 의문종지사(종결어미)에도 감탄적 요소가 깃들어 있으며 단정을 유보시키고 있다.

　　명사형의 종결어 사용도 시상의 응결과 여운상의 효과를 보이지만 서술
어인 종지사의 경우 종결어미의 변형은 단정을 피함으로써 친화력과 여백의
미학을 이루고 있다.

> 임 마음 내 마음이 시방
> 구슬 꿰어지누나.-----①

-「구름결에」 부분

> 그 온갖 낭자(狼藉)턴 것이
> 얼비치어 오누나.-----②

-「구름결에」 부분

> 뒷덜미 가려운 곁에
> 하도 희게 느껴라.-----③

-「구름결에」 부분

> 머언 그 하늘 뒤안에
> 볕들 듯이 가리아.-----④

-「구름결에」 부분

> 가만히 아지랭이가 솟아
> 아뜩하여지는가.-----⑤

-「강물에서」 부분

> 휘드린 수양버들을
> 그냥 보아 버릴까.-----⑥

-「수양산조(垂楊散調)」 부분

종일을 수양이 뇌어

강(江)은 좋이 빛나네.-----⑦

-「수양산조(垂楊散調)」 부분

예시한 바와 같은 종결어미의 변형은 그의 전작품에 산재(散在)해 있고 대개 의문형과 감탄형 종결어로 대별된다. ①, ②, ③, ⑦의 '-꿰어지누나' '-오누나' '-느껴라' '-빛나네' 등의 어미는 감탄사며 ⑥의 '-버릴까'는 의문사다. 그리고 ④의 '-가리아' 역시 의문사이지만 미래 추정과 반어적 의미에 감탄적 요소까지 복합되어 묘한 뉘앙스를 풍긴다. ⑤의 '-지는가' 역시 의문사이나 내용의 강조를 위한 설의법을 구사하는 경우는 위의 종결어미와 더불어 종장 결구에 많이 쓰이고 있는 어법으로 직설적인 방법을 피함으로써 감정의 노출을 막고, 단정을 유보시키고 있다. 이로써 그의 시조는 시인의 것이 아니라 독자의 시가 되어 버리는 것이다. 김주인(金柱寅)이 「한(恨)과 그 이후(以後)」에서 말한 바와 같이, 서술적으로 흐르기 쉬운 사실적인 언어들에게 뜻밖의 활기를 불어넣어 준다. 혹은 단절시키고 혹은 의도적 곡해를 불러온다. 이러한 문체상의 특징은 단순한 문체 문제에 머무르지 않고 그가 구현하고자 하는 내용과 표리의 관계를 구성하고 있다.

구어체가 중심 문체를 이루면서도 종장의 종지사가 문어체 어법이 원용됨으로써 시조의 격을 유지시키며 전통적이며 근원적인 정서를 재현해 보여 주게 되는 것이다.

시조는 본질적으로 운문문학이며 전통정신에 입각한다. 이러한 일상적인 언어의 세련된 구사와 산문적 호흡은 사설시조의 구술적 어법이며 종지사의 옛스런 문어적 시조의 전래적인 투어로서 그의 시어들은 서민적 정감과 토속적 정서의 표현에 부합한 것이라 할 수 있다.

나. 정한(情恨)과 정리(情理)의 서정

시조는 본질적으로 서정시다. 박재삼의 시조는 전통정신에 입각해 있으면서도 재래의 시조들과 다른 기법과 한국정서의 근원적 재현으로 독자성을 지니고 있다.

이미 평가된 바와 같이 가난의 설움과 한(恨)이 그의 서정세계의 주조를 이루고 있다. 그러나 우리는 「내 사랑은」에서 두 개의 작품세계를 발견할 수 있게 된다. 자연과의 교감에 있어 그 이법(理法)에 합치되지 못한 자아의 한계인식이 정서적 긴장을 보인 서정세계와, 자연과의 교감에 있어 그 한계를 극복한 관조적인 세계가 그것이다.

물론, 박재삼 시조의 본령은 서정세계인 것이 사실이지만 그의 시조의 편력이 시종일관 서정의 외곬으로만 흐르고 있는 것은 아니며 후기에 이른 근작의 시조들은 관조적인 세계를 보이고 있다. 그러나 이러한 과정적 징후는 비록 미미하지만 초기 시조에 이미 정신주의적인 면이 내포되어 있었던 것이다.

최근작을 제외하면 그의 많은 시조들은 자유시와 마찬가지로 가난의 설움과 한(恨)이 주제를 형성하고 있다. 자연의 이법과 일치하지 못한 자아의 인식상황이, 현실적 삶과의 갈등을 일으킴으로써 괴로움과 외로움으로 나타나 정서적 긴장을 야기한다. 그러나 자유시에서의 한이 시조에서는 보다 인간적 연민과 정리(情理)로 나타나며 종장에 이르러 서술적 내용이 굴절되고 반전됨으로써 감동의 여운을 더하고 시상이 단단하게 결구되고 있다. 여기서 박재삼의 자유시와 시조에 있어서의 작시태도상(作詩態度上)의 차이가 발견된다.

그 많은 기러기 중에
서릿발 깃에 짙은
애비도 에미도
그 위에 누이도 없는
그러한 기러기놈이

길을 내는 하늘을!

하늘은 비었다 하면
비었을 뿐인 것을
발치에 가랑가랑
나뭇잎 묻혀 오는
설움도 넉넉하게만
맞이하여 아득하여.

사람이 지독하대도
저승 앞엔 죽어 오는
남(南)쪽 갈대밭을
맞서며 깃이 지는
다같은 이 저 목숨이
살아 다만 고마와.

그리고 저녁서부터
달은 밝은 한밤을
등결 허전하니
그래도 아니 눈물에
누이사 하마 오것다 싶어
기울어지는 마음.

─「노안(蘆雁)」 전문

「노안(蘆雁)」은 그의 대표적인 작품 가운데는 들지 않는다. 그러면서도 시인 자신의 존재와 인식상황을 잘 보여 주는 시조다. 밤이 깊도록 누이를 기다리면서 자신으로 비유되는, 홀로 길을 내어가는 기러기의 외로움과 삶의 서러운 심경을 노래하고 있다. 그러나 이 외로움과 서러움이 푸념이나 넋두리에 빠지지 않는 것은 허무하면 허무할 뿐인 인생이며 한량없는 서러움 속의 삶이지만 그래도 살아 고맙다는 외부적 상황과 내면적 세계가 겹쳐짐으로써 서정적 긴장감을 주기 때문이다. 여기서 기다리는 누이는 생계를 위해 일을 나간 누이일 것이다. 이미 기러기도 갈대밭에 든 다음 서릿발 친 푸른 하늘의 달빛을 배경으로 하고 앉은, 눈물 머금은 한 소년의 모습이 쓸쓸히 떠오른다.

그러면 이러한 서러움과 눈물은 어디서 오는 것인가. 「떠나는 기러기」는 그것을 잘 말해 주고 있다.

떠날 임시(臨時)해서는
울먹이며 흐르더라,
기러기 날개 밑이
비어나는 정든 나라,
강물을 차마 질러서
갈 수 없는 마음이여.

지내보면 흥부동네
가난키야 했지만,
발톱에 묻은 흙이
바람에 떨어질까,
공중에 지는 그 눈물
수(繡)실 뜸뜸 놓다가.

밀물로 산그늘이
밀려 오는 해질 녘을,
사람은 언제부터
돌에 한(恨)을 새겼던가,

구만리(九萬里) 끝없는 하늘
날개짓이 아롱져.

―「떠나는 기러기」 전문

　이 작품은 첫 수에 보인 연민의 정이 저류를 형성하고 있고, 그것은 시인의 삶의 의지로부터 비롯된다. 따라서 서러움과 눈물은 그의 의지적 추구가 현실적으로 구현될 수 없는 어려움에 부딪치고 또 극복할 수도 없는 자아의 인식에서 유발되는 감정이다. 이러한 정서 유발의 직접적인 원인은 가난이며 꿈과 현실의 괴리에서 오는 설움이다. 그의 눈물은 이러한 상대적인 한계에서 오는 고향상실의 억울함이며 서러움이며 한(恨)이다.

　박철희는 「박재삼 시작품(詩作品)의 정체(正體)」에서 그는 처음부터 가난에 울고 바람과 햇볕에 스스로를 달래고 사랑에 눈뜨면서 죽음을 깨치고 추억들을 읊고 있다고 말하고 있다.

　흥부로 표상되는 시인의 가난, 그러기에 사무치는 서러움이 표상인 눈물의 비가가 그의 시인지도 모른다. 이러한 서정적 자아의 표현은 「그대 목소리」「물 옆에 노는 아이」 등으로 이어지며 확대되고 있다.

세상이 있는 법은
가을 나무 같은 것
그 밑에 우리들은
과일이나 주워서
허전히 아아 넉넉히
어루만질 뿐이다.

―「가을에」 3수

　「가을에」에서 시인은 자연과 일치하지 못한 데 대한 갈등과 허무를 느끼면서 체념적인 위안을 도모하고 있다. 그러나 이러한 거리감은 오히려 자연과 사랑에 대한 희구와 그 그리움에서 오는 것이며 "내 귀가 열렸다면/ 몇 겁(劫)을 통하여야/ 들릴까 그대 목소리"로 시작되는, 「내 사랑은」 그 좌절의 의미를 전해주고 있다.

한빛 황토(黃土)재 바라
종일 그대 기다리다,
타는 내 얼굴
여울 아래 가라앉는,
가야금 저무는 가락,
그도 떨고 있고나.

몸으로, 사내 장부가
몸으로 우는 밤은,
부연 들기름불이
지지지 지지지 앓고,
달빛도 사립을 빠진
시름 갈래 만(萬)갈래.

여울 바닥에는
잠 안 자는 조약돌을
날 새면 하나 건져
햇볕에 비춰 주리라.
가다간 볼에도 대어
눈물 적셔 주리라.

−「내 사랑은」 전문

「내 사랑은」 성취되지 못한 좌절된 사랑이다. 이미 여울물 아래 가라앉은,

저무는 사랑이지만 이로 인해 그 전신은 타고 있는 것이다. 온갖 시름과 고통을 겪고 있으면서도 분노와 원망이 없는, 실패한 대로 가슴에 자리잡고 있는 사랑에의 연민은 맑은 감성과 섬세한 묘사로 그 실감을 더해주고 있다. 이렇듯 순수한 사랑은 「그대 목소리」와 아울러 「별」에서 아득한 거리와 무력한 자아를 인식하면서 시궁창에 빠지는 자아를 발견하게 된다.

> 가슴 울렁거려
> 내 자리잡지 못하고
> 하나 아닌 그리움
> 헤아리지 못하여
> 밤 인생(人生) …… 언덕에도 오르네,
> 시궁창에 빠지네.

—「별」3수

시인의 순진한 눈으로는 현실과 영합치 못한 원시에의 동경 그리고 자연(고향)과 사랑의 상실 등이 부끄러운 자아로 인식되고 있으며, '시궁창에 빠지네'라고 한 현실적 자각이 비극적인 서정 세계를 이루고 있다.

가난한 설움과 한(恨)과 때묻음과 견딤과 그리움의 눈물을 햇볕과 바람에 말리기도 한다.

> 물 옆에 노는 아이는
> 물빛 닮은 마음일래.
> 햇살도 잘 받고
> 바람도 또한 잘 받고
> 종일을 지치지 않고
> 살에 차는 기쁨을.

풀잎에 이슬모양

손끝에 물방울 달고

빛나는 하늘 속에

퍼지는 네 웃음이

멀찍이 꽃으로 서서

시름 잊게 하노나.

─「물 옆에 노는 아이」 전문

　「숲에서 보는 하늘」과 「물 옆에 노는 아이」에서도 "멀찍이"라는 거리감은 가시지 않고 있다. 종일을 지치지 않던 유년의 빛나던 하늘도 시인과의 현실적 거리를 좁혀 주지 못하고 있기 때문이다. 유년의 체험은 그가 내부에 간직하고 있는 맑고 티없는 순수의 세계며 꿈의 세계다. 이 시인은 꿈의 세계에 현실을 비춰 보고 있다. 그에게 있어서 '꿈이라는 것'은 단순한 이상의 뜻이 아니라 내면세계의 질서며 현실을 비춰 보는 진실의 거울이기도 하다. 그 거울에는 '기쁜 세상'과 '무색한 엄마'의 모습이 대비적으로 나타난다. 곧 내면적 자아와 현실적 자아의 이중구조를 보이는 것이다. 그리고 그 행간에 상실의 의미를 놓고 있다. 꿈을 안고도 어두운 현실의 세계를 「혹서일기(酷暑日記)」는 다음과 같이 노래하고 있다.

잎 하나 까딱 않는

삼십(三十) 몇 도(度)의 날씨 속

그늘에 앉았어도

소나기가 그리운데

막혔던 소식을 뚫듯

매미 울음 한창이다.

계곡에 발 담그고

한가로운 부채질로
성화같은 더위에
달래는 것이 전부다.
예닐곱 적 아이처럼
물장구를 못 치네.

늙기엔 아직도 멀어
청춘(靑春)이 만리(萬里)인데
이제 갈 길은
막상 얼마 안 남고
그 바쁜 조바심 속에
절벽(絶壁)만을 두드린다.

—「혹서일기(酷暑日記)」 전문

　이 작품은 시조 휴업 15, 16년만에 발표된 시조다. 삶 속에 내재된 삶과 죽음의 양면성과 허무는 「부재(不在)」와 「막내에게」에서도 보아온 것이지만 그 정신적 상황이 여기에도 잘 나타나 있다. 눈물도 많이 가시고 정탄(情嘆)보다는 정의적(情意的)이며 단정적인 서술이 눈에 띈다. 일회적(一回的)인 삶의 인식과 단절의 위기의식이 의미부를 이루고 있는 자성적인 자기 확인의 시라고 할 수 있다.

　삼십 몇 도의 성화 같은 더위의 현실적 여건이 여전히 시인을 구속하고 있으며 유년의 체험과 꿈의 세계가 시적 위안을 주고 있지만 현실적 갈등을 해소해 주지는 못하고 있다. 「혹서일기」는 "물장구를 못 치는", 즉 과거세계에 들지 못하는 아쉬움의 한편, "바쁜 조바심"을 치는 심리적 갈등 상태가 서정구조를 이룬다. 아쉬움의 감정과 조바심의 심리가 서정의 고리를 이어 "절벽만을 두드리는" 안타까움의 심상 세계를 보이는 것이다. 이러한 안타까움은 건강상의 이유도 있겠으나 「추억·28」에서 볼 수 있듯이 "그런 서울에 오고 나서/ 더 쉽게 말하면 나이 들고 나서/ 무슨 염치나 체면 차리는 일에/ 묻혀 살고

부터는” 현대사회와 도시 문명 속에 오염되고, 허위의식에 사로잡혀 때가 묻어 버림으로써 자연을 상실하고 꿈을 상실하게 되었다는 의미다. 고향을 상실한 현실 속에 때묻은 자아를 발견하고 또 확인하면서 나이를 느끼는 시인의 심리적 상태는 불안과 초조에 싸일 수밖에 없고 인생이든 시적 성취든 얼마 안 남았다는 자각과 한계인식이 조바심을 치게 하는 것이다. 먼저 시인은 “달래는 것이 전부다”라고 고조된 정서를 평정시키기도 한다. 그러나 내연하고 있는 생의 의지가 시정신을 더욱 가열시키고 있다. 나(목숨)를 다스리고 모두를 수용할 정신적 차비는 여기에 마련되어 있으며 근작의 긍정적 반응이 이를 잘 말해 주고 있다.

다. 관조적 세계

1965년 이전의 시조들이 자아와 세계 사이의 대립과 갈등이 해소되지 않은 데서 비롯된 정한의 세계였다면, 몇 편의 근작들은 전기의 작품들과는 달리 시인과 자연 사이에 새로운 교감을 보이고 있다.

동양사상을 바탕으로 자연의 이법을 깨달으며 자연과 나의 동질성을 회복해 가는 정리(情理)의 서정이 그것이다. 불가(佛家)의 말에 따르면 현상계는 언제나 시간적으로 무상하고 공간적으로는 실체가 없다고 한다. 「부재」는 바로 이러한 인식의 근거 위에 놓이는 작품이라고 할 수 있다.

다 나가고 없는 뜰에
목련화(木蓮花)가 피었네.

반쯤은 가지를 이승에
나머지는 저승에

골고루 사람이 없는 데 따라

고이 여는 꽃이여!

―「부재(不在)」 전문

　　이 작품의 세계는 서정적이면서도 형이상학적인 차원으로 이어지고 있다. 사람도 자연의 일부분이다. 산이니 물이니 바람이니 꽃이니 하는 것들도 모두 자연의 외형상의 현상일 뿐 그 자체가 자연은 아니다. 자연의 본질은 그러한 현상의 근본 원리에 있는 것이라고 하여, 불가(佛家)에서는 자연을 청정본연(淸淨本然)이라고 이른다.

　　사람 또한 자연의 일부로서 자연(섭리)에 영합함을 삶의 구경(究竟)으로 삼아 온 것이 동양인의 보편적 삶의 태도며 깨달음이었다. 일기적(一期的)(生＝死) 무상을 노래하고 있는 「부재」에서 시인은 무실체적인 존재로서의 자아를 인식하며 모든 존재의 시원(始源)과 궁극이 하나인 이법의 일원성에서 비롯됨을 인식하고 있다. 이승으로 뻗은 가지와 저승으로 뻗은 가지가 하나의 줄기에서 뻗어 나간 것으로 불이(不二)인 것이다. 따라서 있고 없음이 하나며 삶이 자연의 한 현상이듯이 죽음 또한 자연의 질서 속에 드는 것이다. 이러한 깨달음과 인식방법은 직관적인 관조세계로 통하는 이(理)의 서정세계를 이룬다. 「산수화(山水畫)」와 「삼위일체(三位一體)」가 그 궤를 같이하며 그의 전기 시조(시)의 순진의 눈과 무구한 작품세계도 자세히 보면 이적(理的) 정신주의가 지탱해 준 것이라 할 수 있다. 이러한 일련의 경향은 「섭리」나 「낚시 생각」 등에도 잘 나타나고 있다.

해가 설핏하면

궁색(窮塞)하지 아니

가는 논두렁길로

가만히 시(詩)나 그 한 수

외면서 가던가　　　　　　　　　　　　　　―「낚시 생각」 3수

독락의 제호미를 노래하고 있는 「낚시 생각」은 티끌진 현실과는 먼 곳에 한 세계를 전개해 보이며, 자연과 인위를 혼융하여 한 경지를 열어 풍류의 멋을 보이는 작품이다. 이들 작품은 「산골 물 옆에서」의 "눈 위에 눈썹이 있어/ 더욱 예쁜 얼굴"과 같이 실로 있을 것이 있을 자리에 있는, 그럼으로써 온전하고 아름다운 모습의 서정세계를 청정본연의 세계로 심화시켜 가고 있다.

산하대지(山河大地)는 청정본연에서 생겨난 것이며 그 실체는 저절로 이루어진 것이다. 도가(道家)에서는 이를 불자생(不自生)이라 하며 청정본연은 자연과 현실적 삶의 이전에서 찾지 않으면 안 된다. 따라서 자연의 본체는 그 시원을 알 수 없으며 영원무궁한 것으로 노자(老子)는 『도덕경』에서 도(道)란 허(虛), 무(無), 자연으로 우주의 본체를 설파하고, 덕(德)이란 무위(無爲)로서 자연의 도가 사물 속에 깃든 것이라고 말하고 있다.

천지(天地)는 만물을 낳고 그것은 불자생이다. 그렇듯 무심, 무욕, 무사(無私)이기 때문에 자연은 영원한 것이며 무위자연(無爲自然)인 것이다.

가다간 파초잎에
바람이 불어오고

덩달아 물방울이
찬란하게 튕기고

무심(無心)한 이 한때 위에
없는 듯한 세상을.

—「무심(無心)」 전문

인간은 자연의 질서와 조화의 이치를 모르고 예와 법을 만들어 스스로를 얽매고, 겨우 어떤 규범을 유지하려 안간힘을 쓰지만 즐거움을 얻은 적은 별로 없다. 그러나 자연은 아무런 구속이 없어도 질서를 어기고 궤도를 벗어나는 일

이 없다. 제멋대로이나 커다란 조화 속에 운행되고 있기 때문이다. "내 귀가
열렸다면/ 몇 겁(劫)을 통하여야/ 들릴까" 하고 기다리던 시인의 목소리가 이제
비룡(飛龍)의 폭포(瀑布)로 내린다.

하늘의 소리가 이제
땅의 소리로 화해도

설악산(雪嶽山) 비룡폭포(飛龍瀑布)는
반은 아직 하늘의 것

어둘 녘 결국 밤하늘에
내맡기고 내려왔네.

―「비룡폭포운(飛龍瀑布韻)」 부분

시인은 「비룡폭포운(飛龍瀑布韻)」에서 한 자락 하늘의 소리를 잡은 것이다.
그리고 아직 천상의 것으로 두는 예지로서 "둥그렇게 달이 뜨고" "사랑이 그를
닮고" "항아리가 둥글게 떠"오르는 천(天)·지(地)·인(人)이 원융하는 「삼위일체
(三位一體)」의 온전한 자연을 이루는 달관의 경지를 열고 있는 것이다.

바둑 한 수에는
천년(千年)이 흘러 갔는데

그 다음 한 수에는
천년(千年)이 지나도 아직

판 위에 돌 떨어지는
소리가 아니 나네.

―「신선(神仙) 바둑」 전문

「신선(神仙) 바둑」은 박재삼 시조의 격(格)을 단적으로 보여 주는 작품이다. 하늘 귀를 열어 놓고 선계와 지상을 이어 주고 있다. 행간의 깊고 먼 정신 세계는 눈물도 말끔히 씻기워져 있고 상상력도 단순화되어 있다. 직관적(直觀的) 인식 방법은 선시적(禪詩的) 청징함을 더해 주며 언어의 내면적 의미들이 시정신을 뒷받침해 주고 있다.

그의 맑은 감성과 시정신의 가열성은 머지 않아 천문(天文)의 시조 한 수를 헤아리게 할 것 같다.

3. 박재삼(朴在森) 시조의 형태

박재삼은 시조형식의 전통성을 고수하는 시인이다. 사설시조의 형식을 규정한 많은 학설은 나와 있지만 어느 것도 정설로서는 미흡한 것이며 3장 6구 12음보(음보란 정확한 용어가 아님)로 구성된 정형이비정형(定型而非定型)의 시형(詩形)이라는 규정이 통설처럼 되어 있다.

혹 학자간에 시조의 기본형을 34·34·34·34·35·43으로 음수율을 규정한 바도 있으나 이는 일본의 와카나 하이쿠의 연구방법을 적용, 답습한 것이며 실제와 부합되지 않는 것이 사실이다. 시조는 외국의 정형시와는 달리 엄격한 구속을 받지 않고 3장 6구 12음보의 전체적 골격을 유지하면서 얼마간의 음절상 신축성이 허용되고 있기 때문에 가람은 이를 정형시(整形詩)라고 하기도 하였다.

박재삼 시조도 예외일 수 없으며 형식상의 특색을 따로 지니고 있는 것도 아니다. 그것은 시인 자신이 나름대로의 시조형식을 고집하고 있는데 연유한다. 그러나 그 음률의 구성은 내재율적 호흡에 의해 다양한 변화를 보이고 있다.

대개 그의 시조는 3장으로 구분하여 1장을 1행으로 배행한 고전적 기사형식을 취해 왔으나 『내 사랑은』(시조집)에서 1구 1행의 기사형식을 취한 것은 편

집상의 편의로 이해된다.

　　당초 시조의 한 장은 하나의 의미단위로 이루어져 왔으나 여기 6행 1연의
연작시조나 2행 3연의 단시조들은 의미나 호흡 혹은 이미지나 시각적 효과를
위한 배행의 기사형식을 취하고 있다.

①

가다간/ 밤송이 지는//　　　　　　　　　　(3·5)

소리가/ 한참을 남아//　　　　　　　　　　(3·5)

절로는/ 희뜩희뜩//　　　　　　　　　　　(3·4)

눈이 가는/ 하늘은//　　　　　　　　　　　(4·3)

그 물론/ 짧은 한낮을//　　　　　　　　　　(3·5)

좋이/ 청명(淸明)하더니라//　　　　　　　　(2·6)

②

성묘(省墓)/ 공손하니//　　　　　　　　　　(2·4)

엎드린/ 머리에도//　　　　　　　　　　　(3·4)

하늘은/ 드리운 채로//　　　　　　　　　　(3·5)

휘일(諱日)같이/ 서글프고//　　　　　　　　(4·4)

그리운/ 이를 부르기//　　　　　　　　　　(3·5)

겨워/ 이슬/ 맺히네//　　　　　　　　　　(2·2·3)

③

세상이/ 있는 법은//　　　　　　　　　　　(3·4)

가을 나무/ 같은 것//　　　　　　　　　　　(4·3)

그 밑에/ 우리들은//　　　　　　　　　　　(3·4)

과일이나/ 주워서//　　　　　　　　　　　(4·3)

허전히/ 아아 넉넉히//　　　　　　　　　　(3·5)

어루만질/ 뿐이다//　　　　　　　　　　　(4·3)

「가을에는」은 6행 3연의 연작 시조며 전기 시조의 한 기본 형식을 이루고 있다. 그러나 각 수(각 연)의 음률 구성은 일정하지 않음을 알 수 있으며 이는 시인이 재래적인 시조의 형식개념을 보수적으로 지키기보다는 심상과 호흡상의 음보율을 따르고 있기 때문이다. 각 수는 12음보를 지키고 있으며 3·4조 4·4조 4·3조와 2·2·3조 2·6조의 변형과 조화 그리고 종장 첫귀의 3·5조는 고정적인 음률로 이루어져 있다. 시조의 음률은 4·4조가 기본 율격인데 시조가 짧은 형식이면서도 장중한 느낌을 주는 것은 이 때문이며 3장의 날카로운 대조로 이루어지기 때문에 세련된 감흥을 주게 된다. 다시 말하자면 각 장의 4음절이 반복됨으로써 긴장된 율동적 음률과 안정, 장중한 보행의 음률이 교차되고 반복됨으로써 절실하고 섬세한 서정을 음율적으로 전달하게 되고, 그러면서도 전체적으로 안정감을 주는 것은 4음보와 3장의 율격장치에 의한 것이라고 할 수 있다.

내 귀가/ 열렸다면//
몇 겁(劫)을/ 통하여야//
들릴까/ 그대/ 목소리, //
기다리던/ 봄이다마는//
저승은/ 따로/ 없어라//
눈에/ 덮인/ 이 강산! //

설움이/ 바닥 나면//
오히려 잃을 것/ 없고//
이런 날/ 스스로이//
내 가슴/ 울어지는//
그 속에/ 그대/ 목소리//
눈 내리듯/ 잠겼네//

하늘빛/ 뒤엔/ 아직//
보이는 것/ 별로 없고//
몸 하나/ 마음 하나//
깃을 떠는/ 나날을//
동백꽃/ 짙은 하늘엔//
하늘 소리/ 새 소리.//
(/ : 짧은 휴지, // : 긴 휴지)

이 작품은 6행 1연의 연작시조다.

앞의 음율구조에서 시인의 심층구조가 표층구조로 나타나고 있음을 보았다. 여기서는 시적 의미와 호흡상 상관성을 보기 위해 호흡에 근거를 두고 휴지상태를 구분해 본 것이다.

"들릴까/ 그대/ 목소리//"의 짧은 호흡은 그 다음의 "기다리던/ 보이다마는//"의 긴 호흡으로 긴장감이 해소되고 있듯이 짧은 숨결과 겉으로 나타나는 율격이 일치하며 비극적 서정세계의 의미를 지니고 있으면서 우리말의 자연스런 호흡을 따름으로써 안정된 형태를 이룬다.

눈 녹은 물과 봄밤을
나란히 묻어버리면

저승 어디선가
낙숫물이 뚝뚝 지고

그대의 먼 입술가에
지금 천지(天地)가 무너진다.

—「동학사 일야(東鶴寺一夜)」 전문

「동학사 일야(東鶴寺一夜)」를 비롯한 대개의 후기 시조들은 1수 단형으로 이뤄졌으며 6행 3연의 배행이 변화라면 변화라 할 수 있다. 그러나 그 이전의 음율과 같이 고식적인 자수율에 의존하지 않은 변형규칙은 새로운 음률의 창조로서 시조의 형식을 자설적 형식으로써 미의식을 확충해 가고 있음을 의미한다. 이미 앞에서 구어체의 문체와 산문적 구문을 언급한 바 있지만 구술적 어법은 사설시조와의 조화로도 보이며 그의 서민의식이 취한 화법으로 이해된다. 사설시조가 자유시의 근원임은 지면을 달리해서 말한 바이지만 전통적 율격을 의식적으로 파괴한 자유시에도 실제 유수한 시인들의 작품 속에는 시조의 음률이 자연스럽게 배어나고 있음을 볼 수 있다. 이 시인이 의식했든 안 했든 간에 「봄이 오는 길」 등은 시조적 발상의 자유시이며 「수정가(水晶歌)」의 2연과 「물결치마」 등은 사설시조 형식의 자유시라고 할 수 있다.

얼음 풀린 강을 끼고
앓고 난 누님을 모시고

이 두 가지를 겸하면
아리아리 저승도 가까운가

아득한 강 건너 마을엔
복사꽃도 피어나는지

시방 잉잉거리는 벌떼 소리
아지랑이 흐르고

산(山) 이마에는 눈녹는 기척
보얗게 안개 서리고

나는 차마 손짓할 수 없다
봄이 오는 완연한 저 길을

—「봄이 오는 길」

하루에 몇 번쯤 푸른 산 언덕을 눈아래 보았을까나, 그리면 그 때마다 일렁여 오는 푸른 그리움에 어울려, 흐느껴 물살짓는 어깨가 얼마쯤 하였을까나, 진실로 우리가 받들 산신령(山神靈)은 그 어디 있을까마는 산과 언덕들의 만리(萬里) 같은 물살을 굽어보는, 춘향(春香)은 바람에 어울린 수정(水晶)빛 임자가 아니었을까나

—「수정가(水晶歌)」 2연

박재삼의 시형식과 조사(措辭)는 시조와 자유시가 서로 넘나들고 있음을 볼 수 있다. 시인 개인적으로는 시와 시조가 상보적 관계에 놓여 있으며 이의 상승 작용이 시조뿐만 아니라 자유시에 있어서도 독자적인 세계를 확보해 주고 있는 것이다.

4. 결언

박재삼의 시조는 잘 읽혀지는 쉽고 자연스러운 시다. 그러면서도 단단한 것은 정조(情操)가 뒷받침하고 있기 때문이다. 그가 말한 것처럼 시(시조)는 우선 읽혀져야 하며 암송되어질 때 생명이 있는 것이다.

사실 쉽게 표현한다는 것은 어렵게 쓰기보다 훨씬 어려운 일이다. 천부적인 솜씨와 많은 노력이 없이는 이렇듯 자연스럽게 완전한 표현법을 얻기 어려울 것이다.

박재삼 시조가 쉽게 전달되면서도 단단하고 감동적인 것은 인식보다는

이해의 비유(상징)에서도 찾을 수 있으며 강렬한 시적 모티브에 의한 농축된 시상과 전통적이고 원형적인 정서가 의식적인 조작이 없이 자연스럽게 유로(流露)되고 있기 때문이다. 일상적인 언어의 구어체 문장 속에 친숙한 소재를 만나게 됨에 따라 친화감을 갖게 하며 종결어미의 변형적·고정적 활용은 감정의 직접적인 노출을 지양하고 품격을 세워 주고 있다. 이러한 지적 조작은 정서의 굴절과 곡해를 유발시킴으로써 감동의 진폭을 더하고 여백의 미학을 창출해 낸 것이다. 김주연은 고어 및 방언의 도입 종결어미의 변형, 나레티브 위주의 산문체(散文體) 등은 독보적이며 재래의 그것과 현대 사이에 숨어 있는 문체상의 단절을 극복해 주는 것이라고 말하고 있다. 그의 한국적 리리시즘은 서민의식을 바탕으로 한 오랜 민족사의 근원적인 정서로서 그것이 정한(情恨)이든 정리(情理)든 간에 값지고 오랜 생명을 가질 수밖에 없는 것이다. 후기의 주된 경향인 정리(情理)의 서정과 관조적인 세계는 동양정신과 자연사상을 바탕으로 한 선시적(禪詩的)인 청징함과 시조의 격조를 보여줌으로써 그의 시세계가 결코 외곬의 안정된 세계에 머물러 있지 않음을 알 수 있게 해 준다.

박재삼 시(시조)의 주된 특징은 정서이지만, 자세히 보면 그 안에 동양적 지성으로서의 예지가 들어 있으며 삶의 지향적 정의(情意)가 깃들어 있음을 알 수 있다. 이는 결코 간과할 수 없는 것으로서 동양정신이란 삶의 이치가 서면 반드시 정(情)이 따르고 정이 움직이면 이치가 따른다. 이러한 근거 위에 박재삼의 지(知), 정(情), 이(理) 제합(薺合)의 세계가 구축되어 있는 것이다.

시조가 잊어가는 음률을 지켜 주며 서정시의 본질인 음률을 현대적으로 세련시킴으로써 시조뿐만 아니라 전통적 한국시의 발전에 크게 기여하고 있는 터다.

문학 전반이 그렇듯 일제 말기 이후 6·25 전후까지는 시조사의 암흑기요 공백기였다. 이토록 긴 공백기를 뚫고 나온 시인이 박재삼이다. 1950년 초두 문단에 데뷔한 그는 위에 든 특징과 독자적인 세계를 구축하면서 이후 시인들에게 많은 영향을 끼친 것도 사실이다. 이는 시인 자신의 시적 성취일 뿐만 아니라 전대와 현대(50년대) 시조의 단절을 극복하고 연결시켜 주는 시조사적 의

의를 동시에 갖는 것이다.

　이상 「천년(千年)의 바람」, 「추억(追憶)에서」, 「아득하면 되리라」 등의 평가를 참고로 그의 시조문학을 살펴보았다. 너무나 미진하고 흐트려 놓은 감이 없지 않다. 천문(天文)의 한 수 시조와 더불어 다시 헤아릴 기회가 있으리라 믿는다.

생명 · 의식 · 길의 존재론적 탐구—장순하론

이지엽 ‖ 시인 · 경기대 교수

1. 들어가면서

필자는 『한국 현대문학의 사적 이해』에서 한국의 현대시조의 문제와 장순하 시인의 시적 작업에 대해 다음과 같이 쓴 적이 있다.

현대에 이르러서도 시조에 대한 일반의 인식은 냉소적이며 비판적이다. 많은 독자들은 현대시조라 하면 과거의 시조를 연상하고 음풍농월의 사대부 시가라는 인식을 버리지 못하고 있다.

이렇게 현대시조의 위상이 주변 장르로 밀려나게 된 것은 시대의 흐름과도 관련되겠지만 아직까지도 올바른 시정신을 가지지 못하고 '뚝배기에 장맛'이라는 식으로 형식과 내용에 진부한 발상을 가지고 있는 시조인들의 잘못이 크다. 교육자들 또한 현대시조에 대해 그릇된 사고로 일관되고 있으니 어찌 바르게 교육될 수 있으며 바르게 알 권리를 상실해버린 독자(학생)들이야말로 현대시조에 대해 어찌 바르게 알 수 있겠는가.

현대시조는 고시조와는 다른 장르다. 주된 담당층도 사대부가 아니라 오늘의 생활인이며, 세계관도 오늘의 문제를 담고 있는 새로운 장르다. 형식면에서도 자수 일변도의 외형률만을 갖고 있지만은 않다.

장순하의 시업은 바로 여기에 있다. 장순하는 부당하게 재단되어진 현대시조의 바른 위상을 위해 많은 글을 통하여, 시작품을 통하여 일관되게 주장해온 사람이다.

그의 작품세계를 소재나 주제적 측면에서 보면 윤금초의 지적처럼 다양성을 내포하고 있지만 그 바탕은 철저하게 주지적인 입장을 고수하고 있다.

시적 대상에 대해 섣부르게 다가가지 않으며 일정한 거리를 유지하고 있는 것이다. 현대시조의 경우 대다수의 작품들은 그렇지가 못하다. 우선 시적 대상에 대해 감정을 앞세우며 껴안거나, 쉽게 동정을 해버리거나, 고통을 분담 내지는 더 나아가 전담해 버린다. 그래서 시적 주인공은 모든 세상의 고통을 저 혼자 짊어지고 나가는 듯한 착각에서 벗어나지 못하고 있다. 장순하의 시에는 그러한 과대망상(?)이 전혀 스며들 틈이 없다. 그의 시상(詩想)은 계획되고 의도되어진 대로 움직인다. 그러기에 그는 기행시나 주정적인 시를 배격한다.

—이지엽, 「현대시조의 흐름과 장순하의 시업(詩業)」

(『한국 현대문학의 사적 이해』, 시와사람사, 1996. 9, 110면)

물론 이 글은 범박하게 오늘의 시조단과 장순하 시인의 작품세계를 얘기한 것이지만, 누구에게 질문해봐도 장순하 시인이 시조단에 끼친 커다란 영향에 대해서는 부인하지 못할 것이다. 등단 연도(등단 연도는 1957년 제1회 개천절 경축 백일장 시조부 예선에서 장원한 때로 보여진다. 같은 해에 심사위원인 김동리 주선으로 『현대문학』지에 「울타리」 「허수아비」 등을 발표하게 된다)로 보았을 때 시력(詩歷)이 만 40년을 넘어선 것이다. 한국 시조사와 함께 그의 삶은 궤적을 같이 해왔다고 보아야 할 것이다.

사봉 장순하(史峯(그는 고향 전북 정읍 소성리 중광리 桂棠山 아래서 자라나 '桂下'
란 호를 가지기도 했지만 1957년 제1회 개천절 경축 전국 백일장 시조부에 장원할 당시와
『白色賦』이후 '師峯'이라 쓰다가, 1983년 '史峯'으로 고쳐 쓰게 된다.『白色賦』서문 이은상
글과 장순하 시인의 연보 참고) 張諄河) 시인은 그동안『백색부(白色賦)』(일지사, 1966),
『묵계(默契)』(성지사, 1974),『길손』(동학사, 1993),『백두산 가는 길』(동학사, 1993),『서
울 귀거래』(책만드는 집, 1997),『후일담』(책만드는 집, 1997)의 6권의 시조집을 내었
다(여섯 권의 시조집의 작품을 인용할 때 그 출전을 여기서는 괄호안에 묶어 표기하기로 하
겠다. 예를 들어 (3 : 10)은 3번째 시조집『길손』의 10면에서 인용한 것을 말한다).

여기에서는 그 동안 시인이 어떠한 문학적 지향점을 가지고 창작에 임해
왔으며, 시작품에서 보여주고 있는 정신이 어떠하였는지 실천하려고 했던 실
험 의식과 운동 방향은 어떠하였는지를 총체적으로 살펴보겠다. 앞서의 여섯
권의 작품집과 그 동안 시인이 발표한 평론과 수필, 월평과 연평 등을 대상으
로 할 것이며, 시작품 이외에서 견지하고 있는 비평적·창작적 태도에 관하여
서도 살펴보고자 한다.

2. 무색(無色)·순수(純粹)에의 생명 탐구

장순하의 첫 시조집『백색부』에는 생명의 태어남과 이것을 진지하게 바
라보려는 서정자아의 노력이 밀도 있게 그려져 있다.

난 몰라,
모시 앞섶 풀이 세어 그렇지

백련(白蓮) 꽃봉오리
산딸기도 하나 둘 씩

상그레 웃음 벙그는
소리 없는 개가(凱歌)!

─「유방(乳房)의 장(章)」 초반부(1 : 30)

이 시에서 시적 대상은 물론 '유방'이다. '유방'을 백련(白蓮) 꽃봉우리에, 유두(乳頭)를 산딸기에 비유했다. 젖꼭지가 빠알갛게 오르는 것을 '난 몰라'라고 모시 앞섶 풀이 센 것으로 책임을 전가시키는 시적 화자는 이제 갓 시집온 처녀이리라. 아직 귄티나 어리광이 남아 있는 듯한 어투에서 친근감이 배어 나온다. 그러나 시인의 직관은 얼마나 날카로운가. 백련 한 봉오리의 마름이 잘 된 그 봉긋함까지도 모시 앞섶 풀이 센 것과 조화를 이루고 있지 않은가. 시인은 더 나아가 단지 '유방'을 여체의 아름다움을 구성하고 있는 일 요소로만 파악하지 않는다. '불길을 딛고서서/ 玉으로 견딘 순결(純潔)// 모진 가뭄에도/ 촉촉이 이슬' 맺는 생명의 근원으로 보고 있다.

이 작품을 「백색부(白色賦)」 연작의 첫 부분에 올려놓은 것도 이러한 생명력 탐구 정신을 소중하게 여긴 이유에서이리라. 그러므로 이 생명력은 사람에만 그치는 것이 아니라 생활 주변의 모든 대상으로 확대되어 간다.

뉘 있어 가난하다 하랴
넘치는 인정과 슬기

사랑은 자주 고름
나폴대는 허리 물려

질끈동 다스렸어라
아! 눈부신 행주치마!

─「행주치마의 장(章)」 부분(1 : 33)

　　물론 그것은 투박한 촌부의 몸배차림 아닌 '반물 치마 잘잘 끌고' '사분히 뜰에' 내리는 새악시의 조심스러움과 앙증스로움에 있지만 이를 '무리지는 달덩이'로 보거나 사랑과 눈부심으로 헤아리는 시인의 시선은 생명의 충일함으로 가득 차 있다. 이러한 생명력 탐구는 「비말(飛沫)의 장(章)」에서는 '열에 열 골 하나 되어/ 꽝꽝(轟轟)히 산을 깨며' 내려 꽂히는 폭포를 통하여 인생과 역사에로의 확장된 상상력을 보여준다. '한 생(生)을 여기에 건듯/ 굴러 뛰는 비룡폭(飛龍瀑)// 뉘 감히 범접이나 하랴/ 저 엄청난 힘의 기둥, // 마알간 구슬알들/ 하나 하나 뭉친 기둥,// 양같이 순한 흰 옷들/ 삼월에 울던 그 기둥'에는 '양같이 순한 흰 옷'의 민초와 자유를 갈망하는 울음 기둥들이 있다. 물론 흰 옷의 순결성은 백련(白蓮)의 유방과 눈부신 행주치마의 연장 위에 놓인다. 「소복(素服)의 장(章)」「사념(思念)의 장(章)」「도향(稻香)의 장(章)」「초설(初雪)의 장(章)」「백화(白樺)의 장(章)」에서 각각 죽음과 박꽃, 희뿌옇게 밝아오는 생각, 벼의 향내, 첫눈, 한라산 백화(白華)나무가 시적 대상이 되는데 이러한 대상들을 통해 시인은 역시 생명력의 탐구를 줄기차게 보여준다. 이것은 죽음까지도 건강하게 바라보려는 다음의 작품에서 여실히 드러난다.

　　　　소꿉 동무 같던 신랑(新郎)
　　　　철들자 가버린 뒤

　　　　어이없이 흰 나빈
　　　　비녀 끝에 와서 앉고

　　　　애잔히 박꽃은 피어
　　　　날은 이미 저물었다.

　　　　다 이르지 못할 사연

말은 해 무엇하랴

잎 진 가지 끝에
남은 감 익을 무렵

새빨간 고추를 널어
지붕 위를 덮었다.

—「소복(素服)의 장(章)」 2, 3수(1 : 36~37)

어느 청상 과부가 시적 대상이 되었을 이 작품에는 과부의 애린 심정은
직접적으로 드러나 있지 않다. 그러나 그 슬픔은 비녀 끝에 내려앉는 흰 나비
와 박꽃의 흰색 이미지를 통해 드러난다. 가지 끝에 잎이 지기 시작하는 가을
날 스산한 과부의 심정은 어떠하랴. 그 타는 그리움과 허전함을 지붕 위 새빨
간 고추로 클로즈업시킨다. 흰색과의 대비를 통해 슬픔을 넘어서려는 화자의
마음을 우리는 어렵지 않게 읽을 수 있으며, 시인의 시작태도가 어느 쪽에 서
있는가를 어렵지 않게 확인할 수 있는 것이다.

3. 의식과 존재의 내적 울림

장순하 시인의 두 번째 시집 『묵계(默契)』에는 첫 시집에서의 생명 추구와
탐구 정신 위에 그 존재의 깊이를 찾아가는 과정이라 할 만한 관조와 직관이
어우러져 있다. 이를 위해 시인은 의식의 흐름(stream of consciousness)을 추적하
는 고도의 상징기법을 활용하고 있는데, 이러한 관념시가 자칫하면 빠지기 쉬
운 이 무미의 구조 위에 잔잔한 내적 울림을 성공적으로 올려놓고 있다는 점
에서 주목된다 하겠다.

뭔가 있지 있지 싶은 우수절(雨水節) 이른 아침
신선(新鮮)한 한 젊은이 모자 벗어 손에 들고
한 발짝 물러선 곳에 다수굿한 새색시.

그들은 의논스레 날 넌지시 건너다보고
나는 벌써 요량한 듯 가벼이 점두(點頭)했다
그렇지, 까치저고릿적 그 전부터의 친구들.

하여, 내 하늘 한 귀에 둥지 틀고
두세 마리 새끼 쳐서 요람(搖籃) 위에 얹어 두고
신접난 젊은것들은 죽지 쉴 새 없구나.

어제 저 어린것들 재 너머로 날려 보내고
저것들도 머리 세어 제곳으로 돌아가면
난 다시 대문 앞에서 서성이고 있겠지.

—「묵계(默契)」 전문(2 : 20, 21)

시인의 대표작이라 할 만한 「묵계(默契)」 역시 이러한 인식 위에 놓여 있다. 제목에서부터 이점은 예고되고 있다. 말없는 가운데 우연히 뜻이 맞는, 또 그렇게 해서 미루어 짐작하고 가늠하고 행동하는 부지불식간 성립된 약속이 서정자아인 '나'와 그들 사이에는 놓여 있다. 그들이 셋방살이를 하는 신혼부부이든지, 아니면 며느리와 아들이든지 그것은 중요하지 않다. 그들의 만남은 '뭔가 있지 있지 싶은' 예감으로 시작되어 '요량한 듯 가벼이 점두(點頭)' 하는, 할 말도 생략해버리는 마음속으로의 교감에 바탕을 두고 있다. 그래서 어느 사이엔가 그들은 '내 하늘의 뒤에 둥지 틀고' '죽지 쉴 새' 없이 부지런히 생활을 살아간다. 어느 땐가 그들은 떠날 것이고 서정자아인 '나'는 또 대문 앞에서 다른 누군가를 기다릴 것이다. 사람들의 헤어짐과 만남, 그 일상적 의미의 확인, 멀리서 바라보는 어느 노인의 기다림……

대개 이 작품의 표면상 의미는 이렇다. 정말 그러한가. 이 작품을 여기까지만 해석했다면 이는 시인이 추구하고자 한 의미의 절반 정도까지 밖에 추출하지 못한 것이다. 보다 더 면밀히 살펴보기 위해 작품 하나를 더 인용해 보기로 하자.

> 이런 날에는 양지바른 돌담 밑에서 골마리 까고 앉아 이 사냥이나 하는 게 제격이다.
>
> 이란 놈은 나에게 면류관(冕旒冠) 씌워 먼지 앉은 훈민정음(訓民正音)을 뒤적이게 하다가, 노래 부르며 황룡사(皇龍寺) 모퉁이 돌아가는 처용(處容) 형님이 되게 하다가, 달 잠긴 여울에 나가 금빛 목욕하고 감중연(坎中連)의 금동여래(金銅如來)가 되게 하는데, 그 좋은 것들이 막 되어 가는데,
>
> 방정맞은 벼룩 한 마리 톡 튀어 몽땅 잡쳐 놓는다.
>
> 벼룩은 날 끌고 가 삼경(三更) 치는 종루(鍾樓) 위에 목매달아 놓았다가,
>
> 입술 붉은 춘향(春香)아씨 가슴 위에 엎어 놓고 십장(十杖)을 치다가, 시청(市廳) 청소차(淸掃車) 태워 변소(便所)도 치게 하다가 그 아슬아슬한 것들 다 시키다가
>
> 과녁 앞, 눈 가려 세우고 시위를 당긴다.
>
> 여기는 동대문시장(東大門市場) 생선전인가? 서울역(驛) 삼등(三等) 대합실(待合室)인가?
>
> 세종대왕(世宗大王)이 이놈 한다. 처용(處容)이가 탈바가지 속에서 흘겨본다. 금동여래(金銅如來)가 미소한다. 총구(銃口)에서는 초연(硝煙)이 피어난다. 원, 투, 드리, 포우, 파이브, 식스, 세븐, 에이트, 나인, 나인을 세어 놓고
>
> 놈들은 한망적게도 마슬이나 갔는가?
>
> — 「의식(意識)」 전문(2 : 65~67)

「의식(意識)」은 3수로 된 사설시조로 우리들의 보편화된 사고나 의식의 흐름이 어떻게 반응하는가를 밀도있게 묘사한 작품이다. 우리의 의식은 평시에는 물 흐르듯이 자유롭게 세계(世界)와 역사를 유영한다(첫째수). 그러나 하나의 사건이나 방해작용 (벼룩 한 마리가 튀어나옴)으로써 우리의 사고는 긴장하게 된다(둘째수). 그러나 실은 그 긴장이란 것도 인생살이나 역사성에 비해 따지고 보면 아무것도 아닌 것이 된다(셋째수). 이 작품에서 보여준 주지적인 사고의 흐름으로써 시상(詩想)을 주도면밀하게 구성하는 창작기법은 단연 독보적이라 할 것이다(이지엽, 「현대시조의 흐름과 장순하의 詩業」, 주 1)의 책 110면 참조).

그렇다면 앞서 인용한 「묵계(默契)」 역시 같은 차원에서 인식될 수 있다. 이 작품에 드러난 신접 실림들어온 신혼 부부는 서정자아의 회색 기억속에 '새로운 물줄기'를 열어주는 '하나의 존재'다. 그것은 이제 시인이 점차 인생의 원숙한 경지로 들어서가는(「묵계」의 발표는 1973년 『월간문학』을 통해서였으니 이때 시인의 나이는 46세였다), 그래서 어찌 보면 무미하기 짝이 없는 시인의 의식에 뛰어든 하나의 '생명'이며, 생생한 '의식의 흐름'에 다름 아니다.

시인은 현실의 공기를 마시면서 그의 눈은 영원을 응시하고 현실의 밥을 먹으면서 그의 상상은 무한을 난다. 그의 의식은 촌각도 쉬지 않고 예민한 더듬이로 그 무엇을 탐색한다. 그가 갈구하는 것은 가장 참된 것, 가장 착한 것, 지미(至美)한 것은 현실에는 없다. 그래서 시인의 주머니는 항상 비어 있으나 그의 눈망울은 화경처럼 빛난다. 아, 이것을 행이라 할 것인가, 불행이라 할 것인가?
　　　　　　　　　　　　　　　　　　　　－장순하, 「내일을 산다」 1976년 경 쓴 글
　　　　　　　　　　　　　（『현대 한국 수상록 전집』, 장순하 편, 금성출판사, 1984)

시인은 현실에 없는 지진(至眞), 지선(至善), 지미(至美)한 것을 찾고자 노력한다. 시인의 시적 상상력과 의식은 무한한 것이다. 그 의식의 실체를 찾고자 하는 40대의 몸부림 속에서 작품 「묵계」는 홀연히 태어난 것이다. '뭔가 있지 있지 싶은' 예감의 끄트머리에 '신선한 한 젊음이'의 '새로운 의식'의 물결이다가온 것이다. 시조의 창작에 있어서 항상 새롭게 임하려는 실험적인 정신의 물결은 아니었을까. 예감과 '새로운 의식'은 교감되기 시작한다. 그러나 그것은 전연 다른 세상의 것은 아니다. '까치 저고릿적 그 전부터의 친구들'처럼 친숙한 것이다. 마치 '시조'라는 존재가 그러했듯이. 하여 이 두 세계의 만남은 서로 조응하며 드디어는 서정자아 그 '의식'의 하늘 한 귀퉁이에 둥지를 틀게 되는 것이다. 그러나 아무리 '새로운 의식'이라 할지라도 시대가 가면 변하기 마련인 법, 그들이 서정자아의 사고의 그늘을 떠날 것을 예비해야 한다. '저것들도 머리 세어 제곳으로 돌아가면/ 난 다시 대문 앞에서 서성이고 있겠지.'

왜 시인은 하필 대문 앞에 서성이고 있겠다고 했겠는가. 이 문맥을 앞서의 표면적 의미(집주인과 세 들어 사는 사람)로 해석했을 때는 서정자아의 모습이 더없이 초라하게 느껴진다. 그러나 지금의 심층적 의미로 보았을 때 그것은 '새로운 의식'의 줄기를 무언가를 끊임없이 찾고자하는 시인의 진지함을 읽을 수 있는 것이다. 「의식」이라는 작품은 '의식'의 흐름과 깨어남을 '이'를 통해 관조적으로 그려내고 있는 것이다. 의식의 보이지 않는 그물망까지도 이렇게 살아있는 물고기 꼬리의 탄력만큼으로 거둬들이는 혜안. 여기에 시적 자아의 존재를 찾아가는 그윽한 내적 울림이 있다. 실로 놀라운 수법이 아닐 수 없다.

4. 길, 그 소멸과 완성의 미학

『길손』과 『서울 귀거래』에는 '길'의 이미지가 많이 등장한다. 전자가 주로 떠나감과 소멸의 미학에 기초를 두었다면 후자는 돌아옴과 완성의 미학에 기대고 있다. 우선 전자를 살펴보기로 하자.

어디에나 길은 있고/ 어디에도 길은 없나니//

노루와 까막까치/ 제 길을 열고 가듯//

우리는 우리의 길을/ 헤쳐 가야 한다//

땀땀이 실밥 뜨듯/ 잇고 끊긴 오솔길//

신발 끈 고쳐 매며/ 한 굽이는 왔다마는//

호오호 밤부엉이가/ 어둠을 재촉한다//

날 따라 다니느라/ 지쳐 길게 누운 길아//

한심한 눈을 하고/ 한숨 몰아 쉬는 길아//

십자가 건널목에는/ 신호등도 없어라

—「지쳐 누운 길아」 전문(3 : 11~12)

시인은 길이 어디에나 있고 또 어디에도 없다고 역설적으로 얘기한다. 길의 이중성이다. 보라. 막막한 어둠 속에 서 본 사람은 안다. 실체의 길은 어디에도 없고, 그러나 실체의 길이 보이지 않을수록 허구와 상상력의 길은 생겨나지 않는가. '노루'가 여는 길은 실체의 길이지만 '까막까치'가 여는 길은 '없는 길'이며 '상상력의 길'이다. 우리는 잇고 끊긴 인생의 험로를 어렵사리 지나왔지만 '밤부엉이'는 어둠을 불러오고 '없는 길'로 자꾸 가라한다. 그러니 우리가 길을 가는 것이 아니라 길이 우리를 따라 다니는 것이다. 길이 있어야 갈텐데 '없는 길'을 가려니 어디 '신호등'이 있을 수 있겠는가. 그래도 '우리는 우리의 길을 헤쳐가야 한다' 떠나감과 떠나감 뒤의 무너짐, 어둠과 좌절, 쓸쓸함의 공간이 우리를 지배하고 있는 것이다. 길에 관한 지배적 심상은 「징검다리」에서 실존의 한 영역으로 인식되기도 한다.

점도 선도 아닌 논리 밖의 저 실존

한낱 돌맹이도 놓일 데 놓이고 보면

시 한 수 허자(虛字)랑 섞여

관주(貫珠) 비점(批點)되는 그것.　　　　　　　—「징검다리」 2수(3 : 10)

적재적소에 놓인 정돈의 아름다움, 어찌 사물만이 그러하랴. 살아있는 생명체가 다 그러하며 사람의 일도 그러하거늘. 시인은 물론 이것까지 훑어내려가고 있다. 그래서 '어느 세월이라 갖신 꽃신 밟았으리./ 나무꾼 신메마니 짚신 작도 뜸하거니/ 한물에 쓸리고 나면/ 다시 놓을 뉘 있을지'라고 한다. 뜸한 발걸음은 무엇을 뜻하는가, 이제 '징검다리'가 더 이상 필요치 않는 세상의 풍속을 얘기한 것에 다름 아니다. 사람들은 '편한 길'을 찾아갔기 때문이다. 그래서 시인은 징검다리가 한물에 쓸리고 난 후의 그 적막까지를 생각하게 되는 것이다. 이러한 길은 아이의 손목에 표류하는 고무 풍선을 소재로 한 작품 「길아, 네 길을」에서는 '하늘은 너무 넓어/ 길 낼 곳이 없구나'라고 하며 '살림 다 쓸어 엎고 발랑 드러누운 길'에게 '일어나라'고(3 : 15~16) 주문하기도 한다. 「눈길에서」라는 작품에서는 인간들의 때에 절은 언어와 '소나무 바늘 끝'의 순수함을 대비시킨 후 선구자의 '시린 고독'의 길을 보여주기도 하며 「달팽이 행로(行路)」에서는 달팽이의 뿔을 '네 찍은 느낌표에는/ 점만 유독 크구나'라고 하여 인간 속세 의문법이 느낌이나 감동없이 종결형(終結形)으로 치닫고 있음을 날카롭게 비판하기도 한다. 이러한 길에 관한 시인의 집착은 물론 우연한 것은 아니다.

1978년 8월 이후 약 3년간 한국도로 공사 이사 대우 촉탁 편찬실장으로 근무하면서 『경부고속도록 10년사』와 『한국 도로사』 등을 편찬하는 등, 직접적인 연관을 맺게 되고 그 사이에 점점 관심이 깊어진 것으로 보여진다(시인의 연보와 「길에 관한 단상」 참고(『도로 협회 회보』 창간호, 1994, 1).

「빛나는 낙엽」 「가을산책」 「긴 동반(同伴)」 「천도(天道)」 「고향 길」도 역시 각각 바람 속 저으기 자리 잡히는 하늘의 길, 여유와 삶의 길. 운수 만리(雲水萬里)의 오솔길, 까맣게 찌든 도시의 길, 소꿉동무 봉분으로 쉬고 있는 고지냇재길에 대해, 그 떠나감과 소멸의 빛남에 대해 얘기하고 있다. 때로 더 범위를 넓혀 창작의 길에 대해 '병 없이 앓지 마라/ 빈 수레 끌지 마라'고 경계하기도 하고(「시조짓기」 3 : 30) 인간 삶의 황폐한 길에 대해, 그 환경 파괴와 자연 파괴에 대해 강도 높게 비판하기도 한다.

이제 지구는 너무 늙어/ 제 몸조차 못 가눈다//

박살난 건물들은/ 해골처럼 앙상하고//

철골은 엉크러져서/ 배배 틀며 춤을 춘다.//

생명이란 생명들을/ 말끔히 거둔 산야//

물기란 물기들을/ 남김 없이 말린 바다//

불 꺼진 등대 밑에서 황포돛만 펄럭인다.

─「대파국(大破局) 앞에서」 1, 2수(3 : 36)

물론 이러한 비판의 정신은 '길의 실종'을 바탕으로 하고 있다. 길의 떠나감과 떠난 뒤의 소멸은 그러나 거기서 머물지 않고 회귀(回歸)와 완성의 미학으로 귀결되고 있음에 주목할 필요가 있다.

『서울 귀거래』에는 연륜만큼이나 삶을 관조하는 시편들이 눈에 띄게 늘어나고 있다. 그 대표적 작품이 「지구 돌리기」다.

느릿한 지구가 또/ 반의 반 바퀴 돌았구나//

나무들은 몸을 흔들어/ 한 꺼풀씩 옷 벗는다//

얼굴도 붉히지 않고/ 알몸이 되어 간다//

오동나무 후박나무/ 쟁반만한 잎도 지고//

가시 돋친 아카시아/ 엄나무 잎도 지고//

자줏빛 단풍잎 지고/ 노란 은행잎도 진다.//

뿌리로 돌아가려고/ 잎은 지는 것이다//

새싹 피울 자리 마련해/ 잎은 지는 것이다//

지구를 돌리는 역사(役事)에/ 지레 괴는 일이다.

─「지구 돌리기」(5 : 64～65)

잎이 지는 것은 '뿌리'로 돌아가려는 회귀의 본능으로 자연스러운 것이다. 그러나 그것은 근본적으로 죽음과는 다르다. 나무라는 본체는 겨울에도 살아 살갗 트며 '새싹 피울 자리'를 마련하기 때문이다. 길을 떠나 가서 돌아오는 것 또한 마찬가지리라. 돌아온다는 것은 하나의 완성을 의미하는 것이다. '지구를 돌리는 역사(役事)에 지레 되는 일이다.' 지렛대는 추동(推動)하려는 에네르기의 바탕을 의미하며, 안정의 구심력(求心力) 그 인이불발(引而不發)의 힘을 예비하고 있다. 그러므로 '길을 가다가 길을 만나면/ 수 인사도 나누고' '참소문 뜬소문'이라고 '흘려 듣고' 가는(「길을 가다가」 5 : 51) 여유를 가지게 된다. 대개 그 안정의 귀착지는 앞서의 작품에서도 나타나듯 '자연'과 '사랑'의 터전으로다.

> 빨간 모자 파란 배낭/ 춤추는 봉우리들//
> 피아골 아픈 상처/ 다만 야호 소리뿐//
> 천왕봉 지붕 위에는/ 앙장(仰帳)같은/ 한 장 구름.
>
> —「지리산 하늘」(5 : 76)

> 흘금 흘금 훔쳐보고/ 자싯자싯 뜯어보고//
> 뜨나 감으나/ 내 눈 속은/ 온통 패랭이 꽃밭이고//
> 꿈꾸는/ 먼 산의 아지랑이/ 나울나울 나비였지.
>
> —「첫 사랑 경이」(5 : 72~73)

「산 산 산」의 연작 시조 중 하나인 「지리산 하늘」에는 '피아골 아픈 상처'도 이제 등산객 함성에 빛을 바랜 하나의 풍경처럼 걸려 있을 뿐이다. '한 장 구름'은 그날의 아픔을 이제는 갈무리해 낸 서정자아의 정제된 모습에 다름 아니리라. 「산 산 산」 연작인 「내장산 단풍」 「설악산 백담 계곡」 「속리산 정이품 소나무」 「팔공산 갓바위 부처」에도, 꽃잔치와 희고 둥근 암돌과, 무위자연의 화창화답과 소망을 비는 중생들 등의 시적 소재를 통해 인간과 자연이 조응하는 아름다운 인식들이 내재되어 있다. 「첫 사랑 경이」는 「가을 설거지」 연작 두 편 중 한 편인데 이 시인에게서는 드물게 보는 연시다. '먼 산의 아지랑이', 나울대는 나비와 같은 사랑의 추억이 화해의 강물을 열어주고 있다. 길은 떠나갔다가 이제는 이윽고 대자연과 사랑의 품안으로 돌아와 평화롭게 드러눕고 있는 것이다.

5. 존재의 일탈, 그 가벼움과 일상을 위하여

　장순하 시인은 전술한 시집 외에 『백두산 가는 길』과 『후일담』이라는 경시조집을 출간하였다. 경시조(輕時調). 그대로 풀자면 가벼운 시조가 될텐데 시조도 가벼운 것 따로 있고 무거운 것이 따로 있는가라는 의문을 가질 수 있다. 그러나 이 경시조집은 단순하게 즉흥적으로 엮어진 것이 아니라, 평소 가지고 있었던 신념의 표출이라고 봐야 옳을 것 같다. 말하자면 우리에게 실천적 질문을 던지고 있는 셈이다.

　시인은 일찍이 시조 논의의 대립적 두 양상에 대해 지적하고 이 양자는 사고의 차이(수구적·평이적·대중적, 현대적·예술적·본격적)로 인하여 단일화한다든지 절충할 수 없다고 지적한 바 있다.

　　시조의 오랜 역사를 계승해서 통념적인 정형을 다지지 말고 누구나 즐길 수 있게 시조를 써서 시조 인구를 확대하자는 이론도 시조의 융성 발전을 위하는 우리의 시대적 사명이고, 시조의 정형이나 내용을 재검토해서 어느 장르 못지 않은 현대적 문학으로 육성시켜 민족 문학을 꽃피우자는 것도 이 시대를 사는 시조인이 짊어져야 할 또 한 면의 사명이다.

　　문제가 여기에 이르면 시조 운동이 두 가지 방향으로 분립 병행(分立竝行)할 수 있고, 또 그럴 필요가 있는 것으로 귀결지을 수 있지 않을까 한다. 전자는 대중적 성향이므로 그대로 생활 시조 내지 국민 시조의 지도 이론이 될 수 있고, 후자는 순수 문학적 성향이므로 본격 시조를 위한 더 많아질 논의 중의 한 제언으로 받아들여지지 않을까 한다.

— 장순하, 「시조 운동의 이원적 구조론」(『월간시』 통권 제29호, 1975)

그러면서 다음과 같이 논리를 체계화하였다.

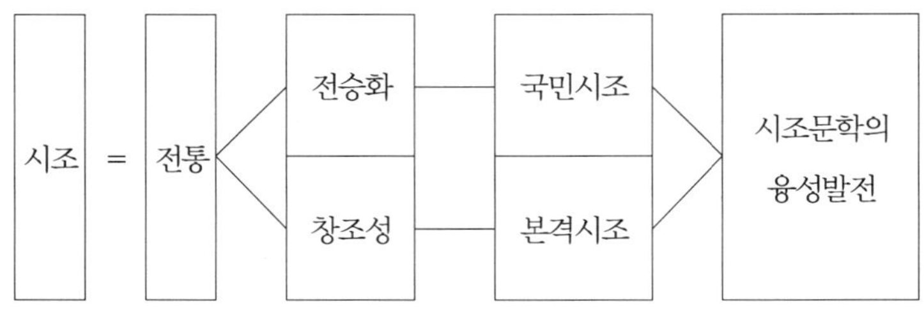

말하자면 국민 시조가 곧 경시조로 명명되었음을 알 수 있다. 두 권의 작품집 머리말에도 이와 같은 맥락의 대중문학 또는 생활문학으로서의 시조인 경시조의 필요성에 대해 적고 있다. 그렇다면 이 두 권의 경시조집에 관류하고 있는 시정신은 무엇인가.

> 병실 침대 의사 간호사/ 환자복 세 끼 밥//
> 약봉지 주사기/ 링겔병 타구 변기///
> 내 의지 몽땅 앗아간/ 이 편의와 이 친절.

— 「입원」(4 : 16)

> “저예요”가 익은 귀에/ “저거든요”라고 한다.//

---

10) 앞의 책 참조.

한 음절이 늘어난 사정/ 요모조모 헤아린다//

손덤벙 발덤벙하는 이 신선한 불안감.

─「신선한 불안」(4 : 72)

10·26은 반역이고/ 12·12는 반란이다//

DJP가 손잡고/ YS 발목 잡는다//

세도(勢道)가 PK로 가니/ TK는 찬밥이래.

─「온통 수수께끼」(6 : 39)

야구 모자 뒤로 쓰고/ 배〔舟〕만한 신발 타고/

거지 같은 힙합바지/ 구둣발에 싸서 신고/

배꼽티 손 덮은 소매/ 틀리는 게 맞는 것.

─「유행」(6 : 46)

「입원」은 병원에서의 문명(文明)과 소외가, 「신선한 불안」에서는 일상에서의 느낌이, 「온통 수수께끼」에서는 정치의 일단면이, 「유행」에서는 오늘날 젊은이의 세태가 그려지고 있다. 문명과 일상과 정치와 유행은 우리가 사회적 동물인 이상 결코 외면할 수 없는 것들이다. 그것은 삶의 다른 이름들이며, 삶 그 자체다. 복잡다단한 우리 삶의 편린들을 그리고 있는 것이다. 곧 경시조의 시적 대상이 우리 생활 범주에 한하고 있음을 볼 수 있다. 표현기법은 어떠한가. 「신선한 불안」과 같이 심리를 묘파해내는 경우도 있지만 대개의 경우 보이는 현실을 사실적으로 그려낸다. 물론 이 경우 사실의 전체가 아니라 선택된 사실을 통해 명징하게 그려낸다는 점이다.

다음으로 경시조의 경우 경시조(警時調)라 할 만큼 세상을 경계하고 비판하는 정신적 기류가 흐르고 있다. 세상의 편리해진 문명과 이기의 심리가, 불안한 정쟁(政爭)과 세속적 관심이 외래문화의 침투와 세태가 각각 비스듬한 각도에서 비판되고 있다. 이것은 어쩌면 당연한 결과인지 모른다. 왜냐하면 오늘날 우리를 둘러싸고 있는 자아 밖의 세계는 심하게 병들고 피폐해가고 있기 때문이다. 요컨대 경시조는 ① 일상적 삶을 대상으로 하여 ② 사실적이고 ③ 비판적인 시각으로 그려지는 특성을 지닌다고 할 수 있다. 아직 이 운동은 시작에 불과하지만 우선 일반인의 접근이 용이하고 공감을 크게 얻게 된다면 생각보다는 빠르게 그 저변을 확대하고 일정 성과를 거둘 수 있을 것으로 판단된다.

6. 법고 창신(法古創新)의 정신

장순하 시인의 시조 운동 방향은 국민 시조와 본격시조의 양가론(兩家論)에 있다고 볼 수 있고 이는 '전통'이 갖는 두 측면, 전승화와 창조성을 고려한 결과라고 생각된다. '전승화'가 일종의 운동 성향을 지녔다면, '창조성'은 전문 시조 시인들의 내적 각성을 촉구하는 계기를 마련했다. 그러나 보다 중요하고 큰 영향을 미쳤다고 판단되는 것은 후자다. 그 동안 많은 평문과 작품을 통해 실험적 정신의 전범을 보여왔을 뿐 아니라 이 점은 결코 과소 평가될 일이 아니기 때문이다. 이에 관해서 윤금초 시인은 「묵계」를 중심으로 한 평문(윤금초, 「眞摯한 實驗報告書」, 『默契』, 성지사, 1974. 9, 116~122면)에서 작품상의 특징을 ① 시조 형태상의 다양성, ② 전통적인 것과 서구적인 것을 등거리에 놓고 상승적 효과를 노리고 있는 점, ③ 언어의 운율적 특질을 잘 활용하고 있는 점, ④ 시상의 밀도 있는 구성, ⑤ 고발정신으로 요약하며 그의 문학을 '실험'이란 말로 압축하고 있다.

경시조집을 제외한 『백색부(白色賦)』에서 『서울 귀거래』까지 이어지는 정신 또한 새로운 것을 끊임없이 찾아가고자 하는 철저한 실험정신이 가장 큰 바탕을 이루고 있다. 이러한 실험정신의 구체적 실현은 크게 두 가지 면에서 살펴볼 수 있는데 하나는 시조의 일반적이고 보편화된 서정 위주의 성향에 사실적이면서 주지적인 사고를 동시에 담으려고 노력했다는 점이고, 또 다른 하나는 시조의 율격을 최대한 활용하려는 노력 특히 사설시조의 적극적 수용에서 읽어볼 수 있다.

우선 첫 번째 특징적 면모에 대해 살펴보기로 하자.

사실적이면서도 주지적인 사고, 이 말은 그 자체가 모순을 안고 있다. 왜냐하면 주지적인 시일수록 모호성(ambiguity)의 개념을 옹호하는 성향이 있기 때문이다. 그러나 아무리 주지적인 것을 다루는 시라 할지라도 장순하 시인은 사실적인 묘사에 바탕을 둔다. 이 점은 익히 이미 인용한 「묵계」나 「의식」의 시편들에서 어렵지 않게 확인된다. 그렇다면 사실적이면서도 동시에 주지적인 창작기법은 어떤 경로를 통하여 얻어지고 있는가.

유신 헌법(維新憲法) 공포된 날
궁정동(宮井洞)을 지났습니다

집채만한 중(重)탱크
아름드리 포신 끝에

한 마리
고추 잠자리
앉아 쉬고
있데요.

―「포신(砲身) 끝에 앉은 고추 잠자리」(5 : 90)

이 작품의 화자는 표면상 드러나 있지 않다. 말하자면 함축적 화자(implicative persona)다. 주지하다시피 함축적 화자는 독자와의 거리(距離)를 일정하게 유지하는 기능을 한다. 정서로의 무조건적 몰입을 방해하며 독자들로부터 달아나려는 속성을 지니기 마련이다. 사실 장순하 시인의 많은 작품은 화자가 드러나 있지 않다(현상적 자아가 비교적 많이 드러나고 있는 시집 『서울 귀거래』를 기준으로 보더라도 총 90편 중 「큰 손」, 「만남」, 「홍제동 소견」, 「나는 지금」, 「내 한때」, 「발자국에 고인 빗물」, 「내 사랑 정이」, 「첫사랑 경이」, 「그 쓰라린 날에」, 「당신은·1」, 「당신은·2」의 11편에 불과하다. 이 시집은 앞서의 시집들보다 시인 자신의 옛시절 기억들에 관한 연작 시조가 많은 점에 비하면 현상적 자아의 표출을 되도록 억제하려고 노력한 흔적이 역력하다). 냉정한 거리의 유지는 정서적 환기나 공감을 얻어내는데 보다 신경을 쓰지 않으면 안되는데 시인은 이를 확보하기 위해 아주 구체적인 현실의 한 부분을 옮겨온다. 포신 끝에 앉아 있는 한 마리 고추잠자리가 바로 이것이다. 이러한 사실적인 매체의 등장으로 인해 독자들은 공감을 얻게 되는 것이다. 이것은 분명 주정(主情)과는 다른 각도의 공감이며 감동이다. 물론 여기에 전제가 되는 점은 '구체적인 현실의 한 부분'이 작품의 주제 의식과 밀착되는 것이어야 한다라는 점이다. 그 거리는 가까우면 가까울수록 좋다. '포신'과 '고추잠자리'의 어울리지 않는 부조화(不調和)가 바로 이 작품의 주제를 형성하는 완전한 뼈대가 된다. '살벌함'과 이에 전혀 게의치 않는 '평화로움' 사이에서 독자의 사고는 한동안 낯설어진다. 러시아 형식주의자들이 주장하는 '낯설게 하기'의 한 전범을 보여주고 있는 것이다. 이 낯설음 때문에, 독자들은 감춰진 의미의 추적을 위해 한 번 더 생각해 보게 되고 살벌함에 맞서는 평화로움의 진의에, 그 무모한 아이러니에 아하!라고 깨달음을 얻게 되는 것이다. 그러나 시인은 얼마나 용의주도한가. 함축적 화자의 어조에 주목해 보라. '~습니다' '~데요'의 어조는 어쩐지 어눌하기 짝이 없고 세상 살아가는데 익숙지 못한 촌사람의 목소리가 아닌가. 함축적 화자는 드러나지만 않았을 뿐이지 정치와 권력의 헤게모니에는 전혀 관심이 없는 무지랭이고, 오히려 독자는 민초(民草)의 마음에 동반하여 상승하는 재미를 곁들여 얻고 있는 것이다. 이 작품은 철저하게 주지적인 입장에서, 마치 엷은 색으로 밑그림의 구도를 잡고 의도화하여 한 폭의 그림을 완성하고 있다고 볼 수 있을 것이다.

둘째로, 율격을 활용하려는 노력은 첫 시집 『백색부』에서부터 두드러지게 나타나고 있는데 「합창(合唱)」과 「고무신」이 대표적이라 할 수 있다.

별빛은 보라치고

가가 앙앙 가가 앙앙 수수 울울 레레 에에
가가 앙앙 가가 앙앙 수수 울울 레레 에에.

—「합창(合唱)」의 초장(1 : 82)

눈보라 비껴 나는

전(全) ― 군(群) ― 가(街) ― 도(道)

퍼뜩 차창(車窓)으로 스쳐가는 인정(人情)아!

외딴집 섬돌에 놓인

하 나
둘
세켤레

—「고무신」 전문(1 : 85)

「합창(合唱)」은 여러 사람이 부르는 점을 청각·시각화하기 위하여 한 음절을 중첩하고 그 다음의 한 행까지 같은 단어로 중복시키고 있다. 흥미로운 점은 그냥 무작위 배열을 한 것이 아니라 각 군(이를테면 '가'가 모아진 위 아래행 네 글자의 군)이 하나의 음절을 구성하여 '가 앙 가 앙 수 울 레 에'로 읽게 만들어 시조의 형식 안으로 가져오고 있다라는 점이다.

「고무신」은 눈보라 비켜나는 모습과 섬돌에 놓인 신발의 수와 크기를 Formalism 수법으로 보여주고 있다. 물론 이 작품은 특히 신발의 크기와 수를 실물처럼 시각화하여 '퍼뜩 차창으로 스치는 인정'을 다른 일체의 설명없이 일

순간에 느끼도록 하는 극적 구성을 취하고 있다. 이 작품은 시조단에 신선한 충격을 두었으며, 이렇게 쓴 시인의 본 뜻은 실험 정신을 실제적으로 구현해보고자 하는데 있었을 것이다. 평시조에 있어 시인의 이러한 노력은 사설시조 창작에까지 연결되고 있다. 필자는 장순하 시인의 「뜨락에서」란 작품을 마디를 나누어 다음과 같이 인용하고 사설시조의 형식 장치에 대해 언급한 바 있다.

1) 삽사리
2) 선하품에
3) 늘어진
4) 유월 한낮
5) 뒷짐진 오리새끼 장죽물고 거닐다가
6) 사랑 샌님 큰 기침에
7) 기절초풍 간 떨어져
8) 고꾸라지고 엎어지고 천방지축 뛰는데
9) 장닭은
10) 고개 비틀고
11) 키득키득
12) 웃었다.

역시 사설시조의 형식장치에 맞추어 열두 마디로 나누어지고 있음에 주목해 보라. 그렇다면 의문이 남는다. 초장, 중장, 종장 중에서 늘어날 경우 어떤 규칙을 갖고 있는가 아니라면 아무런 제약 없이 늘어남이 가능한가.

여기에는 일정한 규칙성이 있는 것으로 보여진다. (…중략…) ③의 인용시조(「뜨락에서」의 작품을 말함─필자)를 보면 그 걸음 수는 5)~8)에서 늘어났는데 각각 4-2-2-4로 늘어났다.

정리해보면 그 걸음 수에 있어서 짝수 걸음이 되고 있음에 주목된다. 이는 짝수 걸음의 호흡적 율격이 안정적이기 때문에 이를 선호하기 때문으로 생각된다. 평시조에 있어서 두 걸음 뒤에 중간 휴지가 자연스레 놓임에 유의해 보라.

이 점은 사설시조 창작에 있어 가장 중요한 전제 조건이 된다. 무조건적인 늘어남이 아니라 크게 세 장(초장, 중장, 종장), 장마다 네 마디로 나누어지고, 한 마디의 걸음이 대개 짝수의 걸음으로 이루어지는 것이 그 형식상 요체가 되는 것이다(이지엽, 오늘의 시조학회 「광복 50년, 현대시조 50년」 세미나 주제발표, 1995.8).

물론 필자는 이 논지의 발표에서 한 마디의 걸음이 대개 짝수의 걸음으로 이루어지고 있지만 때에 따라 절정의 효과를 노리고자 하거나 강조하고자 할 때 등 홀수 걸음이 나타남도 지적하였다. 장순하 시인은 이와는 조금 다른 포괄적인 여섯 소절로 나누어지는 형식적 특성을 밝히고 가람 이병기의 「풀벌레」란 작품을 다음과 같이 분구 처리하고 있다(장순하, 「사설시조 소론」, 『노산 이은상 박사 고희 기념 논문집』, 1973).

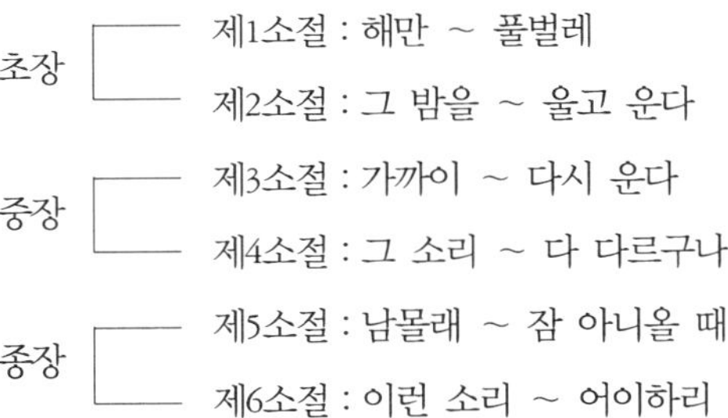

여섯 소절로 나누어지는 근거는 평시조의 형식장치와 연계하여 살필 필요가 있는 바, 늘어난 장이라 할지라도 어떠한 법칙이 있는지, 소절을 어떻게 정의해야 할 것인지의 문제는 남지만 나름대로의 논리 위에 창작에 임했음을 보여주는 귀중한 실례가 아닐 수 없다.

집우(宇) 집주(宙)라 하니
우주란 곧 집이렷다

우(宇)는 공간이니 뜨락 현관 거실 침실 다용도실이라면
주(宙)는 시간이니 먹고 자고 일하기 사랑하기

이웃집 마을 가는 게
우주 여행 아닌가.

—「우주여행」(5 : 112)

바람이 시나브로 와서
내 정자를 기웃거린다.

내가 하릴없이 부채질이나 하면서 한망쩍게 앉아
있는지, 아니면 잘 익은 참외라도 골라 따고 있는
지 살피는 눈치다.

바람아 네 날 예 데려다 놓고
이제 다시 뭘 어쩔래.

—「바람아, 늬 날 어쩔래」(5 : 118) (『개화(開花)』제5호, 1996)

「우주여행」에서는 한자의 뜻풀이를 활용하여 아주 거대한 문제를 아주 사소한 것으로 눙쳐 버리는 엉뚱함이 있다. 사물에 대한 반대편으로 들여다 보기의 수법에 시인은 능숙한 편인데 이는 초기시에서도 어렵지 않게 발견된다 (『默契』에서 「釜山戲信」의 연작들이 그러하다. 「우주여행」과 유사한 표현은 「影島」에서 직접적으로 볼 수 있다). 「바람아, 늬 날 어쩔래」의 작품에서도 바람의 모습이 마치 사내의 방을 몰래 살피는 아낙의 밉지 않는 태도로 의인화되어 있다. 「우주여행」은 말하자면 여섯 소절로 형태상 분구(分句)까지 하였다. 「바람아, 늬 날 어쩔래」의 작품은 표면상 중장이 한 줄 형태로 길어져 있지만 중간 부분에 쉼표 부분이 있음을 감안해보면 역시 여섯 소절의 형태를 갖추고 있다. 그러나 두

작품 다 필자가 앞서 말한 열두 마디의 구조로 나누어지고 있다. 필자가 말한 열두 마디 구조와 마디 안의 짝수 걸음은 이를테면 장순하 시인이 주장한 여섯 소절에 근본적으로 배치되는 것이 아니라 이 부분까지도 포함한 구체적 범주를 설정한 것이었던 것이다. 어쨌거나 장순하 시인의 길은 현대시조의 실험적 모델을 끊임없이 제시한 데 있다. 그리고 그것은 분명하게 한국 현대시조단의 기초적 토대를 확고한 반석 위로 올려주는 구실을 했던 것이라 정리해 볼 수 있겠다.

7. 맺으면서

이상으로 장순하 시인의 여섯 권의 시집에 나타난 시정신의 흐름에 대해 살펴보았다. 대개 초기시의 경우는 「백색부」와 「묵계」에서 드러나듯 무색, 순수에의 생명추구와 존재의 깊이를 찾아가는 과정으로서 '의식'의 잔잔한 울림으로 요약될 수 있다. 이들 시편들이 내면적 길 찾기의 과정이었다면 후기시 「길손」과 「서울 귀거래」는 길 떠나감과 회귀로서의 길, 그 소멸과 완성의 길이 그려진 것으로 보았다. 요컨대 생명의 존엄과 깨달음의 표피와 내면을 거쳐 '길'의 존재론적 탐구 정신을 보여준 것으로 정리해볼 수 있을 것이다.

아울러 시인이 사명을 갖고 임한 시조 운동의 하나는 국민시조로서의 경시조(輕時調)라 할 수 있는 바 이는 문단의 두 기류 수구적/현대적, 대중적/예술적 흐름의 양자 변별을 통해 시조의 저변을 확대하고 질적인 확산을 꾀하고자 실천적 모범을 보이고 있으며 그 질문을 진지하게 『백두산 가는 길』과 『후일담』의 경시조집을 통해 던져주고 있음을 지적하였다.

아울러 사실적이면서도 주지적인 사고와 율격을 최대한 활용하려는 일련의 노력들과 그 실험정신에 대하여서도 살펴보았다. 장순하 시인은 시조에 관한 여러 평문과 작품들을 통해 현대시조사의 일획을 긋는 봉우리로 우뚝 서게 되었다.

　이제 우리의 시조단은 장순하 시인이 보여준 실천적 노력과 질문에 대해, 무엇이 과연 바른 방향이며, 어떻게 각성하고 깨어나야 하는가를 진지하게 자신들에게 되묻지 않으면 안된다.

열린 역사의식과 단절의 형식미 — 송선영론

이지엽 ‖ 시인 · 경기대 교수

1. 들어가는 말

역사의 강물은 쉼 없이 흐른다. 그저 말없이 흐른다. 어제와 오늘이 차이가 있다면 완·급만이 있을 뿐이다. 그러므로 그것이 비록 흘러간 역사라 할지라도 어제로 끝나는 것이 아니라 오늘의 현실로 재현될 가능성을 가지고 있다. 문학행위가 당대의 현실을 떠나 존재할 수 없는 것이라면 한 작가의 현실을 보는 눈, 다시 말해 현실인식은 그 정신적 바탕을 형성하는 중요한 밑거름이다. 송선영(宋船影) 시인은 역사의 정면에서 그 왜곡을 바로잡기 위해 부딪혀온 것은 아니지만 평생을 교직에 머무르면서 한눈팔지 않고 주워진 위치에서 은유의 미학을 통해 현실을 증언하고 대변해 왔다고 볼 수 있다. 본 논문은 이러한 시인의 저변에 흐르고 있는 작가 의식의 변모과정을 통해 일관되게 전개해온 역사의식의 실상이 무엇인가를 파악해보고, 현대시조에서 특히 문제가 되고 있는 시조의 형식 문제에 대해 그의 시를 중심으로 언급해보고자 한다.

송선영 시인은 1936년 음력 10월 7일 아버지 송경진, 어머니 정은순 씨의 1남 1녀 중 맏이로 광주시 북구 운암동 996(당시 전남 광산군 극락면 운암리 대내마을)에서 태어나 1944년 극락초등학교에 입학하게 되나 일제는 1학년 학생에게까지도 무리한 작업을 시켜 한 달 동안 병석에 누워 결석을 하게 된다(이후 송선영의 연보는 『열린시조』 제6호 참조, 열린시조사, 1998년 봄호). 한국 전쟁이 일어나던 해 초등학교를 졸업하고 1953년 광주 서중을 졸업하게 된다. 1956년에는 광주사범학교를 졸업하고 담양 수북초등학교 교사로 발령 받기에 이르른다. 1956년 5월에는 <양지문학> 동인회를 결성하는데 최승호(현 광주일보 사장·시), 마삼렬(현 금호재단 부이사장·수필), 송기숙(전남대 교수·소설가) 등이 그 멤버였다. 1958년 그의 나이 23세 때 중앙 양대 신문의 신춘문예(『한국일보』·『경향신문』)를 통해 당당히 등단한다. 1967년 여름에는 <원탁 문학회> 창립 동인으로 참여하기도 하고 1970년 여름에는 「영산강」 시조 동인회를 허연, 정소파, 문도채, 양동기, 정덕채, 최일환, 문삼석, 이준구 등을 참여시켜 주도적으로 결성하기도 한다. 1956년 담양 수북 초등학교 교사시절 그는 고모집인 담양군 대전면 대치리 원촌마을 외딴집에서 17년 동안이나 살게 된다. 이 원촌리는 말하자면 그의 정신적 고향이나 다름없는데 애석하게도 거주하던 집은 헐리고 논밭으로 변해버려 흔적조차 찾기 어렵게 되버리고 말았다. 당선작품 「휴전선(休戰線)」과 「설야(雪夜)」 이후 꾸준한 작품발표에도 불구하고 등단한지 20년이 지난 후에야 첫시조집 『겨울 비망록(備忘錄)』(형설출판사, 1979)을 세상에 내놓았다. 그 후 1986년에 『두 번째 겨울』(국제문화 출판공사), 1990년에 『어떤 목비명』(신원문화사), 1997년에 『활터에서』(동학사) 등 4권의 시조집을 내놓았다. 4권의 시조집에서 중복작품을 빼면 190여 편 정도가 된다. 30년의 연륜(年輪)에 비하면 과작이라고 할 수 있다. 그러나 그에게 있어 과작은 결코 흠이 될 수 없다. 사실 그의 작품은 어느 작품을 추려내어 살피더라도 특유의 개성과 사상을 내포하고 있기 때문이다. 목소리가 높은 것도 아니다. 온유한 듯 하면서도 강직한 목소리가 숨어있고 침잠한 듯하면서도 빛을 발하는 숨결이 있다.

『두 번째 겨울』의 후기에 시인은 '이 어려운 시대를 나름대로 순수하게 살고 싶었으나 지나간 내 삶을 돌이켜볼 때 그 또한 부끄러움뿐이다. 그러나 스스로 택한 이 외진 길―국민학교 교직과 시(시조)에의 길만은 결코 후회하지 않을 것이다'라고 밝히고 있다. 그의 순수성과 겸손함을 알 수 있거니와 중앙 문단에서 그의 인격을 흠모한 나머지 무슨 장(長)자리를 주어도 고사하고, 오히려 명예도 돈도 될 것 없는 후학들의 길을 열어주고 있는 것만 보아도 이는 충분히 짐작이 가는 일이다. <전남학생시조협회>는 그 대표적인 일로, 돈도 명예도 되지 않는 일을 1975년 11월 이후 자그마치 15여 년의 세월동안 이끌어왔다. 여기 출신의 학생들이 이제 어엿이 시조 문단에 만만찮은 목소리를 보여주고 있음은 주지의 사실이다. 김종섭, 오종문, 이재창, 윤희상, 박정호, 박현덕, 김향주, 최양숙 등이 이 모임을 거쳤다.

2. 역사와 현실의 거리

한 작가의 작품을 시대별로나 연도별로 나누어 도식화하는 것은 문학 연구의 편의주의에 지나지 않는다. 왜냐하면 두부를 자르듯 한 작가의 사상을 이쪽저쪽으로 자를 수 없기 때문이다. 그것은 문화(文化)와도 같은 것이어서 하나의 흐름으로 볼 수 있으며 작용과 반작용의 수없는 반추 속에서 서서히 변모되는 것이다. 이러한 연속성을 감안하면서 다소 연대순으로 뒤바뀌는 경우가 있더라도 그의 작품의 사상적 저류를 살펴보기로 하겠다.

가. 「하늘눈」, 「화랑소고」의 세계

1959년 신춘문예 당선작인 「휴전선」과 「설야(雪夜)」는 분단 조국에 대한 아픔과 이의 극복을 형상화한 작품이다. 당대의 현실, 즉 한 민족이면서도 '장벽(障壁)이란 이름 아래 노려보는 슬픔'(휴전선)이거나, 시대의 부름을 받아 쓸쓸히 산화해간 '피맺힌 사연 가슴 아픈 메아리'(「설야」)이거나 간에 모두가 공유하는 아픔의 현장이 상정되고 있는 것이다. 시인은 이러한 민족 상잔의 상흔 속에서 좌절과 침잠보다는 '언젠가는 종(鍾)이 울려 파아랗게 넘칠'(「휴전선」) 날을 '새벽창 열어젖히고'(「설야」) 기다리는 것이다. 이러한 민족 분단의 현실 인식은 곧바로 역사에 대한 물음으로 연결되며 가까이는 일제 강점기의 만주벌로 멀리는 신라의 고도 서라벌로 확산된다. 「하늘눈」과 「화랑소고」의 연작시조가 이에 속한다(「하늘눈」과 「화랑소고」는 첫 시조집 『겨울 비망록』에 다 실려 있다. 「하늘눈」은 12편, 「화랑소고」는 7편으로 된 연작시조다).

「하늘눈」 연작은 대서사시라 할 수 있다. 등장인물이 있고 숨겨진 이야기와 사건이 있다.

- 젊은 사내의 뇌리에는 송화강(松花江)이 늘 떠나지 않는다. 새낭자를 맞았으나 그는 역마차를 타고 떠나야 한다. 민족의 부름과 그에 대한 응답이다.(「하늘눈·1」)
- 상해(上海)의 검푸른 하늘 밑 마랑로(馬浪路), 피울음이 번진 청산리(靑山里) 전투 현장이 오버랩된다. 하얼빈 빠걸 진랑(陳浪)의 슬픔에 젖은 눈시울 그 통곡의 아픔이 민족의 아픔으로 죄어온다.(「하늘눈·2」)
- 자유, 그 푸른 바다를 찾아 머리칼 젖는 연가. 고향을 떠난 미귀(未歸)의 사내 그 술잔 위에 망국(亡國)의 감회만 감돈다.(「하늘눈·3」)
- 어머니의 옥비녀 어머니 생애의 말씀들이 지울수록 되살아난다. 밝은 검은 밤 승냥이떼 설치는 소리만이 들리고 독립의 그날을 위해 사내들은 약력(若力)의 헤진 옷 속, 쓰린 가슴을 등대고 견디어 낸다. 봉오동(鳳梧洞) 피의 메아리가 화톳불처럼 아프다(「하늘눈·4」)
- 생사고락의 동지 불령선인(不逞鮮人)이 숨을 거둔다. 눈을 뜬 채로다.
  (「하늘눈·5」)

○ 동척(東拓)의 매운 눈초리가 백의(白衣)를 쫓고 있다. 고구려, 발해 애들 이 손뼉치고 뛰놀던 이땅 조국은 황성(荒城), 오밤중이라도 눈초리를 피해 도망가야 한다.(「하늘눈·6」)

○ 그러나 좌절할 수만은 없다. 오랏줄 묶인 삶의 가슴에도 달이 돋는다. 돌에 굳은 마음을 새겨 무시로 속불을 놓는다.(「하늘눈·7」)

○ 만주의 그믐밤 그 어둠을 뚫고 사랑하던 두 사람은 해후를 한다. 시간 을 잘게 썰어 빛다발이라도 만들어 간직하고 싶으나 무심히 시간은 빨 리 흐르고 첫닭의 울음소리 꼭 고려(高麗)를 곡하는 소리만 같다.(「하늘 눈·8」)

○ 백두산 천지 그 어디에 우리의 선대(先代)는 잠들어 있으리라. 만나면 울고싶지만 어찌 오 천리 강산에 바람 속에 바람소리 뿐 인가 정계비 (定界碑)여 너라도 빼앗긴 조국의 캄캄한 침묵을 울부짖어 다오.(「하늘 눈·9」)

○ 옛날에는 우리가 저들(왜)에게 문화(文化)를 주었는데 저들은 지금 우리 삶을 쫓고 찢는구나.(「하늘눈·10」)

○ 만주벌 호령하던 광개토대왕 목소리가 오늘 여기 살아 젊음의 맥이 뛴 다.(「하늘눈·11」)

○ 빈 산하 어디에 내 잃어버린 조국은 떠도는가. 웃다 울다 벽안에서 돌 이 되는 세월의 흐름은 참숯 끝에 닳아가는구나. 역사의 도도한 강물 은 무심히 흘러만 가는구나.(「하늘눈·12」)

「하늘눈」의 세계에서 우리가 주목해 보아야 할 것은 작가의 역사 인식에 대한 애정이 어느 정도로 나타나고 있는가이다. 일제에 의해 나라를 빼앗기고 떠도는 민족에 대한 울분과 결의가 여러 갈래로 교차되면서 잃어버린 것에 대한 자각을 새롭게 하고 있다. 잃어버린 것에 대한 자각 이것은 곧 열린 역사의식을 말한다.

　「하늘눈」의 배경이 되고 있는 만주벌은 우리에게 오랫동안 잊혀져 왔다.

이에 대한 문제는 보다 뿌리가 깊어서 『삼국사기(三國史記)』까지 거슬러 올라간다. 우리가 정사(正史)라고 신봉하는 『삼국사기』에서조차 삭제되어 버린 발해사. 반 토막 난 국토를 바라보며 작자는 옛날의 드넓은 영토를 작품(作品) 속에 끌어들일 필요성을 느꼈던 것이다. 그래서 「하늘눈」의 만주벌은 우리 민족이 피신해간 장소나 독립운동을 벌인 실제적 장소의 개념을 훨씬 넘어선 '고구려 발해 애들이 손뼉을 치고 노는'(「하늘눈·6」) 상징적 장소로 등장하고 있으며 이러한 자각에 맞물려 이 땅은 삼천리가 아닌 '오천리(五千里) 강산(江山)'(「하늘눈·9」)으로 나타나고 있는 것이다.

대비석가(大碑石街) 도린곁에
홀로 우뚝 돌기둥이

예서(隸書) 한 획마다
잠을 끼는 푸른 물결

되새겨
읽는 이 마음
절로 젊어 맥이 뛰네

쫓기우는 마음 풀어
국내성(國內城)엘 갈꺼나

무거운 성문(城門) 열고
목 쉰 함(喊) 들을꺼나

말 위의
빛 뿜는 눈을

꿇어 우러 볼꺼나.

—「하늘눈 · 11」

'광개토대왕비'라는 부제를 단 이 작품에서도 엿볼 수 있듯 젊음의 맥은 곧 작자 자신의 그것에 다름 아니다. 우리 민족의 기개를 한껏 펼쳤던 대왕(大王)이기에 '말 위의 빛 뿜는 눈을 꿇어' 우러러보는 경외의 대상이 되는 것이다.

「하늘눈」의 세계가 일제강점기의 시대적 배경 아래 열린 역사의식을 보여주었다면 「화랑소고」 연작들은 목숨을 초개와 같이 버리고 삼국통일의 기틀을 마련한 화랑(花郎)의 정신(精神)을 오늘에 일깨워준 작품이라 할 수 있다.

하늘 빛
미쁜 슬기
한 시국(時局)을 갈았나니,

준마(駿馬)처럼
치닫는
그 막강한
죽음이여.

서라벌
별자리 되는가.

만(萬)의 가슴에 돋는가.

—「화랑소고(花郎小考) · 4」 전문

'하늘 빛 미쁜 슬기'로 대변되는 화랑이 전쟁에 임하여서는 주저나 망설임 없이 그 목숨을 내어 던지는 기백을 그리고 있다. 그러한 죽음이기에 그것은 뒤따르는 수천의 남도에게 더없는 용기를 불어넣는 '막강한 죽음'인 것이다. 그 죽음의 의미는 거기에서 끝나는 것이 아니라 분단의 현실을 직면하고 있는 오늘날 '만(萬)의 가슴'에도 돋아나는 것이다. 「화랑소고」 연작시조도 「하늘눈」과 마찬가지로 서사시조로 파악됨이 옳다. 「화랑소고」에는 물론 어떤 구체적인 인물이 등장하는 것은 아니다. 그러나 이 시조는 독립된 형태를 취하면서 하나의 사건을 담고 있다. 이를테면 화랑이란 존재의 기억(「화랑소고·1」)—서라벌 선연한 면목(面目)으로서의 화랑(「화랑소고·2」)—나라의 위기 암시(「화랑소고·3」)—화랑의 죽음(「화랑소고·4」)—죽음 이후의 정황, 처자(處子)의 슬픔(「화랑소고·5」)—죽음의 승화(「화랑소고·6, 7」)로 볼 수 있기 때문이다.

나. 「겨울 비망록(備忘錄)」에서 「노지(奴只)의 불빛」에로

「겨울 비망록」(첫 시조집 『겨울 비망록』에 수록. 열 편으로 구성되어 있다) 연작시조는 「하늘눈」이나 「화랑소고」의 세계와는 좀 다른 세계를 보여준다. 이 연작들은 '소년기의/ 씻긴/ 강변, 왕대숲에/ 바람 깨면// 술렁대는 갈가마귀/ 제여금/ 눈발/ 털고,// 산마루/ 낙일(落日)을 쏘는/ 금빛 화살이 날아간다'(「겨울 비망록·2」)에서 보듯 주로 작가의 소년기에 대한 회상이 주 모티프로 등장하며 '적요(寂廖)의 귀 밝히면/ 잡힐 듯/ 먼/ 목소리가……'(「겨울 비망록·5」)나 '속품의/ 하얀 고적(孤寂)은/ 한갓 돌로 굳어라'(「겨울 비망록·3」)에서 보듯 고독한 소년기와 이를 이겨내려는 극기(克己)의 몸짓을 보여준다. 요컨대 자아성찰의 시편들로 볼 수 있겠다. 이러한 자아성찰의 시편들은 송선영 특유의 단절의 형식미와 아우르며 간명한 영상들을 마치 스냅사진을 찍듯 보여준다. 이 시편들에서도 역시 주목되는 것은 '초동(樵童)들/ 새우잠 곤히 들면/ 오, 김덕령의 메아리'(「겨울 비망록·4」)나 '그날 그 전봉준(全琫準)이 오라 속의 뼈울음이,/ 순창(淳昌) 두메 갈밭 놀빛으로 물드리는'(「겨울 비망록·6」)의 대목들이다. 소년기 회상의 리리시즘 안에서도 그의 역사 감각은 변함 없이 살아있는 것이다.

　　이러한 자아성찰의 시편들은 곧 개인적인 차원을 넘어서 「용산나루터」 연작에서는 사공(沙工), 늙은 동학군, 황아장수, 콩쇠 등으로 「옥텃골 종지기집 시절」 연작시조에서는 종지기 할아버지 등으로 옮겨진다. 이들 모두 권력이나 부귀와는 거리가 먼, 오히려 어찌 보면 시대에 뒤떨어진 삶을 사는 사람들이라 할 수 있다. 이는 이름 없는 민중들에 대한 애정이라 할 수 있다.

진종일
금남로엔
그 5월의
비가 온다

머리푼
흰 여인 하나
에돌다간
사라지고……

예사로
등불 돋는 어슬녘

울려오는 종소리

―「노지(奴只)의 불빛·7」 전문

　　80년대의 역사적 질곡 그 현장이 배경으로 등장하는 「노지의 불빛」 연작 시조 또한 이름 없는 풀꽃들(민중)에 대한 애정에서 비롯된 것임을 알 수 있다. '주남 마을 눈엣피꽃/ 돌매 맞은 꽃송이들……'(「노지의 불빛·6」)일 수밖에 없었던 비극적 현실이 구체적으로 형상화되고 있는 것이다.

　　「노지의 불빛」(『어떤 목비명』에 수록. 열 편으로 구성되어 있다)은 '노지'('광주' 옛 이름)라는 말이 암시하듯 그때의 상흔을 추모하는 진혼곡이다. 주남마을도 그 중 하나다. 버스를 타고 가는 시민들에게 총을 난사해버린 비극이 일어난 현장이다. '돌매 맞은 꽃송이들'의 피울음 소리가 들리는 현장은 광주 지원동에서 화순으로 넘어가는 길 좌측 편, 너릿재 터널 넘기 전 제2수원지로 가는 길목에 있는 평화로운 마을이다. 이 마을에서 일어난 비극적 이야기를 서정시의 짧은 형식 속에 무리없이 담아내고 있는 것이다. 5·18 광주 민중항쟁은 어떤 의미에서 식상할 정도로 많은 시인들에 의해 쓰여졌다. 그러나 시조에서는 이를 소재로 한 작품이 그리 많지 않다. 짧은 형식 안에 담아내기에는 거대한 얘기여서일까. 관념화로 치닫는 풍조에서 연유된 것일까. 설사 이를 소재로 한 작품이 있다 하더라도 작위적 의도가 앞서 거부감을 떨치기 힘들었다. 그러나 송선영 시인은 서정성을 한껏 살려내면서도 역사성을 담아내는 세련미를 유감없이 보여주고 있는 것이다.

다. 「귀휴」 혹은 「원촌리의 눈」

시조집 『활터에서』(동학사, 1997.9)는 1975년 발족하여 송 시인의 지도를 받아온 전남학생시조협회 문하생들이 선생의 회갑을 기념하는 보은의 의미를 담고 있어 더욱 값지게 읽혀진다.

이 시집에는 등단 초기에 이미 예견되고 있었던 자아 밖의 세계에 대한 준열한 현실인식과 안으로 단단하게 갈무리된 격조 높은 서정성이 관류하고 있다.

이 두 개의 축은 마치 철도의 레일처럼 균형감각 있는 거리를 유지하면서 여간해서는 속내를 드러내 보이지 않는 절제와 상징의 공간을 창출해 내는데 성공하고 있다.

완강한 세력의 이 어둠을 어쩔거나

쑥대밭 고래실엔 지새우는 농기 몇 개

이땅의
길눈 잃은 가을
행간 깊이 묻히네

─「무제·2」 전문

펼쳐지는 세계는 '완강한 세력'의 '어둠'이다. 그것은 구체적으로 동학 혁
명의 풍진 세월을 넘은 '장성 길재'의 '찢어진 깃발'(시「짚세기 무덤」)이거나, 부
황난 유년 위로 얼비치던 공출 가마니 그 울짱 밖 눈엣피꽃 피는 식민지 안개
자욱한 운동장(시「후다의 계절」)이거나, 목 붉은 통성 기도가 파도치는 고향 땅
5월(시「귀성록」)의 시간과 공간대를 지난다. 동학혁명─일제강점기─5·18 민주
화운동 등 짓밟힌 역사의 공간, 그 어둠의 완강한 세력을 정면으로 감내하고
있는 것이다. 그러나 이 통분의 역사에 대해 시인은 끝까지 냉철함을 잃지 않
는다. 정말 아픈 가슴은 눈물을 잊는다고 했던가. 시적 대상으로부터의 일정 거
리를 유지하려는 노력은 사실 남다른 일면임에 분명하다. 시인의 시편들에서
느끼는 단아함과 긴장감은 바로 여기에서 연유하고 있다고 보아야 할 것이다.

그러면서 시인은 동시에 이 완강한 어둠의 세력들에 맞서는 응전의 자세
를 갖고자 한다. 그것은 거창하고 먼 곳에 있는 것이 아니라 인용시에서 보듯
'쑥대밭 고래실'에 '지새우는 농기 몇 개'의 색바래고 오래된 풍경들에 놓여 있
다. 그러므로 시인은 '해진 농기(農旗) 몇 개 지쳐 쓰러진 마을 어귀'를(시「신·
귀성록」) 사랑하며, '풍상의 옹이진 손'과(시「오월 비망록」) 정신대의 갑순이와 땜
장이 백씨의 못이룬 사랑과(시「땜장이 백씨에 관하여」), 덕이네 토방(시「겨울 노래」)
과 '순돌이네 뒷 새암'에 애정어린 눈길을 보낸다. 이렇게 미천하여 빼앗기기
만한 자들과, 버려지고 보잘것없는 낡은 풍경들과의 친화력은 시인의 열린 역
사의식을 그대로 투영하고 있다. 이 대상들을 통하여 민중, 특히 농촌 기층민들
의 삶과 호흡을 소중하게 재현시키고 있는 것이다.

이러한 역사의식 위에 시인은 서정의 격조를 한껏 잘 갈무리하고 있다.

　　그대
　　칡꽃이여
　　미명(未明)을 흔든 익명의 기(旗)

　　눈 감고
　　대작하는,
　　눈 감고
　　악수하는,

　　달 돋는
　　적막 강산에
　　강 하나 풀리는 소리……

「귀휴(歸休)·3」이라는 시에는 '칡꽃'의 속성을 통하여 흡사 귀엣말을 정답게 주고받는 내밀한 속삭임의 울림이 있다. 그것은 익명들이다. 눈감고 대작하는 눈감고 악수하는 총생(叢生)들이다. 무엇 하나 위로 받을 길 없는 적막 강산이라 할지라도 강이 풀리는 소리처럼 옷깃만 스쳐도 인연인 것을 지중하게 여기는 믿음의 눈길이 있다. 정(情)으로 화해하는 아름다운 정신이 놓여 있다.

이순(耳順)의 연륜만큼 이 시집 『활터에서』는 회귀(回歸)의 이미지가 많이 담겨 있다. 표피적으로 보면 떠나감이나 소멸의 시학이라 명명해도 좋을 만큼 사라짐에 대해 노래하지만(김재홍 교수는 송선영 시인의 시세계를 ① 사라짐 또는 소멸의 시학 ② 불연속적 세계 인식과 균형 감각 ③ 고전 정서와 민중적 생명력으로 보고 있다) 그 떠나감은 곧 남은 자의 아픔으로 뚜렷하게 현재적 공간에 각인된다. 「무제·1」의 시에서는 상장(喪章)단 저녁 종지기가 홀로 남아 종을 치는 장면이 아리게 박혀오며, 「그 할머니」에서는 손자놈이 밤길로 자리 떴어도 '덴가슴 맑혀' 홀로 젯메를 올리는 쇠잔한 실루엣이 아프게 잡혀온다.

돌아옴은 무엇을 의미하는가. 주저앉음인가. 안존인가. 그렇지 않다. 시인은 시위를 떠나는 화살처럼 '모은 빛'을 다져 내닫고자 한다. 먼동이 틀 때까지 적막강산을 씽씽 날아가는 화살이고자 한다(시 「활터에서」). 고향과 버려진 것들과 낡은 풍경들 사이에서 차오르는 푸른 물과도 같은 솟구침, 그 탄력의 힘살을 거세게 부여잡고 있는 것이다.

예전에,
예전에, 뇌며
꿈꾸는 보리밭에

세상에,
세상에, 뇌다
열 오른 툇마루 앞에

넉넉히 함박눈 오시네,
붉은 빛 벙근
하얀
아침.

—「원촌리의 눈」 전문

(<새 천년을 여는 140인의 신작특집>, 『열린시조』 제4호, 2000년 봄호, 114면)

이 작품에는 걷어낼 것 다 걷어내 버리고 사유의 가장 예리한 부분만을 담아내는 절제의 미학이 숨겨져 있다. 초장에 '예전에/ 예전에'에 함축된 의미는 과거 지향적 꿈이다. 보리밭처럼 밟아도 희망이 되는 싱그러움이다. 그러나 중장의 '세상에/ 세상에'에 내포된 의미는 가치가 전도되고 질서가 무너진 현실적 공간의 안타까움이다. 이 이상과 현실의 상반된 공간 위를 함박눈이 다 덮어버린다. 눈은 그래서 오는 것이 아니라 오시는 것이다. 누구에게나 공평하게 넉넉하게 나누어주는 포근함으로 따뜻하다. 붉은 빛이 벙그는 둥글고 둥근 아침. 시인은 그곳을 원촌리, 시인이 작품을 쓰기 시작했고 십칠 년 동안을 지내왔던 이제는 집터마저 사라진 공간으로 설정하고 있는 것이다. 현실적으로는 사라졌지만 마음속에서는 언제나 살아있는 시인의 정처(定處)인 셈이다. 이제 시인은 비로소 자신이 떠났던 곳으로 돌아오고 있는 것이다. 예리한 부분은 많이 덜어내고 끊어내는 듯한 단절의 호흡도 능선처럼 부드럽다. 「귀휴」나 「원촌리의 눈」의 작품들에서 느끼는 정감은 바로 이런 점에서 연유하고 있다.

3. 단절(斷絶)의 형식미(形式美)

현대시조의 형식에 대해 바른 정의를 내린 사람은 아직까지 없다. 도남이나 가람 그 이후의 이호우 등에 의해 형식을 정의하거나 부흥 운운을 했거나 새로운 틀을 시도했거나 간에 어디까지나 부분으로서의 역할이었을 뿐이지 형식에 대한 총괄적인 규정이 없었다. 장르의 속성으로 미루어볼 때 현대시조는 분명 정착된 장르라기보다 현재도 진행중이고 진행가능성이 열려있는 장르이기 때문에 이에 대한 형식을 단선적으로 얘기하기 곤란한 면도 없지 않다. 80년대 들어 사회적 욕구가 분출되며 그 징후로 볼 수 있는 사설시조가 창작되면서 시조단 일각에서는 '탈시조(脫時調)' 운운의 우려의 소리가 높은 것도 숨길 수 없는 사실이다. '탈시조'를 지적할 정도면 뒤집어 말해 '시조'의 정형이 있을 법도 한데 여기에 대한 명쾌한 규명이 없는 것이다.

명사(鳴沙), 하얀 모랫벌, 얼붙은 새울음이다.

사랑이여, 잃어버린 몇 문단(文段)의 이승 숲이여

상기도

하염없는 눈, 눈, 눈,

빈 바다 동백 한 송이.

─「비가(悲歌)」 전문(『두 번째 겨울』, 16면)

서벌 시인은 이 작품을 예로 들면서 다음과 같은 지적을 한 바 있다.

어휘와 어휘, 그 접속 과정이 가지치기될 대로 된 이 간명함의 구조를 자유시들의 묶음에다 끼운다면 어떤 전달이 될까. 모르긴 해도 시조로 볼 사람은 드물 것이다. 그의 실험정신이 사뭇 스릴링(thrilling) 하다못해 '기·승·전·결'이라는 사분(四分)심리를 지나치게 노출시킨 결과로 봄직하며, 사연시(四聯詩) 방식의 시조 형태로 볼 수도 있을 것이다. 그러나 시조의 3장 구조적 본질이 3연(三聯) 이상일 수도 있다는 형태적 분할 개념을 주자면 그만한 배분 원리를 납득할 수 있도록 고루 갖춘 다음에라야 가능할 수 있을 터다. 예컨대, 하나의 장(章)이 두 개의 구(句)로써 성립된다는 관점에 따라 3장을 6연으로 가르기하는 정도, 그쯤이 형태적 고정성을 변수로 가시화시키는 한계일 것이다. 이것이 무시된 지나친 실험 양상은 탈시조(脫時調)라는 함정에 빠지고 마는 것이며, 때문에 빼어난 간명함의 시 세계인 「비가」를 비롯하여 「대춘부」 「노지의 불빛·7」 「노지의 불빛·10」 「머슴의 장(章)」 「겨울 비망록·5」 「하늘눈·5」와 같은 온당한 연(聯) 가름으로 보기 어렵다. 더더구나 우리가 한결같이 주목해 온, 그러한 시인 송선영의 위치이므로 이 점을 짚고 넘어가지 않을 수 없다.

─서벌, 「겨레를 향해서 쳐온 신문고 소리」(『어떤 목비명』, 신원문화사, 1990)

서벌 시인의 지적대로 이 시조를 '기·승·전·결'의 4분 구조로 볼 것인가. 하나의 장이 두개의 구로써 성립된다는 과정 아래 3장을 6연으로 가르기하는 정도의 한계에서 벗어났다고 해서 탈시조(脫時調)의 함정에 빠지고 있는 것일까? 그래서 온당한 연(聯)가름으로 보기 어려울까?

그러나 결론부터 말하자면 결코 그렇게 말할 수 없다고 본다.

우선 시조장르에 대한 필자의 생각은(사설시조까지 포함한다) 내용과 형식 두 가지를 아우르는 가운데 성립된다고 본다. 내용에서 필수불가결한 요건은 시조의 한 수는 두 개 이상의 의미 단락을 갖는다는 것이다. 물론 여기에는 형식적인 제약, 한 수가 3장으로 나누어지고 각 장은 4음보이며 종장의 제1음보는 3음절, 제2음보의 5음절 이상이 되어야 한다는 최소 범주의 조건이 필요하다. 내용상 둘 이상의 의미 단락을 가진다는 것은 사설시조와 가사의 변별점을 두기 위한 것일 수도 있지만 반드시 여기에 국한되는 문제만은 아니다.

'기·승·전·결'의 구조는 주지하다시피 한시(漢詩) 절구(絶句)의 기본 구조다. 시조와 절구의 넘나듦을 고려할 때 역관계(譯關係)에 있어 시형(詩形)과 내용(內容)이 첨삭됨을 이미 고시조를 통해 알 수 있다. 이의 분석을 통하여 '시조는 절구의 전구조(轉構造)를 소외한다'라는 논리적 주장(최진원, 「창과 흥」, 『한국 고전시가의 형상성』, 대동문화연구원, 1996, 51면)이 있기는 하지만 문제는 전구의 처리가 들락날락하여 일정치 않다는 점에 있다. 그러나 이러한 요인을 접어두고 이를 수용한다 하더라도 현대시조에까지도 이를 적용시킬 수 있느냐에 대해서는 논란의 여지가 있다. 현대시조를 단순히 고시조의 연장으로 보아서는 안 된다. 현대시조는 새로운 세계관의 새로운 담담층이 창출하고 있는 장르다. 물론 앞서 기술한 최소한의 요건을 전승(傳承)해서다.

인용된 작품을 살펴보자. 기·승·전·결이라는 4분 구조를 취하고 있지만 오히려 전개되는 시상으로 보아 '빈 바다 동백 한 송이'가 '전(轉)'의 역할을 하고 있다고 봄이 옳지 않은가. 다른 작품을 보기로 하자.

　　　겨울 청대밭의

　　　달이

　　　홀로

　　　눈을 털면

잠 깨어 달려가는

목이

긴

내 유년(幼年)이

한동안

청대를 흔든다.

어머니를 부른다.

─「겨울 비망록(備忘錄)·5」 부분

여기에서도 마찬가지로 '전(轉)'의 효과는 '어머니를 부른다'라는 대목에서 이루어지고 있다. 이러한 류의 작품이 상당수에 이르고 있는데 이는 작가의 의도적인 연가름으로 볼 수 있다는 예증이 된다. 마땅히 연가름을 할 필요에 의해 그렇게 한 것이며 여기에는 보다 심각한 시인의 의도가 내재되어 있음을 의미한다. 이 의도적인 연가름에서 작가가 표출하고자 하는 바는 무엇일까?

먼저 2연과 3연을 보기로 하자.

인용한 시조 「비가」나 「겨울 비망록·5」 모두가 2연과 3연은 시상(詩想)이 자연스럽게 연결된다. 그럼에도 불구하고 연가름을 하고 있다. 이를 연가름한 가장 중요한 이유는 시조가 갖는 최소한의 형식장치를 독립적으로 분리시키기 위해서다. 단지 그 이유 뿐일까. 「겨울 비망록·5」를 다음과 같이 썼다고 가정해보자.

잠깨어/ 달려가는/ 목이/ 긴/ 내 유년(幼年)이/ 한동안 청대를 흔든다.

휴지(休止)가 갖는 효과는 물론이고 독자의 긴장감─공간적 배경의 제시 → 유년의 등장으로부터 어떠한 사건이 예기될 듯한 분위기의 고조는 모두 삭감되어 버린다. 요컨대 2연과 3연의 가름은 최소한의 형식장치 담보 외에, 서정의 긴장을 최고의 상태로 올려놓는 정점의 구실을 3연에서 독자적으로 하게 하기 위한 가름이라 볼 수 있다. 그렇다면 문제의 3연과 4연의 연가름의 필연적인 이유는 무엇인가.

4연(종장 후구)은 인용한 두 시조에서 보듯 3연(종장 전구)에서 최고에 이르는 서정의 긴장이 또 한 번의 휴지를 거치며, 일제히 분출되고 있다. 이 서정의 분출은 그냥 분출되어 긴장의 해소 역할에 그치는 것이 아니라 동시에 주제로의 환기적 기능을 겸하고 있다는데 그만의 특유한 매력이 있다.

이러한 연가름이 무작위적이 아니라 작가의 의도에 의해 의식적으로 이루어지고 있다는 또 다른 반증은 다음과 같은 점에서 쉽게 확인이 가능하다.

「쑤꾸기」, 「겨울 비망록·3」, 「꽃새암 속에서」, 「호롱불」 등의 작품들은 첫 시집에서는 종장 전·후구가 연가름이 되고 있음에 반해 두 번째 시집과 시선집에 재수록되는 과정에서는 한 연으로 처리되고 있음을 볼 수 있다. 이를테면 「호롱불」이란 작품은 첫 시집에서는 '당신의/ 아득한 음성// 가람되어 흐릅니다'로 되어 있는데 반해 이후 시집에서는 '당신의/ 아득한 음성/ 가람되어 흐릅니다'로 되어 있는 것이다.

당신의 음성 → 강의 흐름(「호롱불」의 경우) 연결은 분명 눈〔雪〕 → 빈 바다 동백 한 송이(「비가」의 경우)의 전이(轉移) 관계는 아니다. '당신의 음성'에서 '하염 없는 눈, 눈, 눈'에서 느낄 수 있는 고도의 긴장이 오는 것도 아니고 '가람되어 흐르는 것'에서 '빈 바다 동백 한 송이'의 서정 분출이나 주제로의 환기 기능을 볼 수 있는 것도 아니다. 구태여 연가름이 필요 없었던 것이다. 그래서 작가는 이러한 연가름이 필요 없는 작품만을 선취하여 재수록 과정에서 분명히 해두고 있는 것이다.

종장 전구(轉句), 종장 후구(後句)의 이러한 의식적인 연가름은 70년 「강설기(降雪期)」 이후, 「화랑소고(花郎小考)」 연작 5편, 「겨울 비망록·2, 5, 9, 10」 「하늘 눈」 「장터산책」 「대춘부」 「노지(老只)의 불빛·7, 10」 「머슴의 장」 「소한 일지」 「겨울이여」 등에서 지속적으로 나타나고 있음을 볼 수 있다.

송선영의 시조 형식미는 한 마디로 말해 단절의 미학이라 할 수 있다. 자연스런 흐름의 허리를 끊는 듯한 그만의 특유한 단절은 극도로 언어를 절제하여 효과적으로 배치함으로써 주제를 선명하게 드러내 보여준다. 지금까지 살펴본 종장 전·후구의 의식적인 연가름 또한 이러한 연장선상에서 이해될 수 있다. 그의 실험적이며 과감한 단절의 미학이 현대시조 형식의 또 다른 하나의 틀을 제시해 주었다고 평가해 볼 수 있겠다.

서벌 시인의 지적 가운데 또 하나의 문제에 대해 살펴보기로 하자. 서벌 시인은 송선영 시인을 위시한 시조단 전체의 시인들에게 이러한 지적을 하였다.

> 그러나 시조의 3장 구조적 본질이 3연(三聯) 이상일 수도 있다는 형태적 분할 개념을 주자면 그만한 배분 원리를 납득할 수 있도록 고루 갖춘 다음에라야 가능할 수 있을 터다. 하나의 장(章)이 두 개의 구(句)로써 성립된다는 관점에 따라 3장을 6연으로 가르기 하는 정도, 그쯤이 형태적 고정성을 변수로 가시화시키는 한계일 것이다.
> —「겨레를 향하여 쳐온 신문고 소리」(『어떤 목비명』, 신원문화사, 1990)

시조는 그렇다면 3연 혹은 6연으로만 써야 한다는 논리인가. 6연 이상은 안 되는 것이며 4연이나 5연은 불가능하다는 얘기인가. 그것은 탈시조인가. 시조는 형태상 3장의 구조를 지녔지만 내용상 두 개의 의미 단락을 지니게 된다. 이 말은 상당한 함축성을 지니고 있다. 대부분의 시조는 종장이 갖는 의미가 초장과 중장이 갖는 의미를 뛰어 넘는다. 다시 말해 시조는 내용상 초·중장과 종장으로 나뉘는 2분 구조를 보편적으로 가지고 있다. 그렇기 때문에 송선영 시인의 다음 시들은 전혀 이상하지가 않다

낯선
주의보에
가위눌린 근본들이

대물린 두루마리 불사르며
먼 길 뜨고.

상장(喪章)단
저녁 종지기,
홀로 남아
종을 친다.

―「무제·1」 전문

그대가
그려 놓은
숫백성의 고을 어딘가,
희귀한 조선 풀꽃
지천으로
피어있다

골 깊은
나랏말씀을
길눈 밝혀 찾아간다.

―「고향의 눈물」 전문

　　2연의 연가름이 이상하지 않다면 4연의 연가름이 이상할 이유가 없다. 3
연이 가능하다면 이의 복합 형태인 5연이 불가능할 이유가 없다고 판단된다.
어찌보면 관습화하여 3연 혹은 6연으로 획일화하는 연가름이 더 문제일 수 있
다. 연가름은 주지하다시피 시의 내용에 따라 마땅이 그러해야 할 이유가 있을
때 언제든지 가능한 것이다. 배분 원리를 굳이 따지자면 이상과 같이 시조가
갖는 의미의 2분 구조에서 유추해볼 수 있을 것이다. 시조 역시 자유시와 마찬

가지로 각 작품의 개별성을 지니고 있다. 시조의 형식 장치를 벗어나는 것이 아니라면 큰 괄호로 묶어서 3연 혹은 6연으로 재단할 수는 없는 것은 아닐까.

4. 맺는말

지금까지 송선영 시조의 내용과 형식면에서 살펴보았다.

「휴전선」, 「하늘눈」, 「화랑소고」, 「겨울 비망록」, 「노지의 불빛」은 각각 다른 시대적 배경을 가지고 있다. 분단현실, 일제강점기, 신라시대, 작가의 소년기, 80년대 광주항쟁이 바로 이것인데 이를 관통하는 문학의식은 한 마디로 들자 면 열린 역사의식이라 할 수 있다. 자기성찰과 고독의 극기는 곧 이름 없는 풀 꽃들에 대한 애정으로 연결되며, 우리국토에 대한 애정(하늘눈)이나 우리 정신 (화랑소고)에 대한 기림은 그가 앞으로 펼쳐 보여줄 또 다른 세계를 유보해둔다 하더라도 오늘날 분단 현실에까지 커다란 자장을 형성해 준다 하겠다. 네 번째 시조집 『활터에서』는 소멸의 시학이라 불러도 좋을 만큼 떠나감과 사라짐에 대해 얘기하지만 그는 끝까지 긴장의 정신을 놓지 않고 있다. 「귀휴」나 「원촌 리의 눈」의 최근 작품에 이르러서는 부드러움과 따뜻함이 배어 나오고 있다. 이 부드러움은 그 동안 시대 현실에 대해 예각화해 온 문제들을 포기하고 있 다라기보다 우회적 시각으로 서정성을 격조 높게 갈무리하고 있기 때문이라고 보여진다. 그만큼 원숙해진 것이라고도 풀이해 볼 수 있을 것이다. 특히 송선 영 시인이 보여준 4연 형식의 시조는 종전의 기승전결의 구조를 뛰어넘어 긴 장의 정점과 극적 전환을 모색하는 의미구조를 보여 줌으로써 시조 구조의 새 로운 변환과 다양성을 가능케 하였다. 그는 이 시도를 통하여 사물과 사유의 정점에서 언어를 끊어내는 독특한 단절의 형식미를 독보적으로 개척하였다고 생각된다.

따뜻한 법어(法語)에 이르는 길 – 정완영론

김대행 ‖ 서울대 교수

1. 시인은 왜 시를 쓰는가

맹랑하고 멀쩡한 질문을 하나 해 본다. 시인은 왜 시를 쓰는 것일까? 보통 사람이 하는 대답이 다르고, 시인이 하는 대답이 다를 것이라는 짐작은 간다. 시인이라 해도 시인마다 그 대답이 한결같지는 않을 것이라는 데까지는 생각이 미친다. 그러나 그 대답이 어떤 내용의 것일는지 쉽게 추리되지는 않는다.

이런 물음은 참 멍청하고 당돌한 질문이기도 할 것이다. 그것은 마치 열심히 사는 사람을 붙들고 '왜 사느냐'고 묻는 것과 다를 바 없기 때문이다. 실로 열심히 사는 사람은 왜 사는가를 생각할 필요도 없고, 또 그럴 겨를조차 없을는지도 모른다. 그런 것을 생각지 않고 산다 해서 사는 의의가 감소하는 것도 아닐 터이고, 왜 사는지를 분명히 인식하고 산다 해서 꼭 훌륭한 삶을 영위한다는 보장이 서는 것도 아닐 것이다.

　　그런데도 백수(白水) 정완영(鄭椀永) 선생의 시를 읽으면서 이런 질문을 떠올리는 것은 이 시인이 시조 시인이라는 이유도 있다. 그러면 의문은 이렇게도 바뀔 수 있다. 시조 시인은 왜 시조를 쓰는 것일까? 이렇게 자문하고 자답을 찾아 본다. 이 시인의 시를 그런 눈으로 바라보면 뭔가 좀 배우는 것이 있을는지 모르겠다.

2. 소리도 보이는 시인

　　이 시인의 작품들을 읽다 보면 문득 문득 낯익은 시어가 나온다. 「봉춘(逢春)」 「행기(行碁)」 「연과 바람」 「오동꽃—병처(病妻)에게」 등에 나오는 '봤었다' 가 그것이다. 이런 식이다.

> 더러는 채반만하고 더러는 맷방석만한
>
> 직지사(直指寺) 인경소리가 바람 타고 날아와서
>
> 연(蓮)밭에 연(蓮)잎이 되어 앉는 것도 나는 봤느니.
>
> 　　　　　　　　　　　　　　　　　　　—「연과 바람」 셋째 연

　　알 듯도 하고 모를 듯도 하다. 고향 동구 밖의 연밭과 함께 살았던 삶의 기억이 직지사 인경소리와 어우러지는 연잎의 풍경으로 정돈되는 것은 알겠다. 그러나 거기까지는 그렇다 치더라도 인경소리가 연잎 위에 앉는 것도 아니고 아예 연잎이 되어 앉다니. 그리고 그것을 굳이 '봤었다'고 못박아 말하는 뜻은 무엇일까. 이 수수께끼를 풀기 위해 계속해 읽어보는 다음 연은 이렇게 이어진다.

> 훗날 석굴암(石窟庵) 대불(大佛)이 가부좌(跏趺坐)하고 앉아

먼 수평(水平) 넘는 돛배나 이 저승의 삼생(三生)이나
동해(東海) 저 푸른 연(蓮)잎을 접는 것도 나는 봤느니

―「연과 바람」 넷째 연

짐작하기로는 동해가 한 장 연잎이듯 삼라만상이며 우리 삶 전체가 그저 한 장 연잎에 둥실 실린 것을 보았다는 말이겠다. 그런 생각이 그럴 듯하다는 느낌을 갖게 하는 것은 이 시의 마지막 연이다.

설사 진흙 바닥에 뿌리 박고 산다 해도
우리들 얻은 백발(白髮)도 연(蓮)잎이라 생각하며
바람에 인경소리를 실어 봄즉 하잖는가.

―「연과 바람」 마지막 연

이쯤이면 알 듯도 하다. 진흙 바닥에 뿌리 박고 살기야 연생(蓮生)이나 인생(人生)이나 마찬가지. 그래 이 시의 앞부분에서 시인은 연밭 되어 가는 양이 우리 사는 양이라고 거듭 말했었나 보다. 그러기에 인경소리에 어우러지는 한 장의 연잎과도 같은 한 생을 깨닫고, 또 그렇게 다짐하는 모양이다. 그런 깨달음에 이르기 위해 시인은 소리도 보았고 부처님의 섭리도 보았다는 말이겠다. 바꾸어 말하면 그것을 보았기에 그런 깨달음과 다짐이 가능했다는 말도 되겠다.

그렇다면 이 '본다'는 말은 무슨 뜻일까? 생각해 보면, 본다는 말처럼 많은 뜻을 갖는 것도 드물 듯하다. 응시, 주시, 목격, 목도, 관찰, 통찰…… 이 모두가 다 본다는 말이다. 이 시에 나오는 '봤었다'는 그 중 어떤 뜻일까?

그 해석의 꼬투리를 나는 소리도 본다는 데서 찾는다. 이 세상의 그 누구도 소리를 보는 사람은 없을 것이다. 그런데 시인은 그런 것을 봤었다고 한다. 여기서 나는 조금 고집을 부리고 싶어진다. 소리까지 볼 수 있는 것은 눈이 아니라 머리일 것이다. 그렇다면 그것은 그저 보는 것이 아니라 아는 것이요, 깨닫는 것이리라.

이런 해석이 그럴 듯하다고 우기기 위하여 나는 헤세의 '신달타'는 강물을 보고 깨달음에 이르렀다고 말하고 싶어진다. 또 소동파(蘇東坡)의 「적벽부(赤壁賦)」는 강물을 바라보며 "가는 것이 저와 같다."고 했던 것 아니냐고 말한 것이 깨달음일 터이니 보는 것은 곧 깨달음이 아니냐고 말하고도 싶어진다. 인생조차도 그윽히 들여다보는 이런 시는 그 증거가 되어 줄 법하다.

오늘은 우리집 뒷곁
배밭 길을 혼자 거닐며

할미새 울음소리가
호록 호록 배꽃이 되어

온 과원(果園) 반면(盤面) 가득히
실리는 걸 내가 봤었다.

—「행기(行碁)」 끝부분

인생이 바둑두기라는 깨달음에 이른 이 시는 소리가 화하여 꽃이 되고, 꽃이 그대로 세상이 되고, 그것이 온통 삶임을 깨닫는 조화로운 요술을 보여 준다. 시를 읽노라면 이것 저것 분간할 필요 없이 소리로, 풍경으로, 삶으로 넘나들다가 드디어 고개 끄덕이게 되는 것은 이 시에도 나오는 '봤었다'의 신비로운 조화라 할 만하다.

그리고 보면 내가 한 질문에 이렇게 답하는 것은 어떨는지 모르겠다. 시인은 깨달음을 전하기 위해 시를 쓰는 것이라고 난해한 이론을 들어 이것을 입증하는 것은 실없는 노릇일 것이다. 그러나 실로 그만한 깨달음 없이 줄줄줄 읊어 대는 시라면 그건 종달이 노래만도 못하리라는 점만 생각해도 시인이 시를 쓰는 까닭의 한 가닥을 알 것도 같다.

3. 애정과 서정

    그럼, 이 시인이 그리하였듯이 세상을 물끄러미 보고 있노라면 다 깨달음에 이를 수 있을까? 우리가 이야기하고 있는 화제로 바꿔 본다. 바라보기만 하면 누구나 시인이 되는 것일까? 그렇지도 않고 그럴 수도 없다는 단서가 이 시인의 작품에 있다.

> 사흘 와 계시다가
> 말없이 돌아가시는
>
> 아버님 모시 두루막
> 빛바랜 흰 자락이
>
> 웬일로 제 가슴 속에
> 눈물로만 스밉니까.
>
>
> 어스름 짙어 오는
> 아버님 여일(餘日) 위에
>
> 꽃으로 비쳐 드릴
> 제 마음 없사오매
>
> 생각은 무지개 되어
> 고향길을 덮습니다.

손 내밀면 잡혀질 듯한

어릴 제 시절이온데

할아버님 닮아가는

아버님의 모습 뒤에

저 또한 그 날 그 때의

아버님을 닮습니다.

─「부자상(父子像)」 전문

이 시는 아주 쉽고 평이하대서 중학교 교과서에까지 실린 것이지만, 글쎄,
이처럼 대상을 바라볼 수 있게 되자면 어찌해야 되는지 그 수준 높은 설명을
어떻게 하는지에 대해서는 아는 바가 없다. 아버님의 모시 두루막 자락이 어찌
하면 내 가슴 속 눈물이 되는지, 어떻게 바라보면 고향길로 무지개 같은 생각
이 달려가는지, 그 모습을 닮은 자신의 모습이 어떻게 하면 보이는지. 감정 이
입이니, 자아 회귀니, 동일시니, 뭐 그럴 듯한 용어가 없는 것은 아니겠지만 그
것은 그저 과학적 설명일 따름, 설명한다고 해서 누구나 그런 눈을 가지게 되
는 것은 아니리라.

그렇다면 시인이야말로 남다른 눈을 가진 사람이라 해야 옳다. 그리고 시
인이 그렇다는 점은 쉽게 확인이 된다. 시인은 참으로 보통 사람에게는 보이지
않는 모든 것을 본다. 이 시인은 잠까지도 보니까 말이다.

어젯밤 놓친 잠을

머리맡에 불러 본다

어린 제 실개울의

풀섶에서 놓쳤던 것

그 예쁜 피라미 떼를
잠여울로 불러 본다.

뼘 남짓 뜨락에는
체로 거른 아침 나절

나무도 지난밤을
뜬눈으로 세웠던가

물든 잎 피라미 떼를
빈 마당에 놀려 놨다.

장독대 닦아 주며
바람 햇살 골라 주며

아내는 물새 다리
잔물결을 밟아 주며

엷은 꿈 베갯머리에
피라미 떼 보내 준다.

—「낮잠을 부르며」 전문

    이 시인이 들려 준대로 생각하니 아슴아슴한 잠이 곧 피라미 떼인 것을 알 듯도 하다. 그러고 보면 멋모르고 살아가는 우리들에게 이것은 이것이고, 저것은 저것이라고 일러 주는 이가 시인인 모양이다. 이 또한 그것의 정체를

깨닫게 함일텐데 누구나 그 일을 할 수 있는 것은 아니리라. 그래서 전에 어떤
큰스님은 "산은 산이요, 물은 물이로다." 했던 것인가.

그러자면 남다른 눈이 있어야 할 터다. 그 남다른 눈이 이런 것 아닐까 싶
다.

> 산 아래 살자 하니
> 그도 산을 닮는 걸가
>
> 오늘은 약수터에
> 물 길으러 간 아내가
>
> 흡사 그 원추리꽃 같은
> 산노을을 입고 왔다.

―「아내의 노을」

원추리꽃 같은 산노을이 어떤 것일는지 나 같은 상상력으로는 헤아릴 길
이 없다. 그러나 그것이 따뜻한 시선으로 바라볼 때에만 보이는 것이리라는 짐
작은 간다. 눈빛만으로도 사랑의 말들을 다 새겨들을 수 있었던 시절을 회상하
는 것도 이럴 때 도움이 된다. 그렇다. 사랑으로 바라보는 시선이라야 대상이
바로 보이고, 바로 보아야 그것은 아름답다.

그러고 보면 서정이라는 것이 별다른 것이 아니라 삼라와 만상에 대한 애
정임을 알 수도 있을 것 같다. 그렇다면 시인은 사랑하는 사람이라고 바꾸어
말해도 될 듯하다. 시인이 시를 쓰는 것은 바로 그런 사랑의 이야기일 것이다.
우리가 무엇을 사랑하며 살아가야 하는가를 일러 주기 위하여 사랑이 가득한
시선으로 세상을 바라보고, 그 바라봄을 읊조리는 것이 시를 쓰는 이유라고 해
도 좋을 것이다.

4. 넘나들기의 자유로움

사랑이 가득한 눈으로 대상을 그윽히 바라보면 어디에 이르는 것일까? 그 대답을 이 시에서 찾아 본다.

> 이 돌은 내 고향 직지사(直指寺)
> 저문 산의 타종(打鐘) 소리
>
> 연(蓮)잎 같은 푸른 바람에
> 너울너울 실려 와서
>
> 천리 밖
> 만려(萬慮)의 창 아래
> 뚝 떨어진 쇠북소리.
>
> —「직지사(直指寺) 범종 소리」

종소리가 연잎에 내려앉는 것이 이 시인의 눈에만 보이는 것임은 앞에서 이미 알았지만, 그것이 다시 바람에 실려 와 이 천리의 밖 근심 많은 삶 속에 한 덩이의 돌로 내려앉을 수 있는 것―아니다, 한 개의 무심한 돌덩이에서 고향 하늘에 남아 있을 종소리를 들을 수 있는 것은 남다른 귀와 남다른 눈이 있어야 가능할 일이다.

그러나 그것도 답이 아닐는지 모른다. 남다른 눈이야 가진 사람이 있을 법하고, 남다른 귀도 뛰어난 사람이 얼마든지 있을 것이다. 그런 사람들이야 날렵하고 재기 발랄하게 이 세상을 헤엄쳐 다니지 않겠는가? 그들이 증권시장의 기미와 동태를 알아차리고, 권력이 흘러가는 곳을 재빨리 간파하는 데야 남다를 것이다. 그러나 한 덩이 돌멩이에 고향이 들어앉아 있고 종소리가 깃들여 있음을, 그래서 거기에 따뜻한 인정의 온기가 숨쉬고 있음을 어찌 듣고 볼 수 있으랴.

그것은 그렇게 할 수 있는 사람만의 세상이다. 그렇게 할 수 있는 것은 사랑이 있어서임을 앞에서 보았다. 발 밑의 벌레 한 마리가 무심한 것이 아니고, 발끝의 돌뿌리 하나가 그저 지나치는 것이 아니라 그 또한 내 삶의 일부로 여기고 사랑하는 마음이라야 할 수 있는 일일 것이다. 그래야 눈으로 소리를 보고, 귀로 모습을 듣는 힘을 비로소 가질 것이다. 말하자면 이런 세계일 것이다.

깃 고운 자재암(自在庵)을
구름 속에 묻어 두고

북소리 그 한 끝을
밟고 서면 어디일까

저문 산 잠기는 그림자
업어 내린 물소리
―「물소리 산사(山寺)」

구름과 산 그림자가 북소리와 물소리를 업고 있는 고즈넉한 그림 한 폭을 읽어 깨우치는 사람이야 있겠지만, 그런 그림을 아무나 그릴 수 있는 것은 아닐 것이다. 이 시인이 그려냄으로써 우리는 비로소 그 그림을 볼 수 있게 되었다. 그래서 우리는 이 시인을 통해 비로소 하나의 깨달음을 얻는 것은 아닐까? 세상 모든 것을 다 사랑하다 보면 오관(五官)을 넘나드는 자유자재(自由自在)를 얻게 되는 것이라고.

우리 삶이 각박하고, 우리 사는 일이 늘상 헤매임으로 이어지는 것은 우리의 생각이 눈은 눈, 귀는 귀, 입은 입으로 지나친 구획을 하고 있기 때문은 아닌가 생각해 본다. 그런 생각은 이 시인의 시를 보면서 떠오르는 것이지만, 눈으로 보기나, 귀로 듣기나, 입으로 말하기나, 그 모두가 다 내 것이건만 눈은

귀를 모르고, 입은 눈을 모르고, 저마다 제 각각 내 생각도 아니고 내 말도 아
닌 말을 하면서 살아가는 세상에서 그 부질없는 단절을 벗어나는 길이 무엇인
지를 여기서 보는 듯하다.

> 그 무슨 숙생(宿生)의 연(緣)인가
> 어딜 가나 절이 따르네
>
> 이 밤도 장명등(長明燈)만한
> 먼데 시름 밝혀 두고
>
> 뻐꾸기 한 목청 같은
> 봉은사(奉恩寺)를 베고 눕는다.   ー「대치동(大峙洞)」 끝부분

시름을 눈으로 보고, 소리를 베고 눕는 사람. 시름조차 사랑할 수 있는 경
지에 이르면 보는 것마다 듣는 것마다 만지는 것마다, 그 모든 삼라만상이 다
비밀을 열고 내 가슴 속으로 오는 것인가부다.

그래서 이 시인에게서 우리는 다시 한 마디의 비밀을 엿들을 수 있을 듯
하다. 시인은 왜 시를 쓰는가? 이 세상 삼라만상이 모두 가슴을 열고 다가와
제것이 되기에 그것을 말하지 않고는 견딜 수 없어서, 아니 저도 모르는 사이
에 그것을 말해 버릴 수밖에 없어서 시를 쓰는 것이라고.

5. 경중정(景中情)의 시세계

백수 정완영(白水 鄭椀永) 선생의 시에서 강하게 느끼는 것은 동양화의 화
폭을 보는 것 같다는 점이고, 그것이 시가 되고 보니 한시론(漢詩論)의 한 중추

가 되어 있는 경중정(景中情)이 무언가를 알 듯도 하다는 점이다.

> 영화도 무성턴 여름도
> 끝내는 아주 가는구나
>
> 뜰 아래 풀벌레 소리
> 낭자하게 울려 놓고
>
> 파초닢 비 젖은 한 잎만
> 꺾어 놓고 가는구나.
>
> ―「파초(芭蕉)닢 꺾어 놓고」 전문

　더위를 식히는 것인지, 가을을 재촉하는 것인지 한 줄기 비가 스쳐가고 난 뒤에 밤을 새워 우는 풀벌레 소리와 함께 가을이 문 밖에 와 있는 시간―그것을 이 그림은 꺾이어 늘어진 파초잎으로 바꾸어 놓고 있다. 그러기에 이 그림에는 쓰다 달다 말이 없지만, 알 사람은 다 알고 느낄 사람은 다 아는 소슬(蕭瑟)이 있으며, 그 사느로운 정감은 설명을 저만치 넘어선 곳에 있다. 이런 것을 향해 객관적 상관물이니 심상(心象)이니 하는 용어를 갖다 대는 것도 참으로 부질없는 짓이리라. 이것이야말로 경(景) 속에 정(情)이 있는 바로 그 세계일 것이다. 그래서 사람들은 둘이 하나되어 있는 것을 칭찬했다.

　정과 경은 이름은 둘이나 실제로는 분리될 수 없다. 시에 있어서 신묘한 작품은 묘하게 합치됨이 끝이 없다. 잘된 시에는 情 속에 景이 있는 것이 있고 또한 景 속에 情이 있는 것이 있다(情景名爲二 而實不可離 神於詩者 妙合無垠 巧者則有情中景 景中情).

> ―왕부지(王夫之), 「강재시화(薑齋詩話)」

그러고 보면 이 시인은 경(景) 속에 정(情)을 담는 것에 아주 능하다는 말이 되는데, 그런 특징이 어디서 오게 된 것일까 짐작해 본다. 백수 정완영 선생이 옛날에 그림 공부를 한 적이 있는지는 알아 보지 못하였다. 그런데도 시를 그림으로 쓴다. 그러나 이런 저런 글을 들여다보면 동양 고전에 조예가 깊은 것은 금방 드러난다. 그러한 조예가 곧바로 그의 시에 그림으로 배어 나오는 것은 아닐까 생각할 수도 있는데, 그러고 보면 이 시인은 동양적 시의 전통에 뿌리를 내려 세상을 사랑하고 있음을 알겠다. 사랑하니 소리든 뭐든 다 보이고, 다 보이니 보이는 것만 노래를 해도 그 속에 일천 간장이 다 녹아 있고, 오만 가지 세상살이가 다 스며 있는 모양이다.

사람이 이 세상에
무엇하러 왔나 하면

청냉포 빈 솔밭에
솔 가꾸러 왔나부다

아니면 강물을 빙 돌려
울음 울러 왔나부다

―「청냉포(淸冷浦)」

이 시를 읽노라면 문득 '천만리 머나먼 길에 고운님 여의옵고'로 시작되는 왕방연(王邦衍)의 시조가 떠오른다. 그가 본 것은 '내 안 같은 물'이었고 이 시인이 본 것은 솔밭과 강물이다. 사람은 저마다 제 눈으로 세상을 본다더니 과연 그런 모양이다. 그래서 대상과 나를 넘나들게 되면 경(景)이 곧 정(情)이요, 정이 곧 경이 되는 세상이 되는 모양이다. 굳이 말은 하지 않지만 그 빈 솔밭과 애돌아간 강물에 잠자는 역사의 한(恨)과 고독을 어쩌면 나도 알 듯 싶은 것은 이 담담한 그림 때문이요, 그 화폭 가득히 덮여 있는 정 때문이리라.

그런지 어쩐지는 잘 몰라도 고흐의 해바라기보다, 프랑스 지폐에까지 그려진 윗도리 벗고 외치는 여자 그림보다도 이름없는 어느 화원(畵員)의 한 폭 텅 빈 것 같은 산수화에 눈이 더 가는 사람이라면 경중정(景中情)의 세계에 얼만큼은 가까이 가 있는 셈이겠다. 그래서 나는 또 하나의 답을 구한다. 시인이 시를 쓰는, 더구나 시조 시인이 시조를 쓰는 까닭—그건 마치 유전자처럼 우리 마음에 추를 내리고 있는 정으로 세상 보기는 전통 때문이 아니겠는가.

6. 그의 고향과 전통의 뿌리

이 시인이 정(情)으로 세상을 바라보는 눈을 천부적으로 타고 났는지, 아니면 그렇게 세상 보는 법을 생이지지(生而知之)하였는지 아니면 독공(獨工)으로 깨우쳤는지 그것은 내가 알 턱이 없다. 다만 백수 정완영 선생의 시를 읽다 보면 또 하나 눈에 띄는 것이 고향에 관련된 시가 무척 많다는 점이다. 그의 어느 시절 시집도 고향 노래가 없는 것이 없다.

고향 그리워하는 것이야말로 동양적인 정서인 듯한 생각이 드는 것은 사실이지만, 그가 시조 시인임을 생각하면 이것은 좀 특이하다. 단언하건대, 우리의 옛날 시조에는 고향을 노래한 것이 거의 없다. 조사를 해 보고서 나 자신도 놀랐던 것이지만, 한시에는 고향 노래가 많은데도 시조에는 그런 주제가 드물다.

그 까닭을 나는, 시조가 주로 노래로 불리었다는 데서 찾은 바 있다. 붓으로 쓰는 경우에는 고향 그리움을 말하기에 좋아도 노래하는 분위기에서는 고독이나 향수를 말하기가 적절하지 못했기에 그리 되었을 거라고 해석한 일이 있다. 그 해석을 고집하자는 뜻에서가 아니라 백수 정완영 선생의 시에서 고향 노래를 자주 듣게 되는 것을 나는 특별한 의미로 보고 싶다.

오늘날의 시조야 글자 수만 맞춰 놓으면 될 듯도 하다. 그러나 원래 시조를 버텨 주었던 자질인 노래가 빠져나간 빈 자리를 무언가로 채우지 않고서는 시조답다는 느낌을 주기가 어렵다. 말을 제아무리 아끼고 교묘하게 꾸며도 어딘지 모르게 시조라는 느낌이 들지 않는 시는 대체로 그 점에서 묘(妙)를 얻지 못한 탓이라고 나는 생각한다.

백수 정완영 선생은 그 자리에 고향을 갖다 놓은 것이라고 보려는 것이다. 고향이라는 것이 각자에게 불러일으키는 생각이야 천차만별이겠지만, 그래도 누구나 함께 동의할 수 있는 것은 옛날에 대한 그리움과 사랑이 아닌가 한다. 물론 그 사랑의 실질적인 모습도 사람마다 많이 다르기야 할 것이다. 그러나 그것은 그립고 사랑스러운 것이며, 그냥 고향이라는 말만으로도 우리는 눈시울을 붉힐 수 있는 것이다. 그런 생각을 확인하게 해 주는 작품이 이런 것이다.

시골서 보내 온 모과
울퉁불퉁 늙은 모과

서리 묻은 달 같은 것이
광주리에 앉아 있다.

타고난 모양새대로
서너 개나 앉아 있다.

시골서 보내온 모과
우리 형님 닮은 모과

주름진 고향산처럼
근심스레 앉아 있다.

먼 마을 개 짖는 소리

그 소리로 앉아 있다.

시골서 보내 온 모과
등불처럼 타는 모과

어느 날 비라도 젖어
혼자 돌아오는 밤은

수수한 바람소리로
온 방안에 앉아 있다.

—「모과(木瓜)」 전문

　어찌 생각하면 그냥 보통 모과로도 이만한 정경이며 이쯤의 소리며를 들을 수 있었을는지도 모른다. 그러나 굳이 그것이 '고향서 보내 온 모과'인 데서 우리는 모든 복잡한 절차를 생략하고 공감의 길로 손잡고 나아갈 수 있게 되는 것이 아닌가? 그것은 고향이라는 거의 원형질적인 것이 발휘하는 위력이라고 생각한다. 그러기에 그의 고향 생각은 언제나 따뜻하다.

서울역 매표소에서
차표 한 장 사서 든다

내 고향 시냇물의
버들붕어만한 차표

오늘밤
별무리 찬란할

하늘 한 장 사서 든다.

—「고향차표」

천진난만한 어린아이에게서나 들을 수 있을 법한 고향의 환상을 이 노시인에게서 확인하는 마음이 흥겹기만 하다. 물론 이 시인에게도 고향이 안타깝고 구차스러운 기억으로 남아 있던 시절도 없지 않았다. '내 고향 하늘빛은 열무김치 서러운 맛'(「고향 생각」)인 적도 있었고 '어머님 켜 놓고 간 등불만한 설움'(「홍시(紅柿)」)이기도 했으며, '허심(虛心)한 하늘'(「향산심곡(鄕山心曲)」)의 땅이기도 하였다. 그러나 이만한 세월의 물굽이를 스쳐 온 뒤, 고향은 '남겨 둔 까치밥 같은'(「까치밥」) 것이고 생각만 해도 '꿈의 도랑물 흐르는'(「눈감고 앉아」) 곳이다.

누구나 살 만큼 살고 나면 고향을 그렇게 생각하게 되는지에 대해서 나는 아는 바가 없다. 그러나 삼라만상을 사랑하는 바탕에 고향이 있고 보면, 거의 본능이나 맹목에 가까운 그리움에 있고 보면, 어찌 그 무엇 혹은 어느 하난들 무심한 것이 있겠으며, 그래서 그것을 사랑에 충만하여 정을 실어 바라보다 보면 생각하는 것만으로도 아름답지 않을 수 있으랴.

그러고 보면 어느 작품에서나 묻어 날 것만 같은 고향은 시인만의 고향이라기보다 우리 모두의 마음을 다독거리는 인정의 세계라 할 만하다. 이 시인은 음악이 빠져 나간 공백에 이 원형질적인 고향의 정서를 떡하니 버텨 놓음으로써 누구나 낯익은 느낌을 갖게 하고, 그 말이 내 말, 내 마음, 내 노래라고 생각하게 만드는 셈이다. 이런 것을 굳이 전통이라고 지칭하는 것조차 번거로울 듯하다.

7. 시조를 쓰는 이유

근자에 들어 이 노시인은 경전(經典)에나 있을 법한 말을 많이 한다는 느낌이 든다.

> 고향에 내려가니
> 고향은 거기 없고
>
> 고향에서 돌아오니
> 고향은 거기 있고……
>
> 흑염소 울음소리만
> 내가 몰고 왔네요.

―「고향은 없고」 전문

　이 시는 얼핏 역설적 상황을 생각하게 하고, 또 나아가 '색즉시공 공즉시색(色卽是空空卽是色)'을 떠올리게 한다. 인간은 본질적으로 모순된 존재이기에 손에 쥐면 딴 것을 바라보고, 잃고 나면 그것을 그리워하게 마련이다. 그래서 인간이 인간다워지는 거라고도 하지만, 알면서도 깨달음에 이르기는 좀체로 어려운 경지라서 부처의 말을 떠올리게도 된다.

　물론 이 시인이 부처와 다른 것은 아직도 '흑염소 울음소리'와 더불어 있기 때문일 것이며, 그렇게 머물러 있는 것은, 무엇에나 정 주지 않고는 견디지 못하는 이 시인의 성품 때문이지 본질은 결국 한 가지인 것이라고 나는 생각한다. 그뿐이 아니다.

> 지난 날 내 고향은
> 경상도(慶尙道)라 일렀는데
>
> 요즘은 내 본향(本鄕)이
> 구름 너머 저곳일세

아닐세

구름도 더 너머

하늘 너머 저곳일세

—「구름·3」

　이 시를 읽으면서 나도 모르게 옷깃을 여미게 되는 것은 이런 말을 편안하게 할 수 있으려면 어떻게 살면 그리되는가를 짐작하기 어렵기 때문이다.

　나는 어쩌면 그 대답을 구하려고 시인이 시를 쓰는 이유를 물었는지 모른다. 그런데도 알 듯 알 듯 하면서도 그 정체를 분명히 말할 수 있을 만큼 이해한 것 같지는 않다. 근원에 고향 생각처럼 따뜻한 마음을 두고 사랑으로 바라보면 소리도 보이고 세상 사는 일도 보이고, 그래서 보이는 것만 말해도 물안개같은 정(情)이 피어 오르게 되는 것인지, 그렇게 한참을 살다 보면 우리 사는 일이 무엇이란 것도 깨닫게 되는 것인지. 과연 그럴 수 있는 것일까? 그러나 아무나 그렇게 되는 일이라면 굳이 시인이 되어야 할 까닭도 없을 듯싶다. 그러나 아닐 것이다.

　지금까지 말을 아껴 왔지만, 시조가 시조인 까닭 가운데 중요한 것 중 하나가 형식의 문제임은 췌언을 필요로 하지 않는다. 전체가 45자 안팎으로 된다는 그 자체가 우선 시조다움의 출발이다. 그 안에 복잡하게 살펴 볼 만한 여러 특징이 더 없는 것도 아니다. 그러나 가장 중요한 것은 45자 정도로 말을 아껴 아껴 해야 한다는 조건이다. 그 무엇보다도 먼저 그래야 시조답다.

　백수 정완영 선생의 시조를 살피면서 굳이 형식의 문제를 거론하지 않았던 것은 그런 논의가 큰 의미를 띄지 않기 때문이었다. 말을 지극히 삼가 제한된 울타리를 크게 넘어서는 일이 적었던 시인에게 형식 문제를 들이대는 것은 논의하기에 편할는지 몰라도 이미 저 스스로 드러난 것을 굳이 들추어 번거로움을 빚는 이상의 의미가 없기 때문이라는 생각에서였다. 또 이미 그런 생각을 시인 스스로 분명히 밝혀 두기도 하였다.

다른 이들은 틀이 좁아 할 말을 다 못 담겠다지만 나는 천지의 말씀을 다 내려 앉혀도 오히려 남을 이 그릇에 채울 말을 찾지 못한다.

—시집 『난(蘭)보다 푸른 돌』 서문

그러고 보면 시조 시인이 시조를 쓰는 이유와 삶의 모든 것이 환히 보이는 이치를 이제는 얼마간 알 수도 있을 듯하다. 사랑으로, 따뜻함으로 바라보면 모든 것이 다 보이건만, 그것을 아껴 아껴 말을 삼가고 줄이다 보면 그 구경(究竟)에 가서는 법어(法語) 같은 말을 뚝뚝 던질 수가 있게 되는가 보다.

그것은 이 시인이 세상을 들여다보고 바라다보며 걸어 온 길일 것이다. 사랑으로 깨닫고 세상 이치를 말하기 위하여 시인은 시를 쓰는가 보다. 나는 다음과 같은 시에서 그러한 시인의 길을 읽는다.

저만치 벗어 논 안경
이만치에 눈감은 나

그 사이 흐르는 것은
세월인가 강물인가

삿대로 강류(江流)를 찌르면
추수공장 천일색(秋水共長天一色)을.

—「안경·5」

'사이'의 시학(詩學), 그 변용과 실존의 텍스트
-김제현론

김동근 ‖ 전남대 교수

1. 김제현의 시조와 '사이'의 문제

　시조 시인 김제현, 그는 '사이'의 시인이다. 김제현은 그의 육성을 통해서나 시를 통해서 직접 '사이'를 말한 적이 한번도 없다. 그럼에도 불구하고 필자는 그의 시 텍스트를 통해서 그가 겹겹의 '사이'에 존재하고, 그 '사이' 속에서 끊임없이 자리 찾기를 시도하는 시인임을 읽어낼 수밖에 없었다.

　'사이'란 무엇인가? 그것은 어떤 절대적인 측정치로 규정될 수 없는 개념이다. '사이'는 '틈새'와 다르다. 틈새는 존재의 주체성이 개입되지 않는 물리적 간격일 뿐이지만, 사이는 다분히 존재론적이고, 또한 인식론적인 관계와 의미를 갖는 어떤 '체계'라 할 수 있다. 우리는 수많은 공간과 시간의 사이 속에 존재하고, 우리 스스로 거기에 부여한 가치의 틀에 의해 규정된다. 그러기에 서로 다른 존재들은 서로 다른 '사이'의 의미로 살아가는 것이다. 그러나 우리는 우리의 일상 속에서 그 '사이'의 의미들을 무감하게 지나치고 마는 경우가 허다하다.

김제현은 바로 그러한 일상의 서정을 노래하지만, 그의 시에서의 일상들은 서정적 감응이나 묘사의 대상에만 그치지 않는다. 그가 바라보는 일상은 항상 '사이의 체계'로 그려지며, 나아가 인간 존재의 의미를 길러내는 메타포의 심연으로 작용한다. 그렇다면, 김제현 시에서 드러나는 '사이'의 문제는 무엇인가? 필자는 이를 두 측면에서 언급하려 한다. 하나는 시형을 구조화하는 방식, 즉 시조 시인으로서 그의 창작 원리에 대한 측면이고, 다른 하나는 시적 담론, 즉 서정 주체가 시적 대상을 통해 구현해내는 의미화의 측면이다. 이러한 두 측면의 검토를 통해 볼 때, 김제현 시에 대한 논의는 결국 '사이'의 문제로 귀결될 수 있을 것이라 생각된다.

먼저, 김제현의 시조 원리는 어떤 '사이' 속에 존재하는가. 결과적으로 그것은 전통시조와 현대 자유시 사이에 존재한다. 김제현이 시조 시인인 이상 이러한 전제는 물론 당연한 것이기도 하고, 또 딱히 김제현만의 창작 원리이거나 성과라고 말할 수 없을지도 모른다. 그러나 그럼에도 불구하고 김제현만큼 그 둘 사이에서 어느 한 쪽에 기울지 않고 두 장르의 장점들을 포괄해내기 위해 노력한 시인도 드물 듯하다. 현대시조가 전통시조를 모태로 하지만 '현대성'을 외면할 수 없고, 반면에 이 시대 문학으로서의 현대적 양식이어야 하지만 본래의 '시조성'으로부터 벗어나서는 안 되는, 그 양식상 '사이'의 문제에 누구보다 고민해 왔던 시인으로 보인다.

이런 점에서 그는 변용(deformation)(흔히 '데포르마시옹'이라 불리는 이 용어는 프랑스 상징파 시인 랭보가 언어의 연금술을 설명하는 과정에서 사용하였던 것으로, 창조적인 영감에 의해 대상을 굴절시킴으로써 새로운 이미지를 얻어내는 기법을 가리키는 말이다. 여기에서는 그 개념을 확장시켜 사용하고자 한다)의 시인이다. 그는 전통시조의 형태를 파괴하거나, 기본 원리로부터 벗어나려 하지 않는다. 그러면서도 그의 시조는 새롭다. 그것은 그의 시조가 자유시의 장점들을 수용하여 현대적 감각으로의 변용에 성공하고 있기 때문이다. 즉 4음보격을 지키면서도 한 음보 안에 몇 개의 휴지 공간을 두어 호흡율적인 파격을 형성한다거나, 3장 구조의 '세우고, 펼치고, 맺는' 시상 전개를 유지하되 시적 의미의 유추를 역진적으로 이루어지게 하는 점, 또 시조의 리듬성을 위축시키지 않으면서도 자유시와 같은 전경화(foregrounding)(이는 러시아 형식주의자 얀 무카로프스키가 시적 언어의 특성 중 가장 중요하게 여겼던 것으로, 어떤 것을 가장 뚜렷하게 보이는 위치에 내 놓는 것, 즉 지각 과정에서 가장 두드러지도록 하는 것을 뜻한다. J. Mukarovsky, Standard Language & Poetic Language, 1970)된 이미지 구축에 성공하고 있는 점 등이 그 좋은 예라 할 수 있다.

다음으로, 김제현 시조에서 '사이'의 문제는 시적 의미를 산출시키는 언어적 형상화의 과정, 즉 담론(discours)(담론이란 여러 문장들이 연속된 질서를 형성하는 방식, 즉 이질적이면서 동질적인 하나의 전체에 참여하게 되는 방식을 구체적으로 밝혀주는 용어다. 담론은 언어로 이루어지는 '말하기의 방식'이므로 언어 자체의 물질적 특성에 의해 결정되지만, 의사소통이라는 사회적 실천 기능을 갖기 때문에 담론 주체의 이데올로기에 의해 결정되기도 한다. 이에 대해서는 엔터니 이스톱, 박인기 역, 『시와 담론』, 지식산업사, 1994 참조)의 측면에서 살펴볼 수 있다. 어쩌면 이 점이 김제현 시조의 본질적 성격과 그의 시적 변모 과정을 살펴볼 수 있는 가장 중요한 접점이 아닌가 생각된다. 김제현은 인간 존재로서 실존의 문제를 끊임없이 사이의 체계에 의해 드러내고자 한다. 즉 그의 시에서 서정적 자아는 항상 '하늘'과 '땅' 사이에서, 그리고 '과거'와 '현재' 사이에서 동기화되며, 자아의 주체성은 주로 그 사이를 유전하는 '바람'과 '구름'의 메타포로 의미화되는 것이다. 이러한 담론 방식으로 인해, 김제현의 시는 일견 그의 스승 박목월의 자연파적 기질이나 관조적 세계를 닮아있는 듯 보이지만, 그러나 그러한 메타포의 의미가 자연 자체보다는 고뇌하는 자아의 내면 풍경을 지향한다는 점에서 목월과는 다른 그만의 세계를 보여주는 것이다.

이제 이러한 두 측면을 김제현의 시 텍스트를 통해 확인해 가면서, 그의 시적 변용의 원리와 시세계를 관류하는 실존적 의미들을 밝혀보기로 하자.

2. 전통과 현대의 '사이'와 변용의 형식

우리가 잘 알고 있다시피 시조는 고유한 시형과 독특한 형상화 원리를 가지고 있다. 시조는 우리 민족만의 전통적인 양식인 까닭에, 현대의 보편적인 문학 양식들과는 섞이기 어려운 규범과 성격을 내포하고 있는 것이다. 즉 4·4조를 중심으로 하는 총 45자 내외의 음수율과 4음보격의 음보율, 3장 6구의 통사구조, 종장 첫구의 3자 원칙, 세우고(起) 펼치고(承) 맺음(結)의 의미구조, 경(景)에서 정(情)으로의 시상 전환 등이 그것이다. 우리는 이를 시조성, 또는 시조적 질서라고 부르며 시조와 자유시를 구분하는 근거로 삼는다.

그러나 현대시조로 넘어 오면서 이러한 시조적 질서에도 부분적인 수정이 가해질 수밖에 없게 되었다. 문학이란, 인간 삶의 시대적 양식과 그 의미로부터 불가분의 관계에 있기 때문이다. 현대시조가 과거의 문학적 자산으로만 정체되지 않고 이 시대의 삶의 내용과 체험 방식들을 질료로 담아 내기 위해서는 그 양식적 측면에서도 새로운 방향성을 모색해야만 하는 것이고, 이런 점에서 현대 자유시의 기법들에 대한 관심이 필요하게 되었다.

시조성과 현대성 사이의 이러한 괴리와 모순으로 인해, 급격한 변화를 추구했던 일군의 시조 시인들이 시조도 아니고 자유시도 아닌 기형적 작품을 쓰고 말았던 경우를 우리는 종종 보아 왔다. 시조의 질서를 완전히 이탈해버린 이러한 경우는 변형(transformation)에 불과하다. 아무리 현대적인 시조라 할지라도 스스로 시조이기를 포기하지 않는 이상, 그것은 시조의 기본 질서를 바탕으로 하여 변화하는 변용적인 것이어야 할 것이다. 김제현이 그의 시를 통해 변용의 미학을 성공적으로 이끌어낼 수 있었던 것은, 그가 시인이자 『시조문학론』(예전사, 1992)을 비롯해 여러 권의 시조 연구서를 집필한 학자로써 문학 일반에 대한 폭넓고 탄탄한 식견이 있었기에 가능했을 것이다.

그렇다면 무엇을 기준으로 하여 변형과 변용을 구분할 것인가? 이는 참으로 어렵고도 민감한 문제다. 또 우리 시조 시인들이 지속적으로 노력하여 공동의 함의(含意)에 이르러야 할 문제이기도 하다. 따라서 이 자리에서 이에 대한 결론을 찾고자 한다면 그것은 참으로 무의미한 일이 아닐 수 없다. 그럼에도 불구하고 필자가 현대시조의 새로운 방향성에 대해 언급하려 하는 것은 김제현의 시 텍스트가 그 가능성을 열어 주는 하나의 통로일 수 있으리라 생각되기 때문이다. 김제현은 시조의 새로움을 획득하기 위해 결코 서두르지 않는다. 섣불리 자유시를 추구하지도 않으며, 그렇다고 전통시조의 고착성에 의해 닫혀 있지도 않다. 그는 오랫동안 전통시조와 자유시 사이에서 진동하며 현대시조의 새로운 방향성을 모색해 온 시인이다. 40여 년의 시력(詩歷)을 통해서 점진적으로 이뤄낸 시적 변용의 모습들이 그의 시 텍스트에 고스란히 담겨 있음을 본다.

다함없는 인륜(人倫)의
못다 버린 그리움인가

잡힐상 이 바램이
세월 따라 덧없는데

또 하나 슬픈 사연을
어이 지녀 갈려니.

―「망부석(望夫石)」 부분

신음과 기도 위로
선지피 뚝뚝 듣던 산.

이대로 이울고 말
입상(立像)인가 말이 없이

먼 하늘 머리에 이고
도라지꽃 피었다.

―「도라지꽃」 부분

이 시들은 김제현의 초기 작품들로 1966년에 출간한 첫 시집 『동토(凍土)』에 수록되어 있다. 그의 초기시들은 이처럼 시조의 전통 형식 또는 그 질서에 충실해 있다. 시조의 전통 형식을 통해서 구현하고자 하는 미적 자질은 곧 음악성 또는 리듬성일 것이다. 앞에서 들었던 시조적 질서 중에서 음수율과 음보율같은 율격 장치들이 필요했던 이유도 바로 음악성을 살리기 위함이다. 위의 시들이 평시조의 전통 음수율과 음보율을 그대로 고수하고 있다는 점이나 "잡힐상 이 바램이" "어이 지녀 갈려나" "이대로 이울고 말" 등에서 보듯 의고적인 어조가 부분적으로 남아 있다는 점은 김제현 시의 출발점이 전통 형식의 해체에 있지 않다는 것을 의미한다.

그렇다면 김제현은 전통지향적인 시조 시인에 머물고 만 것인가? 그렇지 않다면 이 시들을 통해 드러나는 김제현 시조의 현대성은 무엇인가. 우리는 이에 대한 해답을 이 시의 이미지 효과에서 찾아야 할 것이다. 시조가 음악성을 가장 중요한 미적 자질로 삼듯이, 현대 자유시는 새로운 이미지 창조를 그 미적 자질로 하기 때문이다. "못다 버린 그리움인가" "선지피 뚝뚝 듣던 산" "먼 하늘 머리에 이고" 등은 시적 대상을 참신하고 선명한 이미지로 형상화하고 있는 부분이다. 이를 통해서 우리는 전통시조에서는 보기 어려운 개성적인 표현 기법과 현대적 감수성의 이미지를 만나게 된다. 김제현은 이처럼 전통과 현대의 적절한 조화를 모색함으로써 그의 시적 영역을 확보해 간 시인이라 할 수 있다.

우리 시조의 전통적 질서를 현대적으로 변용시키고자 하는 그의 노력은 여기에서 그치지 않는다. 두 번째 시집 『산번지(山番地)』에 오면 시조성과 현대성의 사이 좁히기에 대한 그의 관심이 시의 형식적 측면으로 확대되고 있음을 볼 수 있다. 필자가 보기에, 김제현의 실험 정신이 가장 예각화되어 있던 시기

가 바로 이 때가 아닌가 싶다. 이 시집에서는 엇시조나 사설시조 형태를 자주
시도하고 있을 뿐만 아니라, 평시조라 할지라도 시조 본연의 원리를 크게 해치
지 않는 범위 내에서 부분적인 파격을 가함으로써, 우리 시조가 현대적인 몸피
를 가질 수 있는 가능성을 진단해가고 있기 때문이다.

> 길을 가다
> 문득 듣는
> 산(山)을 넘어 가는 가을 소리.
>
> 혼자서 바라보는
> 산(山)너머
> 내일의 구름.
>
> 하나씩
> 가슴 넑 꽃이 이우는
> 이 정(淨)한 해어름.
>
> ─「휘나레를 위한 서장(序章)」 부분

　　이 시조는 초장과 종장의 음보수를 어떻게 가름하느냐에 따라 평시조로
도, 또는 엇시조로도 볼 수 있는 작품이다. 즉 초장의 '산을 넘어 가는'과 종장
의 '가슴 넑 꽃이 이우는'을 각각 1음보로 볼 경우 평시조가 되고, 2음보씩으
로 볼 경우 엇시조가 된다. 우선 종장을 "하나씩/ 가슴 넑/ 꽃이 이우는/ 이 정
한/ 해어름"의 5음보격에 가깝다는 점과 전체 글자수가 평시조보다 5자 정도
많다는 점에서 종장 1음보가 길어진 엇시조 형태로 보는 것이 타당할 듯하다.
그러나 이 시조가 평시조인가 엇시조인가를 판단하는 일보다 더 중요한 것은
김제현이 그러한 구분에 얽매이지 않다는 점이다. 평시조든 엇시조든 그것은
모두 다 시조의 질서에 포괄되는 것이고, 따라서 현대시조는 그로부터 자유로

울 수 있다는 가능성을 김제현의 시로부터 발견하게 되는 것이다. 이는 다양한 보조동사를 활용하는 현대의 우리 어법상 음보의 길이가 과거처럼 일정할 수 없으며, 휴지 공간에 의해 음보의 길이를 확장시켜야만 하는 우리의 언어적 현실에 대한 김제현의 인식이 작용한 결과로 보여진다.

김제현의 이러한 언어의식과 이를 바탕으로 시조의 새로운 형식적 변용을 이루고자 하는 실험정신이 이 시기의 시적 관심을 사설시조 쪽으로 기울게 하였음을 시집 『산번지(山番地)』에서 확인할 수 있다. 『산번지』에는 「해질 녘」, 「바위 섬」, 「파시(波市)」, 「정분」, 「경기」, 「겨울 산양」, 「춘설난분분」 등 상당수의 사설시조가 수록되어 있다. 사설시조형을 통해 현대시조의 방향성을 모색하는 작업이란 결국 시조 본연의 율격을 어떻게 확보해야 하는가에 집약될 수밖에 없는 것이고, 김제현 역시 이 시집에서 이런 문제에 대한 고심의 흔적을 남기고 있다.

우리가 알다시피 사설시조란 조선 후기에 서민층을 중심으로 불려진 양식이고, 시조 3장 중 어느 한 장 또는 두 장이 무제한으로 길어진 형식이다. 그렇다면 사설시조는 율격과 무관한 것일까? 대답은 '그렇지 않다'다. 전통시조는 그것이 평시조든 사설시조든 가곡창 또는 시조창으로 불려지도록 음악적인 고려가 전제되어 있었다. 따라서 전통시조에서의 사설시조는 "비록 마디의 규칙성은 상실했지만 그 음악의 전형성과 3장의 구조가 살아 있어서 시조 장르로서의 기능을 할 수가 있었던 것"(김대행, 『우리시의 틀』, 문학과비평사, 1989, 276면)이다. 그러나 음악과 분리되어 문자로만 남은 현대의 사설시조는 시조로서의 음악성을 살려내는 데 많은 어려움이 따를 수밖에 없다. 이런 이유로 시도된 방법이 곧 사설에 해당하는 장을 몇 개의 시행으로 나누어 의미율이나 낭독상의 리듬 효과를 내도록 재배열하는 것이었다.

어느 산장(山莊)에도 눈이 내리고 있을까

멀리서 다가왔다가 등 뒤로 멀어지는

기억의 흔들림 속에서
만나보지도 못한 사람들이 헤어지고 있다.

<자, 그럼……>
하고 올린 손이 눈보라에 묻힌다.

하나씩 둘씩 등뒤로 떠나 보내고
어디로 가는지도 모르는 차(車)간에
혼자서 흔들리며 가는
서글픈 평안(平安)이여.

―「춘설난분분(春雪亂紛紛)」 전문

　이 시는 사설시조 한 수(1~3연)와 평시조 한 수(4연)를 결합한 연시조 형태의 작품이다. 첫 수의 경우, 사설에 해당하는 중장을 자세히 보면 의미 단위의 어구로 다시 행갈이를 하여 3행으로 처리하고 있음을 알 수 있다. 이는 곡조에 맞춰 노래부르지 못하고 눈으로만 읽어야 하는 문자화된 사설시조의 단점을 보완하여 시적 리듬을 구현하기 위한 의도적인 배열이라 할 수 있다. 어쨌거나 이 시는 그 리듬감이나 이미지의 형상성에 있어서 자유시 못지 않은 짜임과 서정적 긴장을 불러일으키는 절창임에 틀림없다. 시조와 자유시를 아우르는 김제현의 능숙한 역량을 이 한 편의 시로도 확인할 수 있는 것이다.

　그러나 한편으로 사설시조형의 현대적 변용이 능숙하면 할수록 자유시형에 너무 근접해버린다는 점을 우리는 주목할 필요가 있다. 위의 시에서 보듯이 사설시조의 변용에 성공함으로써 대단히 높은 시적 완성도를 갖추고 있지만, 반면에 자유시와의 변별성을 찾기가 그만큼 어려워지고 마는 것이다. 이러한 점은 김제현에만 국한되는 문제가 아니라 대다수의 시조 시인들에게 공히 해당하는 딜레마가 아닐 수 없다. 따라서 자유시와 구별되는 시조만의 장르적 성격, 즉 정제되고 정돈된 시형을 통해 절제된 아름다움을 추구하는 시조 본연의 미학을 지켜내기 위해서는 사설시조의 변용보다 평시조의 변용 쪽으로 현대시조의 방향성이 귀결될 필요가 있다 하겠다.

김제현 역시 이러한 점을 인식하였던 듯하다. 사설시조형을 모태로 한 현대시조의 형식 실험을 거치고 난 이후에, 그의 시가 확고하게 자기 영토를 정립하였음을 보여주는 세 번째 시집 『무상(無上)의 별빛』(1990)에 오면 정제된 시형의 평시조 창작에 다시 전념하고 있다. 그리고 이 시기의 평시조들은 전통시조의 시조성과 현대 양식으로서의 현대성을 적절하게 조화시켜 그 사이 좁히기에 성공하고 있으며, 현대시조의 모습이 어떠해야 하는가를 잘 보여주는 하나의 패러다임이라고 평가할 만하다. 그렇다면, 이 시기 김제현의 시조는 시조의 정제된 형식성을 지켜나가면서도 전통시조의 고착성을 어떻게 현대화시켜 내고 있는가? 그것은 형식율과 의미율을 대위(對位)시키는 개성적인 방법에서 찾아진다.

댕그렁 바람따라
풍경이 웁니다.

그것은, 우리가 들을 수 있는 소리일 뿐,

아무도 그 마음 속 깊은
적막을 알지 못합니다.

만등(卍燈)이 꺼진 산에 풍경이 웁니다.

비어서 오히려 넘치는 무상의 별빛.

아, 쇠도 혼자서 우는 아픔이 있나 봅니다.

—「풍경(風磬)」 전문

이 시는 두 수 연작의 연시조다. 이 시에 대해서는 필자가 언젠가 중장과 종장의 교환구조로 분석한 적이 있다(김동근, 「열린 언술체계와 사랑의 뮤즈」, 『열린 시조』 제5호 1997년 겨울, 태학사, 180면). 이는 두 수의 중장과 종장을 각각 바꾸어 놓아도 전혀 무리가 없는 구조적 특성을 갖고 있기 때문이다. 오히려 이렇게 바꾸어 놓았을 때, 초장과 중장이 '~니다/ ~니다'의 패래레리즘(parallelism)(패래레리즘이란 중국의 한시나 우리의 시조에서 곧잘 사용하는 대구법(對句法)과 같은 것으로, 러시아의 구조주의자 로만 야콥슨이 오랫동안 지적 탐구의 대상으로 삼아 온 용어다. 이에 대해서는 필자의 『서정시의 기호와 담론』(국학자료원, 2001), 52면 참조)을 형성하게 되어 전통시조의 어법이나 율격적 원리에 더 합당한 시형을 이루게 된다. 그럼에도 불구하고 위의 시처럼 시행을 배열한 것은 시조의 질서로부터 완전히 이탈하는 것을 방지하면서도, 현대적 언어 습관과 사고체계를 반영하고자 하는 시인의 고뇌가 담겨 있다고 할 수 있다. 즉 세우고 펼치고 맺는 형식을 취하되, 그 의미의 맺음은 오히려 종장으로부터 중장으로 거슬러 올라가 "그것은, 우리가 들을 수 있는 소리일 뿐"과 "비어서 오히려 넘치는 무상의 별빛"에서 이뤄지도록 장치되어 있는 것이다. 따라서 이 시는 형식율과 의미율이 서로 대위관계를 형성하면서 현대사회를 살아가는 우리의 서정적 감수성을 중층적으로 자극하게 된다. 이러한 불균형 속의 균형이야말로 이 시대의 삶의 원리를 반영하고자 하는 김제현 시의 핵심 자질이 아닐까 한다.

이제는 알 만하다
이슬녘 한 잔의 술맛을

잠깐, 꺼내 무는
한 모금 연기의 맛을

이제는 알만도 하다
멀리 있는 사람아.　　　　　　　　　　　　　　　　　　　－「짐지기」 부분

늙은 어부, 혼자 앉아
그물을 깁고 있다.

매양 끌어 올리는 것은
파도소리며 달빛뿐이지만

내일의 투망을 위해
그물코를 깁고 있다.

—「그물」 부분

    이 두 시 역시 형식율을 고스란히 지켜내고 있는 평시조다. 또한 앞의 「풍경」과 같이 초장과 종장 사이에 패래레리즘을 형성하게 하고 의미의 중심을 중장에 두어 형식율과 의미율을 교차시키는 방식으로 배열된 텍스트다. 그런데 이 두 시를 곰곰이 음미해 보면 「풍경」과는 또 다른 맛을 느끼게 된다. 그것은 바로 율적 속도감이다. 이 시들은 음보와 어구의 수가 비슷하면서도 훨씬 더 평이하고 빠르게 읽혀지는 속도감을 우리에게 주는데, 그 비밀은 바로 중장과 종장의 관계에서 찾아진다. 이 시의 중장과 종장은 비록 분절된 형태이지만, 문장 단위로 보면 하나의 문장으로 결속된다. 두 개의 장이 하나의 문장으로 자연스럽게 연결됨으로써 시상의 결속성 역시 초장과의 관계에 비해 훨씬 더 친연적이 되는 것이다. 따라서 초 · 중 · 종장이 동일한 수의 음보로 이루어진 형식율을 갖지만, 낭송 과정에서 일어나는 율격의 심리적 속도는 중장과 종장에서 두 배의 속도로 느껴질 수밖에 없다. 이는 시조의 규범적인 형식율 속에서도 율격의 내재적 자유를 확보할 수 있다는 새로운 가능성을 우리에게 보여주는 좋은 예라 할 것이다.

    전통시조를 현대시조로 변용시키는 데 성공하고 있는 김제현의 이러한 성과는 결코 하루아침에 이루어진 것이 아니다. 40여 년을 꾸준하게 전통성과 현대성의 사이 좁히기에 노력해 온 결과이자, 실현 가능한 방법들을 단계적으

로 모색해 온 학자적 진지함과 시조에 대한 시인으로서의 사랑과 열정의 대가
인 것이다.

3. 공간과 시간의 '사이'와 실존의 세계

  이제 김제현 시조에서 '사이'의 문제를 시의 담론적 의미와 시세계의 측
면에서 살펴보자. 하나의 문학 텍스트는 그 나름의 구조적 체계를 가지고 있
다. 따라서 텍스트의 분석이란 언어의 껍질 속에 응고되어 있는 의미를 찾아내
는 작업이 아니라, 언어들의 체계 또는 관계의 그물(network)을 밝혀내는 것이
다. 텍스트를 체계로 이해할 때, 언어는 그 이면에 의미를 숨기고 있는 외적
실체가 아니다. 그것은 관계들의 결(texture)을 형성하면서 역동적으로 의미를
생성하는 구조적 실체(R. Scholes, 『Semiotics and Interpretation』, Yale Univ. Press,
1981, pp.12~13)다. 텍스트의 체계를 논하는 데 있어서는 이 관계의 개념이 주축
을 이룬다. 또한 하나의 텍스트는 그 자체로 종결되거나 완결되지 않고 그 이
외의 수많은 텍스트와 상호 관계를 맺게 되는데, 이를 상호텍스트성(inter-
textuality)('상호텍스트성'이란 크리스테바의 용어인데, 토도로프의 '관계의 이론'이나 바흐
찐의 '대화의 이론'과 유사하다. 최현무, 「기호학자 쥘리아 크리스테바」, 김화영 편역, 『프랑
스 현대비평의 이해』, 민음사, 1984, 265~276면 참조)이라 한다.
  한편, 텍스트로서의 문학작품은 그것이 어떤 양식적 특성을 갖든 간에
'담론'의 일종이라는 점에서 공통 분모를 갖는다. 극 양식이나 서사 양식은 물
론 서정 양식 역시 기본적으로 의사소통을 전제로 하는 담론의 한 형태임이
분명한 것이고, 따라서 시란 서사적 세계를 전달하거나 서정적 자아를 표현하
거나 간에 세계 내 존재자로서 그것을 인식하고 담지해 내는 주체의 담론이다.
또한 주체의 주체성은 타자와의 관계에 의해 정립되는 것이므로 역으로 타자
의 담론이기도 하다. 강력한 타자로 인해 주체의 주체성이 심하게 상처받고 흔

들릴 때, 그러한 담론의 텍스트는 우리에게 인간 존재의 고뇌와 욕망의 의미로 다가오게 된다(주체에 관한 논의는 데카르트, 칸트, 후설 등의 주체철학으로부터 프로이트, 푸코, 하버마스, 라깡 등의 욕망이론에 이르기까지 매우 다양하고 복잡하게 전개되어 왔다. 지면 관계상, 또 이 글의 궁극적인 목적이 주체이론에 있는 것이 아니므로 이에 대한 구체적인 논의는 생략하기로 한다). 김제현이 자전적 에세이 형식으로 쓴 아래의 글은 그의 시 텍스트를 이러한 인간 존재의 주체성 문제로 바라보게 하는 통로를 제공하고 있다.

> 지난 40년 동안 나는 삶의 질곡을 걸어온 참담한 경험들을 자산으로 하여 시를 써왔고, 생명의식에 뿌리한 실존의 의미를 붙들고 시조를 새롭게 써보기 위해 많은 노력을 기울여 왔다. 그러나 이제 돌아보니 거친 붓놀림만 이어온 것 같아 그저 안타까울 뿐이다.
>
> ─김제현, 「만용과 객기」(『열린시조』 제12호 1999년 가을, 태학사, 207면)

이 말처럼 김제현은 시종여일하게 인간 존재로서의 실존의 문제를 시 창작의 테마로 삼아온 시인이다. 그리고 그 존재론적 인식을 사이의 체계에 의해 드러내고자 한 시인이다. 따라서 김제현 시의 구조적 체계는 '사이' 의식에 의해 결정된다고 말할 수 있다. 그의 시 텍스트에서 시적 의미를 만들어내는 언어들은 공간적이고 시간적인 '사이'의 관계를 표상하며, 이를 통해 인간 존재의 주체성과 타자성의 메타포를 담론적으로 의미화한다. 그리고 이러한 담론적 의미가 몇몇 작품에만 국한되지 않고 상호텍스트적인 관계를 이루면서 개성적인 시세계를 형성하고 있는 것이다.

앞에서도 언급했듯이, 그의 시에서 서정적 자아는 항상 '하늘'과 '땅' 사이에서, 그리고 '과거'와 '현재' 사이에서 동기화되며, 자아의 주체성은 주로 그 사이를 유전하는 '바람'과 '구름'의 메타포로 의미화되어 끊임없이 인간 존재에 대한 의문을 제기한다. 우선 공간체계, 즉 하늘과 땅 사이에서의 주체와 실존의 문제를 김제현의 시 텍스트가 어떻게 시적 의미로 형상화하고 있는지 살펴보자.

> 바람만 서물거린다.
> 밤에 실려온 간이역구(簡易驛口).
>
> 숱하게 허송해 버린
> 통로를 나오는,
>
> 진하게 타다 무안한
> 눈뜨는 나의 성숙.
>
> —「어제 표」 부분

> 바람 바람 속으로
> 손 흔들고 멀어지는
>
> 네 입술 엷은 웃음은
> 눈물 크렁한 완수(完遂).
>
> 가난한 시인은 연신,
> 딱한 세대의 손을 꼰다.
>
> —「산(山)·국화(菊花)」 부분

이 시들은 첫 시집 『동토(凍土)』에 실린 그의 초기 작품들이다. 여기에서는 아직 하늘과 땅의 공간 대립이 보이지 않는다. 따라서 '바람'은 공간적 사이를 매개하는 역할을 뚜렷하게 수행하고 있지는 않다. 이는 초기의 시의식이나 존재에 대한 인식이 자아와 세계를 통찰하는 과정에서 이루어진다기보다는 관념적인 자의식의 범주에서 일어나기 때문일 것이다. 대상을 통해 시적 정서를 객관화시키기보다 그 정서의 드러냄에 더 많은 무게를 두고 있는 위의 작품들은, 시적 화자가 세계와 대상을 조망하는 절대 주체의 자리에 있는 것이 아니라, 세계와 대상이라는 절대 타자에 의해 억압받고 고통 당하는 주체 결핍의 자리에 있다. 그러므로 초기시의 '바람'은 주체성의 기호라기보다는 주체를 억압하는 거대한 타자의 기호이며, '바람'의 타자성으로 인해 시적 화자는 "숱하게 허송해 버린", 그리고 "눈물 크렁한" 삶의 고통과 생명성을 자의식에 기대어 노래하고 있는 것이다. 훗날 대표적인 절제와 관조의 시인으로 평가받는 김제현 역시 젊은 시절에는 삶의 현실에 의해 상처받은 주체의 자의식으로부터 자유로울 수 없었던 셈이다. 이러한 점이 그의 초기시가 "자아와 세계와의 맞섬으로 느끼는 고독한 심경이 사실적으로 그려지고"(이지엽, 「순수와 화해와 自存의 내면 풍경」,『열린시조』제5호 1997년 겨울, 태학사, 146면) 있음에도 불구하고, 그의 시에서 부분적으로 발견되는 낭만파적 경향의 주 요인이었다고 말할 수 있겠다.

그러나 김제현의 두 번째 시집『산번지』에 오면 초기시의 관념성이 완전히 제거되었음을 보게 된다. 그의 시심의 거처는 이제 자의식의 세계로부터 현실의 세계로 이동되어 있는 것이다. 시집의 제목부터가 '동토'와 같은 관념적 의미의 표제어를 지양하고 '산번지'라는 구체성을 띤 지시어로 바뀌어 있듯이, 이 시기의 시는 일상의 삶을 진지하게 성찰하고 이를 통해 인간 실존의 조건들을 체험적 언어로 형상화해 나간다. 이런 과정에서 그의 존재론적 인식은 인간으로서의 자신을 공간적이고 시간적인 '사이의 존재'로 인식하게 된다. 따라서 그의 시 텍스트에서의 담론 주체는 초기시에서와는 달리 주체성과 타자성의 중심에서 균형을 유지하며 팽팽한 시적 긴장으로 진동하고 있음을 볼 수 있다.

이 넓은 세상에 한동안 머물다 가는
우리들 기억에는 선악(善惡)이 없다 성패(成敗)가 없다
한오리 줄에 매어 다만 흔들리고 있을 뿐.

희망에 살다가 혹은 사랑에 살다가
이 땅에서 만났던 고달픈 이야기야
모였다 풀리는 구름같은 것. 바람같은 것.

그때나 지금이나 우리의 삶이란
희망에 가리고 혹은 사랑에 가려
보이지 않는 긴 줄을 아슬아슬 타고 갈 뿐.

―「무제(無題)」 전문

이 시는 형상성보다 존재의 덧없음이라는 주제의식에 담론적 초점을 둔 작품이다. 그러나 그럼에도 불구하고 '덧없음'이라는 막연한 의미를 뛰어넘는 어떤 메타포가 울려 나오고 있음을 느낄 수 있다. 그것은 이 시가 인간 존재를 "이 넓은 세상"이라는 공간적 조건과 "한동안"이라는 시간적 조건의 '사이'에 위치시키고 있다는 데서 기인한다. 우리는 그 '사이'에서 "한오리 줄에 매어 다만 흔들리고 있을 뿐"이며, 우리의 실존적 주체는 "구름같은 것. 바람같은 것"이다. 그러므로 '구름'과 '바람'은 이제 타자가 아니라 주체를 대신한다. 영원과 순간의 시간적 사이를 '구름'이, 하늘과 땅의 공간적 사이를 '바람'이 매개하도록 장치되어 있는 데에 이 시의 담론적 비밀이 있는 것이고, 우리는 바로 그 '사이'에서 때로는 주체로 또 때로는 타자로 "보이지 않는 긴 줄을 아슬아슬 타고 갈 뿐"인 긴장과 모순의 존재인 것이다. 강상희 교수가 김제현의 시세계를 '떠남과 머무름의 순환'(강상희, 「떠남과 머무름의 순환, 그 균형과 절제의 미학」, 『열린시조』 제12호 1999년 가을, 태학사, 209~221면)이라 명명한 것도 따지고 보면 여기에 그 이유가 있다 하겠다.

무심히 바라보던
구름 속에서 새가 운다.

보이지 않는 시간 속으로
저녁 해를 띄워 보내고

질펀한 노을 앞에서
뒤채이는 나무여.

―「중년(中年)의 구름」 부분

나의 오랜 보행은
허공에 한 발
지상에 한 발

생애의 체적(體積)은
바람에 날리고

무시로 바닥이 닿는 발은
허공에 떠 있다.

―「보행(步行)」 부분

「중년(中年)의 구름」에서의 '구름'은 시간적 사이에 존재하는 주체를 대신하고, 「보행」에서의 '바람'은 공간적 사이에 존재하는 주체를 표상하고 있다. 초기시에서의 구름과 바람이 타자성으로 그려졌다면 여기에서의 구름과 바람은 주체성으로 전이되어 있으며, 주체성의 이러한 확장은 그만큼 담론 의미로서의 메타포를 확장시키고 또한 시세계의 깊이를 더욱 심오하게 하는 긍정적 기능으로 작용하고 있다 하겠다. 시 텍스트의 담론적 의미가 절대 주체나 절대 타자가 아닌 주체성과 타자성의 균형에 의해 형성될 때, 그 균형이 팽팽할수록 모순과 역설의 메타포가 주는 시적 긴장은 독자에게 커다란 진폭의 감동으로 다가가게 된다. 김제현의 두 번째 시집 『산번지』가 바로 그러한 감동의 보고가 아닐까 생각해 본다.

　　김제현의 제3시집 『무상의 별빛』은 그의 시력을 통해 가장 정제된 시형과 절제된 의미의 작품들로 엮여 있다. 완숙한 삶의 경지와 개성적인 시세계의 성취를 보여주는 이 시기의 작품들에서 그의 시적 화자는 절대 주체의 목소리를 실어 낸다. 현실 삶의 모든 고통들을 아우르고, '사이'의 모순까지도 주체의 시선으로 조망하는 절대 주체의 사유와 미학이 그의 제3시집을 관통하고 있는 것이다. 이제 시인의 주체는 타자성에 의해 일방적으로 억압받지도 않으며, 타자성과 끊임없이 대립하지도 않는다. 인간 존재가 공간과 시간의 사이체계에 자리하고 있음을 숙명적으로 받아들임으로써, 그리고 그러한 숙명을 거부한다기보다는 오히려 자신의 시적 테마로 설정함으로써 김제현은 '사이'의 의미와 모든 타자성들을 욕심 없이 조망한다.

　　　　비가 온다
　　　　오기로니

　　　　바람이 분다
　　　　불기로니

　　　　세상은 비바람에
　　　　젖는 날이 많지만

　　　　언젠간 개이리란다
　　　　그러나 개이느니

－「무위(無爲)」 전문

　　이 시는 삶의 무위를 말하고 있다. "비가 온다/ 오기로니// 바람이 분다/ 불기로니"에서 '비'와 '바람'은 초기시처럼 타자의 기호도 아니고, 중기시와 같은 주체의 기호도 아니다. 이 시에서의 주체는 이들을 초월하여 존재한다. 세상살이의 애증과 자연의 변화 속에서 주체가 갈등하고 있는 것이 아니라, 이들을 통해 삶의 이치와 인간 존재의 의미를 허허롭게 관조하고 있는 것이다. 그러기에 이 시기의 시에서는 시형의 비틀림이나 정서의 과잉 노출을 스스로 허용하지 않는다. 언제나 가지런하게 정제된 시조 시형을 유지하며, 절제된 이미지의 시심을 노래함으로써 그가 한평생 시적 테마로 삼아 왔던 인간 생명과 실존의 가치가 속된 욕망에 있지 않음을 여실히 보여주고 있는 것이다. 그렇다고 해서 김제현이 현실의 삶을 외면한 허무주의자이거나 초월주의자인 것은 결코 아니다. 그의 시심은 항상 삶에 대한 사랑에 뿌리를 내리고 있다. 단지 삶의 체험적 의미와 인간 실존의 가치를 한 차원 높은 세계 융화의 단계로 끌어올리고 있는 것이다. 아래의 작품이 이를 단적으로 증명해 보인다.

나는 불이었다. 그리움이었다.
구름에 싸여 어둠을 떠돌다가
바람을 만나 예까지 와
한 조각 돌이 되었다.

천둥 비바람에 깨지고 부서지면서도
아얏, 소리 한 번 지르지 못하는 것은
아직도 견뎌야 할 목숨이
남아 있음에서라.

사람들이 와 '절망을 말하면 절망'이 되고
'소망을 말하면 또 소망'이 되지만
억 년을 엎드려도 깨칠 수 없는
하늘 소리. 땅의 소리.

―「돌·1」 전문

이 시에서의 시적 화자는 서정 자아를 철저하게 통제하는 절대 주체의 자리에 있음을 보게 된다. '돌'에 투사된 서정 자아는 '나'라는 화자와 동일시를 이루고 있지도 않으며, 대등한 관계에 있지도 않다. 따라서 화자와 서정 자아는 초자아적 도덕율에 의한 지배적 관계에 있게 된다. 이 초자아적 도덕율이 바로 이 시에서의 절대 주체의 자리라고 할 수 있다. "아직도 견뎌야 할 목숨"으로 남아 있는 주체의 실존 의미를 어찌 허무적이거나 초월적이라 할 수 있겠는가. 그것은 현실 삶과 생명성에 대한 사랑이다. 그리고 그러한 사랑의 뮤즈는 자기애의 범주를 넘어 도덕적이고 사회적인 의미를 지향한다. "억 년을 엎드려도 깨칠 수 없는/ 하늘 소리. 땅의 소리."는 곧 인간 존재의 우주론적 동일시에 대한 염원인 것이며, 그것은 절대 주체의 자리에서 관조하는 견고한 고독의 소리일 수밖에 없다. 결국 『무상의 별빛』에 수록된 작품들은 김제현의 '사이'의식의 거점이 그 '사이'의 고착에 있는 것이 아니라, 사이 메우기를 위한 치열한 자기 탐색에 있음을 우리에게 알려 준다.

4. 글을 나오며

지금까지 우리는 김제현의 시조시를 텍스트로 하여 그 시적 원리와 의미를 검토하여 왔다. 이러한 검토 과정을 통해 필자는 김제현 시의 특질을 '사이'의 시학이라 명명하였고, 그 사이체계를 시의 형식적 측면에서 전통과 현대의 변용 양상으로, 담론의 측면에서 공간적이고 시간적인 실존의 세계로 설명하여 왔다.

40여 년을 꾸준하게 전통성과 현대성의 사이 좁히기를 시도해 온 김제현의 노력이야말로 우리 시조가 현대적 모습으로 변용되는데 성공할 수 있었던 요인이라 해도 결코 과언이 아닐 듯싶다. 우리가 확인해 왔듯이 그는 결코 시조의 질서에 도전하지 않는다. 그러면서도 그의 시조는 현대적 삶의 질서들을 아름답게, 그리고 진실하게 포괄해 낸다. 그것은 세 권의 시집을 거치며 보여진 그의 시적 변화가 형식과 내용 양면에서 급진적으로 시도된 것이 아니라, 축적된 역량에 의해 점진적으로 이루어진 것이기에 가능하였다고 할 수 있다. 끊임없이 인간 존재의 생명성과 실존의 가치를 탐구해온 치열한 시정신이야말로 그의 시조를 고답적인 자연 취향의 메마른 시조에 머물지 않게 하고, 또 막연한 도시풍의 저열한 시조와는 격을 달리하여 독자적인 영역을 개척할 수 있었던 원동력이었음이 분명하다고 하겠다.

문학 작품이란 독자를 향해 열려 있는 것이고, 또 최근 들어 독자의 역할이 강조되고 있기에, 김제현 시에 대한 독서 방법과 의미 부여도 다양한 방향으로 시도될 수 있을 것이다. 이 글 역시 그러한 다양한 방향성 중에 하나다. 필자의 이러한 논의에 덧붙여 김제현 시의 총체성을 밝혀줄 수 있는, 많은 평자들의 더 폭넓고 심도 깊은 글들을 기대해 본다.

외로운 섬, 날지 못하는…–이근배 시인론

이상옥 ‖ 창신대학 교수

1960년대 벽두에, 이근배는 시조와 시를 아울러 신춘문예를 석권하며 가장 화려하게 시단에 진입했다. 우리 시사상 이근배만큼 현란하게 문단을 노크한 이가 있었던가. 60년대 시조단이 이근배라는 걸출한 시인을 배출했다는 것은 자랑스러운 일로 기억될 것이다. 현대시조사에 있어서, 1950년대 후반과 60년대 초기는 매우 중요한 시기로 기록되고 있다. 동족상잔의 비극이 일제치하가 끝나기가 무섭게 드러나면서, 시조 시인들도 조국의 현실에 깊은 관심을 표명했다. 이은상의 「고지가 바로 저긴데」, 육당의 「피난길」, 가람의 「내고장」, 이호우의 「바람과 벌」 등은 전시 및 전후의 실상을 묘사한 조국애와 휴머니즘 사상을 드러내고 있다. 한편, 박재삼을 비롯한 일군의 시인들은 인간사의 애환과 전통적 자연정서로서 한국적 서정세계를 재현하며 시조의 전통을 계승하고 있었다(김제현, 『시조문학론』, 예전사, 1992, 227~228면).

다시 말해, 이 시기에는 전후의 현실의식과 한국적 서정세계가 주류를 이루었던 것이다. 그는 이같은 중요한 시기에 등장하여, 정제된 언어와 묘한 결합을 통해 시조의 현대시적 위치확보(이우걸, 『우수의 지평』, 동학사, 1989, 30면)에 기여해온, 60년대 시조단의 대표적인 시인이라는 기왕의 평가에도 불구하고, 그의 시조세계에 대한 구체적 논의는 매우 소략한 것이 아니었던가.

이근배 시조의 주된 정서는 설움이나 슬픔으로 유발되는 눈물이나 통곡이다. 왜 그렇게 울음이 절절히 배어 있는지.

<blockquote>

돌하나 피가 돌 듯 울음으로 감싸안은

―「가을의 서(書)」 부분

그 삭정이 둥지 삭정이진 슬픔

―「까치집」 부분

상현달 가슴에 띄워 울먹이는 반개화(反開花)

―「꽃」 부분

단정학 피울음 속에 꽃은 홀로 지는가.

―「꽃과 입상(立像)」 부분

다시는 울지 않게 천의 현을 다 울리고 싶다

―「내가 왜 산을 노래하는가에 대하여」 부분

달같아 아, 눈물로 뜨는 눈물 어린 달같아.

―「노을의 성(城)」 부분

</blockquote>

이근배의 대표작을 읽으면서, 그 중 눈물 그렁그렁한 시편을 찾아보면, 거의 전편이 그러하다는 생각이 들 정도다. 시는 정서의 표출이라는 점에서, 그의 시조는 시의 본질에 가장 밀착되어 있는 듯하다.

그의 눈물은 어디서 기인하는 것인가. 이것을 탐구해보는 것이, 이근배 시학을 해명하는 첩경일 것 같다.

<blockquote>

잠들면 머리맡은 늘 소리 높은 바다
내 꿈은 내 물구비에 잠겨들고 떠오르고

</blockquote>

날 새면 뭍에서 멀리 떨어진 아아 나는 외로운 섬

철썩거리는 이 슬픈 시간의 난파
내 영혼은 먼 데 바람으로 밤 새워 울고
눈 뜨면 모두 비어있는 홀로뿐인 부침의 날……

—「부침(浮沈)」 전문

'외로운 섬'이야말로 시인 이근배의 초상이 아닐까. 그가 끊임없이 설움에 잠기는 근원을 이 외로운 섬이라는 이미지에서 찾을 수 있을 듯하다. '뭍'과 '섬'의 물리적 거리는 바로 외로움의 정서적 거리일 것이다. 잠들면 머리맡은 늘 소리 높은 바다라고 노래하는 것에서, 우리는 시인의 고뇌와 외로움, 그리고 절망을 읽을 수 있다. 뭍과 섬 사이에 존재하는 망망한 바다, 이것을 건너려 하지만, 철썩거리는 이 슬픈 시간의 난파를 체험할 뿐이다.

꿈과 현실, 뭍과 섬, 밤과 낮 등의 대립적인 이미지로 인하여 드러나는 갈등, 이에서 슬픔의 정서가 파생한다. 인용작품에서는 이상(꿈)과 현실의 불일치에서 일어나는 좌절이나 설움이 발생하는 것을 막연하게 짐작할 수 있을 뿐이다. 그러나 확실하기는, 이상과 현실의 틈이 매우 크고 그것은 쉽게 극복할 수 없는 것이다.

시인은 왜 자신을 '외로운 섬'이라는 이미지로 표상하고 있는지, 그것을 구체화할 필요가 있다. '뭍'이 표상하는, 시인이 도달하고자 하는 이상, 혹은 꿈이 무엇인지, 상호텍스트적 관점에서, 그가 처한 현실이 어떠하기에 외로운 섬이라는 현실적 자의식을 갖고 있는 것인지, 확인할 수 없을까.

밤이면 나의 꿈은 피 흐르는 강
상하지 않게 자꾸 바다에 이끌리면서
그대를, 그대의 가슴께를 끝없이 돌아갑니다.

맑은 정신병의 달빛속에서 나는 외롭고

욕망의 날개 파닥이다 쓰러져

그대의 머리맡으로 나는 떨어져 갑니다.

아, 아, 눈물과 눈물 어린 꽃을 보면서

내 살면서 죽고 싶은 허영의 가지 끝에

그대가 조용한 미소로 살아 계심을 봅니다.

—「사랑하는 그대에게」 전문

이근배의 시조에는 연가류의 작품들이 다수 존재한다. 연가에 있어서, 사랑의 대상으로 '그'가 등장한다. 그는 화자에게 있어, 현실공간에서는 함께 하지 못하는 존재로 나타난다.

그래서 화자가 그대를 만나는 공간은 꿈의 공간이다. "밤이면 나의 꿈은 피 흐르는 강/ 상하지 않게 자꾸 바다에 이끌리면서/ 그대를, 그대의 가슴께를 끝없이 돌아갑니다"라고 노래하는 대목에서 쉽게 확인된다. 꿈의 공간에서 만나기를 고대하는 것은 현실공간에서 그대는 부재하는 님이거나 이별한 님일 것이다. 이 시에는 화자가 그대를 갈망하고 그대에게 도달하기 위한 처절한 몸부림이 나타난다. 그것은 제2연에서 욕망의 날개 파닥이다 쓰러져 궁극으로 그대의 머리맡에 떨어져 가는 것, 혹은 죽고 싶은 허영의 가지 끝에 어린 꽃의 이미지가 그대의 이미지로 존재하는 것은 그의 연가가 단순한 이성간의 사랑을 노래하는 것으로 그치는 것 같지는 않다. 사랑하는 그대가 보다 근원적인 것, 삶의 궁극적인 무엇인가를 표상하는 것이다. 욕망의 날개 파닥이다 쓰러진다는 것은 세속적 삶의 방식을 의미하는 것이고, 그 결과 그대의 머리맡에 떨어지는 이미지는 역시, 세속성을 초월하는 절대성까지 엿보인다. 한편, 허영의 가지 끝에 그대가 조용한 미소로 살아 계심이 눈물과 눈물 어린 꽃과 병치됨으로써, 여기서 그대도 범속성을 초월하는 자리에 있음을 보이는 것 아닌가. 이근배의 연가류는 범속성이나 통속성에 머무르는 것 같지는 않다. 그만큼의 그의 연가는 애절하고, 절실하다. 그렇다고 마냥, 연가를 너무 확대재생산하여 신비화하거나 현실일탈적으로만 파악하는 것도 능사는 아니다.

> 학같이 깃을 뽑아 짜내는 비단 한 폭.
> 그대 앞에 바쳐 다한(多恨)을 씻을래도
> 몸 닳아 홀로만 우는 내 한생이 밉다야.
>
> ―「한―J에게」 제3수

> 정일레 사랑일레 애절한 가슴이사
> 여윈 님 고운 눈매 그리어 타는 노을
> 퉁기면 꽃처럼 겨워 맺히우는 울음이여.
>
> ―「향비파 산조(鄕琵琶 散調)」 궁조(宮調)

위의 두 작품은 그대의 실체가 보다 분명히 드러나는 연가다. 전자는 'J에게'란 부제를 붙인 것으로 알 수 있고, 후자는 '여윈님 고운 눈매'로 님인 '그대'를 밝혀둔 것이다. 이들 시편은 이별의 정한을 노래한 것이다. 이승에서의 이루지 못한 정, 그 극한의 설움을 노래하되, 그것은 매우 전통적인 서정성을 유지하는 것이다. 전자처럼 설화를 비유로 구사한 것이나 후자의 비파의 음률을 토대로 하는 것 등은 그 정한이 한국적 정서를 토대로 하고 있음을 입증하는 것이다. 여기에다 그가 구사하는 독특한 어조에서 풍기는 가락은 한국적 서정의 가락을 이상적으로 재현해내고 있다. 즉 '―일레', '―다야', '―이사', '―더란다' 등의 어미나 조사의 다양한 구사는 한국적 정조를 더욱 풍성하게 하는데 이바지하는 것이다.

이근배 시조의 주된 정서가 설움이나 슬픔으로 유발되는 눈물이나 통곡이라고 밝혔는데, 그 주된 이유가 연가류에서 나타나는 님인 '그대'와의 이별에 기인하고 있음은 물론이다. 그의 님인 그대가 이성적인 사랑의 대상으로만 한정되는 것은 아니지만, 역시 주된 정조는 연모의 지순함에 터를 두고 있다.

사랑하는 그대가 현실 공간에 존재하지 않으므로 시의 정조가 설움이나 슬픔
으로 가득한 것이다.

　　이근배의 시조에 나타나는 주된 정조가 한결같이 설움이나 슬픔으로 일
관하지만, 그 대상은 결코 단순하지 않음을 잊지 말아야 한다. 그가 늘 이성적
사랑에 한정하여, 눈물 짓기만 했다면, 어쩌면 통속적 연가류의 감상성에 빠져
버렸을지도 모른다. 이런 점에서 그의 연모의 대상이 다양하게 나타난다는 것
은 유의할 대목이다.

> 시인 박용래(朴龍來) 눈이 젖어 바라보던
> 그 삭정이 둥지 삭정이진 슬픔.
> 한 줄 시 고독을 품던 새는 지금은 날아가고 없다.
>
> ―「까치집」 전문

　　빈 까치집을 바라보면서 눈물의 시인 박용래를 추억한다. 둥지를 비우고
어디론지 날아가버린 새의 이미지에 박용래 시인을 투영하고 있다. 이 시에서
님인 그대는 박용래 시인이다. 님에 대한 그리움, 안타까움, 서러움의 정서가
직접적으로 표출되지 않고, 비유적 언어를 취한 것이다. 무릇 그대가 연인이든
친구든 누구든 간에, 그의 그리움은 사람에 대한 애정에서 비롯된 것이다. 이
시는 소품이지만, 정서를 양식화해 낸, 참 아름다운 서정시다.

　　이근배는 정이 많은 시인임에 틀림없다. 그의 님은 연가류에서는 애간장
을 끊어 놓을 듯 절절하되, 「까치집」에서 확인되듯이, 그의 애정은 이성적 사
랑을 넘어 인간 자체의 사랑으로 나아간다. 그의 님이 단수가 아니라 복수이기
에, 눈물 마를 날도 없을 것이다.

> 목 잘린 병에 갇혀 날지 못하는 한 마리 학
> 그 조선왕조의 울음 끼룩끼룩 울고 있다.
> 그렇지 또 한번 바스라져도 목청이야 살을 테지.

나이가 들수록 새살 돋는 청화백자
어둠을 씻고 나면 말갛게 뜨는 하늘
역사는 금이 갈수록 값을 되려 더 받는다

—「골동가 산책」 전문

이근배 시조의 한 축이 연가류로 나타난 인간 사랑이라면, 또 하나는 조국의 역사와 현실에 남다른 사랑이다. 사랑하는 사람과의 이별로 나타나는 설움이 외로운 섬의 이미지로 자아를 투영했다면, 조국의 현실은 목 잘린 병에 갇혀 날지 못하는 학의 이미지로 형상화하고 있다. 골동품가에서 만나는 골동품에서 비극적이었던 조국의 역사적 상황을 읽는다. 골동품가를 배회하면서 조국의 역사적 정황을 되새기고, 나아가 오늘의 조국을 생각하는 화자의 고뇌를 엿볼 수 있다.

병 속에 갇힌 날지 못하는 학의 이미지는 다양하게 변용되면서 조국의 현실태로서 나타난다.

하늘도 찢긴 조국 가로 막힌 벽을 두고
통곡은 소용치어 사계(四季)에 꽃피는가.
외로운 모국어를 타고 흐느끼는 압록강.

—「압록강」 제2수

상잔의 피가 스민 돌이며, 나무 바위,
외로운 모국어로 새겨진 비명일레
남몰래 풀어보는 미학 노을 비긴 의미여.

—「산하일기」 제3수

꽃빛 노을처럼 지맥(地脈)에 타는 강물
비극의 골짜기를 기어온 종소릴레.

조국의 눈먼 외로움으로 깊은 밤을 흐르고.

―「한강교」 제2수

이근배의 연가류에서 나타나는 자아의 이미지는 외로운 섬이었다. 그런데 조국의 현실을 노래하는 이들 시편에서도 '외로운 모국어'나 '눈먼 외로움'이 주된 정조로 자리하고 있다. 연가류의 주체가 시적 자아라면, 역사와 현실의식을 드러내는 시편의 주체는 조국이다. 이들 두 시적 주체들이 느끼는 정조가 '외로움'으로 일치하는 것은 우연이 아니다. 현실의식을 드러내는데 있어서, '조국'과 '자아'는 분리되는 것이 아니다. 분단된 조국을 먼 거리에서 감상적으로 바라보는 것이 아니라, 조국과 자아는 하나다. 조국이 자아고 자아가 조국이 되는 일체까지 나아가고 있다. 연가류에서 드러나는 슬픔이나 울음, 혹은 외로움은 조국의 현실을 노래한 것에서도 똑같이 나타나는 것이다. 그렇다면, 연가류와 조국의 현실을 노래한 것을 굳이 분리하여 운위할 성질이 못된다. 그의 시편에 나타나는 설움, 슬픔, 울음 혹은 외로움은 이근배 퍼소나의 정서다. 그것이 '외로운 섬'의 이미지로서 자아의 표출이거나 '날지 못하는 학'의 이미지로서 조국의 현실을 노래하거나 간에, 그것들은 등가를 이룬다.

이 글에서는 구체화시키지 않았지만, 간혹 감정의 양식화나 관념의 감각화에 실패한 것처럼 보이는 작품이 없는 것은 아니다. 그럼에도 불구하고, 50년대 후반과 60년대 초기에 나타난 전후의 현실의식과 한국적 서정세계라는 현대시조의 두 줄기를, 이근배는 동질화시키거나 통합함으로써 보다 양질의 작품세계를 열어보였다. 정서와 사상의 균형감각을 대체로 잃지 않음으로써 편벽한 세계를 두터움으로 껴안아 현대시조의 질적 수준을 높이는데 기여한 것이다.

깊이 우러난 삶의 간추림, 그 정결(淨潔)의 미학
—이상범론

신범순 ‖ 서울대 교수

1. 옛 소리 가락의 새로움을 위하여

새로운 시대를 눈앞에 두고 있다는 느낌이 전 세계적으로 확산되고 있다. 그것은 단지 연대기적으로 새로운 천년에 접어들었기 때문만은 아닐 것이다. 지금까지 발전시켜왔던 문명의 여러 가지 모순이 더 이상 우리 모두를 견딜 수 없도록 하고 있으며, 그 변화의 양상은 이제 우리가 전혀 예상하지도 못했던 세계로 우리를 이끌어갈지도 모른다는 생각으로 몰고 가고 있다. 과연 앞으로 우리는 어떻게 살아가야 할 것인가 하는 문제가 하루하루의 생존보다 더 절실한 것이 되어 있는 것이다.

우리의 전통을 통해서 이러한 미래를 탐색하려는 여러 시도들이 이러한 가운데 제기된다. 자연환경이 눈앞의 물질적 이익을 위해 끊임없이 파괴되어 가는 오늘날 자연과 더불어 풍류의 미학을 살았던 옛날의 정신이 다시금 새롭게 느껴지고 있는 것이다. 그러한 옛 정신이 앞으로 어떠한 모습으로 되살아나야 할 것인지에 대해 많은 고민과 모색이 있어야 할 것이다. 우리는 사실 그로부터 너무 멀리 벗어나 그 옛 정신의 존재들과는 다른 이방인으로 남아있기 때문이다.

　　문학적 전통에서 오늘날까지 그 생명력을 줄기차게 이어오는 시조(時調)에 대해서도 비슷한 말을 할 수 있다. 우리는 이제 어떻게 보면 너무 상투적으로 보이는 옛 시조의 비유나 상징들이 지니고 있는 삶의 깊이와 사상적 생동감을 느끼지 못하게 되었다. 그러한 것들에 자연스럽게 뿌리를 내릴 수 있는 형이상학적 체계와 그것으로 만들어낸 삶의 형식들을 이제는 너무나 멀리서 바라볼 뿐이다. 오늘날 그러한 사상체계들은 모두 사라졌으며, 점점 더 인공화되는 문명의 깊은 늪 속으로 모두 가라앉아 가고 있는 그 몰락의 깊이 위에 그러한 것들은 아련한 달처럼 떠 있다. 이 우울한 시대에 문학은 새롭게 시작해야 할 것이다. 지금까지의 개인적인 작업들을 통합해가면서 자연의 심오한 질서에 자연스런 생명의 흐름으로 동참할 수 있도록 말이다. 개인적인 자유의 모서리들은 둥글게 말아져 그 거대한 강물 속에서 흐를 수 있어야 할 것이다.

　　시조는 우리의 정신적 전통 속에서 유일하게 과거로부터 흘러내리는 형식 중의 하나다. 그것은 비록 많이 달라진 모습이긴 해도 여전히 '자연과의 친화'라는 근본적인 주제를 잊은 적이 없다. "산절로 수절로 산수간에 나도 절로"라는 옛 시조의 중심 주제(내용과 형식에서)는 아무리 현대적으로 자유시와 가깝게 변할지라도 완강하게 시조의 경계선으로 남아있는 것이다. 이 경계선을 넘을 때 시조는 부서져서 현대적인 자유시가 된다.

　　현대시조는 이미 그 자체가 전통과 현대의 부딪침과 갈등을 고스란히 그 안에 담고 있다. 그러한 갈등을 잘 해결해 가는 것이야말로 우리 시조 시인들의 막중한 임무인 것이다. 시인들의 연배가 밑으로 내려갈수록 이 갈등은 미약해지고 점차 전통에 대한 포기가 눈에 띤다. 시조 시인들의 노대가들은 이에 대해 비판적이다. 세대간의 이러한 차이는 어디에도 있기 마련이지만 진정으로 이 문제를 해결하기 위해서는 미래에 대한 광범위한 전환적 전망과 함께 해야 하리라 생각한다. 앞으로 시조 양식이 새롭게 두드러진 모습을 어떻게 드러낼 수 있을지 기대하며 기다려 볼 때다.

이상범의 시조들은 결국에는 자신의 한 개인적인 삶에 대한 애착과 통찰이라는 면에서 현대시적인 면모를 벗어나지 않는다. 그것은 오늘날 시인이라면 누구나 가져야 할 현대적 토대일 것이다. 그러나 그의 시들을 읽어보면 너무나 매끄럽게 그 안으로 빨려들어가는 것을 느끼지 않을 수 없다. 그의 개인적인 아픔과 고뇌, 기쁨과 슬픔, 황홀한 감각이나 가볍고 무거운 감각들이 그만이 지닌 언어를 쓰면서도 우리를 낯선 이방인으로 밀어내지 않는 것이다. 다른 시조 시인들의 시에서 보기 힘든 이 부드러운 매끄러움은 과연 어떻게 해서 생긴 것일까? 이러한 부분은 현대시조의 미학적 성취라는 면에서 매우 중요하다. 이제 시조는 이러한 미학들을 새롭게 구축하지 않고는 그 생명력을 보장받을 수 없는 시대에 놓여져 있기 때문이다.

이상범의 시조들에서 우선 다가오는 것은 '아름다운 아픔'이라는 주제다. 그는 "아픈 시가 눈뜨는 곳"(「오두막집」에서)이라고 말하며, 눈물보다 밝은 하늘빛(「가을 손」)에 대해 말한다. 그의 시는 따로 만들어지지 않는다. 그의 삶 자체 속에서 그가 만나는 것들과 살아가면서 그러한 것들 가운데서 깨어나는 어떤 것이다. 그의 삶은 고뇌와 고통의 파도에 뒤채이며 아득한 죽음으로 가라앉는 것이지만 거기서 다시 솟구치는 아름다움이 있다. 그것이야말로 삶의 모든 괴로움들을 우려내서 만들어낸 미학적 결정체다. 그가 "감의 씨를/ 잘그시 쪼개면/ 작은 스푼 들어 있다"(「작은 스푼」에서)라고 했을 때의 그 '씨앗'이며 '스푼'이 바로 그것이다. 이 멀리 떨어진 두 가지 대상의 만남은 초현실주의적인 놀람으로 보일 정도다. 그러나 이상범에게는 그것이 자동기술적인 우연에 의한 것이 아니다. 삶을 지탱해야 할 양식(糧食 : 일용할 양식)에 대한 그의 천착은 의중깊은 것이며 지속적인 것이다. 그가 먹고 살아가야 할 '씨앗'은 어떻게 살아가야 할 것인가 하는 삶의 양식(樣式)에 대한 문제이기도 하다. 그래서 한 예술가의 인생은 이러한 문제를 짊어지고 있게 되는 것이다.

소리를 짊어지고

누가 영을 넘는가

이쯤해 혼을 축일

주막집도 있을 법 한데

목이 쉰

눈보라 소리가

산 같은 한을 옮긴다.

―「남도창(南道唱)」 전문

　　소릿 광대(廣大)의 한많은 인생이 "목이 쉰// 눈보라 소리"에 담겨 있다. 그 산처럼 쌓인 한을 옮겨가면서 광대는 살아간다. 소리를 짊어진 인생은 그에게 과연 무엇인가? 그리고 그것은 우리에게 과연 무엇이란 말인가? 식민지 시대에 김영랑은 모란꽃을 기르면서 당대의 절창인 이화중선의 창을 들으며 그 아픈 삶에 활력을 주곤 했다. '모란'과 '소리'는 그에게 무엇이었을까? 장미와 기계적인 중얼거림 같은 노래들이 그러한 것들을 몰아낸 이 마당에 우리에게 그러한 것들은 어떠한 것일까? 절절한 설움과 가슴 저미는 한(恨)에 삶의 기름진 촉기(燭氣)를 집어넣은 것을 영랑은 그 남도창에서 발견했던 것이다. 그는 그 소리에서 인생의 어두운 것들을 구원하는 힘이 구성지게 생동하는 것을 느꼈었다. 소리 예술은 광대들이 자신의 한을 끌고 다니면서 그러한 가난을 인생과 자연의 풍요로움으로 감쌌으며, 자신의 예술적 혼이 자신의 그러한 인생을 소리가락 속에서 부드럽게 다시 껴안을 수 있도록 솟구치게 했다. 이상범 역시 이러한 한의 소리 가락을 이어받는다. 그의 시적 영혼은 어느 정도로는 광대의 현대적 영혼이다. "눈 내리는 밤엔/ 변두리행 버스를 타자"(「오두막집행(行)」에서)라고 그가 노래하며, "소리나지 않는 길을/ 몇 십리쯤 걷고 싶다"(「고요행(行)」에서)라고 하며, "해거름에 휘적휘적 오리숲을 걸어 호서제일가람(湖西第一伽藍) 금강문 사천왕문을 들어섰다"(「법주사 운(韻)」에서)라고 할 때 그는 운명적인 떠돌이 예술가다. 「법주사 운(韻)」은 광대의 창을 그대로 이어받은 확장된 현대적 사설시조다.

별안간 귀가 멍멍 고요를 깨는 큰 북 소리, 큰 북 소리 천둥소리 천둥소리 큰 북 소리, 속리산이 둘레둘레 흔들리고, 소나무 굽은 가지에 바람이 일고, 대웅보전 원통보전 팔상전 능인전 할 것 없이 추녀 끝이 흔들리고, 추녀 끝이 흔들리는가 싶더니 집채가 저저마다 흔들리고, 법주사 전체가 학이 되어 깃을 치는가 싶더니 한 송이 연꽃이 되어 둥둥 떠오르기 시작한다, 법주사가 뜬다, 법주사가 뜬다, 법주사가 춤을 춘다, 법주사가 배가 되어 넘실거린다. 미륵불도 미소를 띤 채 덩실덩실 춤을 춘다. 속리산이 뜬다, 속리산이 뜬다, 속리산이 우줄우줄 춤을 춘다, 속리산이 허겁지겁 달려간다 큰 북 소리 천둥소리 천둥소리 큰 북 소리, ―귀먹은 바위도 눈멀은 성좌도 지금 막 깨어나고 이윽고 산도 절도 깃을 접고 적막 속에 앉는다.

저녁 예불 시간에 울리는 북소리를 듣고 시인은 그 소리의 고동을 절과 산 전체 속으로 스며들게 했다. 그 소리에 모든 것을 우줄거리며 신명나는 춤을 추는 춤판으로 이끌고 가는 이 시의 가락은 분명 광대의 가락이다. 그 북소리에 모든 것이 함께 울리게 하는 시인의 미묘한 상상력은 그러한 광대의 가락을 만나서 신명나는 노래를 만들 수 있었다. 시조(時調)라는 것이 본래 이러한 노래였음이 이러한 부분에서 다시금 회상된다. 한 장르는 그것이 태어날 때의 원초적인 장면들을 언제나 간직하고 있음이 여기서 확인된다.

2. 슬픈 현대 역사의 한 맺힌 삶에 대하여

이상범 시인은 동학혁명과 6·25를 노래하기도 한다. 그가 역사인식을 거론한다거나 현실참여를 외친다거나 하는 것들과 거리를 두고 있지만 그에게는 그러한 야망 이전에 가족사적인 얽힘이 있는 것이다. 이 비극적인 역사에 그의 가문이 얽혀들었으며 거기서 생긴 비극을 시인은 떠안으며 자라났고 살아갔다. 필자는 그 뼈아픈 담담한 고백을 어느 술자리에서 들은 적이 있다. "안경을 벗어주고 그가 간 지 꼭 사십 년/ 앙상한 가슴의 갈피 궂은 비는 늘 울었고/ 아들의 아들 딸에게 커단 멍에를 씌웠다"(「가을 초상」에서)라고 그가 말하는 것은 허구적인 것만은 아니다. 그가 이어받은 우리 현대사의 비극적 한은 그의 시를 일구는 직접적인 동기이기도 하다. "그가 건네 준 뼈대 하나 안목 두어줄/ 붓 끝에 묻어 와서 묵정밭을 일군다"(위의 시)라고 한 것에서 그것을 알 수 있다. 아버지의 뼈로 글을 쓴다는 것, 그것은 그 비극의 역사가 삶으로 된 곳에서 시를 쓰는 것임을 의미한다. 그의 「역사 견문록·1」은 그의 윗 조상에 얽힌 내력을 그 배경에 담고 있다. "역사란 승자의 몫 죽은 자는 죄도 죽고/ 후대의 가슴에 남아 울음 우는 그날의 말/ 절통한 이 땅의 쑥물 대접으로 들이킨다"(「역사견문록·1」에서)라고 씁쓸하게 노래할 수 있는 것은 자신의 삶 속에 그 핏줄기가 흐르기 때문이다.

이상범은 자신의 가계(家系)가 어쩔 수 없이 떠안고 있는 이 비극을 삶의 원초적인 질료로 삼고 있다. 그의 시적 상상력은 이러한 아픔을 이 땅의 보편적인 삶의 양식 속에서 역사적 의미를 확장시키고자 한다. 「억새밭의 백서」는 제주도의 4·3사건을 다루고 있으며 그의 「들풀 소사(小史)」 연작은 이러한 주제를 삶의 일반적인 주제로 승화시킨 것이다. 이 연작시들에서 그의 한은 보편적인 한으로 승화된다.

　　　안개 속 땅덩이 하나

침몰하듯 가라앉는다
한 번은 떠난다 해도
지금 우린 썰물이고
거둬 일 곡진한 소임만
눈물로써 적시느니.

소용도는 하늘이다
쓰러져 묻혀 버린
질근질근 풀뿌리는
새살 들어 눈을 뜬다
그 보다 떠도는 회오리의
넋풀이는 밤을 날고.

피멍울 울멍 울멍
묵언(默言)은 지층을 가른다
꽃대를 거머쥔 바람
불지르는 진다홍을
선소리 목청 돋우던
평원 하나 누웠다.

―「들풀 소사(小史)·1」 전문

　　"한(恨), 그리고 아픔"이라는 부제를 지니고 있는 이 시는 흔히 민중을 민초(民草)라고 부르는 상투적인 비유에 기대고 있다. 민중의 삶 일반을 한 많은 삶이라고 하는 것은 상식적인 것이지만 이상범에게 이것은 자신의 절실한 사연을 담고 있는 것이 된다. 풀뿌리는 질기게 지층에 남아있지만 그 한 철의 생명은 계속해서 죽는 덧없는 삶의 흔적들로 남을 뿐이다. 밤의 어둠 속에 날아다니는 "떠도는 회오리의 넋풀이"에서 그 흔적을 찾아야 하는 것은 시인의 몫이다. 핏빛의 그 한 많은 소리가 선소리로 "목청 돋우던 평원"을 시인은 자신의 넋을 불러온 그 한 서린 넋과 함께 떠돈다. 그것은 그 풀뿌리들이 그 평원의 지층에서 서로 깍지끼고 무한과 입맞춤하는 것(「들풀 소사 · 7」에서)을 생각할 때 진정한 예술이 된다. 이상범은 민중적인 한 서린 삶의 낮은 차원을 바라보는 것으로 그치지 않고 옛날의 그 광대처럼 인생과 세상에 대한 깊은 깨달음으로 나아간다. 그 한 서린 인생은 '인생의 미궁'(「들풀 소사 · 7」에서)을 마주하게 한다. 여기서 비천한 인생은 영웅적인 인생이 된다. 즉 가장 커다란 수수께끼를 마주할 수 있도록 하며 그의 고난은 오히려 세상을 구하기 위한 적극적인 것으로 변화할 수 있는 가능성으로 된다. '풀'은 여러 가지 삶의 양식 가운데서도 특이하게 높은 수준의 한 형태를 만들어낸다. "풀에 뼈대가 있나/ 대쪽같은 지조가 있나/ 두들기면 부서져도/ 꺾이잖는 삶의 힘줄/ 한참을 죽은 듯이 죽어도/ 깨어나는 더운 목숨"(「들풀 소사 · 8」에서)이라고 했듯이 그것은 선비적인 정신과는 또 다른 삶의 끈질긴 한 형식을 보여준다. 끊어질 듯하면서도 이어지는 광대패들의 소리, 가장 고통어린 삶 속에서도 영랑이 '촉기'라고 불렀던 그 유려한 가락을 뽑아낼 수 있었던 그 예술적 경지가 이러한 삶의 깊이 속에 숨어있다.

3. 살아남는 영원을 간직하는 언어들

「인사동 설야(雪夜)」에서 이상범은 오래 남은 것들의 수풀에 대해, 거기 깃들었던 삶의 자취에 대해 말한다. '고려적 숨결'을 내뿜는 인사동 거리의 골동품들은 오래된 정겨움을 만들어낸다. 지난 것들 중에 우리를 위안하는 정겨운 것들이 있다는 것은 얼마나 즐거운 일인가. 이상범은 조계사 앞 건물 꼭대기에서 우리의 시조를 지키고 있는 그 작은 사무실에서 일어나 저녁의 어스름한 인사동 거리로 나오곤 한다. 시조와 인사동의 유품들은 이렇게 해서 서로 만난다. 그 영혼의 미묘한 깊이를 서로 나누어 갖는다. '삐걱이는 대문'들이 거기의 음식점들에 있고 그는 절로 '막대 짚고 가는 길손'이 된다. 천년이 한결같았던 이 오랜 삶은 이제 그 자체만으로도 예술품이 되었다. 이상범은 그 삶의 향기를 다시 우리의 언어 속에 퍼뜨리고 싶은 것이다. '항아리'는 아마도 우리가 그 안에 영원을 담고 가야 할 운명적인 그릇일 것이다. 그것이 없어지면 우리의 옛날은 완전히 우리로부터 종언을 고한 것이 되리라.

> 아 옥양목 하얀 청복.
> 일상은 오지 항아리
> 손때 묻은 장 항아리
> 음이월 동동 고추 뜨고
> 해동갑 동동 숯이 뜨고

―「청복(淸福)」 부분

우리 선조의 맛인 이 장은 항아리의 맛이다. 우리의 정신이 깃든 맛, 우리는 그 장독대를 신성한 공간으로 여겼으며 신을 모시고 기도처로 삼았다. 위 시는 그 항아리가 우리의 일상이었음을 말해준다. 우리의 손때가 묻은 그 장 항아리 속에는 우리의 삶이 담겨 있다. 푹 익혀서 세월의 자연스러운 맛이 스며들게 되는 그것이야말로 우리의 삶에 스민 자연의 미학이다. 그 소박한 것이 시인에게는 빛나는 미학이다. 그래서 이 시의 마지막에서 "어리어리 눈부셔라"라고 감탄하는 것이다.

이 소박한 미학을 그는 「개다리 소반」이나 「목기」, 「화문석」, 「귀뚜리 산조」 같은 시들에서 발전시켰다. 그 소박함이 "칼끝에 패인 자국 곰보마다 스민 태깔"(「목기」에서)이라거나 "늘 봐도 비실비실 지레 지쳐 굳은 상판"(「개다리 소반」에서)이라고 읊어질 때 우리는 거기서 서민적인 소박함의 미학을 보게 된다. 꾸밈없는 질박(質朴)함이 이러한 목기들에서 박(樸)의 본래 의미를 드러낸다. 시인에게 이러한 목기들에는 가난했던 서민들의 삶이 스며있다. 가난하지만 그 삶

은 순수한 살결을 꾸밈없이 드러내기 때문에 오히려 시인에게 찬양된다. "손때
는 묻다 못해 두툼하게 켜로 앉고/ 발그레 상기된 윤기 큰 애기의 더운 사랑"
(「목기」에서)에서 보듯 거기에는 여유를 부리지 못하는 생활이 있고 그 바쁜 생
활의 때를 어찌하지 못하는 세월이 있다. 그 숨결을 시인은 목기에서 찾아내고
싶은 것이다. 거기에 담긴 눈물의 사연도 듣고 싶은 것이다. 「개다리 소반」은
그 눈물을 말하지만 이미 그 슬픔을 멀리 초월한 서민적 웃음을 담은 가볍고
쾌활한 말들로 이어나간다. 그는 이 시에서 시조의 한 경지를 가장 높은 수준
에서 보여준다.

늘 봐도 비실비실 지레 지쳐 굳은 상판

대접도 변변히 받지 못한 툇마루 끝

지금은 땟물 나는 거실 마른 꽃의 꽃받이로.

이름을 다시 달자면 그야 꽃사슴 다리

고봉밥, 술 한 대접, 풋나물, 자반 한 토막

그런 것 고작인 날에 개다린들 황송했지.

때 끼고 윤기 돌고 흠이 간 작은 소반

가다간 혈이 닿아 눈물 찔끔 한도 찔끔

발그레 일그러진 면상 먼 얼굴이 겹친다.

―「개다리 소반」 전문

　　의인화 기법은 이 소반의 경력을 극화시키기에 적절히 활용되었다. '개다리'라는 말로 희극적인 의인화는 서민적인 생활의 아픔을 경쾌하게 변용시킨다. 그러한 아픔의 먼 얼굴이 지금은 꽃병 받침으로 쓰이는 거기 남아있다. 물론 시인의 멀리 보는 눈에만 그렇지만 말이다.

　　「화문석」은 강화도의 특산물인 화문석을 노래한 것이다. 하지만 그것은 어느 틈에 화문석만에 대해 노래하는 것이 아니라 옛날의 다정다감하게 많은 것들을 아우르면서도 동시에 꼼꼼하고 맵시 있던 우리 삶의 일반적인 미학에 대해 노래하고 있다. 그것은 침략을 당한 가운데에서도 사라지지 않고 끈질기게 그 맥을 이어오는 우리의 미학이다. 시인은 그 아픔과 소망, 물과 산의 자연스러운 소리들, 우리 삶의 깊이에 흘러내리는 소리들이 그것들을 만들어내는 풍경들과 함께 엮어지는 것을 본다.

　　「동제(洞祭)」야말로 이러한 전통적인 정신의 강력한 중심이자 뿌리에 대해서 말하는 것이고 그것이 우리 삶 전반에 걸쳐 어떻게 뛰어 놀고 있는지를 말해주는 작품이다. 그것은 무당의 굿거리를 두고 서술된 것이지만 그것이 소재적인 풍속의 차원에 그치는 것은 아니다. 시인의 눈에서 그것은 낡은 풍속의 재현이라는 면모를 뛰어넘어 그것의 기원(起源)에서 솟구치는 신성함을 향한다.

> 바람은 솟대 끝에 하늘 귀를 열어 놓고
> 제삿상 돼지머리 고기로 받쳐 웃고 있는
> 매달린 흰 천의 가지 천천히 눈 내린다.
> 귓부리 추운 하오 축문 또한 떨고 있고
> 무당의 칼끝에 베어지는 온갖 부정
> 큰절을 올리는 머리맡 지폐 또한 쌓여가고⋯⋯.
> 마을 안녕 고을 안녕 나라 안녕 싸잡아서
> 기원이야 입김에 실려 허공 중에 입적하고
> 고목은 앙상한 뼈대 겨울 하늘 이고 있다.
> 시루에 얹힌 촛불 귀신길을 천도하고

응감하는 기운 돌아 온 마을이 잠겨 있다
소지는 하늘의 언 별 몇 개쯤 눈 띄울까.

─「동제(洞祭)」 전문

이제는 오늘날 미신으로 치부되는 무속의 한 형태로서 이 동제가 서술되
는데 무당의 신통력은 분명하게 나타난다. 응감하는 기운이 돌아 온 마을에 잠
겨 있다고 그는 말하는 것이다. 추운 날씨에도 불구하고 베풀어지는 이 행사는
그의 시에서는 드물게 신중한 어조로 일관된다. 이 정신적인 중심에 대해 그것
이 무속이든 다른 어느 것이든 이야기되지 않았다면 이상범의 시조는 약간은
공허해지지 않았을까? 결국 전통적인 것에 대한 탐색은 민중적인 삶의 한 특
질이거나 그것의 예술적 형식에 그쳐서는 공허한 것이다. 그 전체를 묶는 강력
한 정신적 중심에서 삶의 밑바닥까지 스며들어가서 우리의 풍속과 일상의 이
야기들이 뛰놀게 되는 것이다. 마치 태양처럼 이글대는 정신적 에너지의 중심
이 있지 않다면 어떠한 풀들의 잎이나 뿌리도 있을 수 없었을 것이다. 시인도
「캐리커처」에서 바로 그 정신의 자리에 대해 말하고 있다. "정신이랑 마음자
리/ 찍어내는 그게 큰 일"이라고 하였던 것이다.

4. 정결(淨潔)의 미학

이상범의 시조들은 우리 언어의 현대적 정황에서 볼 때 하나의 파수꾼 같
은 위치를 지닌다. 그는 관념적인 어투들을 쓰지 않고서도 사상의 깊이를 들여
다 볼 줄 안다. 그리고 현대적인 기교를 부리지 않으면서도 새로운 언어의 맛
깔스러움을 창조해낸다. 그의 언어들은 가령 "산냄새 살냄새 사이/ 시집들이
키를 재는/ 고뇌도 갈색으로 익어"라고 하는 데서 볼 수 있듯이 쉬운 말로 사
유의 깊은 곳을 들여다본다. 산과 살의 사이는 오두막집에서 생긴 것이다. 이

사이에서 만들어지는 미묘한 사유와 감각, 상상의 오고 감에 대해 이 시는 말한다. '아픈 시'가 거기서 눈을 뜬다. 그 집은 바로 시인의 집이다. 멀리 떠남으로써 확보한 공간, 그러나 완전히 산에 묻힐 수 없는 그 공간은 미친 듯한 바람이 산자락을 흔들 때 아픈 공간이 된다.

이러한 외진 공간은 그의 시를 위한 날카로운 의식과 감각이 꽃잎을 펴는 곳이다. 변두리에서 활짝 피는 그 꽃은 바로 새로 탄생하는 시적 언어들이다. "몸으로 피는 꽃은/ 몸으로 말을 건넨다"(「꽃·화두(話頭)」에서). 하늘의 온갖 기운들이 거기 모여든다. 가장 순수한 것으로 결정되는 그 꽃은 일상적인 언어들이 정결하게 되어 그 모든 때를 벗기는 곳이다. 그것은 '영혼을 씻은 노래'(「원경(遠景)의 바다」에서)인 것이다. 소녀의 사랑과 고백은 바로 그러한 순결한 언어들로 이루어진다. 그는 소녀와 바다를 결합하여 시인의 순수한 마음을 거기서 발견한다. 모든 것들은 그곳에서 부서져야 한다.

부서지고 싶었니라 부서지고 싶었니라.

열망은 뭍으로 뭍으로만 승화해도

제 모를 가슴을 뒤쳐 말긋말긋 흐르더니라.
—「원경(遠景)의 바다」 부분

꿈꾸는 소녀의 귀밑머리 같이 출렁이는 파도의 노래에 시인은 홀려 들어간다. 그 노래의 마력에 그는 빨려 들어가며 일상의 존재를 파멸시킨다. 이 노래의 요정은 언어들 속에 살고 있다. 그 언어들의 물 속으로 깊이 무겁게 들어가야 비로소 그 요정의 혼을 만날 수 있다. 조약돌을 던져 물 속에 가라앉듯 우리는 언어 속으로 가라앉아야 한다. 그리하여 '속 깊은 무게'가 되어야 하고 그리하여 "우리가 일군 여울의 밑창쯤에/ 비로소 우는 풀벌레……"(「대화」에서)를 알 수 있어야 하는 것이다. 「가을 손」은 그렇게 아름답고 투명한 깊이로 가득한 언어들이 반짝이며 모여서 노래하는 그러한 시다.

　그렇지만 여기서 어떤 것도 인위적으로 그렇게 되었다는 느낌은 전혀 없
다. 하나의 언어에서 다른 언어로 이어지는 흐름은 매우 자연스럽다. 마치 투
명한 물이 흐르듯이 모든 말들은 편안하고 서로 정답게 어울리며 서로 메아리
치듯이 감정과 사연들을 나누어 갖는다. 아마도 이상범의 시학은 이 시에서 가
장 전형적인 모습으로 한 꼭지점을 만들어낸 것 같다. 우리는 즐겁고 편안하게
그 언어의 자연 속으로 들어갈 수 있을 것이다.

　　　비워 둔 항아리에 소리들이 모입니다

　　　눈발 같은 이야기가 정갈하게 씻깁니다

　　　거둘 것 없는 마음이 억새꽃을 흩습니다

　　　풀향기 같은 성좌가 머리 위에 얹힙니다

　　　　　　　　　　　　　　　　　　　　－「가을 손」부분

　여기에도 우리가 앞에서 말했던 그 '항아리'가 놓여 있다. 소리를 모으는
항아리는 비워 둔 항아리다. 가을날에 비어있는 공간, 항아리처럼 풍만하게 또
자연과 자연스럽게 교류하며 모든 것을 담아 익히는 그러한 공간이 그것 말고
어디 또 있을 것인가? 거기 우리의 말들을 담을 수 있다면 그것은 그대로 시가
될 수 있을 것이다. 눈발 같은 이야기를 정갈하게 씻어내는 이 항아리는 우리
의 마음, 고요히 텅 빈 마음 자리를 가리킨다. 거기에 하늘의 성좌가 내려오고
모든 것을 용서할 수 있는 것도 그렇게 비어있기 때문이다.

　우리의 시조가 걸어온 길에서 이상범은 외롭지만 순결하게 순교자로서
손색이 없을 정도로 자신의 물질적 존재와 영혼을 바쳤다. 그는 한국시조의 간
판을 내걸며 가난한 시조인들의 발걸음을 붙잡아 주고, 우리 언어 속에 옛 정

신의 혼을 메아리치게 하면서 새로운 미학을 가다듬어 나갔다. 그의 이러한 작업은 그만을 위한 것이 아니다. 다른 시조 시인들의 운명과도 같이 그리고 우리의 전통적인 예술들의 운명과도 같이 거기에는 우리의 미래에 우리는 어떠한 삶을 가질 수 있을까 하는 것에 대해 고뇌하지 않을 수 없는 많은 사람들의 운명이 함께 하고 있다. 이상범의 시조는 이러한 측면에서 여전히 살아서 우리를 격려하고 미래로 이끌어가려는 우리의 전통적인 정신의 끈질긴 힘을 간직하고 있다. 그것은 수천 년을 살아온 것이며 새로운 방식으로 또한 우리를 지키면서 앞으로도 오랫동안 생명을 나누어 주어야 할 정신적 힘인 것이다.

지상과 천상을 동시에 바라보는 시각
─서벌 시조의 의미

김만수 ‖ 문학평론가 · 인하대 교수

1.

에즈라 파운드(Ezra Pound)는 한문에 능하여 중국 고전을 많이 번역했으며, 중국 한시와 일본의 하이꾸(俳句)에서 많은 영감을 얻은 시인으로 알려져 있다. 그의 대표작 「지하철 정거장에서」는 이러한 성향을 잘 보여준다.

> 군중들 사이에서 유령처럼 나타난 이 얼굴들,
> 까맣게 젖은 나뭇가지 위의 꽃잎들.
>
> ─「지하철 정거장에서」 전문

파운드는 단 두 행으로 되어 있는 이 작품의 창작 동기를 이렇게 설명하고 있다. "3년 전에 나는 파리의 라 꽁뜨르에서 지하철을 내려가다 갑자기 한 아름다운 얼굴, 그리고 또 다른 얼굴, 그리고 또 다른 얼굴, 그리고 한 아름다운 어린아이의 얼굴, 그리고 또 다른 아름다운 부인을 보면서, 그날 종일 그 인상을 표현하려고 애썼으나 그 돌연한 감정만큼 가치 있고 아름다운 말을 찾을 수 없었다. (…중략…) 나는 30행의 시 한 편을 썼지만 그것을 찢어 버린 것은 그것이 소위 '강렬도 제2위'의 작품이었기 때문이다. 6개월 후에 그 반 정도의 시로 고쳤고, 1년 후에 2행의 짧은 시로 만들었다." 그는 이 시에서 '얼굴들'과 '꽃잎들'의 대립이 빚어내는 묘한 효과를 제시하고 있다. 두 행 사이의 선명한 대립이 빚어내는 대구법(對句法)이라든지, 시 속에서 시인의 감정을 철저하게 배제하는 수법은 한시에서 배워온 것으로 볼 수 있겠는데, 한시나 하이꾸의 이러한 기법이 서구 이미지즘의 형성에 큰 영향을 미쳤다는 점은 참으로 기억할 만한 사건이다.

　위의 시는 간단해 보이면서도 실상은 그렇지 않다. 지하철에서 쏟아져 나오는 사람들의 선명한 인상을 '유령처럼(apparition)'이라고 표현한 것은 그들의 신선하고 아름다운 인상과 어느 면에서는 상통하지만, 어느 면에서는 어긋나는 것으로도 보인다. '까맣게 젖은 나뭇가지 위의 꽃잎들'의 의미도 마찬가지다. 까맣게 젖은 꽃잎들은 그 자체로 아름다운 것이지만, 어찌 보면 곧 떨어져 썩어 버릴 듯한 것, 즉 생명의 유한함에 대한 경고처럼 들리기도 한다. 이런 불안한 의식으로 위의 시를 읽게 되면, 분답한 지하철에서 쏟아져 나오는 사람들의 건강한 일상과 환하게 핀 꽃의 대비가 주는 긍정적인 분위기뿐만 아니라, 저토록 열심히 살아가는 사람들의 뒤켠에도 마치 연약한 꽃잎이 결국에는 차가운 비바람에 쌓여 까맣게 죽어가는 것처럼 어두운 죽음의 그림자가 도사려 있다는 쪽으로도 비약된다. 우리는 위의 시에서 삶의 환희와 절망의식을 함께 읽어낼 수 있다. 이러한 의미의 이중성이 곧 이미지즘이 지닌 매력이자, 고도의 시적 긴장을 가진 시들의 매력일 것이다.

　그러나 필자가 지금 말하고자 하는 시조에는 이러한 매력적인 긴장이 적다. 잘 살펴보면, 시조는 '선경후정(先景後情)'의 안정감에 바탕을 두고 있다. 먼저, 초장과 중장에서는 자아 바깥의 사물이 먼저 묘사된다. 그리고 종장에 이르러서 이러한 선경(先景)에서 촉발된 시적 자아의 정서가 표출된다. 즉 시인의 눈과 머리 속에서 얻어진 선경(先景)이 차츰 시인의 가슴으로 전이되어 후정(後情)을 낳는 것이다. 이러한 구조는 대단히 안정적이다. 그리고 외부의 충격을 자아화하여 얻어지는 이러한 정서의 표출방식은 자연합일의 정신에서 표출된 것으로 보인다. 자연은 늘 자아의 외부에 존재하지만, 시조의 종장 3자에 의해, 시인의 가슴 속에 더운 감탄사('어즈버, 아해야' 등등을 생각해 보라)를 불러일으키고, 드디어 선경과 후정은 하나가 되는 것이다.

(가)
오백 년 도읍지를 필마로 도라드니,
산천은 의구ᄒ되 인걸은 간 듸 없다.
어즈버 태평연월이 꿈이런가 ᄒ노라.

—길재

(나)
천만리 머ᄂ먼 길에 고흔 님 여희압고
내 마음 둘 듸 없어 냇가에 안쟛시니
져 물도 내 안과 갓틔여 우러 밤길 예놋다

—왕방연

에즈라 파운드의 시에서 볼 수 있듯, 생략과 긴장을 장기로 삼는 현대시에서는 감정의 절제를 내세운다. 그러나 우리의 전통시조들에는 감정이 개입되어야만 시적인 안정감을 낳는다.

위의 두 시조의 종장을 생략해보자. 어찌 보면, 시의 느낌과 긴장은 그대로 남아 있는 것으로 보인다. (가)에서는 이미 '오백 년 도읍지'의 웅장함과 '필마'의 초라함이 대비되어 있고, '의구한 산천'과 없어진 '인걸'이 대비되어 있다. 또 (나)에서는 서로 떨어져 있는 '고운 님'과 '나'의 외로움이 '천만리 머나먼 길'을 무상하게 흘러가는 냇물의 모습을 배경으로 잘 대비되어 있다. 그러므로 종장은 이미 사족에 불과한 지도 모른다.

아마 현대의 시인들은 사족과도 같은 종장을 생략함으로써, 시적인 긴장과 함축을 얻어내려고 할지 모른다. (가)의 종장은 '태평연월의 꿈'이라는 금언이 추가되어 있고, (나)의 종장은 천만리 머나먼 길을 흘러가는 냇물의 무상한 흐름을 '냇물이 나처럼 울며 밤길을 흘러가고 있다'는 표현으로 다시 반복하고 있다. 그리고 이러한 종장은 얼마든지 생략 가능하다. 그러나 시조의 세계는 이러한 엄격한 감정의 절제보다, 대상과 함께 하는 시적 자아의 모습을 함께 제시하는 편이다. 다시 말하자면, 시조는 감정의 절제와 고도의 압축미에 입각하기보다는, 자연과 자아의 일체감을 종장에 제시함으로써 정서적인 균형을 획득하는 장치에 입각하고 있다는 게 필자의 생각이다. 그리고 이러한 정서적인 균형감이야말로 오백 년 이상 시조가 우리들의 사랑을 받을 수 있는 근거라고 생각한다. 세계문학사 전체를 통틀어 보더라도, 한 문학양식이 오백 년 이상 유지 존속된 것은 시조밖에 없다는 찬사는 시조의 이러한 균형감과 대중성에서 비롯된 것으로 보아도 된다(시조가 자연과 인간의 균형감에 입각하고 있다는 것, 그리고 이러한 균형감이 곧 시조의 대중성을 낳는다는 것, 이러한 점에 대해서는 보다 본격적인 성찰이 필요하리라고 본다).

2.

짧은 시간에 서벌 시인의 시조를 읽어보았다. 필자가 앞에서 말한 바에 따르자면, 서벌 시인의 어떤 시조는 선경후정의 안정감을 그대로 간직하고 있었고, 또 한편으로는 이러한 안정감에서 멀리 떨어진 곳에 있기도 했다. 그러니까 필자가 앞에서 말한, 시조의 안정성은 서벌 시인에 이르러서 그 일부가 유지되고 그 일부는 깨지고 있었다. 그것은 아마도 현대시조가 처한 불행한 위치이자, 또 비약이 가능한 행복한 지점이기도 할 것이다.

예컨대 시조 「가야금」은 전통적인 선경후정에 입각하고 있다.

너 운다 너누룩히 바람은 듣고 있다.
말 못할 자리일수록 말이 막 솟아올라, 솟아올라도
참으로 말할 수 없는 그것 몰고 있는 강물

임이라면 임이여 너, 한바다 어느 웅숭깊은 데로 틀고 갔길래 천리 바깥꺼
정 그 소리 오는가
몸 둘 데 없는 바깥 떠돌다가 떠돌다가
뜨는 달 그 되어 와도 고자누룩히 안을 운다.

―「가야금」

반면 「구름 세상」은 다르다. 현대적인 위트가 깔려 있는 이 시조의 구성
법은 사뭇 이중적이다.

아기 구름 업으셨네 저기 저 엄마 구름.
하늘의 시골 장터 물건들도 모두 구름.
솜사탕 노을에 젖는 구름 골목 나도 가요.

―「구름 세상」

'엄마 구름'이 '아기 구름'을 업고 간다는 초장의 분위기는 사뭇 동화적이
다. 그러나 중장의 '하늘의 시골 장터'는, 종장의 '노을에 젖은 구름 골목'과 만
나면서 곧 지상의 시골 장터와 겹쳐진다. 해지기 전에 빨리 물건을 사서 집에
돌아가야 하는 엄마와 아기의 모습이 그 골목길을 허청허청 걷고 있는 시적
화자의 모습과 겹쳐지면서, 동화적인 환상에서 벗어나 우리가 몸담고 있는 현
실로 재빨리 귀환하는 것이다. '구름'은 볼 수 있되 만질 수 없는 것. 구름은
볼 수 있고 만질 수 있는 현실계에 속할 수 없으며, 볼 수도 없고 만질 수도 없

는 천상계에 속할 수도 없는 것. 그 '구름'을 쫓는 시적 자아의 외로운 고투가 눈에 잡힐 듯, 선명하게 그려져 있는 것이다. 돌이켜 보면, 시인은 늘 두 개의 눈을 가지고 있다. 현실에 속해 있으면서도 하늘을 바라보고, 하늘을 공상하면서도 현실 속에서 살아가야 하는 법. '구름'이야말로 시인이, 아니 우리 모두가 소유하고 싶되 정작 얻을 수 없는 어떤 것 아닐까. 「구름 세상」은 이러한 욕망에 들린 삶의 부박함을 잘 보여주고 있는 바, 이는 현대인의 복잡다단한 삶의 이면과도 상통하는 것이다.

필자는 서벌 시인의 시조 중에서 전통적인 어법과 소재에 의존하고 있는 전자보다는, 현대의 생활감각을 바탕으로 한 후자의 양상을 주목해 보았다. 거기에는 현대시조의 가능성이 담겨 있기 때문이다. 「일월화수목금토」라는 제목을 달고 있는 단형시조를 하나 예로 들자.

저 하늘 감싼 단벌, 채운 단추가 일곱
날마다 하나씩 끌러 겨우 속옷 비칠 쯤엔
어느새 다 감그고는 다시 보라 하느니.

―「일월화수목금토」

여기에는 일상의 물리적 시간이 '속옷'의 환상과 잘 대립되어 있다. 우리는 분절된 물리적 시간 속에 얽매어 살아가면서도 '저 하늘'을 향한, 형언하기 힘든 그리움을 지니고 있는 법. 시인은 이러한 반복적인 삶에서도 놓칠 수 없는 '저 하늘'에 대한 그리움을 '어느새'라는 종장에 잡아두고 있는 것으로 보인다.

큰 한 밀짚모자 눌러쓰고 수염 날리는
저 알 수 없는 마음의 갈피 안에
다만당 나는 들면서 뭐가 뭔지 모르겠네.

모를 일 안다하면 난 벌써 그대이리.

더러 그대고자 애쓴 참도 많았다만

이 아침 그저 강뚝만 듬성 듬성 딛는다네.

강물이 강물 아니고 산도 산 아닌 지금

해나면 그대 마음 또 어디론지 가 숨어

숨긴 일 더 못 두겠다 할 때 오늘 이같게 하리.

―「노자(老子)의 안개」

꿈과 현실의 경계를 넘어서는 노자의 전복적인 세계관을 안개의 모호함과 연결시킨 이 시조는 '저 알 수 없는 마음의 갈피'를 '밀짚모자' 속에 감춘 은자의 삶을 표현하고 있다. 이 또한 '너'와 '나' 사이의 불편한 경계를 고심하는 현대인의 모습에 방불하기에 그 나름의 현대성을 담고 있다.

이러한 현대성은 서벌 시조 시인의 두 번째 시조시집 『각목집』(금강출판사, 1991)에서 이미 잘 드러난 바 있다. 이 시집에는 전통적인 시조와 현대적인 시조의 모습이 뒤섞여 있는 바, 특히 제1부를 이루는 「본적지의 돌」에서는 생활 감각에서 출발한 현대시조의 모습이 잘 드러나 있다. 시인은 삶을 '경영(經營)'이라 했다. 씨를 뿌리고 거두는 것이 '경영'이거니와, 그 경영을 바라보는 시인의 시각에는 현대인의 허망한 삶에 대한 아픈 통찰로 가득 차 있다.

목수가 밀고 있는/ 속살이/ 환한 각목(角木).//

어느 고전(古典)의 숲에 호젓이 서 있었나.//

드러난/ 생애(生涯)의 무늬/ 물젖는 듯 선명하네.//

어째 나는 자꾸 깎고 썰며 다듬는가.//

톱밥/ 대팻밥이/ 쌓아가는 적자(赤字)더미.//

결국은/ 곧은 뼈 하나/ 버려지듯 누웠네.

―「어떤 경영(經營)·1」

목수는 '속살이 환한 각목' 하나 만들기 위해 정진한다. 그러나 이는 시인의 마음에 이르러 각목을 깎는 게 아니라 다름아닌 '나' 자신을 깎고 있다는 아픔으로 바뀐다. 이 또한 현대사회에서 시인이 처한 위치를 말해주는 것. 보들레르가 「알바트로스」에서 자신을 '천상에서 위배된, 귀공자와도 같은 알바트로스(信天翁)'에 비유했고, 서정주가 「자화상」에서 자신을 '죄인'과 '천치'에 비유했던 것처럼, 시인은 자신의 시적 여정이 결국 자신을 깎아 '톱밥 대팻밥이 쌓아가는 적자(赤字)더미'로 만들고 마는 것임을 깨달을 때, 과연 시는 무엇을 할 수 있을 것인가. 서벌 시인은 그 아픔의 세계를 직시하면서, 그 속에 지켜내야 할 시조로서의 품성을 생각하고 있는 듯하다.

'껍질 죄죄 벗어버려/ 되반(半)이나/ 겨우 되나// 그나마 가물어서 쭉정이 된 내 나날아'(「쌀」), '베어내고, 베어내고, 베어내는 우리 당대(當代)./ 아린 물고는 한 시름 놓았다만/ 낫질이 거둬들인 것은 일할(一割) 정도나 되는가'(「어떤 경영(經營)·서곡」) 등에서 보이는 아픔이 그것이거니와, 시인은 이를 감내하기 위한 정진의 자세를 포기하지 않는다. 예컨대 대동여지도를 완성한 고산자 김정호의 삶을 기리는 시조에서 '냉수도 활활 타는 싸리꽃 꽃빛 원통./ 끝내 오백년(五百年)도 바스라진 각판(刻版)이었다/ 오늘은 어느 눈벌에 앉아 메투리 고쳐 매는가'(「고산자(古山子)」)에서 이러한 시인의 정신을 엿볼 수 있다.

시는 시인이 만들어낸 제작품의 일종이어서, 시인의 인격과 관련없이 존재하는 하나의 사회현상이기도 하거니와, 때로는 시인 자신을 있는 그대로 드러내는, 때로는 시인의 불철저한 인생을 스스로 다잡는 무기이기도 하다. 서벌 시인의 시조에는 이러한 인간의 자세가 잘 투영되어 있어, 시조를 읽고 즐기는 자들이 누릴 수 있는, 인간적인 가르침이 배어 있는 듯하다. 그가 현대시조를 개척하는 입점에 서 있으면서도, 결국 전통시조가 지니는 선경후정, 혹은 자연 합일의 세계관을 지향하고 있는 점은 결국 시조라는 문학양식의 장점이 무엇인가에 대해 다시 한번 생각하게 만든다.

3.

일제시대의 한국 영화에는 변사가 등장한다. 변사는 활동사진의 여백을 설명하는 역할을 맡고 있어, 당대에는 변사라는 호칭보다는 '영화 해설가'라는 명칭으로 불려졌다. 한국영화의 전문가들은 그들이야말로 한국영화의 발전을 가로막은 장본인이라고 혹평하고 있다.

필자도 기본적으로 그러한 시각에 동의할 때가 많지만, 또 고쳐 생각해보면 그들의 존재가 그리 혹평을 받아서는 안 된다고 생각할 때도 많다. 어쨌든 그들은 대중들이 영화에 접하도록 이끌었고, 또 한국영화는 변사들의 폭발적인 인기에 편승해 성장한 일면도 있다. 더욱더 중요한 점은, 이들 변사들이 스크린과 관객 사이에 놓여 있는 '벽'을 허물었다는 점이다. 우리의 관객들은 은막 위에 비쳐진 영화적 현실을 '자아화'하려는 강한 의지가 있었던 것은 아닐까. 이것이 바로 한국적인 온정의 발로이자, 무대와 객석 사이의 차가운 벽을 넘을 수 있는 하나의 가능성이기도 했던 것. 필자는 변사들이 영화적인 문법을 깨뜨리고 매사에 설명을 보태는 식의 영화를 반복했다 해도, 그들이 바로 한국적 정서를 밑바탕으로 삼고 있으며, 여기에 일말의 가능성도 있다고 보는 편이다. 끼어들지 않고서는 못 배기는 품성이야말로 한국적 신명의 밑바탕이었기 때문.

변사들이 영화에 끼어들듯, 시조 시인들은 자연의 세계에 뛰어들어 이들을 자기의 삶의 원천으로 삼았던 것. 여기에는 자연을 단순한 대상으로 바라보는 차가움이 없다. 필자는 시조가 종이 위에 적힌 딱딱한 문학이 아니라, 자연을 벗삼아 이웃을 벗삼아 유장한 리듬으로 음송되던, 저 옛날의 시조를 상기해본다. 시조는 분명 현대시의 난해하고 논리적인 시의 수사학에 의존하고 있지는 않다. 여기에는 흥겨운 노래의 가락이, 그리고 시조창과 자연과 이웃이 어우러진 신명의 한바탕이 자리잡고 있다. 그리고 여기에는 현대시를 분석하는 방법들, 예를 들어 시적 긴장이나 아이러니가 틈입할 여지가 없다. 시조가 대

중들로부터 사랑받고, 또 삶에서 유리되지 않기 위해서는 이러한 조건이 지켜
져야 한다.

　　서벌 시인의 시조에는 이러한 시조의 자연스러운 리듬감각과 생활감각이
유지되고 있어, 자연스럽고 편안하다. 마치 품이 넓은 우리의 전통 옷이 주는
여유 같은 것이 그의 시조에는 살아 있다. 그가 현대사회에 매스를 가할 때조
차도 그런 여유가 있어 보이는데, 필자는 여기에서 이런 질문에 처하게 된다.
그의 시조가 주는 편안함은 서벌 시인 자체의 인간적 품성에서 나오는 것일까.
아니면 시조라는 장르 자체가 그런 편암함의 공간을 만들어주고 있는가. 답변
은 미루어 둘 수밖에 없다.

묘사와 변주의 탁월한 구경(究竟) – 박재두론

김선태 ‖ 시인 · 광주여대 교수

1. 들어가며

박재두(1936) 시인은 우리 시조계의 원로다. 경남 통영에서 출생한 그는 지금껏 고향 일대를 벗어나지 않으면서도 훌륭한 작품세계를 일군 향토시인이다. 1965년 『동아일보』 신춘문예를 통해 등단한 그는 기록상으로만 보면 1975년 『유운연화문(流雲蓮花文)』을 펴낸 이후 아직 작품집을 묶지 않고 있다. 하지만 그간의 작품성을 인정받아 '경남도문화상'(1976)을 비롯, '정운시조상'(1984) '성파시조문학상'(1987) '가람시조문학상'(1989) '이호우시조문학상'(1992) 등 시조계의 굵직굵직한 문학상을 모두 휩쓸다시피 했다. 그리고 보면 그는 함부로 자신을 세상에 드러내지 않을 뿐더러 작품 또한 남발하지 않는 깐깐한 자존을 지닌 시인으로 이해된다.

그럼에도 불구하고 이 글을 쓰는 필자에게 그의 이름은 낯설다. 솔직히 필자는 그의 자필 연보와 작품을 접하기 전까지는 원로 시인인 그의 이름을 몰랐다. 그래서 작품을 정독하고 난 후 부끄러움과 함께 뭔가 골똘한 생각에 잠기지 않을 수 없었다. 원인은 무엇보다 그가 시조 시인이고, 필자는 시인이라는 데 있었다(흔히 시조 시인들은 시조를 '시', 현대시를 '자유시'로 따로 구분하여 부르기도 한다. 일리 있는 주장이다). 말하자면 우리 시단에서 시조가 시에 비해 일방적으로 소외당하고 있다는 데 그 원인이 있었던 것이다. 아무튼 이와 관련된 내용은 이 글의 성격상 논외로 할 수밖에 없지만, 우리시의 뿌리에 해당하는 시조를 '흘러간 옛 노래'쯤으로나 생각하는 문단의 그릇된 인식은 이젠 근본적으로 재검토할 시점에 왔다는 생각이 든다. 최근에 이르러 우리 현대시조가 과거의 고루한 면모를 일신하고 자유시 못지 않은 변별력을 갖추어 가고 있다는 판단 때문이다(최근 들어 우리 시조시단은 『시조시학』『현대시조』『열린시조』『유심』 등 시조 전문 문예지가 다수 생겨났고, 시조를 쓰는 시인들도 천여 명에 육박한다고 한다. 우리 전통시가인 시조에 대한 관심과 창작에의 열정이 증폭되고 있다는 것은 퍽이나 고무적인 현상이라 할만 하다. 특히 과거의 고루한 면모를 과감하게 일신하고 자유시 못지 않은 형식과 내용의 깊이를 보여주는 작품들이 많아지고 있다는 것은 우리 시문학의 발전을 위해 여러모로 바람직하다 할 것이다. 최근 계간 『열린시조』가 기획·발간하고 있는 '우리시대 현대시조 100인선'도 우리 현대시조의 흐름을 체계적으로 정리하여 그 위상을 다시 세우려는 차원으로 이해되는 바, 그 의의가 자못 크다 할 것이다).

이 글은 박재두 시인의 작품 전체를 대상으로 그 시세계를 종합적으로 살펴보는데 그 목적이 있다(유감스럽게도 지금까지 박재두 시인의 시세계를 논의한 글은 전무한 실정이다. 따라서 이 글은 그의 작품세계를 다룬 최초의 작업이 될 것이다. 그리고 연구논문보다는 문학평론 성격을 지닌 글임을 밝혀둔다). 필자가 보기에 박재두 시인의 작품성은 우리가 알고 있는 어느 유명한 시조 시인의 그것보다 모자람이 없을 정도로 뛰어나다. 특히 형식면에서 자유시가 무색할 정도의 현대성도 겸비하고 있다. 이제 '묘사와 변주의 탁월한 구경(究竟)'으로 요약할 수 있는 그의 시세계를 살펴보자.

2. 들어가 살펴보며

주지하다시피 시조는 우리 고유의 시적 양식이다. 따라서 현대시조를 쓰는 시인들의 시가 전통성에 그 뿌리를 두고 출발하고 있음은 지극히 당연한 일이다. 하지만 오늘의 시조가 어제의 시조를 그대로 답습하고만 있다면 이는 심각한 문제일 것이다. 그것은 시조라는 장르 자체가 더 이상 존속할 필요가 없음을 자인하는 일이 되기 때문이다. 오늘 했던 말이 내일 아침이면 더 이상 효력을 발휘할 수 없는 것이 시적 언어의 숙명이다. 그래서 시인을 종종 혁명가에 비유하기도 한다. 혁명이 무엇이던가. 기존의 질서와 체제를 부정하는 반역이 아니던가. 그래서 아들은 아버지를 죽여야만(넘어서야만) 새로운 아버지가 될 수 있는 것이다. 시조(時調)가 시조(詩調)가 아닌 이유도 여기에 있다. 시대의 흐름에 따라 새로운 옷을 갈아입어야만 존재 가치가 있다는 뜻이다. 따라서 한 시인의 시를 평가할 만한 가치가 있느냐 없느냐 하는 것도 여기에 달려 있다고 본다.

이렇듯 현대시조의 사명은 과거의 문학적 전통을 일신하여 새로운 문학적 전통을 수립하는데 있다고 본다. 하지만 새로운 문학적 전통을 수립한다는 일이 무조건적인 옛것의 단절이나 파괴가 아니라 바람직한 것들을 이어받으면서 또 그것을 현대적으로 변형·발전시키는데 있음을 의미한다. 박재두 시인은 위에서 이야기한 바를 누구보다 충실하게 시로서 구현하고 있는 시인이다. 다시 말해 그의 시세계의 특징은 전통성에 그 뿌리를 두고 있으면서도, 그것을 현대적으로 변형·수용하는데 있다. 그것은 구체적으로 모국어의 아름다운 조탁과 전통적 율격의 현대적 변용으로 드러난다. 그 특징을 형식·내용으로 2분하여 거칠게나마 들여다보자.

3. 형식

가. 다양한 변주

전술한 바대로 박재두 시인의 시적 특징 중의 하나는 전통적 율격을 바탕으로 새로운 율격을 창조하는데 있다. 그것은 다양한 형태 실험으로 나타난다. 그가 부단히 다양한 변주를 시도하는 배경에는 무엇보다 기존 율격의 틀로는 빠르고 다변한 현실의 내용을 효과적으로 담아낼 수 없다는 인식에 기초하고 있는 것으로 보인다. 우선 기존 율격의 틀에 입각하여 쓴 시부터 보자.

> 연줄 멕일 사금파리 찧고 빻은 가루<u>별이</u>
> 서둘다 발이 걸려 하늘에 쏟은 <u>별이</u>
> 한뎃잠 머리 위에도 사금파리 빛나던 <u>별이</u>
>
> 가난한 지붕머리 지켜주는 밤이 <u>있어서</u>
> 별 사이를 누비며 날으는 꿈이 <u>있어서</u>
> 눈물 속 하늘에 뜨는 행복이 <u>있어서</u>
>
> —「별이 있어서」 전문(밑줄은 필자)

이는 3·3조 혹은 4·4조를 기본 율격으로 하고 있는 2연 6행의 평시조다. 외형상으로만 보면 기존 율격의 틀을 고수하고 있는 작품이다. 그러나 자세히 들여다보면 고정된 틀 안에서도 변화를 주기 위해 상당한 공을 들였음을 알 수 있다. 우선 행과 연을 재배치하고 있다. 그러니까 원래 1연 1행은 2연 1행으로, 1연 2행은 2연 2행으로, 1연 3행은 2연 3행으로 각각 시상이 연결되어야 맞다. 그런데 행과 연을 의도적으로 재배치함으로써 밑줄친 부분을 각운 처리하고 있음을 보라. 이는 물론 반복운을 통해 음악성을 배가시키려는 의도다.

게다가 2연의 각 행들은 모두가 "-있어서"로 끝남으로써 그 뒤에 여백의 미를 남겨두고 있다. 말하자면 '어떻더라'에 해당하는 서술어를 생략하고 있는 것이다. 다음 시를 보자.

어른들/ 공출 달러/ 넘어간/ 인적없는 산모롱이
진달래/ 불길은 타고
황톳길/ 아지랭이

가파른/ 보릿고개를
빈 손 빨며/ 넘겼었더란다

콩깨묵/ 읍쌀 얹어/. 찰기 없는/ 옥수수밥
돌아서면/ 허기져/ 손가락/ 입에 물고
진달래/
꽃빛을 빨며/
뻐꾸기 소리/ 배를 채우고……

피는/ 못 속이던가
반 세기/ 아득한 저편
응어리진/ 식민의 피
그마저/ 내림인지

네 아비/
한 대(代)를 건너/ 손가락을/ 빨다니

말리는/ 눈치는 빨라/ 할미 등에/ 붙어 선다
징용 피해/ 짚동 속에/ 숨어 지낸/

네 증조부.

나뭇단/
바람 닿는 소리/
가슴/ 조였다더니

그날 밤/ 이마 위에/ 바늘끝으로/ 뻗치던
얼어/ 파랗게 질린
별빛 닮은/ 네 눈동자

떨면서/
엎드려 새운/ 모습까지
쏘옥/ 빼다니

―「어린 손자, 손가락을 빨아」 전문(사선은 필자)

다소 긴 이 작품은 원래 5연 15행이던 것이 의도적인 행·연갈이로 인해 무려 9연 28행으로 늘어나 있다. 외형상으로만 보면 누구든 이를 자유시로 보지 시조로는 보지 않을 것 같다. 그러나 주의 깊게 읽어보면 지킬 것은 다 지키고 있다. 말하자면 시조의 기본 율격을 바탕에 깔고 그것을 자유자재로 변형시키고 있음을 알 수 있다. 때로는 변형이 너무 지나쳐 작위적인 인상마저 풍길 정도다.

위 작품의 형태를 구체적으로 분석해 보자. 첫째, 1연과 2연은 원래 하나의 연인데 둘로 나누었다. 그런 다음 초장은 4음보 그대로 두고, 중장은 2음보씩 행갈이를 했다. 그리고 종장은 별도로 연갈이를 하여 다시 2음보씩 나누었다. 둘째, 3연은 연갈이를 안하고 또 초장과 중장을 그대로 둔 대신 종장을 3행으로 나누었다. 셋째, 4연과 5연은 역시 하나의 연인데 둘로 나눈 다음, 초장과 중장을 2음보씩 나누어 4행으로 만든 뒤, 종장을 1음보와 3음보로 나누어 2행

1연으로 변형시켰다. 넷째, 6연과 7연도 하나의 연인데 역시 둘로 나눈 다음, 초장은 그대로 두고 중장을 3음보와 1음보씩 나누어 2행으로 하였으며, 종장을 별도의 연으로 떼어 각 1음보, 1음보, 2음보씩 3행으로 늘렸다. 다섯째, 8연과 9연도 하나의 연인데 둘로 나눈 다음, 초장은 그대로 두고 중장을 각 2음보씩 2행으로 나누었으며, 종장을 따로 떼어 각 1음보, 2음보, 1음보로 나누어 3행으로 만든 다음 1연으로 잡았다. 그러니까 원래 5연 15행인 이 작품은 9연 28행으로 철저하게 변형이 된 바, 같은 형태의 연이 하나도 없을 만큼 변화무쌍하다.

한편, 박재두 시인의 형태 변형에 대한 관심은 평시조에만 그치지 않고 「쑥뿌리 사설 1·2」처럼 사설시조에까지 이어진다. 주지하다시피 사설시조는 시조의 형태만 간신히 갖추고 있을 뿐 산문시와 거의 구분이 어렵다. 특히 중장에서 하염없이 늘어진 사설은 할 말 못할 말을 가리지 않고 모두 소화시키는 배불뚝이다. 따라서 사설시조는 오늘의 복잡다단한 현실의 내용을 가장 효과적으로 그리고 비판적으로 수용할 수 있는 장치라 할 수 있다. 박재두 시인의 사설시조도 이와 맥을 함께 하고 있다. 다만 다른 시인과는 달리 초장과 중장을 분리시키지 않고 아예 통합하여 사설로 처리하는 변형을 보여준다. 그러나 박재두 시인의 경우 평시조에 비해 사설시조의 변형을 꾀한 작품은 드물다. 이로 보아 그는 사설시조보다는 평시조나 그 변형에 능한 시인이라 할 수 있다.

이렇듯 박재두 시인은 일단 기본 율격에 준하여 창작을 한 다음, 그것의 변형을 꾀하는 창작 방법을 습관화하고 있는 것으로 보인다. 이번에 필자가 임의로 선정하여 읽어본 100여 편의 작품 중 똑같은 틀에 맞춰 쓴 것이 거의 없을 정도로 그의 변주는 다양하고도 현란하다.

그렇다면 이와 같은 변형을 통해 그가 노린 시적 의도 혹은 효과는 무엇인가. 그것은 필자가 보기에 다음 세 가지로 집약할 수 있지 않을까 한다.

첫째, 호흡의 단속과 속도의 조절을 통해 시조의 단조로운 리듬과 구조에 다양한 변화를 주려는 점. 둘째, '낯설게 하기' 차원을 넘어 최대한 자유시 형태에 근접하려는 점. 셋째, 구조의 확대·변형을 통해 어떠한 내용도 거기에 담을 수 있도록 하려는 점 등이 그것이다. 다시 말해 이는 결국 시조의 구태(舊

態)를 일신하여 새로운 면모를 구축하려는 실험정신의 산물로 읽힌다.

나. 섬세한 관찰과 묘사

박재두 시인의 시적 특징 중 다양한 변주 못지 않게 두드러지는 것이 섬세한 관찰력과 묘사력이다. 필자가 보기에 이 점은 그의 시가 지니고 있는 최대 장점이다. 관찰력과 묘사력이 뛰어나다는 것은 그만큼 사물의 속성을 들여다보는 시각이 예리하고 감성이 풍부하다는 증거다. 이순의 중반을 넘어서고 있는 나이에 젊은 시인을 능가하는 예민한 감성을 지니고 있다는 것은 놀라운 일이라 아니할 수 없다.

배배 꼬인 다리 헝크러진 실타래
오그린 무릎 겹겹이 개고 붙어 앉아
돌멩이 이불을 덮고 죽은 듯이 누웠다.

하루살이 날개만 스쳐도 쑤셔놓은 벌집 윙윙 바람개비 돌려 녹화되고 굴러가는 벌레소리까지 쪽집게로 찍어내는 도청 장치하는 둘레 8백 리에 뻗친 산맥을 떠받친 암반 밑 개미집 내어 청사진 떠서 밀실 차린 땅굴 속, 무쇠 솥뚜껑 씌워 눌러 덮은 극비문서, 집식군들 믿을 것가 은하계 안쪽에는 움직이는 좁쌀 낟도 하나 낱낱이 체크되는 고성능 최첨단 초고밀도 컴퓨터 바람 막고 구름 눈 감기고 귀신같이 숨어들어 명경알같이 꿰뚫어 보고 귀 덮어도 무쇠 철모, 첩첩 위장막을 덮고 또 덮어도 한 점 봄 입김만 스치면 초록불꽃 터뜨릴 활화산 하나 환약으로 말아 쥐고 눈치만 살피는 뇌관 하나 구비구비 돌아든 밀실

말이야 바른 말이다. 감춘다고 모를 것가.

―「쑥뿌리 사설·2」 전문

이 작품은 겨우내 땅속에 묻혀 있는 쑥뿌리가 봄이 되면 지상으로 그 싹을 내밀듯이 억눌리고 은폐된 상황이나 진실은 결국 드러나게 된다는 내용을 담고 있다. 그런데 관심은 이 시가 담고 있는 내용이 아니라 그 쑥뿌리와 땅속을 들여다보는 시인의 미시적 관찰력 또는 투시력에 있다. 어떻게 보이지도 않는 땅속을 마치 현미경을 들이대듯 면밀하게 관찰하고 또 묘사할 수 있는 것인지, 구절 구절이 마치 그의 예민한 감각기관을 설명하고 있는 것 같아 그저 놀랍기만 하다.

이 작품으로 보면 그의 감각기관은 "움직이는 좁쌀 낱도 하나하나 낱낱이 체크되는 고성능 최첨단 초고밀도 컴퓨터"다. 그의 귀신같은 시각은 모든 사물의 움직임을 "명경알같이 꿰뚫어 보고", 그의 뇌관 같은 청각은 "무쇠 철모, 첩첩 위장막을 덮고 또 덮어도 한 점 봄 입김만 스치면 초록불꽃 터뜨릴 활화산"처럼 일촉즉발이다. 그러니 그의 감각의 레이더망을 어찌 개미새끼 한 마리라도 그냥 통과할 수 있겠는가.

그의 미세한 감각은 한 걸음 더 나아가 "솔잎" 하나에서까지 그 숨결을 보고 듣는다. "밝은 별 맑은 공기 모아 채운 염록소/ 꼬이고 비틀린 오장육부 따라 돌며/ 메마른 혈관 틔우고 속 시원히 흘러라."(「참솔 생즙을 마시고」) 같은 구절이 그것이다.

그러면 그의 섬세한 묘사력은 또한 어떠한가. 다음은 묘사의 절편을 보여주는 몇 구절들이다.

① 숨가빠 이불 펴는/ 봄밤은 만리(萬里) 강(江)물

―「꽃필 무렵」 부분

② 허물만 손톱이 길어 찬 하늘을 긁어댄다

―「들풀같이」 부분

③ 산모롱 외진 길섶 주막 낸 늙은 작부

―「민들레처럼」 부분

④ 벼락부자 났다. 하루 아침 만석군 났다.

—「가랑잎에 묻혀 서다」 부분

⑤ 뜻 아니/ 목맺힌 기억/ 잠시 닻을 던졌나.

—「돌섬을 보다가」 부분

⑥ 구운 굼장어같이 뒤틀린 세태를 씹으며

—「포장집에서」 부분

⑦ 눈 가장자리 번지는 웃음처럼 밀리는 물살

—「다도해를 지나며」 부분

⑧ 가지마다 색실 얽혀 구름으로 뜨는 노래

—「찔레꽃 산조」 부분

①은 꽃필 무렵 봄밤의 융융한 정취를 만리 강물에 연결시키고 있으며, ②는 풀잎이 바람에 하늘거리는 모습에 시인의 자아를 투사시켜 손톱으로 하늘을 긁는다고 촉각화하고 있다. ③은 백발을 뒤집어쓴 민들레꽃을 주막집 늙은 작부에 비유하여 감각적으로 표현하고 있다. ④는 늦가을 수북히 떨어져 쌓인 가랑잎을 지폐 더미나 벼 가마를 쌓아놓은 것에 비유하고 있으며, ⑤는 불가시적인 기억의 닻을 가시적인 섬으로, ⑥은 뒤틀린 세태를 구운 굼장어에 빗대어 각각 시각화하고 있음을 본다. ⑦은 다도해의 잔잔한 물살을 사람의 웃음으로, ⑧은 가지마다 하얗게 피어 있는 찔레꽃을 구름으로 연결시킨 뒤 이를 다시 노래로 청각화하는 솜씨가 일품이다.

이렇듯 박재두 시인의 뛰어난 감각적 표현들은 그의 시작품 전체에 두루 포진하고 있다. 이는 무엇보다 그가 현대적 표현 감각을 갖춘 시인임을 말해 준다. 그리고 관찰이나 묘사 그 자체에만 그치지 않고 언제나 거기에 삶의 체험과 역사의식을 불어넣어 형상화하고 있다. 바로 이 점이 독자로 하여금 그의 시에 대해 신뢰감을 갖게 만드는 요소다.

4. 내용

가. 자기관조와 안빈낙도

그렇다면 이처럼 다양한 변주와 섬세한 관찰·묘사를 바탕으로 박재두 시인이 추구하고자 하는 시세계의 내용은 무엇인가. 그것은 크게 네 가지로 요약된다. ① 자기관조, ② 안빈낙도, ③ 자연친화, ④ 역사의식이 그것이다(물론 이외에도 사향(思鄕)이나 소시민적인 삶을 노래한 시편들도 일부 있다). 따라서 그가 추구하고자 하는 시적 내용은 전통적인 주제들과 그 맥을 함께 한다고 볼 수 있다. 다만 그의 경우 ①, ②, ③에 비해 ④에 입각하여 쓴 시가 많은 것은 격동의 시대를 살아오면서 시조가 역사와 현실을 제대로 반영할 수 있는 거울이어야 함을 자각한데 따른 비판정신의 확대 차원으로 받아들여진다. 형식에서 전통적인 율격의 변형이나 산문성이 크게 두드러진 것도 같은 맥락으로 읽힌다. 그러나 비판정신 또한 선비정신에 그 뿌리를 두고 있음을 감안할 때 그는 어디까지나 시조의 전통성을 크게 벗어나지 않은 시인이라고 볼 수 있다.

그러면 먼저 자기관조 혹은 자아성찰을 노래한 시들을 보자.

①
실바람만 스쳐도 가누지 못해 몸부림치고
환한 얼굴빛 기쁜 듯이 꾸며내며
그림자 그늘진 뿌리 지심(地心) 깊이 드리우노니

고개 들지 못하는 예쁜 죄 하나 저질러
없는 듯 들풀같이 흔들리며 가려는 길에
허물만 손톱이 길어 찬 하늘을 긁는다.

—「들풀같이」 부분

②

무딘 귓바퀴 눈보라에 찢기운 채

보채던 피도 식어 주저앉은 둘치던가,

칼날도 삭이는 바람. 청대 같은 나를 깨우나.

힘겨운 목숨의 짐을 수레로 실어와서

굳게 잠긴 무쇠 대문 담 밖에다 부려놓고

자물쇠, 녹슨 빗장을 그 누가 따고 있나.

푸른 강물에 지던 동백꽃빛 피 한 방울

내게도 있었던가 바람 자는 이 아침

선지피 머리에 이고 고개 드는 생각의 꽃.

—「꽃 깨우는 바람」 전문

①은 "들풀"에 시적 자아가 투사된 시다. 들풀은 산과 들 어디를 가나 볼 수 있는 흔한 풀이다. 그래서 귀하지도 화려하지도 않은 소박한 무명초라 할 수 있다. 그러나 비바람 눈보라 다 맞고 자라는 들풀은 생명력이 강할 뿐더러 해와 달과 별과 구름을 머리에 이고 사는지라 자연의 본질에 가까운 속성을 지녔다.

그러면 이 시에 나오는 들풀은 어떤 모습을 하고 있는가. 그것은 "실바람만 스쳐도 가누지 못해 몸부림"칠 정도로 연약하다. 하지만 꺾이지 않고 언제 그랬느냐는 듯이 "환한 얼굴빛"을 되찾아 "그늘진 뿌리"를 "지심(地心) 깊이 드리우"는 허리가 유연한 들풀이기도 하다. 게다가 "고개 들지 못하는 예쁜 죄 하나" 저지르기를 소망하는 들풀이다. 여기서 시인이 말하는 "예쁜 죄"란 무엇일까. 그것은 소박하고도 깨끗한 시인이기를 꿈꾸는 마음이 아니겠는가. 시인은 그렇게 들풀처럼 "없는 듯" "흔들리며" 살기를 원한다. 하지만 삶이 어찌 자기가 바라는 대로만 펼쳐지던가. 그러므로 "허물만 손톱이 길어 찬 하늘을 읽는다"는 구절은 후회와 반성의 표현으로 아프게 읽힌다.

②에서도 "꽃"과 그 꽃을 깨우는 "바람"의 관계를 통해 아픈 자화상을 확인하고 있다. 나이가 들어 썼을 것이 확실한 이 시에서 시인은 젊은 날의 열정과 감각이 되살아나기를 희망하고 있다. 그래서 "청대 같은 나"나 "생각의 꽃"은 시인의 현재가 투사된 사물이다.

시인의 열정과 감각이 예전과 같지 않다는 것은 도처에서 확인된다. "무딘 귓바퀴" "보채던 피도 식어" "굳게 잠긴 무쇠 대문" "자물쇠, 녹슨 빗장" "동백꽃 피 한 방울/ 내게도 있었던가" 등이 그것이다. 하지만 그 녹슬고 무딘 열정과 감각을 깨우는 것은 바람이다. 그것도 "칼날도 삭이는 바람"이다. 그 바람이 굳게 잠긴 녹슨 꽃의 빗장을 따며 다시 개화를 재촉하고 있다. 그래서 "바람이 자는 이 아침"에 드디어 "선지피"처럼 붉게 핀 "생각의 꽃"이 다시 고개를 드는 것이다. 이렇듯 그는 아직도 청대처럼 푸르고 꼿꼿하다.

다음은 안빈낙도의 시편들을 보자.

①
가난을 섞어 들면 찬물에도 맛이 든다.
몇 차례 헛기침으로 한 끼쯤 건너뛰자
흥부네, 심술 말고도 따로 살맛 있거니……

(…중략…)

가진 것 없이 머리 둘 하늘은 있고
등성이마다 흘러내리는 넉넉한 빛깔 하며
황금빛 햇살만으로도 만석군이 안 부럽다.

—「가을 뜨락에서」 부분

②

가난도 때오르면 부귀(富貴)보다 사치롭고

한 고개 넘어서면 극락같이 열린 하늘

그 하늘 별 뜨는 가난, 맨발로 우러러 서리.

―「어떤 가난」 전문

①을 보면 박재두 시인의 시의식은 "찬물"처럼 정갈하다. 왜냐하면 가난하지만 그 가난에 지배되지 않은 넉넉한 정신을 소유하고 있기 때문이다. 얼마나 의연한 자세를 견지하고 있길래 "가난을 섞어 들면 찬물에도 맛이 든다"고 표현할 수 있는가. 그것은 "찬물"을 밥먹듯이 들이킨 자만이 알 수 있는 지극한 정신의 경지다. "흥부네"가 심술 말고도 "따로 살맛"이 있다는 것은 한 착한 필부로서 가족을 데리고 소박한 행복을 누리며 사는 것이겠지만, 여기에서는 시인으로서의 청빈한 삶의 행복을 가리키는 것일 터다. 따라서 박재두 시인이 이 시에서 진짜 가난의 모델로 내세우는 사람은 흥부네가 아니라 저 박지원의 「양반전」에나 나오는 찢어지게 가난한, 그러나 자존심 높은 선비(시인)가 아니겠는가. 그런 가난을 긍정하는 선비에게서야 가을 뜨락의 모든 것들이 넉넉하기만 할 것이다. 머리 위에는 높고 푸른 "하늘"이 있고, 단풍 든 산등성이를 흘러내리는 "빛깔"까지도 넉넉하며, 뜨락에 쏟아지는 "황금빛 햇살" 만으로도 만석군이 안 부러운 것이리라. 청빈한 시인의 이미지가 투명한 가을 뜨락의 정경과 딱 들어맞는 시다.

그러나 박재두 시인이 언제나 가난을 긍정하는 것은 아니다. 오히려 ②에서 그 가난을 경계하고 있음을 보라. "가난도 때오르면 부귀(富貴)보다 사치롭"다는 일침이 그것이다. 그렇다면 여기에서 "때"오른 가난이란 무엇일까. 그것은 아마도 부귀와 타협하는 가난, 부귀에 무릎꿇는 가난, 가난을 팔아먹는 가난 등등일 터다. 그러니까 결국 가난의 참뜻을 모르는 거짓 가난이라고 할 수밖에 없다. 그러나 가난을 긍정하는 일이 어디 그리 쉬운가. 그래서 "극락같이 열린 하늘"은 아무에게나 모습을 드러내는 것이 아니다. 그것은 참으로 지극한 가난의 경지에 이른 사람만이 볼 수 있는 하늘이다. 그 하늘에서는 가난이 곧 "별"이다. 시인은 그 가장 아름답고 고귀한 "별"(가난)을, 그것도 "맨발로" 찬양하겠다고 다짐한다. 참으로 청빈하기 이를데 없는 시인의 정신이 별빛처럼 찬란하다. 그러나 필자는 오늘날 박재두 시인처럼 가난을 행복으로 여기며 시를 쓰려는 자가 과연 있을 것인가를 생각해본다. 그러고 보면 필자를 포함한 대부분의 시인들은 소위 "때"가 낀 가난한 족속들인 셈이다.

나. 자연친화와 역사의식

박재두 시인의 시는 자연물을 소재로 한 것들이 주류를 이룬다. 그 중에서도 특히 꽃에 대한 시편들이 많다. 이는 그가 전통적인 소재를 즐겨 쓰는 시인이라는 말도 되지만, 평생토록 고향 일대의 자연을 벗삼아 시를 쓴 향토시인이라는 말도 된다. 그러나 이러한 자연친화적인 시들이 자연 그 자체의 서경만을 노래하지 않는다는데 그의 시적 특징이 있다. 거기에는 예외 없이 시인의 인생관이나 구체적 삶의 모습 또는 역사의식이 투영된다.

①
몰라 그렇지 하나씩 깨쳐 가면
숨쉬는 이파리마다 눈물겨운 자랑으로
지선(至善)한 눈망울들이 반짝이고 있고나.

볼 부비며 깨알같이 새겨내는 목숨이기
실핏줄 개울마다 더운 입김을 쐬며
청자빛 하늘 우러러 속엣말을 푸는가.

—「풀밭에서」 부분

②

아홉 겹 성곽을 헐고 열두 대문 빗장을 따고

바람같이 질러 닿은 맨 마지막 섬돌 앞

뼈끝을 저미는 바람, 추워라. 봄도 추워라

용마루 기왓골을 타고 내리던 호령소리

대들보 쩌렁쩌렁 흔들던 기침소리

한 왕조 저문 그늘이 무릎까지 덮는다.

다시, 눈을 닦고 보아라. 보이는가

칼놀음. 번개 치던 칼놀음에 흩어진 깃발

발길에 와서 걸리는 어지러운 뻐꾸기 울음

―「꽃은 지고」 전문

①에서 시인은 풀밭에 다가가 풀잎을 본다. 풀잎에는 맑은 이슬방울들이 맺혀 있다. 그것을 시인은 "지선(至善)한 눈망울들이 반짝이고" 있다고 표현한다. 풀잎에 시인의 마음이 투사된 까닭이다. 풀잎들은 "볼 부비며 깨알같이" 목숨을 새겨낸다. 깨알 같은 목숨이 무엇일 것인가. 그것은 시인이 목숨처럼 소중히 여기는 시일 것이다. 그래서 또한 풀잎이 하늘거리는 모습을 "청자빛 하늘 우러러 속엣말을 푼다"고 표현하고 있다. "속엣말"은 따라서 내밀한 시인의 언어와 정신이다. 그러니까 이 작품을 통해 우리는 풀잎이라는 자연물에 투사된 시인의 시작법과 정신세계를 읽을 수 있는 것이다.

②는 낙화를 역사의식으로까지 연결시킨 묘사의 절편이다. 꽃이 지는 것을 한 왕조의 몰락으로 보고 있다. 먼저 1연은 바람에 꽃잎이 차례로 지는 모습을 적군들이 성을 부수고 쳐들어가는 전투 상황으로 연결시키고 있다. "아홉 겹 성곽"이나 "열 두 대문 빗장" "맨 마지막 섬돌 앞" 등은 낙화의 순차적 과정을 가리킨다. 왕조의 몰락이 백척간두에 다다른 살벌한 상황이다. 그래서

시인은 봄인데도 춥다고 표현한 것이다. 2연은 꽃잎이 떨어져 쌓이는 과정을 왕조의 몰락이 한창 진행되는 상황으로 연결시키고 있다. "호령소리"와 "기침소리"가 궁궐에 가득하고 여기저기 시체들이 난무하는 어지러운 상황 끝에 드디어 한 왕조가 몰락한다. 낙화가 끝난 것이다. 3연에서 시인은 그 상황을 재차 확인하고 있다. 그가 확인한 것은 "번개 치던 칼놀음"과 "어지러운 뻐꾸기 울음"이다. 그것은 피비린내 나는 살생과 아비규환의 울음소리 가득한 현장이다. 따라서 낙화는 왕조의 몰락처럼 자못 비극적이다. 아무튼 정적인 낙화의 정경을 이렇듯 동적인 싸움의 현장으로 바꾸어 놓은 시인의 상상력이 놀랍다.

다음으로, 박재두 시인은 역사의식과 현실인식에 투철한 시인이다. 그것은 민족정서와 비판정신을 통해 나타난다. 특히 일제시대에 태어나고 자란 그의 시의식에는 일제에 대한 강한 저항정신과 민족의식이 뿌리 깊게 남아 있다. 이러한 그의 시의식은 민주화를 위한 투쟁정신으로까지 이어져 가열한 불을 뿜는다.

①
의붓어미 그늘에서 풀물 든 설움이야
떫은 보릿고개 도토리랑 삼켰다마는
퍼렇게 민적에 앉은
식민의 피는 못지웠다.

뼈마디 물러앉고도 못 벗은 징용살이
동자 깊이 박고 간 황토빛 타는 산천
풀국새
뭉개진 울음
쑥빛으로 물드나.

ㅡ「쑥물 드는 신록」 전문

②
"지지배,

지배지배,

지지배배 지지배배"

미주알 고주알 낱낱이 뭐라 일러바치는

발정난 노고지리에 봄하늘을 덮는다.

"……친외세 반민중의 체제란 허깨비는

마구잡이로 마구잡이로 갈기갈기 찢어 발겨……

던져라!"

(…중략…)

화염병

꽃불이 퍼져

온 광장이 벌겋게……

—「민주화로 오는 봄」 부분

①은 신록의 빛깔을 통해 일제시대의 민족의식을 한으로 형상화하고 있다. 주지하다시피 우리 민족은 일제라는 "의붓어미 그늘"에서 36년이라는 세월 동안 "풀물 든 설움"을 겪었다. 그리하여 쑥이며 "도토리" 등으로 "보릿고개"를 넘기며 쓰라린 가난을 맛보았다. 그리고는 해방을 맞이했다. 그러나 해방도 우리 손으로 쟁취한 것이 아니었지만, 일제의 잔재 청산마저 이루어지지 않은 상태에서 다시 6·25라는 민족적 비극을 겪음으로써 분단이 고착됐다. 더구나 일본은 아직도 반성이나 속죄의식이 없이 식민 지배의 정당성을 주장

하고 있는 것이 오늘의 현실이다. 그래서 시인의 역사의식은 "퍼렇게 민적에 앉은/ 식민의 피는 못 지웠"으며, "뼈마디 물러앉고도 못벗은 징용살이"라고 진단한다. 게다가 강제 징용으로 끌려간 동포들이 꿈에도 못잊을 고향산천을 그리며 아직 일본에서 살고 있지 않은가. 그래서 민족의 설움과 한이 투사된 무구한 "신록"은 색깔이 파란 것이 아니라 퍼런 것이며, 한스런 "풀국새" 울음으로 이 산하가 온통 "쑥빛"으로 물드는 것이다.

②는 민주화 열기로 뜨거웠던 80년대 상황을 대변한 작품으로 읽힌다. 이 작품은 형태 변형도 변형이지만, 무엇보다 구어체를 효과적으로 활용하여 생동감 있게 시위 현장을 담아내고 있는 것이 애처롭다. 워낙 많은 말이 빠르게 난무하는 시의 성격임을 감안한 "……" 처리도 유효 적절하다. 노고지리의 울음소리를 "지지배(계집)" "지배지배(지배)" "지지배배(종달새 울음)"로 구분하여 표현한 것도 재미있다. 이는 그가 얼마나 표현에 민감한 시인인가를 다시 한번 보여주는 증거다.

시인은 하고자 하는 말을 종달새의 지껄이는 소리에 실어 구어체로 표현하고 있다. 종달새 소리는 따라서 모두가 시위 구호에 가깝다. 그 중 핵심 구호는 "친외세 반민중"이다. 얼마나 시인의 비판정신이 격렬한지 종달새는 "마구잡이로 갈기갈기 찢어 발"기라고까지 소리친다. 박재두 시인의 시의식이 80년대라는 격렬한 상황에 얼마나 가까이 다가서 있었으며, 그것을 또한 시조라는 양식에 얼마나 적극적으로 담아냈던가를 알 수 있는 작품이라 할 만하다.

이렇듯 박재두 시인의 시세계는 다양한 형태 실험이나 표현에 대한 섬세한 관심 못지 않게 내용 또한 넓이와 깊이를 지니고 있음을 알 수 있다. 그러고 보면 그의 형태 변주나 섬세한 묘사력은 다양한 내용들을 효과적으로 담기 위한 그릇인지도 모른다.

5. 나오며

지금까지 필자는 박재두 시인의 시세계를 형식과 내용으로 크게 2분하여 들여다보았다. 그것은 형식에 있어서 다양한 변주와 섬세한 묘사력, 내용에 있어서 자기관조와 안빈낙도 그리고 자연친화와 역사의식으로 집약된다. 그것을 다시 한 마디로 표현하면 모국어의 아름다운 조탁과 전통적 가락의 현대적 변용이라 할 수 있다.

박재두 시인의 형태 실험에 대한 관심은 다양하고도 집요하다. 이는 기존 시조의 구조와 율격으로는 다변하고 복잡한 현대성을 살릴 수 없다는 자각에 기초하고 있는 것으로 보인다. 그리고 미시적 관찰을 통한 섬세한 묘사력은 그의 가장 두드러진 시적 특장으로 읽히는 바, 이 역시 현대적 표현미를 극대화하기 위한 전략적 차원으로 보인다. 이 뛰어난 묘사와 변주의 그릇 속에 그의 청빈한 선비정신이 담긴다. 이렇게 볼 때 박재두 시인의 시세계는 형식과 내용의 행복한 조화를 보여준다고 할 수 있다. 이 말은 전통성과 현대성의 행복한 조화라는 의미까지를 동시에 포함한다. 따라서 이러한 박재두 시인의 시적 면모는 지나치게 형태 실험과 시적 기교에만 집착하는 작금의 젊은 시조 시인들에게 좋은 귀감이 될 수 있을 것으로 보인다. 시조는 자유시와 다른 변별력이 있어야만 하기 때문이다.

이제까지 살펴본 바, 박재두 시인은 청대같이 청빈하고 결이 곧은 시인이다. 따라서 세한도처럼 단아한 기품과 서늘한 아름다움을 지닌 그의 시들은 우리 현대시조의 값진 유산의 하나로 남을 것으로 확신한다.

무엇을 위한 시조 형식인가
-윤금초의 『해남 나들이』와 세상 읽기

장경렬 ‖ 서울대 교수

1.

아마도 모든 시론들 가운데 "훌륭한 시는 강렬한 감정의 자발적인 분출"이라는 윌리엄 워즈워스(William Wordsworth)의 주장만큼이나 오해의 여지가 많은 것은 드물 것이다. 사실 시란 "강렬한 감정의 자발적인 분출"이라는 논리는 시 창작의 필요 조건일 수는 있어도 충분 조건일 수는 없다. 시적 예지를 얻는 순간의 시인에게 "강렬한 감정의 자발적인 분출"로 표현될 수 있는 정신 세계의 변화가 일어날 수 있더라도 단순히 그것만으로 시가 완성되는 것은 아니기 때문이다. 따지고 보면, 이러한 주장을 했던 워즈워스조차도 "강렬한 감정의 자발적인 분출"에만 의존해서 시를 창작했던 것은 아니다. 그의 시를 읽어 보면 오랫동안의 명상을 통해 "강렬한 감정"을 시로 승화시키기 위해 애쓴 흔적을 도처에서 확인할 수 있는데, 자신이 획득한 예지를 시화(詩化)하기 위한 시인의 의식적인 노력은 시 창작의 과정에 필수 요건이라고 하지 않을 수 없다.

그러나 애를 쓰고 노력을 한다고 해서 시를 쓰는 일이 무언가를 얻기 위한 욕망의 투쟁일 수는 없다. 욕망의 투쟁은 시적 예지 자체를 무화(無化)시킬 수 있기 때문이다. 이처럼 시란 무의식적이면서 동시에 의식적인 것이어야 할 뿐만 아니라 의식적이면서 동시에 무의식적인 것이어야 한다. 바로 이 때문에, 라이너 마리아 릴케(Rainer Maria Rilke)가 자신의 시를 통해 언명한 바 있듯이, 우리에게 시란 결코 쉬운 것이 아니다.

> 그대가 가르쳐준 대로 노래는 욕망이 아니며,
> 종국에 얻을 수 있는 그 무엇을 얻으려는 투쟁도 아니다.
> 노래란 존재이며, 신으로서는 손쉬운 것.
> 그러나 우리는 언제 '존재'할 것인가? 그리고 언제 '신'은
>
> 대지와 별을 우리의 존재에 내려줄 것인가?
> 그것은 젊은이여 사랑의 열정 같은 것이 아니다, 비록
> 그대의 목소리가 다문 입에서 터져 나오려 해도. 배우라,
>
> 갑작스런 노래를 잊어버리는 법을. 이는 소진되고 말 것이니.
> 참다운 노래는 다른 숨결에서 나오는 것.
> 아무것도 바라지 않는 숨결. 신 안에서의 동요. 대기의 움직임.
>   —『오르페우스에게 바치는 소네트 Sonette an Orpheus』 제1권 3번째 시, 2~4연

무엇보다도 우리는 "노래는 욕망이 아니"라 "존재"라는 릴케의 통찰에 주목해야 할 것이다. 릴케에 의하면, 시란 "종국에 얻을 수 있는 그 무엇을 얻으려는 투쟁"이 아니라 그 자체가 "존재"이어야 한다. 또는 노래란 "아무것도 바라지 않는 숨결"이어야 한다. 아무것도 바라지 않으면서도 여전히 "존재"를 손쉽게 구현할 수 있는 "숨결", 이를테면 신의 '로고스'와 같이 자연스러운 것이

어야 한다. 따라서 스스로의 존재를 드러내려는 의지가 욕망을 초월하여 존재하는 신에게 노래는 "손쉬운 것"이지만, 인간에게는 결코 손쉬운 것이 아니다. 무엇보다도 욕망을, 심지어 노래하려는 욕망까지도 초극해야 하기 때문이다. 그렇다고 해서, 이미 워즈워스의 시론과 관련하여 암시한 바와도 같이, "감정의 자발적인 분출"에만 따른 시, 또는 자기도 모르게 터져 나오는 "갑작스런 노래"를 "참다운 노래"라고 할 수는 없다. "갑작스런 노래"는 곧 "소진되고 말 것"이기 때문이다. 결국 인간에게는 욕망의 초극 및 감정의 절제라는 이중의 노력이 없이 "참다운 노래"란 불가능한 것이다.

윤금초의 시 세계를 논의하기 위한 자리에서 이처럼 워즈워스의 시론과 릴케의 시를 들먹이는 이유는 무엇인가? 이는 윤금초의 시가 욕망의 초극과 감정의 절제라는 이중의 어려움이 시에서 어떻게 문제될 수 있는가를 보여주는 좋은 예가 되기 때문이다. 이와 관련하여 우리는 윤금초가 '시조 형식'이라는 일종의 '통제 기제'를 사용하고 있음에 논의의 초점을 맞출 수 있다. 물론 시조 시인들은 얼마든지 있고, 적지 않은 시조 시인들이 시조 형식을 '구속 안에서의 자유'를 얻기 위한 효과적 수단으로 수용하고 있다. 그러나 윤금초의 시에서와 같이 시조 형식이 적극적인 의미에서의 통제 기제로 그 기능을 발휘하는 경우는 많지 않다. 아니, 오히려 시조 형식을 담보로 하여 이른바 "갑작스런 노래"를 마치 "참다운 노래"인 양 내세우는 시인이 적지 않다. 구태의연한 감정의 소용돌이나 영탄조의 내용을 시조 형식 안에 담게 되면 자동적으로 시가 '시답게' 되는 것인 양 착각하는 시인들이 적지 않은 것이다. 그러나 시조 형식이라는 구속 안으로 들어간다고 해서 모든 시가 '참다운 시'가 되는 것은 아니다. 이는 외적인 형식을 따르지 않는다고 하더라도 얼마든지 '참다운 시'가 있을 수 있는 것만큼이나 자명한 사실이다. 어느 경우나 그러하듯이, 시조 형식도 시 창작에 대한 시인의 깊이 있는 사유를 통해 비로소 의미 있는 통제 기제가 되는 것이다. 또한 깊이 있는 사유의 과정을 거칠 때 시인에게는 자연스러운 감정의 표출도 가능해진다.

윤금초의 시 세계는 깊이 있는 사유와 자연스러운 감정을 함께 아우르고 있다. 그 사유의 깊이와 감정의 자연스러움이 시조 형식과 팽팽한 긴장 관계를 유지하는 가운데, 시조 형식은 시를 소진될 수 없는 그 무엇으로 만들고 있는 것이다. 바꿔 말해, 그의 시에서 시조 형식은 비시적(非詩的)인 것을 시적인 것으로 위장시키기 위한 손쉬운 방편이 아니다. 시조 형식이 단순히 형식적 장치로서 기능을 하지 않고, 시의 내용과 함께 살아 있는 통제 기제로서 역할을 하고 있는 것이다. 윤금초의 시를 읽으면서 시조가 이렇게 씌어질 수도 있구나라는 느낌을 갖게 되는 것은 이 때문이다. 자연히 우리는 그의 시를 읽는 동안 시조라는 형식 요건을 끊임없이 의식하게 된다. 그의 시에서 시조 형식이 '배경'이 아닌 일종의 '전경'으로 작용하면서 적극적으로 시를 '시로서' 존재하도록 유도하기 때문이다. 따라서 윤금초의 시를 읽는 동안 우리는 스스로 '무엇을 위한 시조 형식인가'라는 질문을 던지고 그 답을 모색해보지 않을 수 없게 된다. 어떤 의미에서 보면, '우리 고유의 것이 천덕꾸러기로 전락한 이 시대에 무엇을 위한 시조 형식인가'라는 새삼스러운 질문을 던지고 그 답을 모색하도록 유도하는 것이 다름아닌 윤금초의 시 세계인 것이다. 우리가 워즈워스의 시론과 릴케의 시를 끌어들였던 이유는 윤금초의 시가 이처럼 시조 형식과 관련하여 하나의 본질적인 문제 제기를 가능케 하기 때문이다.

음풍농월 식의 한가한 시나 영탄조의 자기 도취적인 시가 아닌 살아 존재하는 시, 그러면서도 여전히 시조라는 형식을 적극적으로 수용하고 있는 시를 찾아보기란 쉽지 않다. 한국 고유의 시가 형식인 시조가 위축되어 있는 이유는 적지 않은 시조 시인들이 시조 형식을 한가하고 자기 도취적인 정서를 담는 방편으로 사용하는 데 만족하고 있기 때문인지도 모른다. 이런 면에서 볼 때, 윤금초의 시는 시조라는 이름의 시들 가운데 '즐거운 예외'로 존재한다. 이제 우리는 윤금초의 시 세계가 어떤 면에서 '즐거운 예외'인가를 그의 시집 『해남 나들이』(민음사, 1993)를 통해 확인해보기로 하자.

본론에 들어가기 전에, 우리는 먼저 윤금초의 『해남 나들이』가 성격이 뚜렷하게 구분되는 몇몇 개의 시 모음으로 이루어져 있음에 유의해야 할 것이다. 먼저 그림 또는 조각 작품을 소재로 한 일련의 시가 있는데, 제1부의 「사유와 운동」이란 부제 아래 수록된 작품들이 이에 해당한다. 이어서 주로 자연 세계나 자연 현상을 소재로 하되 이를 배경으로 하여 삶의 의미를 부각시키는 시들이 있으며, 한국적 삶의 현장 속에서 또는 그 현장에 가까이 다가가서 이를 노래하는 작품들이 있다. 제2부의 「꽃의 변증법」, 제3부의 「내재율」이라는 부제 아래 놓인 시들이 각각 이에 해당한다. 제4부의 「청맹과니의 노래」는 일종의 연작시로서 민초들의 삶을 다루고 있다. 특히 제4부는 시조 형식에 대한 시인의 실험 정신이 돋보이는 작품들로 꾸며져 있다. 이처럼 뚜렷하게 구분되는 이들 몇 부류의 시에는 각각 별도의 논의가 요구된다.

2.

먼저 제1부의 경우 시의 소재가 '현상 세계'가 아니라는 점이 시선을 끈다. 앞에서 지적한 바와 같이, 그림이나 조각 작품—추측컨대, 조각 작품을 담은 사진—이 시적 "사유"의 대상이 되고 있는 것이다. 시적 소재가 현상 세계가 아니라 예술 작품이라는 점은 다음과 같은 논의를 유도할 수 있다. 일반적으로 예술 작품은 현상 세계를 모방하든 또는 비판하든 이 현상 세계를 바탕으로 하여 창조되는데, 이러한 예술 작품의 기능은 현상 세계가 담고 있거나 숨기고 있는 무언가를 드러내는 데 있다고 할 수 있다. 하이데거(Martin Heidegger)가 예술 작품의 본질은 나름의 방법으로 '존재자의 존재'를 개진하기 위한 것이라고 했을 때, 그가 의도했던 것은 이 같은 의미에서의 예술 작품의 기능일 것이다. 여기에서 하나의 엉뚱한 질문을 던질 수 있는데, 예술 작품을 소재로 하여 또 하나의 새로운 예술 작품을 창조하였다면, 이 새롭게 창조된 예술 작품의 기능은 무엇일까? 형식 논리를 따르면, 새로운 예술 작품은 이전의 예술 작품이 담고 있거나 숨기고 있는 것을 드러내기 위한 것일 수 있다. 결국, 윤금초에게 시적 소재가 되었던 예술 작품들이 현상 세계가 은폐하고 있는 것을 개진하기 위한 것이라면, 그의 시는 예술 작품들이 은폐하고 있는 것을 개진하기 위한 것이라고 할 수 있다.

여기에서 우리는 현상 세계가 은폐하고 있는 것과 예술 작품이 은폐하고 있는 것 사이에 어떤 차이가 있는가를 물을 수 있다. 이 물음에 대해 아주 소박한 답을 시도해보기로 하자. 만일 현상 세계가 숨기고 있는 것이 현상 세계를 지배하는 질서라면, 예술 작품이 숨기고 있는 것은 곧 예술 작품을 지배하는 질서일 것이다. 이런 관점에서 볼 때, 일반 예술 작품들이 현상 세계의 질서를 탐구하기 위한 것이라면, 예술 작품을 소재로 하여 창작되는 예술 작품은 예술 작품의 질서를 탐구하기 위한 것이라고 할 수 있다.

사실 예술 작품을 소재로 하여 또 하나의 새로운 예술 작품을 창작하는 일은 시조 시인들 사이에 하나의 일반화된 관례인지 모른다. 비근한 예로, 고려 청자나 이조 백자를 소재로 한 시조 시인들의 작품들을 꼽을 수 있다. 그러나 대개의 경우 이들 작품의 궁극적 관심사는 현상 세계를 초월하여 존재하는 초월자의 질서였고, 따라서 '예술 작품을 소재로 삼기'는 현실 세계로부터 도피하기 위한 수단으로 사용되어왔다. 그리하여 예술 작품이 초월자의 창조물인 양, 또는 초월자의 영원성을 담고 있는 양 자세를 취하는 시를 우리는 자주 목도하게 된다. 시인을 초월자와 동일시하는 이러한 낭만주의적 미망은 일찍이 폴 드 만(「시간성의 수사학 The Rhetoric of Temporality」)에 의해 예리하게 지적된 바 있다. 윤금초의 시 세계는 이와 같은 '낭만주의적 미망'을 허락하지 않고 있다. 그의 시가 지니는 차별성은 바로 여기에서 찾을 수 있을 것이다. 그는 인간의 질서 또는 현실 세계의 질서를 궁극적 관심사로 받아들이고 있는 것이다.

그렇다면 윤금초가 현실 세계의 질서를 현실 속에서 추구하지 않았던 이유는 무엇일까? 어떤 의미에서 보면, '예술 작품을 소재로 삼기'에 대한 윤금초의 관심은 선배 시인들이 품었던 '낭만적 미망'에 대한 도전을 반영하는 것일 수 있다. 예술 작품을 시의 소재로 삼더라도 현실 세계로부터 도피하지 않은 채 여전히 인간 세계와 현상 세계를 관찰하고 이해하는 일이 가능할 수 있음을 보여주기 위한 시도나 실험이라는 점에서 그러하다. 그러나 이미 앞서 지적한 바와 같이 예술 작품을 소재로 한 예술 작품은 예술 작품의 질서를 추구하기 위한 것이어야 한다. 따라서 윤금초의 경우에는 예술 작품을 소재로 하는 방법은 궁극적인 해결책이 될 수 없다. 현실 세계의 질서를 현실 세계와 정면으로 맞닥뜨리면서 찾는 정공법과는 거리를 둔 것이기 때문이다. 물론 제2부 이하의 시 세계에서 확인할 수 있듯이, 또한 너무도 당연한 것이긴 하지만, 윤금초가 정공법을 끝까지 회피하고 있는 것은 아니다. 그러나 이 점을 확인하기에 앞서 우선은 제1부의 시 세계에 좀더 시선을 두기로 하자. 그에게 인간의 질서와 현실 세계의 질서가 관심사였다면, 예술 작품을 소재로 하였을 때 그의 관심이 구체적으로 어떤 형태로 표출되었던가를 확인해야 하기 때문이다.

한마디로 요약하자면, 윤금초의 경우 '예술 작품을 소재로 삼기'는 현실과 현상 세계에서 약간 비껴서서 그 현실과 현상 세계를 관찰하기 위한 전략이라고 할 수 있다. 우선 그는 예술 작품들에 대한 "사유"를 통해 현상 세계의 "운동"을 확인한다. "점에서 비롯된 선"에서 "숨쉬는 여울"(「사유와 운동·1」)을 확인하거나, "점과 선 맞물린 자리 고개 드는 기호들"에서 "젖은 눈 껌벅"이는 "여인"(「사유와 운동·2」)을 확인하는 시인의 시선에 주목하기 바란다. 그러나 이는 또한 단순한 현상 세계일 따름이다. 시인의 시선이 그 현상 세계에서 인간의 삶으로 옮겨가는 순간에 비로소 인간의 질서와 현실 세계의 질서는 확인된다. 한 편의 시를 살펴보자.

들녘을 쏘다니는 야생마 그것처럼
툭 툭 짧은 붓 놀림의 신들린 색채 분할.
억압된 격정의 불길, 활활 솟아 물결친다.

노란 보리밭 이랑 까마귀떼 푸득이는,
꿈틀 꿈틀 나울치는 눈부신 풍광 속에
스스로 목숨을 끊고 문 빗장을 거는구나.
―「질료와 정신―고흐의 '귀를 자른 화상'」 전문

　　마지막 행을 빼면 이 시는 전체적으로 인간의 삶과 직접적으로 관계없는 현상 세계 또는 "풍광"에 대한 재구성이라고 할 수 있다. 화가의 시선을 통해 이차원적 순간으로 고정되어 있던 현상 세계가 시인의 시선을 통해 다시 "운동"의 세계로 환원되고 있는 것이다. 아니, 관점을 달리해 보면, 화폭에 담긴 격렬한 운동의 세계가 시적 기호화의 과정을 거쳐서 또 다른 의미에서의 운동의 세계로 전이되고 있는지도 모른다. 어떠한 해석이 가능하든간에 이 시에서 문제되는 것은 움직이는 현상 세계이지, 영원성을 획득한 예술 작품 그 자체가 아니다. 시인은 단순히 예술 작품의 미를 감상하고 있는 것이 아니라, 예술 작품에서 현상 세계를 '읽고' 있는 것이다. 그러나 이 시는 결코 단순한 현상 세계 읽기가 아닌데, 마지막 행에 제시된 인간의 몸짓이 이 같은 판단을 뒷받침해준다. 즉 그림 속에 제시된 인간의 모습이 일종의 사물화(事物化)된 대상의 의미를 갖는다면, 시를 통해 이 사물화된 인간은 다시 인간으로서의 의미를 회복하고 있다. 바꿔 말해, 몸짓을 멈추었던 인간이 자신의 몸짓을 되찾고 있는 것이다. 현상 세계 속에 인간의 삶이 끼여들 때, 인간의 좌절 또는 거부의 몸짓이 끼여들 때, 현상 세계는 인간적인 현실 세계가 되며 시인을 포함한 인간이 살아가는 세계로서의 의미를 갖게 된다.

　　그러나 조형 예술을 통한 현상이나 현실에 대한 관찰은 앞서 암시하기도 했지만 나름의 한계를 갖는다. 위의 예만 하더라도 제목을 제거하는 경우 이 시가 현상 세계를 소재로 한 시와 어떤 면에서 본질적으로 다른가의 의문이 우선 제기될 수 있다. 이런 관점에서 볼 때, 예술 작품을 소재로 삼는 전략은 다만 인식론적 또는 심리적인 동기와 관계되는 것일 뿐, 형식적으로는 현실 세계를 소재로 하는 전략과 구분될 수 있는 것은 아니다. 또 하나 보다 더 근본적이면서도 한결 더 상식적이고 단순한 한계를 지적하지 않을 수 없다. 조형 예술을 통해 현상을 관찰하는 경우 틀에 갇혀진 세계를 관찰하는 셈이 된다. 물론 가두어놓음 자체가 예술 작품이 갖는 예술 작품으로서의 한계가 되는 것은 아닐 것이다. 하이데거가 말한 바와 같이, 의미를 여는 동시에 그 의미를 형식에 가두어놓는 것에서 예술 작품의 존재 이유를 찾을 수도 있기 때문이다.

윤금초가 시조 형식을 고집하고 있는 이유도 이러한 '의미와 형식 사이의 긴장된 관계'가 갖는 중요성을 간파했기 때문인지도 모른다. 그러나 창문을 통해 세계를 볼 때 창틀이 가시적 세계를 한정하듯이, 조형 예술의 물리적 경계가 다름아닌 창틀과 같은 역할을 할 수도 있다. 어떤 의미에서 보면, 제1부의 시들에서 느껴지는 폐쇄성은 시조 형식으로 인해 더욱더 강화되는 듯한 느낌이다. 즉 시조 형식은 또 하나의 틀로 작용하여 좁혀진 세계를 다시 한번 좁히고 있다는 느낌을 주고 있는 것이다. 따라서 역설적이긴 하지만 예술 창작 작업의 과정에서 형식화란 어떤 형태로든 수용해야 하는 것인 동시에 극복해야 하는 것이기도 하다. 제4부의 「청맹과니의 노래」가 각별한 주목의 대상이 되어야 할 이유는 여기에 있다. 그러나 여기에 눈을 돌리기 전에 우리는 먼저 현상 세계를 그 소재로 삼고 있는 제2부 및 제3부의 시 세계를 검토해야 할 것이다.

3.

아주 소박하게 말하자면, 의미와 형식 사이의 긴장은 양자가 서로를 얼마만큼 지탱하는가에 따라 결정된다. 만일 시조 형식의 시들을 읽으면서 무언가 풀어진 듯한 느낌을 갖게 되는 경우가 있다면, 이는 아마도 시조 형식에 담긴 의미가 형식 자체를 임의적인 것으로 보이도록 만들거나, 의미가 형식을 지탱하지 못하기 때문일 것이다. 바꿔 말해, 형식의 필연성에 대한 고뇌의 흔적을 결여하고 있기 때문일 것이다. 물론 형식의 필연성에 대한 시적 고뇌는 그 자체가 미학적 효과의 영역에 속하는 것이기 때문에 객관적인 분석이 불가능하다. 또한 의미와 형식을 분리하는 이분법 자체가 분리할 수 없는 것을 분리함으로써 관찰 불가능한 것을 관찰 가능한 것으로 만들려는 전략인지도 모른다. 그러나 적어도 시조 형식은 그 자체가 외적인 형식 요건으로 작용하는 경우가 있기 때문에, 이를 의미와 분리해서 생각하는 일이 전혀 무리한 발상일 수는 없다. 그렇다고 해서, 시조 형식이란 기본적으로 음수율을 바탕으로 한 것이기 때문에 글자 수만 맞추면 바로 시가 될 수 있다는 투의 생각을 갖는 시인은 아마도 없을 것이다. 그러나 그러한 생각을 갖지 않더라도 시조 형식의 시 가운데에는 글자 수만을 맞춘 것과 진배없는 것이 적지 않다. 바로 이런 시 때문에 시조 형식은 독립적인 관찰 대상이 되지 않을 수 없다.

문제는 다시 무엇을 위한 시조 형식인가로 귀착된다. 물론 이 물음에 대해 쉽고 간단한 해답을 찾을 수는 없을 것이다. 그러나 적어도 '시조'에서 '시(時)'자가 '시류성'이나 '시대성'을 암시하기 위한 것이라고 가정할 경우, 최소한의 개념 규정이 가능하다. 즉 시조란 시류성이나 시대성을 반영하기 위한, 또는 시대와 시대의 현실을 반영하기 위한 '시간성'의 시가(詩歌)라고 정의할 수 있다. 그런데 왜 하필이면 현재 우리에게 알려진 바의 시조 형식이 시간성의 시가를 담기 위한 형식으로 굳어졌을까? 이 물음도 물론 간단하게 답변할 수 있는 성질의 것은 아니다. 별도의 역사적 검증 작업이 요청되는 이 문제를 접어두고, 우리는 다만 시대의 현실에 대한 고뇌는 고도의 형식적 장치에 의존하지 않고서는 있는 그대로를 전달하기 어렵다는 점만을 지적하기로 하자. 사실 분노나 감상에 의해 아픔은 무화되기 쉽다. 그 이유는 말할 것도 없이 대상과의 형이상학적인 거리를 확보하지 않고서는 대상에 대한 냉정한 관찰이 불가능하기 때문이다. 어떤 이유에서든, 시조 형식은 바로 그러한 종류의 거리를 확보하는 장치로서의 역할을 해왔다. 물론 시조 형식을 통해서만이 형이상학적 거리를 확보할 수 있다는 뜻은 아니며, 시조 형식이 그런 장치로서 과연 얼마만큼 적절한 것인가라는 문제도 남아 있다.

사실 위의 문제는 시인 개개인의 역량과 관계가 있는 것일 뿐만 아니라 시인들의 총체적인 노력과도 무관하지 않다. 개개인의 의식적 노력에 따라, 또한 집단의 무의식적인 합의에 따라, 시조 형식은 시간성의 시가로서의 적절성을 획득할 수 있는 것이다. 이런 관점에서 볼 때, 현대의 시조 부흥 운동에는 많은 문제점이 있었음을 지적하지 않을 수 없다. 특정 시대를 초월하여 존재하는 전통으로의 복귀라는 명분 아래 시조 형식을 초시간적인 절대 세계를 지향하기 위한 것으로 받아들여온 것이 사실이기 때문이다. 그리하여, 시조 형식으로 씌어진 오늘날의 시들 가운데 적지 않은 부분이 영원한 자연의 세계를 상징하는 이미지들로 가득 채워지게 되었고, 이들 이미지를 통해 초월 세계에 대한 시인 자신들의 염원을 드러내는 경향이 상당히 일반화되었다. 물론 자연 세계에 관심을 갖고 이를 소재로 한다고 해서, 그것을 반드시 초월 세계에 대한 염원으로 공식화할 수는 없다. 시조 형식을 취한 몇몇 탁월한 시에서 확인되듯이, 자연은 또한 시인의 구체적이고 사실적인 삶을 이루는 세계의 일부로서의 의미를 갖기도 하며, 자신의 삶을 돌아보게 하는 계기로서의 의미를 갖기도 한다. 윤금초 자신의 표현에 의하면, "세상 읽기"를 위한 출발점이 되기도 하는 것이다.

윤금초의 『해남 나들이』에 수록된 제2부 및 제3부의 시들은 이러한 관점에서 볼 때 특히 주목의 대상이 될 수 있다. 이미 앞서 지적한 바와 같이, 이들 시를 통해 시인은 자연과 자연의 변화를 노래하고, 삶의 현장 속에서 그리고 그 현장 가까이에서 인간의 삶과 현실을 노래하고 있다. 그러나 윤금초의 자연과 현실은 초월 세계를 향한 원심적인 것이 아니다. 마치 부메랑과 같이 시인의 관심은 항상 자신과 자신 주변의 현실적인 삶으로 되돌아오고 있다. 그에게 시조 형식이란 자신의 일상과 자기 주변의 현실적 삶을 객체화하기 위한 장치가 되고 있는 것이다. 이때 시조 형식이 특히 효과적인 이유는 시인의 관찰에 통제적 기제로 작용하기 때문만이 아니라, 삶과 현실에 대한 시인의 이해를 이 땅에 살고 있는 모든 사람의 정서로 보편화시키고 있기 때문이다. 말하자면, 시조 형식은 윤금초 개인의 시적 정서를 시조 형식을 체득하고 있는 모든 사람에게 의미 있는 것이 되도록 만들고 있는 것이다. 음풍 농월조의 시조와 달리 그의 시를 외국어로 번역하기가 특히 힘들다고 느껴지는 이유는 여기에 있으리라. 어쩌면 그의 시는 한국어가 있기 때문에 가능했던 것인지도 모른다. 그가 한국어를 시조라는 형식 속에 어떻게 육화시키고 있는가, 또한 그 육화의 과정을 통해 이 땅에 살고 있는 사람들의 현실과 삶에 대한 정서를 어떻게 보편화시키고 있는가를 살펴보기 위해, 다음의 예를 살펴보자.

들쭉 날쭉 달려오는
산등성이 등에 업고
변성기 수탉처럼
활개치던 풀빛 아이들,
세상사 이내 속으로
속절없이 가고 있네.

지난철 허장성세도
두어 장 갈잎 야사로 남고
솔바람 카랑한 음성
다비문을 읽는 걸까,
우리네 골짜기 삶을
산그늘이 덮고 있네.

—「꽃의 변증법·2」 2~3연

대흥사 장춘구곡
살얼음도 절로 녹아
마애여래상의 광배를 입고 서서
땟국을, 홍진 땟국을
헹궈내는 아낙들.

그 옛날 유형(流刑)의 땅 남도 끄트머리.
백연동 외진 골짝 고산(孤山)고택 녹우단의 겨우내 움츠린 목숨, 풀꽃 같은
백성들아. 직신작신 보리밭 밟듯 돌개바람 휩쓸고 간 동상의 뿌리에도
무담시 발싸심하는 봄 기별은 오는가.

개펄 가로지른 비릿한 저 해조음.

뱃머리 서성이는 틸복숭이 어린것의
소쿠리 크나큰 공간
산동백이 그득하다.

새물내 물씬 풍기는 파장의 저잣거리.
어물전 세발낙지, 관동 명물 해우도 불티나고
텁텁한 뚝배기 술에 육자배기 신명난다.

—「해남 나들이」 전문

먼저 「꽃의 변증법 · 2」와 관련하여, 우리는 "세상사 이내 속으로/ 속절없이 가고 있네"와 "우리네 골짜기 삶을/ 산그늘이 덮고 있네"라는 표현들이 발휘할 수 있는 시적 효과에 주목해보자. 대상에 대한 관찰이 시인 자신의 내적 정서 표출로 전이되는 위의 순간들을 제외하면 위의 시가 반드시 시조 형식의 시로 읽힐 이유는 없다. 바꿔 말해, 각 연의 앞 부분만을 문제삼는 경우, 시가 담고 있는 이미지와 분위기의 측면에서 자유시와의 거리를 느끼기란 어렵다. 그러나 이 시는 자유시일 수도 없고 또한 자유시가 될 수도 없다. 그 이유는 "세상사 이내 속으로/ 속절없이 가고 있네"라든가 "우리네 골짜기 삶을/ 산그늘이 덮고 있네"와 같은 표현들이 담고 있는 분위기를 자유시로서는 도저히 살릴 수 없기 때문이다. 아주 자연스럽게 맞춰진 것처럼 보이는 이른바 3 5 4 3(4)의 음수율은 시조다운 분위기를 잘 살리고 있을 뿐만 아니라, 삶에 대한 시인 개인의 정서, 나아가서 이 땅에 몸을 담고 있는 시인 주변의 사람들의 정서를 잘 대변하고 있다.

「해남 나들이」에서 시인의 시선은 원경(遠景)에서 근경(近景)으로, 다시 자신의 주변으로 옮겨가고 있다. "대흥사 장춘구곡"에서 "백연동 외진 골짝 고산(孤山)고택"으로, 다시 "뱃머리 서성이는 틸복숭이 어린것" 쪽에서 "저잣거리"로 옮겨가고 있는 것이다. 여기에서 우리가 유의해야 할 것은 어떤 풍경도 현실을 살아가는 인간과 거리를 두고 있지 않다는 점이다. "홍진 땟국을 헹궈내는 아낙들"이, "풀꽃 같은 백성들"이, "털복숭이 어린것"이, "텁텁한 뚝배기 술에 육자배기"를 읊는 사람들이 풍경과 하나가 되고 있는 것이다. 이처럼 윤금초의 시에서 자연과 자연의 풍경은 현실을 고달프게, 그러나 끈기 있게 살아가는 이 땅의 사람들이 내뿜는 체취를 담고 있다. 시조 형식이 아니면 담을 수 없는 그 토속적인 체취를 시인은 다름아닌 시조 형식에 담고 있는 것이다. 주변 사람들의 삶에 대한 시인의 따뜻한 시선은 바로 이 시조 형식이라는 절제 장치를 통해 더하지도 않고 덜하지도 않게 드러나고 있는 것이다.

물론, 두 번째 연의 두 번째 행에서 보듯이, 시인은 필요에 따라 절제의 원리를 깨기도 한다. 무엇보다도 우리는 "백연동 외진 골짝 고산고택 녹우단의 겨우내 움츠린 목숨, 풀꽃 같은 백성들아. 직신작신 보리밭 밟듯 돌개바람 휩쓸고 간 동상의 뿌리에도"에서 시인의 긴 호흡을 느끼지 않을 수 없다. 막힌 숨을 토하는 듯한 그 긴 호흡은 사실상 제4부의 「청맹과니의 노래」를 유도한 바로 그 호흡인 것이다. 그러나 시인은 자신의 그 긴 호흡을 마냥 터져나오도록 내버려두지 않는다. 다시금 절제의 순간을 3 5 4 3의 음수율을 담은 "무담시 발싸심하는 봄 기별은 오는가"라는 구절을 통해 마련하고 있는 것이다. 이절제의 순간이 없다면 시조 형식의 시가 시조 형식일 수 있겠는가. 아니, 시조형식의 시가 이 절제의 순간을 담을 수 있다는 것을 체득하고 있지 못한 시인이라면 그가 과연 시조 시인일 수 있겠는가.

절제의 원리는 시인이 「엘니뇨, 엘니뇨」에서와 같이 엄청난 자연 현상을 관찰할 때에도, 또한 「아침 식탁」에서와 같이 일상의 삶을 대할 때에도 여전히 힘을 잃지 않고 있다. 절제의 원리를 통해 엄청난 자연 현상은 한 편의 시 안에 담길 수 있게 되고, 또한 바로 이 절제의 원리를 통해 일상사는 단순한 일상사 이상의 크나큰 삶의 의미를 획득할 수 있게 된다.

들끓는 적도 부근 소용돌이 물기둥에
우우우 높새바람, 태평양이 범람한다.
엘니뇨 이상 기온이 內岸 가득 밀린다.

날궂이 구름 덮인 심란한 나의 변방.
이름 모를 기압골이 상승하고, 소멸하는……
엘니뇨 기상 이변이 거푸 밀어닥친다.

바닷가재, 온갖 패류, 숨이 찬 산호초에
우리 친구 물총새 끝내 세상 뜨는구나,
저마다 세간을 챙겨 브릉브릉 뜨는구나.

—「엘니뇨, 엘니뇨」 전문

머나먼 남태평양 바닷바람 묻어 있는
육질 고운 참다랭이 배밑살도 놓인 식탁
우리네 잡식성 야망, 목젖을 자극한다.

물덤벙술덤벙으로 흘러온 지난 세월
말자, 생각을 말자. 저만큼 밀쳐둔 세상 읽기
한 접시 굴껍질 위엔
의문부만 쌓인다.

성에 낀 저 창 밖은 바람 또한 흉흉해라.
입엔 달던 푸성귀도 어느덧 씁쓰름하고
사는 일 젓가락질이 이리도 망설여지나.

—「아침 식탁」 1~3연

위의 두 시 가운데 「엘니뇨, 엘니뇨」는 특히 주목할 만한 가치가 있는 작품이다. 시조 형식으로 된 여타의 시들과는 달리 처음부터 끝까지 동적인 이미지로 가득 차 있기 때문이다. 어디에도 시인의 정적인 정서가 끼여들 여지가 없는 것처럼 보일 정도로 이 시에는 모든 것이 움직이고 있다. "들끓는 적도 부근 소용돌이 물기둥”에 “높새바람”이 “우우우” 울고 있으며, “태평양”도 “범람한다.” 하다못해 “기상 이변”을 노래하는 이 시에는 “산호초”도 “숨”이 차 있으며, “물총새”들도 “세상”을 뜨고 있다. 시조 형식이 이처럼 격렬한 움직임의 세계를 담을 수 있으리라고 생각한 시인은 많지 않을 것이다. 아니, 윤금초가 아니면 이처럼 격렬한 움직임의 세계를 시조 형식이라는 닫혀진 형식 속에 가두어놓을 엄두를 내지 못했을 것이다. 그러나 이 시와 관련하여 우리가 또 하나 유의해야 할 점은 그 격렬한 움직임의 세계를 비집고 시인이 자신의 모습을 드러낸다는 사실이다. “심란한 나의 변방”에 서서 “우리 친구 물총새”가 “저마다 세간을 챙겨” “끝내 세상 뜨는” 것을 지켜보는 시인이 시 속에 있는 것이다. 따라서 이 시는 단순한 자연 관찰 기록 이상의 의미를 지닌다. 그 의미가 무엇인지는 독자의 마음속에 구체적인 의미를 띠고 재현되어야 하지 않겠는가.

「아침 식탁」도 역시 「엘니뇨, 엘니뇨」에 못지 않게 주목할 만한 작품이다. 일상의 흐름 어느 한 지점에서 “사는 일” 또는 “세상 읽기”를 반추하는 인간의 모습을 이처럼 선명하게 드러내기란 쉽지 않을 것이기 때문이다. 아침 식탁 앞에 앉아서 “우리네 잡식성 야망”을 확인하는 순간, 시인의 시선은 자신에게로 향한다. 그 시선은 “물덤벙술덤벙으로” 살아왔던 자신의 “지난 세월”을 돌이켜보게 하지만, 그렇다고 해서 지금 바로 이 순간의 현실 세계로 자신을 이끌어 온 경로를 바꿀 수는 없는 법. 절제의 원리를 깨고 터져 나오는 “말자, 생각을 말자. 저만큼 밀쳐둔 세상 읽기”라는 구절에서 우리는 현실 속으로 되돌아오기 위한 시인의 마음을 읽을 수 있다. 그러나 자각의 순간이 일단 찾아오면 그 순간을 무화(無化)시키기란 결코 쉽지가 않다. 문제는 다만 자각의 순간에 이어지는 자기 반성과 회한을 얼마만큼 절제해야 할 것인가에 있다. “한 접시 굴껍질 위엔/ 의문부만 쌓인다”에서 보듯이, 시조 형식의 미덕인 절제의 원리에 다시금 무게를 실으면 시인이 “사는 일”에 대하여 절제된 내면적 물음을 계속하는 이유는 이 때문일 것이다. 이어지는 세 번째의 연에서 시인은 시조 형식 특유의 절제된 표현을 통해 “흥흥”함과 “씁쓰름”함, “망설”임을 효과적으로 감추고 있는 동시에 드러내고 있다. 의미가 외적인 형식의 바깥으로 뛰쳐나오려고 하는 동시에 갇혀져 있는 가운데, 시적 절제감과 긴장감을 동시에 아우르고 있는 것이다.

4.

몇몇 시를 통해 확인한 바와 같이, 윤금초는 시조 형식이라는 절제의 원리를 충실히 따르되, 순간순간 그 원리를 파기하고 있다. 그러나 우리가 이제까지 그의 시에서 확인한 바 있는 파격은 갑작스러운 것이라거나 예외적인 것이라고 할 수는 없다. 어떤 의미에서 본다면, 윤금초의 시들을 통해 이제까지 우리가 확인한 '형식으로부터의 일탈'은 엇시조 또는 사설시조를 포괄하는 유구한 시조의 전통을 크게 벗어난 것이라고 할 수 없다. 따라서 이를 형식상의 실험이라고 하기엔 어려운 점이 있다. 물론 여러 수의 시조를 한데 묶어 한 편의 시로 만들거나 시조의 한 행을 여러 행으로 나누어 여백의 효과를 살리는 일 등이 형식상의 실험으로 여겨질 수 있지만, 이는 윤금초 개인의 것만이 아니다. 이는 이미 또 하나의 형식적 관행으로 굳어져 있는 것이기도 하다.

사실 시조 형식에 대한 윤금초의 실험—또는 형식화에 대한 시인의 저항과 극복 과정—을 두드러지게 보여주는 것은 제4부 「청맹과니의 노래」다. 원론적 입장에서 본다면, 「청맹과니의 노래」 역시 시조 형식으로부터의 완전한 일탈은 아니다. 이는 다만 형식화라는 굴레 안에서 형식화가 강요하는 압력에의 저항일 뿐이다. 하기야 누군들 형식화의 굴레에서 완전히 벗어날 수 있겠는가. 형식화의 굴레에서 완전히 벗어나는 경우 예술 창작의 작업 자체를 포기해야 하는 위험을 감수해야 하기 때문이다. 예술 창작의 작업을 포기하지 않기 위해서는 어쩔 수 없이 형식에 의지할 도리밖에 없는 것이다. 이러한 의미에서 본다면, 시조 형식에 대한 저항이 시조 형식 안에서 이루어질 수 있음은 시조 시인들만이 누리는 일종의 '행운'이 아닐 수 없다. 이와 관련하여 시조 형식에는 평시조라는 기본형 이외에 엇시조나 사설시조와 같은 변형이 있음에 주목하기 바란다. 이러한 변형들을 어떻게 받아들이느냐에 따라서 시조 형식 안에서의 시조 형식에 대한 저항이 가능할 것이다. 바로 이 가능성의 일단을 윤금초는 「청맹과니의 노래」를 통해 증명하고 있다. 평시조, 사설시조, 엇시조가 얽히고설키는 가운데, 「청맹과니의 노래」는 이제까지의 예에서 찾아보기 어려운 새로운 형태의 형식에 대한 저항을 드러낸다. 아울러, 그러한 저항이 대단한 성공을 거둘 수도 있다는 점을 뚜렷하게 보여주고 있다.

「청맹과니의 노래」가 지니는 색다름을 이해하기 위해서는 많은 예가 필요치 않다. 상당한 길이로 된 모두 아홉 편의 시 가운데 다만 한 편을, 그것도 일부분만을 인용해보기로 하자.

두들겨라
지게 장단,
어서 노를 휘저어라.
그 무슨 젓대를 불어
이 아픔을 하소하랴,
환장할 경치를 지고
떼거지로 그렇게.

조지고, 비비틀고, 직신작신 할퀸 세월.
더러는 혼을 챙겨 공출 나간 아수라장, 도솔천 차양을 드린 그 마름 야로
속에 모가지 얼레에 감긴 참혹한 생애던가.
어이어, 어여하 어이. 어이 어이 어여하.

─「사동(私瞳)짓소리」 1~2연

빠른 호흡의 언어가 시조 형식이란 틀과 마치 싸움이라도 하듯이 긴박하

게 전개되다가, 때때로 그 형식을 박차고 나온다. 사실 「사동(私瞳)짓소리」의 2연에서 확인되는 파격은 사설시조나 엇시조의 논리로도 완전히 설명되지 않는다. 그러나 여기에서 우리가 유의해야 할 점은, 그와 같은 파격조차도 시조 형식의 기본 율격을 깨뜨리지 않은 채 이루어지고 있다는 사실일 것이다. 그러나 시인이 그 어떤 형태의 파격을 시도하든간에, 언어와 시조 형식이 부딪치는 가운데, 또한 시조 형식과 언어가 담고 있는 긴박한 시적 분위기가 부딪치는 가운데, 시적 긴장감은 극점을 향해 휘달린다. 물론 그와 같은 방식으로 격렬한 감정이 한없이 지속될 때엔 시 자체가 무화되고 말 위험이 있다. 바로 이 지점에 이르러 우리는 "갑작스런 노래"는 "소진되고 말 것"이라는 릴케의 충고를 다시 한번 들먹이지 않을 수 없다. 이와 관련하여 각 연의 마지막 행이 철저하게 시조의 율격을 따르고 있음은 특히 유의할 만하다. 시인은 그 어떤 파격에도 불구하고 시인은 최소한의 형식 요건을 준수하고 있는 것이다. 바로 이와 같은 시작 태도가 격렬한 감정의 성공적인 시적 형상화를 보장하는 것이 아닐까?

「청맹과니의 노래」 전편을 하나의 시로 이해하기 위해 우리에겐 몇 가지 상식이 요구된다. 우선 이 시의 소재가 민초들의 삶이라는 점이다. 고려 말 노비 해방을 위해 난을 일으키다가 죽임을 당한 만적(시인은 사동이 만적의 호임을 밝히고 있다)으로 대표되는 핍박받는 민초들의 삶이 이 시 전반에서 다루어지고 있는 것이다. "조지고, 비비틀고, 직신작신 할퀸 세월"을 견디어야만 하는 민초들, 그럼에도 불구하고 "짓밟고 뭉갤수록 피가 절로 솟구치는, 투박한 그 외침"(「사물놀이」)을 잃지 않는 그 끈질긴 생명의 민초들에 대한 따뜻한 이해가 「청맹과니의 노래」를 가능케 했던 것이다. 그렇다면 시인이 민초들의 삶을 노래하는 이 시들을 함께 묶기 위한 제목으로 「청맹과니의 노래」를 택한 이유는 무엇일까? 여기에서 우리는 '시적 화자(話者)'의 문제를 제기하지 않을 수 없는데, 이와 관련하여 우리에게는 다음과 같은 또 하나의 상식이 요구된다. "청맹과니"란 겉으로 보기에는 멀쩡하지만 실제로는 앞을 볼 수 없는 눈을 가진 사람을 말한다. 의학적인 용어를 쓰자면 '녹내장'에 걸린 사람이 이에 해당한다. 요컨대, 멀쩡한 눈에도 불구하고 앞을 못 보는 사람이 들려주는 노래가 바로 「청맹과니의 노래」인 것이다. 이 점과 관련하여 우리는 다음과 같은 문제를 제기할 수 있을 것이다. 만일 눈이 멀어서 앞을 볼 수가 없다면, 「청맹과니의 노래」가 재현하고 있는 그 모든 생생한 장면들은 누구의 눈을 통한 것일까? 다소 짓궂게 말하자면, 청맹과니의 그 모든 노래는 보이지 않는 것을 보이는 것처럼 가장하는 거짓말쟁이의 노래라고 할 수도 있지 않을까?

　　문학에 대해 최소한의 이해력을 지닌 사람이라면, 누구도 제정신을 갖고 이런 투의 질문을 하지는 않을 것이다. 누구라도 "청맹과니"란 표현은 은유적으로 사용된 표현임을 쉽게 알아차릴 수 있을 것이기 때문이다. 어떤 의미에서 보면, "청맹과니"는 시인이 자신을 일컫기 위한 표현일 수 있다. 비록 겉보기에 눈은 멀쩡하지만 "세상 읽기"가 수월치 않다고 느끼는 시인의 겸손함이 바로 이 표현 속에 담긴 것이 아닐까? 그와 같은 겸손함이 없었다면, 「청맹과니의 노래」를 전체적으로 감싸고 있는 시인 자신의 민초들과의 애정 어린 교감의 분위기도 불가능했을 것이고, 따라서 시를 속도감 있게 이끌어가고 있는 긴장감도 유지될 수 없었을 것이다. 그러나 "청맹과니"라는 단어가 암시하고 있는 깊은 의미를 이상의 설명만으로 완벽하게 드러낼 수는 없다. 여기에서 다시금 또 다른 종류의 상식을 운위하지 않을 수 없다. 일반적으로 눈이 먼 사람들은 그에 대한 일종의 보상으로 다른 감각이 보통 사람들보다 더 예민해진다고들 한다. 시각을 대신하여 청각이나 촉각이 여느 사람보다 더 예민해진다는 것이다. 따라서 "청맹과니"라는 표현을 사용함으로써, 시인은 「청맹과니의 노래」를 '읽을' 때 시각이 아닌 다른 종류의 감각―예컨대, 청각―을 동원할 것을 요구하는 것이 아닐까? 사실상 「청맹과니의 노래」는 '눈으로 읽기 위한 시'라기보다는 '귀로 듣기 위한 노래'라는 느낌을 지울 수 없다. '눈으로 읽기 위한 시'가 아니라, '낭송을 통해 귀로 듣기 위한 노래로서의 시'가 곧 「청맹과니의 노래」일 수 있는 것이다. 「청맹과니의 노래」 가운데 어느 부분을 인용하더라도 이러한 가정에 대한 증거 자료가 된다.

천의 다리, 천의 팔이 비비꼬인 이 매듭을
재갈 물린 한 역사의 넌덜머리 이 결박을
실꾸리 가닥을 풀 듯 아, 아픔의 끈을 풀라.

우멍눈, 곰배팔이 방정맞은 굿패로다.
　천더기 상민들의 울 일을 움켜쥐고, 주검보다 무서운 그 굴욕의 굴형 아래
무담시 도륙당한 비렁뱅이 식칼들아. 누거만석 아전님네 술찌끼로 흘러나온 얼
간이 씨나락도, 두엄 속에 짓눌린 저 봉두난발 어릿광대, 토색질 손갈퀴에 <u>으스</u>
러진 벙거지도, 부역꾼 등줄 같은 거적들아 일어서라. 치고 패고 차고 밟고, 노
들강변 ·버들같이 휘휘낭창 구부려뜨려 매로 다스려진 몸이로다.
　앗아라, 춤이나 추자. 미친 밤의 굿거리로.

―「탈놀이」 1~2연

　위의 예에서 보듯이, 시인이 사설시조의 형식을 통해 자신의 노래를 펼칠
때 그의 노래가 읽기 위한 시가 아니라 듣기 위한 시라는 느낌은 더욱더 강화
된다. 그러한 느낌은 「청맹과니의 노래」의 마지막을 장식하는 「지노귀새남」에
서 절정에 도달하게 되는데, 이 길고도 숨가쁘게 진행되는 한 편의 시는 시조
형식이 얼마만큼의 긴장감을 유지할 수 있는가를 선명하게 보여주고 있다.
"그 누가 아픈 혼백 다 거두어 수렴할꼬, 거두어 수렴할꼬"(「지노귀새남」)라는 마
지막 행에 이르기까지 긴장은 지속되다가, 시조의 종장을 변형하여 수용한 이
마지막 행을 끝마무리로 하여 긴장은 정리되고 있는 것이다.
　그러나 「지노귀새남」의 끝마무리는 단순히 한 편의 시를 아우르는 끝마
무리가 아니다. 우리의 시단에서 '천덕꾸러기' 취급을 받고 있는 시조 형식의
'아픔'을 "거두어 수렴"하고자 하는 윤금초가 자신의 마음을 모아잡아 정리하
기 위한 끝마무리이기도 한 것이다. 아울러, 이는 '무엇을 위한 시조 형식인가'
라는 우리의 물음을 처음부터 다시 시작하게 하는 또 하나의 끝마무리이기도
하다.

마음과 싸우기의 어려움과 아름다움
-조오현 시조의 의미

이문재 ‖ 시인

도무지 마음의 갈피가 잡히지 않을 때면 좋아하는 것들을 하나하나 적어보는 버릇이 있다. 그 목록들을 소리내어 읽으며 그때마다 떠오르는 이미지에 기대어, 흩어진 마음들을 불러모은다. 그 목록 가운데 이런 것이 있다. 선방에 앉아 용맹정진하는 스님의 뒷모습, 그 꼿꼿한 척추!

선방 스님의 빈틈없는 뒷모습을 실제 본 적이 있다. 삼십대 초반 무렵, 지리산 실상사에서 선방 스님 수십 분이 모여 간화선을 '화두'로 놓고 삼엄한 토론회를 벌였는데, 분에 넘치게도 그 자리를 지켜볼 수 있는 기회가 있었다. 그로부터 10년 가량 흐른 지금, 스님들 사이에 오간 말씀들은 '돈오냐, 점수냐'라는 짧은 문장으로 남아 있는 반면, 그때 보았던 스님들의 뒷모습은 무시로 생생하게 떠올랐다. 축 처져 있는 내 마음의 등뼈를 일으켜 세우게 하던 잿빛 서늘함이라니!

아마, 나는 선방 스님들의 뒷모습에서 사내다움을 훔쳐보았는지도 모른다. 한번도 만나본 적이 없는 오현 스님의 시조집 『산에 사는 날에』를 읽으며,

지리산에서 지켜보았던 선방 수좌들의 청정한 눈빛이 떠오르는 것도 오현 스님의 시 세계에서 두드러지는 사내다움에 있는지도 모른다. 여기서 한마디 전제를 달아야겠다. 내가 지금 말하는 '사내/사내다움'은 여성을 지배하거나 여성과 길항하는 남성이 아니다. 남성 우월주의를 강조, 강화하기 위해 사내라는 '날것의 언어'를 동원하는 것이 아니다. 이 글에서 사내는 인간의 다른 표현으로 읽혀졌으면 한다. 인간이라는 단어가 풍기는 추상적이고 관념적인 분위기를 씻어내고 싶은 것이다. 인간이 개념어라면, 사내는 살아숨쉬는 구체적인 생명의 한 상태가 아닐 것인가, 라고 나는 생각하는 것이다.

기실, 사내라는 단어는 세속적이고, 심지어 상스럽기까지 하다. 그러나 사내라는 말이 스님과 겹쳐질 때, 사내라는 말에 덧씌워져 있는 많은, 낡은 의미들이 벗겨져 나간다고 나는 생각한다. 우악스러움, 무분별함, 힘에의 의지 따위가 떨어져나가는 대신, 사내로서의 스님에게서는 존재의 혁명적 변화를 위해 자신의 모든 것을 내던지는 투사의 이미지가 선명해지는 것이다. 흐트러진 마음을 한 군데 집중시켜, 그 마음 하나로 잘 벼려진 칼 한 자루를 만들어내는 과정이 사내의 삼엄함이 아니고 무엇이랴. 스님은 사내인 것이다.

여기, 일주문을 통과하며 세속의 사내를 내려놓고, 분연히 마음과 싸워 이겨 우주적 무애(無涯)로 우뚝서려는 '사내'가 있다. 시적 화자와 시인 사이의 거리는, 작가와 소설 사이의 거리에 견주어 짧거나 희미하다. 그리하여 거개의 시들은 굳이 그 거리에 유의하지 않아도 좋을 때가 많다. 오현 스님의 시조집 『산에 사는 날에』가 그 대표적인 경우다. 이 시집 안에 등장하는 시적 화자는 시인 조오현인 동시에 스님 오현이기도 하다.

「일색변(一色邊)」 연작은 시인/스님이 설정하고 있는 완성된 사내의 경지를 구체적으로, 그러나 매우 넉넉한 부피로 드러낸다. 물론 이때의 사내는, 앞에서도 언급했거니와 '내가 나를 장악한' 상태의 인간이다. 깨우친 존재다. 「일색변」은 그리하여 헌걸찬 동시에 매우 섬세한 사내의 안팎이 그려진다. 전체와 부분을 한꺼번에 꿰뚫는 눈(眼)이 있으며, 거칠 것 없고 가차없는 자신감이 있고, 가여운 존재에 대한 연민이 있다.

무심한 한 덩이 바위도
바위소리 들을라면

들어도 들어 올려도
끝내 들리지 않아야

그 물론 검버섯 같은 것이
거뭇거뭇 피어나야

―「일색변(一色邊)·1」 전문

토굴에서 용맹정진하는 수행자의(혹은 수행자를 위한) 자경문이다. 그러나 앞뒤가 콱 막힌 비인간적 자경문이 아니다. 빙그시 웃음이 번지는, 인간의 얼굴을 한 경계(警戒)다. 들어올려지는 바위가 바위가 아닌 것처럼, 마음도 들어올려지면 안된다. 들어올려지기는커녕 흔들려서도 안된다. 마음을 집중하고, 그 마음의 끝까지 가, 그 마음을 뛰어넘으려는 마음은 그러나 수시로 '다른 마음'의 개입과 간섭에 시달린다. 그 개입과 간섭은 집요한 유혹이다. 마음과의 싸움의 대부분이 어디서 오는지 알 수 없는 숱한 유혹과의 싸움이다. 절대 흔들리지 말라는 이 뜨거운 가르침을 몸소 실천하고 "무심한 한 덩이 바위"가 되기란 여간 어렵지 않다. 바위 표면, 그러니까 수행자의 얼굴에 생겨난 검버섯은 그 싸움의 치열함을 나타내는 '무공훈장'이 아닐까. 다시 말해, 검버섯을 피워낼 만큼의 지독한 싸움없이는 '무심'을 성취할 수 없다는 지긋한 반어법인 것이다.

「일색변」 연작은, 바위의 다양한 변주다. 바위는 고목으로, 사내 장부로, 여자로, 사랑으로, 스님으로, 삶으로 변화하면서 저마다 '~다움'의 경지를 일러주고 있다. 그런데 흥미롭게도 후렴구 같은 "그 물론"에서 일대 반전을 이루고 있다. 「일색변·3」을 보자.

사내라고 다 장부 아니여
장부소리 들을라면

몸은 들지 못해도
마음 하나는 다 놓았다 다 들어올려야

그 물론 물현금 한 줄은
그냥 탈 줄 알아야

　"그 물론" 이후에 제시되는 조건은 동양화로 치면 화룡점정에 해당한다. 마음을 장악했다 하더라도 물현금을 연주할 수 있는 여유와 신명이 없다면 사내가 아니라는 질책이다. 이 연작시들의 1, 2연이 필요조건이라면 3연은 충분조건이다. 이 필요충분조건을 두루 갖출 때, 바위는 바위답고, 고목은 고목다우며, 스님은 스님답다는 것이다.

　「산에 사는 날에」는 크게 네 가지 주제로 다시 정돈할 수 있다. 위에서 살펴본 사내/스님다움의 경지를 노래한 것이 첫 번째 큰 주제이고, 두 번째는 '나'와 '또다른 나'가 치열하게 다투는 현장을 다룬 시편들이다. 세 번째는 수행의 '그늘'을 비판적으로 성찰하는 시편들, 네 번째는 자기 삶을 반성하는 일련의 기록이다(여기서 주제의 순서가 주제의 크기를 지시하는 것은 아니다).

그 옛날 천하장수가
천하를 다 들었다 다 놓아도

한 티끌 겨자씨보다
어쩌면 더 작을

그 마음 하나는 끝내

들지도 놓지도 못했다더라

「일색변」 연작을 매듭짓는 「결구·8」의 전문이다. 모든 갈등의 근원인 이분법적 세계를 초월한 '만물일여'의 세계에 도달하기 위해 체득해야 할 조건과 그 활발한 경지들을 일깨우는 연작시의 대단원은 마음 다스리기의 지난함을 다시 환기시키고 있다.

마음과 싸워, 마침내 마음으로부터 자유자재스러워지는 일련의 과정을 '대중화'한 것이 저 유명한 「심우도」다. 마음을 소에 빗대, 소를 발견하고 소를 길들여, 마침내는 소로부터 벗어나는 과정을 10단계로 나눈 것인데, 오현 스님은 이 「심우도」를 도주한 범인을 수사, 체포하는 상황으로 재설정해 「무산 심우도(霧山尋牛圖)」를 전개한다.

「1. 심우(尋牛)」에서 '나'는 알지 못할 그 누군가로부터 죄인으로 낙인찍혀 수배당한다. "천만금 현상"이 걸려 있지만 아무도 '나'의 행방을 찾아내지 못할 것이라고 단정한다. 왜냐하면 '나'의 행방은 "천개의 눈으로도 볼 수 없는 화살"이며 "팔이 무릎까지 닿아도 잡지 못할 화살"이며 "도살장 쇠도끼 먹고 그 화살로 간 도둑"이기 때문이다. 「무산 심우도」는 원래의 「심우도」에 비해 매우 긴박하고 비장하다.

도주한 범인, 즉 마음의 흔적을 「2. 견적(見跡)」에서 발견하는데, 그것은 "끝내 알 수 없는 도심(盜心)"이다. 그 마음은 "세상을 물장구 치듯 그렇게" 살다가 죽었지만 "그물을 찢고간 고기 다시 물에 걸"리는 형국이다. 마침내 "한 생각 한 방망이로" 삼천대계를 부숴버리지만(「8. 인우구망(人牛俱忘)」) 범인은 잡히지 않는다. 「9. 반본환원(返本還源)」의 2~4연을 옮겨본다.

스스로 믿지를 못해
내가 나를 수감했으리

몇 겁을 간통 당해도

아, 나는 아직 동진이네.

길가의 돌사자가 내 발등을 물어
놀라 나자빠진 세상 일으킬 장수가 없어
스스로 일어나 앉아 만져보는 삶이여.

　돌사자가 발등을 무는 사태는 어떤 사태인가. '나'의 발등을 물었는데 왜 세상이 나자빠지는 것일까. 그리고 또, 왜 세상을 일으킬 장수가 없는 것일까. 「8. 인우구망」에서 호탕한 웃음으로 '게송'을 읊으며 "한 생각 한 방망이"를 얻었지만, 「9. 반본환원」에 이르르면, 그 한소식이 불구임이 드러난다. 돌사자가 발등을 무는 까닭은, 그의 깨달음이 진정한 깨달음이 아니었기 때문이다. 진정한 깨달음(상구보리)을 얻었다면, 돌사자가 나자빠졌어야 할 것이며, 설령 돌사자가 발등을 물어 세상이 자빠졌다고 해도, 다름아닌 '내'가 세상을 일으켜 세웠어야(하화중생) 한다. 그러나 "스스로 믿지를 못해 내가 나를 수감"한 상태에서 이룬 거짓 깨달음이어서, 다시 혼자 일어나 앉아, 일으키지 못하는 세상 대신, 자신의 삶을 "만져보는" 것이다. 그리하여 「무산 심우도」의 결말인 「10. 입전수수(入廛垂手)」는 역설이다. '파계'다. 구도의 길 끝에서 '우화등선'하기는커녕 "문둥이"가 된다.

생선 비린내가 좋아
견대 차고 나온 저자

장가 들어 본처는 버리고
소실을 얻어 살아볼까

나막신 그 나막신 하나
남 주고도 부자라네.

일금 삼백 원에 마누라를 팔아먹고
일금 삼백 원에 두 눈까지 빼 팔고
해돋는 보리밭머리 밥 얻으러 가는 문둥이어, 진문둥이어.

　　그러나 이 '파계'는 결코 파계가 아니다. 진정한 출가다. 화살 같은 마음을 좇아 인간의 언어로 번역되지 않는 호방한 웃음 끝에 한소식을 얻었지만, 그 한소식은 진정한 깨달음이 아니었다. '나'는 다시 시작할 수밖에 없다. 「무산 심우도」는 완성된 원이 아니다. 깨달음〔頓悟〕 이후가 아니다. 그것은 "마누라" 로 대표되는 속세의 인연을 끊고 "두 눈"으로 대표되는 미망을 잘라버리고 "해돋는 보리밭머리"에서 탁발을 떠나는 새로운, 끝없는 출발이다〔漸修〕.
　　나 같은 독자가, 오현 스님이 들어가 본, 혹은 들어가 있는 마음의 깊이를 짐작하기란 쉽지 않다. 나 같은 세인들은 스님이 등정해본 마음의 산정을 올려다보기조차 힘들다. 하지만 지금 우리가 읽고 있는 것은 경(經)이 아니라, 시정의 서점에 진열되는 시집이어서, '조오현의 시세계'에 한정할밖에 다른 도리가 없다. 내가 불교 공부가 깊었다면, 스님의 시세계와 불교와의 연관을 넓고 깊이 있게 탐사할 수 있었을 테지만, 나는 눈이 어두운 '독자'일 따름이다. 그리하여 스님보다는 시인의 향기가 훨씬 짙은 「무설설(無設設)」 연작이나 「산일(山日)」 연작 앞에서 마음이 환해진다.

동해안 대포
한 늙은 어부는

바다에 가면 바다
절에 가면 절이 되고

그 삶이 어디로 가나
파도라 해요.
　　　　　　　　　　　　　　　　　　　　　　　　　－「무설설 · 2」 전문

해장사 해장 스님께

산일 안부를 물었더니

어제는 서별당 연못에

들오리가 놀다 가고

오늘은 산수유 그림자만

잠겨 있다, 하십니다.

—「산일 · 2」 전문

스님과 시인은 가까우면서도 멀다. 스님들이 언어와 싸워 마침내 언어를 버린다면, 시인들은 언어와 싸워 끝끝내 언어를 끌어안는다. 그런데 이것이 사실일까? 스님들에게 언어는 도구일 뿐일까. 시인들에게 언어는 과연 목적 그 자체일까. 수행자들이 목숨을 건다는 마음과의 싸움은 실제로 언어와의 싸움이 아닐까. 화두를 드는 참선(看話)이란, 그 난데없는 언어의 충격을 자기 언어화하는 것에서 출발하는 것이 아닐까. 다시 말해 도무지 넌센스일 따름인 화두를 비틀어 자기에게 가장 절실한 질문을 만들어내는 과정이 진정한 참선이 아닐까. 질문은 철저하게 언어의 영역이다. 그리고 그 질문에 대한 답을 구축하는 과정 또한 언어에서 한 발자국도 벗어날 수 없다.

'질문 안에 답이 있다'는 명제는 친절하지 않다. 자칫 오해를 불러일으키기 쉬운 이 명제는 '제대로 만들어진 질문만이 참다운 답변을 구할 수 있다'라는 새로운 명제로 바뀌어야 한다. 언어도단(言語道斷)도 마찬가지다. 언어가 도달할 수 없는 상태나 지점은 없을지도 모른다. 다만 제대로 된 언어가 아닌, 남의 언어, 낡은 언어, 그릇된 언어로는 진정한 깨달음의 영역에 도달할 수 없다는 반어법일지도 모른다. 묵언도 다르지 않다. 무조건 말을 버리라는 메시지는 아닐 것이다. 말을 억제함으로써 그 숱한 말(마음)들이 어떻게 발생하고 작동하는지를 관찰한 다음, 절실한 말만을 하라는 가르침일 것이다. 무소유가 아무 것도 갖지 말라는 것이 아니라, 정말 필요한 것만을 가지라는 말씀인 것처럼.

잡설이 길어졌다. 절 밭두렁에 벼락을 맞은 채 서 있는 대추나무를 보고

"무슨 죄가 많았을까 벼락맞을 놈은 난데"(「산일·1」)라며 뉘우치는 스님의 내면 풍경 앞에서 두 손을 모으면서, 마지막으로 한 가지만 지적하고자 한다. 언어에 관한 문제다. 「무산 심우도」 연작 가운데 「8. 인우구망」의 1∼3연에 나오는 '온갖 웃음'은 과연 무엇을 의미하는 것일까. 나는 감히 두 가지로 해석하고자 한다. 먼저 「산일」 연작을 쓰는 '시인 오현'의 입장이다. 이 입장에서 저 '웃음들'은 언어에 대한 절망일지 모른다. 도저히 언어로 감당할 수 없는 대상이나 국면이 있다는 도저한 고백일 것이라는 짐작. 두 번째는 "결국은 그 방망이에 그도 가고 말았단다"(「착어」)라고 일갈하는 '스님 오현'의 입장인데, 이때 저 '온갖 웃음들'은 어설픈 화두를 붙들고 한눈 팔고 있는 '땡중'들에 대한 야유인지도 모른다.

　　최근 서울 조계사 대웅전에서 '간화선 대토론회'가 열렸다. 대웅전에 앉아 스님들과 학자, 재가불자들이 간화선이란 무엇인가, 지금 왜 간화선인가, 간화선의 미래는 있는가를 놓고 열띤 토론을 벌이고 있는데, 어디선가 청아한 새소리가 들리는 것이었다. 고개를 들어보니, 대웅전 천정을 가득 메운 연등 사이에서 포르릉─참새 두 마리가 내려앉는 것이었다. 밖에서 날아온 참새들이 앉은 곳은 뒤주였다. 신도들이 시주한 쌀을 받아놓는 뒤주. 부처님께 바치고 간 귀한 정성을 쪼아먹는 참새는 불성이 있어 보였다. 참새들이 대웅전에 내려 놓고간 몇 마디 '짹짹' 소리가 '대토론회'보다 신선하게 들렸다. 나는 그 자리에서 그 참새 소리를 듣고 깨우친 선지식들이 있을 것이라고 믿고 있다.

　　이 어줍잖은 글에도 저 조계사 대웅전에 날아들었던 참새 소리 같은 것이 단 한 마디라도 있었으면…… 만일 없다면, 이 글 역시 한낱 '대토론회'에 불과할 것이고, 그것은 전적으로 나의 책임이다.